『十三五』国家重点图书出版规划项目
『中国近代日记文献叙录、整理与研究』
（项目编号：18ZDA259）阶段性研究成果

中国近现代稀见史料丛刊【第七辑】

张剑 徐雁平 彭国忠 主编

宗源瀚日记（外二种）

宗源瀚 著

曹天晓 整理

本辑执行主编 张剑

凤凰出版社

图书在版编目（CIP）数据

宗源瀚日记 : 外二种 / 宗源瀚著 ; 曹天晓整理
. -- 南京 : 凤凰出版社, 2020.9
（中国近现代稀见史料丛刊. 第七辑）
ISBN 978-7-5506-3237-0

Ⅰ. ①宗… Ⅱ. ①宗… ②曹… Ⅲ. ①日记－作品集
－中国－近代 Ⅳ. ①I265

中国版本图书馆CIP数据核字(2020)第150039号

书名	宗源瀚日记（外二种）
著者	宗源瀚 著　曹天晓 整理
责任编辑	张　燕
装帧设计	姜　嵩
出版发行	凤凰出版社(原江苏古籍出版社) 发行部电话025-83223462
出版社地址	江苏省南京市中央路165号,邮编:210009
出版社网址	http://www.fhcbs.com
照排	南京凯建文化发展有限公司
印刷	苏州市越洋印刷有限公司 江苏省苏州市吴中区南官渡路20号,邮编:215104
开本	880毫米×1230毫米　1/32
印张	11.125
字数	289千字
版次	2020年9月第1版
印次	2020年9月第1次印刷
标准书号	ISBN 978-7-5506-3237-0
定价	98.00元

(本书凡印装错误可向承印厂调换,电话:0512-68180788)

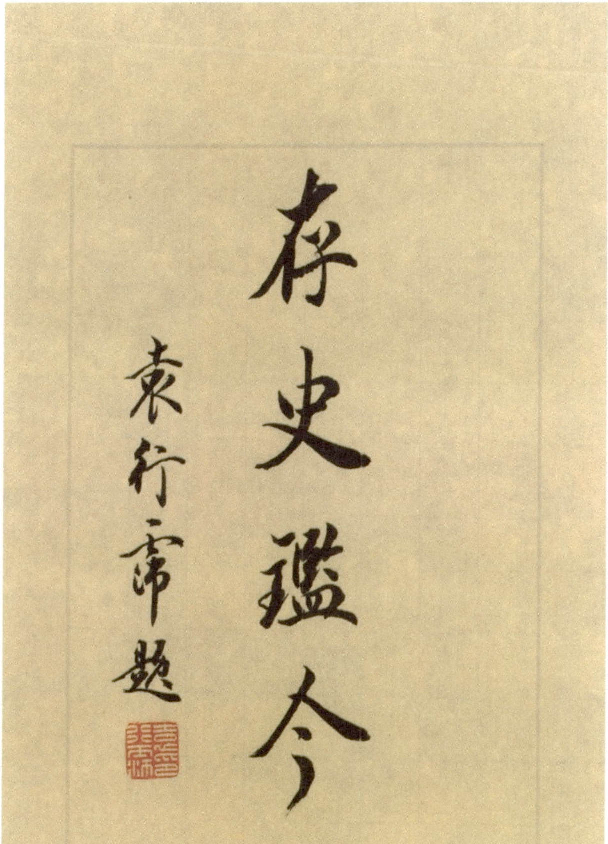

袁行霈先生题辞

「音实难知，知实难逢，逢其知音，千载其一乎！」（《文心雕龙·知音》）今读新编稀见史料丛刊，真有治学知音之感矣。

傅璇琮谨书

二〇一二年

傅璇琮先生题辞

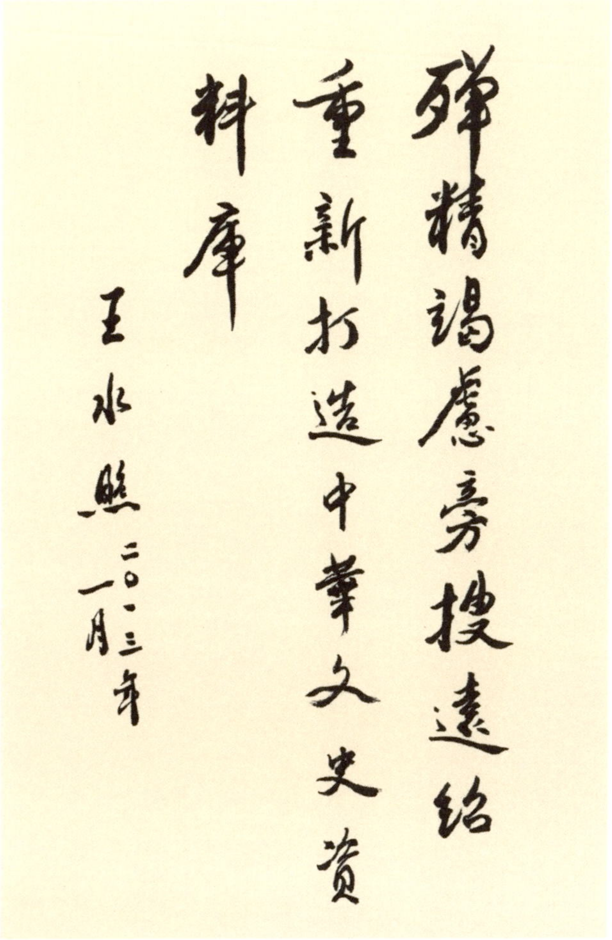
殚精竭虑旁搜远绍
重新打造中华文史资
料库
王水照
二〇一三年一月

王水照先生题辞

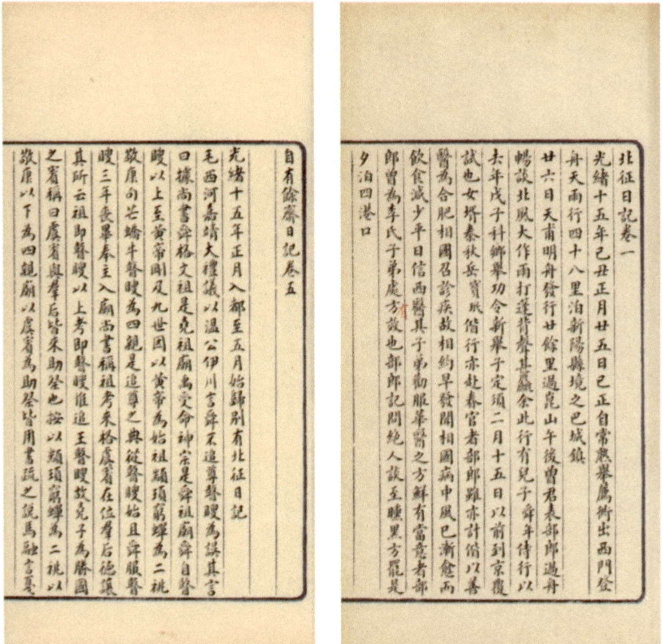
北征日記卷一
光緒十五年己丑正月廿五日巳正自常熟舉厲衖出西門登
舟天雨行四十八里泊新陽縣境之巴城鎮
廿六日天甫明舟發行廿餘里過崑山午後曾君表部郎過舟
暢談北風大作雨打蓬背聲甚厲余此行有兒子舜年侍行以
去年戊子科鄉舉功令新舉子定須二月十五日以前到京覆
試也女壻秦秋岳寶𥿄偕行亦赴春官者部郎雖亦計偕以善
醫為合肥相國召診疾故相約早發聞相國病中風已漸愈而
飲食減少平日信西醫其子弟勸服華醫之方鮮有當意者部
郎曾為李氏子弟處方致也部郎記問絶人談至曛黑方罷是
夕泊四港口

自有餘齋日記卷五
光緒十五年正月入都至五月始歸別有北征日記
毛西河嘉靖大禮議以溫公伊川言舜不追尊瞽瞍為譏其言
曰據尚書舜格文祖是堯祖廟為受命神宗是舜祖廟舜自瞽
瞍以上至黃帝剛及九世固以黃帝為始祖顓頊窮蟬為二祧
敬康句芒蟜牛瞽瞍為四親是追尊之典從瞽瞍始且舜服瞽
瞍三年喪畢奉主入廟尚書稱祖考來格虞賓在位羣后德讓
其所云祖即瞽瞍以上考即瞽瞍惟追王瞽瞍故堯子為勝國
之賓稱曰虞賓與羣后皆來助祭也按以顓頊窮蟬為二祧以
敬康以下為四親廟以虞賓為助祭皆用書疏之說馬融言堯

《宗源瀚日记》书影（南京图书馆藏清抄本）

《中国近现代稀见史料丛刊》总序

在世界所有的文明中，中华文明也许可说是“唯一从古代存留至今的文明”（罗素《中国问题》）。她绵延不绝、永葆生机的秘诀何在？袁行霈先生做过很好的总结：“和平、和谐、包容、开明、革新、开放，就是回顾中华文明史所得到的主要启示。凡是大体上处于这种状况的时候，文明就繁荣发展，而当与之背离的时候，文明就会减慢发展的速度甚至停滞不前。”（《中华文明的历史启示》，《北京大学学报》2007年第1期）

但我们也要清醒看到，数千年的中华文明带给我们的并不全是积极遗产，其长时段积累而成的生活方式与价值观具有强大的稳定性，使她在应对挑战时所做的必要革新与转变，相比他者往往显得迟缓和沉重。即使是面对佛教这种柔性的文化进入，也是历经数百年之久才使之彻底完成中国化，成为中华文明的一部分；更不用说遭逢“数千年来未有之变局”、“数千年未有之强敌”（李鸿章《筹议海防折》），“数千年未有之巨劫奇变”（陈寅恪《王观堂先生挽词序》）的中国近现代。晚清至今虽历一百六十余年，但是，足以应对当今世界全方位挑战的新型中华文明还没能最终形成，变动和融合仍在进行。1998年6月17日，美国三位前总统（布什、卡特、福特）和二十四位前国务卿、前财政部长、前国防部长、前国家安全顾问致信国会称：“中国注定要在21世纪中成为一个伟大的经济和政治强国。”（徐中约著《中国近代史》上册第六版英文版序，香港中文大学2002年版）即便如此，我们也不能盲目乐观，认为中华文明已经转型成功，相反，中华文明今天面对的挑战更为复杂和严峻。新型的中华文明到底会怎样呈现,又怎样具体表现或作用于政治、经济、文化等层面,人们还在不断探索。这个问题,我们这一代恐怕无法给出答案。但我们坚信,在历史上曾经灿烂辉煌的中华文明必将凤凰浴火,涅槃重生。这既是数千年已经存在的中华文明发展史告诉我们的经验事实,也是所有为中国文化所化之人应有的信念和责任。

不过,对于近现代这一涉及当代中国合法性的重要历史阶段,我们了解得还过于粗线条。她所遗存下来的史料范围广阔,内容复杂,且有数量庞大且富有价值的稀见史料未被发掘和利用,这不仅会影响到我们对这段历史的全面了解和规律性认识,也会影响到今天中国新型文明和现代化建设对它的科学借鉴。有一则印度谚语如是说:"骑在树枝上锯树枝的时候,千万不要锯自己骑着的那一根。"那么,就让我们用自己的专业知识与能力,为承载和养育我们的中华文明做一点有益的事情——这是我们编纂这套《中国近现代稀见史料丛刊》的初衷。

书名中的"近现代",主要指 1840—1949 年这一时段,但上限并非以一标志性的事件一刀切割,可以适当向前延展,然与所指较为宽泛的包含整个清朝的"近代中国"、"晚期中华帝国"又有所区分。将近现代连为一体,并有意淡化起始的界限,是想表达一种历史的整体观。我们观看社会发展变革的波澜,当然要回看波澜如何生,风从何处来;也要看波澜如何扩散,或为涟漪,或为浪涛。个人的生活记录,与大历史相比,更多地显现出生活的连续。变局中的个体,经历的可能是渐变。《丛刊》期望通过整合多种稀见史料,以个体陈述的方式,从生活、文化、风习、人情等多个层面,重现具有连续性的近现代中国社会。

书名中的"稀见",只是相对而言。因为随着时代与科技的进步,越来越多的珍本秘籍经影印或数字化方式处理后,真身虽仍"稀见",化身却成为"可见"。但是,高昂的定价、难辨的字迹、未经标点的文本,仍使其处于专业研究的小众阅读状态。况且尚有大量未被影印或数字化的文献，或流传较少，或未被整合，也造成阅读和利用的不便。因此，《丛刊》侧重选择未被纳入电子数据库的文献，尤欢迎整理那些辨识困难、断句费力、裒合不易或是其他具有难度和挑战性的文献，也欢迎整理那些确有价值但被人们习见思维与眼光所遮蔽的文献，在我们看来，这些文献都可属于“稀见”。

书名中的“史料”，不局限于严格意义上的历史学范畴，举凡日记、书信、奏牍、笔记、诗文集、诗话、词话乃至序跋汇编等，只要是某方面能够反映时代政治、经济、文化特色以及人物生平、思想、性情的文献，都在考虑之列。我们的目的，是想以切实的工作，促进处于秘藏、边缘、零散等状态的史料转化为新型的文献，通过一辑、二辑、三辑……这样的累积性整理，自然地呈现出一种规模与气象，与其他已经整理出版的文献相互关联，形成一个丰茂的文献群，从而揭示在宏大的中国近现代叙事背后，还有很多未被打量过的局部、日常与细节；在主流周边或更远处，还有富于变化的细小溪流；甚至在主流中，还有漩涡，在边缘，还有静止之水。近现代中国是大变革、大痛苦的时代，身处变局中的个体接物处事的伸屈、所思所想的起落，藉纸墨得以留存，这是一个时代的个人记录。此中有文学、文化、生活；也时有动乱、战争、革命。我们整理史料，是提供一种俯首细看的方式，或者一种贴近近现代社会和文化的文本。当然，对这些个人印记明显的史料，也要客观地看待其价值，需要与其他史料联系和比照阅读，减少因个人视角、立场或叙述体裁带来的偏差。

知识皆有其价值和魅力，知识分子也应具有价值关怀和理想追求。清人舒位诗云“名士十年无赖贼”（《金谷园故址》），我们警惕袖手空谈，傲慢指点江山；鲁迅先生诗云“我以我血荐轩辕”（《自题小像》），我们愿意埋头苦干，逐步趋近理想。我们没有奢望这套《丛刊》产生宏大的效果，只是盼望所做的一切，能融合于前贤时彦所做的贡献之中，共同为中华文明的成功转型，适当“缩短和减轻分娩的痛苦”（马克思《资本论》第一卷第一版序言）。

《丛刊》的编纂，得到了诸多前辈、时贤和出版社的大力扶植。袁行霈先生、傅璇琮先生、王水照先生题辞勖勉，周勋初先生来信鼓励，凤凰出版社姜小青总编辑赋予信任，刘跃进先生还慷慨同意将其列入“中华文学史史料学会”重大规划项目，学界其他友好也多有不同形式的帮助……这些，都增添了我们做好这套《丛刊》的信心。必须一提的是，《丛刊》原拟主编四人(张剑、张晖、徐雁平、彭国忠)，每位主编负责一辑，周而复始，滚动发展，原计划由张晖负责第四辑，但他尚未正式投入工作即于2013年3月15日赍志而殁，令人抱恨终天，我们将以兢兢业业的工作表达对他的怀念。

《丛刊》的基本整理方式为简体横排和标点(鼓励必要的校释)，以期更广泛地传播知识、更好地服务社会。希望我们的工作，得到更多朋友的理解和支持。

2013年4月15日

目　录

自有馀斋日记

北征日记

颐情馆笔记

国朝右文掌录

附　录

前　言

十九世纪后期，在经历了英法入侵和太平天国战争长达二十多年的动乱之后，大清王朝终于迎来了最后一段和平时期。自同治中期到甲午战争爆发，三十年间清朝基本没有发生大规模战乱，军事、外交、经济、文化等各个领域均取得了一定的成就，史称“同光中兴”。对于这一局面的形成与巩固，以往学者多瞩目于权力中枢的帝后名臣，但在广阔的地方府县，也有一大批中下层官员在自己辖区内恪尽职守，兴利除弊，竭力维护社会稳定，发展儒家文教和地方经济。正是在这些地方官员与中央大僚的合力之下，晚清社会才能保持整体安稳发展。百馀年后的今天，我们若想探寻这段历史，直接阅读这些地方官员的日记，无疑是较为贴切的方式。

本书就是晚清一位有“循吏”之称的地方官员宗源瀚的日记。此日记主体部分所记时间段在光绪十三年五月至光绪十六年五月（1887.7—1890.7），历时整三年，所记地点主要在常熟、北京，偶尔涉及苏州、宜兴、上海、天津、烟台等地。因该日记目前仅见有馆藏抄本存世，故一直罕有学者利用。[①] 今就作者宗源瀚的基本情况与日记概况、史料价值等略为考述，以便读者更好地阅读与利用此日记。

---

① 前人对宗源瀚日记（包括日记选编著作《颐情馆笔记》）的利用，目前仅见江庆柏《近代江苏藏书研究》（安徽文艺出版社，2000 年）、徐雁平《清代东南书院与学术及文学》（安徽教育出版社，2007 年）二著。

一、宗源瀚生平、著述与家世

宗源瀚(1834—1897),字湘文,号三异太守,室名颐情馆、自有馀斋,原籍江苏上元县(今南京市区),咸丰间避乱迁常熟。由佾生捐监生。咸丰、同治间先后入都宠锡、金安清、乔松年等人幕府,并累荐至知府。同治中期以后,先后担任或署理浙江杭州、衢州、严州、湖州、嘉兴、宁波等地知府及杭嘉湖兵备道、温处兵备道,光绪二十三年卒于任。子舜年,有咫园藏书楼,曾任常熟图书馆馆长。[①]

宗源瀚长期任职于浙江各府道地方官,敏于吏治,勤于政事,每至一地,无不兴利除弊,有循吏之声。在湖州期间,浚湖港,禁火葬,创育婴,广书院,修府志;在严州期间,化解土客纠纷,兴修水利,灌溉农田,颇得上官嘉评。在宁波知府任,宗源瀚政绩尤为突出。光绪四年(1878),宗源瀚延聘何松等人为天一阁藏书编目,这是继阮元、刘喜海之后,第三次系统为天一阁藏书编目,稿虽成,因宗氏离任而未能刊行;[②]光绪五年(1879),宗源瀚仿照上海求志书院规制,在宁波创办辨志文会(亦称辨志精舍),分汉学、宋学、史学兼掌故、算法、舆地、词章六斋以课士,并延请黄以周等人为斋长,后期担任斋长的还有谭献、陶方琦等硕学名儒。[③] 辨志文会对宁波地区近代教育影响深远,先后有一万多人次获得辨志文会的"花红"奖励,胡玉缙、于鬯、

---

① 宗源瀚生平详见本书附录秦宝珉、谭献、孙雄、叶昌炽等人所作碑传,以及《清史稿》本传。据秦宝珉所撰行状称,宗源瀚子舜年为其编有年谱,但未见传世。

② 唐浩旭《宗源瀚与天一阁》,《历代名人与天一阁》,宁波出版社 2012 年版,第 164 页。

③ 徐雁平《清代东南书院与学术及文学》(下卷),安徽教育出版社 2007 年版,第 558 页。

陈汉章、章太炎等著名学者便名列其中。[①]

光绪十一年(1885)中法战争期间,法国军舰来犯镇海,时任宁波知府的宗源瀚配合宁绍台兵备道薛福成、镇海炮台守备吴杰等严备海防,并击退法国军舰的多次进攻。[②] 同年,宗源瀚以父忧去职,后数年赋闲在家,其日记便作于此时。甲午中日战争后,海防吃紧,浙江巡抚廖寿丰举宗源瀚署理温处兵备道,宗氏莅任后,整顿海防,缉捕匪盗,处理教案时不惧威胁,秉公执法,最终积劳成瘁,殁于任所。

宗源瀚为官十分注重保存档案史料,光绪元年(1875)宗氏辑《富教初桄录》二卷,该书是其同治十一年(1872)冬任严州知府期间,全府九十七所社仓的捐谷建仓记录,书中详载捐建者姓名、田地、捐数,还有各社学老师和学生的姓名、年龄、田租收入等,具备较高的史料价值,惜因该书传本稀少,流布不广,尚未引起相关学者注意。[③] 光绪三年(1877)宗源瀚编刊《国朝严州诗录》后,又将其湖州知府任时所作公牍、文书汇集整理,刊为《颐情馆闻过集》十二卷,成为研究清

---

① 有关宁波辨志文会的研究,可参阅唐燮军《辨志文会与清末宁波的地方教育》,《社会科学战线》2017 年第 8 期;陈君静、唐燮军著《宁波辨志文会文献整理与研究》,吉林大学出版社 2019 年版。辨志文会历次课题及课案(获奖名单)见于吴钦根整理《〈申报〉所见晚清书院课题课案汇录》,凤凰出版社 2018 年版。

② 有关镇海之战的记载,见于宗源瀚《自有馀斋日记》光绪十五年二月二十五日与许庚身的谈话,及同年四月五日对光绪皇帝的汇报。本书附录三亦有相关内容。

③ 宗源瀚《富教初桄录》一书传本十分稀少,目前仅见有南京图书馆藏光绪间刻本。

代江南地方治理的典型文献。[①] 由于宗源瀚本人对舆地之学十分感兴趣,且出于地方官的职责,宗氏在浙期间曾主持编纂《(同治)湖州府志》和《浙江全省舆图并水陆道里记》两部舆地之书,尤以后者最为著名,被誉为"传统地图向近代地图转型时期的代表作"[②]。

公务之馀,宗源瀚雅好收藏,著有《颐情馆金石跋》《颐情馆书画跋》《燹馀所见录》几种笔记体著作。其诗集为《颐情馆诗钞》(含《诗外》《诗续钞》),日记则有《自有馀斋日记》《北征日记》两种,并从上述两种日记中辑出部分条目成《颐情馆笔记》一卷、《国朝右文掌录》一卷。另据其子舜年乡试硃卷,宗源瀚还著有《颐情馆古文稿》《颐情馆词草》《读书观事录》《丙戌省墓行纪》,辑有《郡城浚河征信录》《国朝名臣碑传录》《江苏灭漕始末》《蚕桑说辑补》,[③]然多数已不存于世。尤其是《丙戌省墓行纪》一书,近于日记性质,时间线恰在《自有馀斋日记》之前,惜未传世。从宗源瀚的著述种类可以看出,他对经世之学有浓厚兴趣,并有强烈的文献保存意识,这在其日记中也有诸多体现。

据宗源瀚《自有馀斋日记》自述,其始迁祖为宗敦一,明末自蜀迁金陵。祖上旧宅位于南京宗老爷巷,即今总统府北面的长江后街,可惜民国时已毁于战乱。[④] 而据宗舜年硃卷,宗氏"世居上元县

---

① 如冯贤亮在研究清代府县秩序与行政关系时,利用的主要文献便是宗源瀚《颐情馆闻过集》。详见冯贤亮《从国家到地方:清代江南的府县秩序与行政控制》,《学术月刊》2010 年第 5 期。该文后收入冯贤亮《明清江南的州县行政与地方社会研究》一书第八章,上海古籍出版社 2015 年版。

② 郑微微《〈浙江全省舆图并水路道里记〉史料价值探析》,《华章》2014 年第 11 期。

③ 宗舜年硃卷,《清代硃卷集成》第 178 册,第 345 页。

④ 宗不争《但愿人长久,千里共婵娟——忆祖父宗惟成》,《时代教育(教育家)》,2017 年第 7 期,第 78 页。据该文自述,作者宗不争为宗源瀚五弟宗得福之玄孙。

城内红花地”[1]，该地位于金陵刻经处以东二百米，北距宗老爷巷不足三里，或为后来分房移居之所，然今已难寻旧迹。

咸丰六年(1856)，因避太平军，宗氏举家迁常熟，最初赁居于常熟南门外，后因宗源瀚外祖父、母亲相继去世并葬于常熟，阅时既久，不便迁葬，遂于光绪四年(1878)在常熟城内举荐巷购屋定居，[2]然而宗舜年光绪戊子(1888)乡试硃卷中，仍写作“上元县附生民籍”，可见宗氏户籍仍在南京。宗氏新宅位于常熟冲天庙前，东临市中心大街，大门向北，有楼房前后两所，内有池塘、花厅。宗源瀚将新居命名为“颐情馆”，正厅之匾“念修堂”由赵烈文题写，花厅则命名为“自有馀斋”。其子舜年后将之发展为咫园藏书楼，贮书数万卷，可惜在日军侵华期间被焚毁，[3]其旧址大约在今常熟市文化广场。总之，宗源瀚在南京、常熟的几处居所，今皆荡然无存。

宗源瀚家族代有闻人，其始迁祖宗敦一，清初曾任江南道监察御史、通政使。宗源瀚五弟宗得福，曾在张之洞幕中任煤铁总办，娶张佩纶五姊，宗氏日记中亦曾提及。宗源瀚有一子四女，多与晚清名流有姻亲关系。长女巽宜，适无锡举人秦宝珉(1862—1949)；次女恒宜，适盛宣怀之子盛昌颐(1863—1909)，为常州盛氏家族长媳。子舜年(1865—1933)，字子戴，号耿吾，光绪十四年举人。曾任金华等地知府及杭嘉湖道，民国十二年任常熟图书馆馆长。[4] 舜年在其父藏书基础上建咫园藏书楼，贮元明善本甚多。并著有《尔雅注》《耿吾剩

---

① 宗舜年硃卷，《清代硃卷集成》第178册，第350页。

② 宗源瀚日记、宗舜年硃卷俱云其宅位于举荐巷，谭献日记提及宗氏居处则云“卷荐巷”。据《常熟市地名志》，常熟中巷东段古称“卷荐弄”，当即宗氏所云“举荐巷”。(常熟市地名志编纂委员会办公室编《常熟市地名志》，上海交通大学出版社2006年版，第57、67页。)又据《(光绪)常昭合志稿》卷首所绘《常昭县城图》可推知，清代晚期的中巷东段在今常熟市文化广场以南。

③ 江庆柏《近代江苏藏书研究》，安徽文艺出版社2000年版，第36页。

④ 江庆柏《近代江苏藏书研究》，第32页。

稿》,编有《咫园书目》五册、《金陵艺文志》二十二册,稿本均藏南京图书馆。宗舜年继室为俞樾孙女,宗源瀚日记中有其婚礼记载。舜年子惟恭,字礼白,曾任复旦大学、中国公学法学教授。宗惟恭虽亦藏书,但只收藏泉币著作,咫园藏书之精本多被其变卖,以换购古钱币及钱币著作。惟恭著有《癖泉书室所藏泉币书目》《历代泉币著述考》《民法继承浅释》《民法继承要义》等著,并继承其父遗志编刊有《咫园丛书》。

二、日记概况

《宗源瀚日记》记事始于光绪十三年(1887)五月,止于光绪十六年(1890)五月,包括《自有馀斋日记》和《北征日记》两部分,另外附有日记中裁出单行的两部小书《颐情馆笔记》与《国朝右文掌录》。

第一部分《自有馀斋日记》五卷,底本为南京图书馆藏蓝丝栏抄本四册,小楷誊抄,书写甚工,每半页十一行,行二十四字左右。此本共约十三万字,有确切日期标注的时间段为光绪十三年五月十五日至光绪十六年五月十九日。但在光绪十六年五月十九日之后,还有一段文字,记录光绪十八年(1892)得抄本《肇域志》之事。该日记抄本原有三类校勘文字:浮签、眉批、随文朱笔校改。浮签均为宗源瀚侄宗嘉谟所加。抄本中夹有校勘者的两张便笺(见本书附一《命校日记便笺二》),落款为"侄嘉谟",以此可知当时宗源瀚尚在世,而日记中出现的最晚时间在光绪二十一年,[①]则此日记抄校时间当在1895—1897年之间。

这部分日记的体例、内容均较为驳杂。就体例而言,《自有馀斋日记》的日期标注十分混乱。该日记的日期一般以小字夹注形式标在段落末尾,也有些标在段首,还有大量段落未标日期,甚至多日事

---

① 《自有馀斋日记》光绪十四年三月二十六日夹注中提到"乙未署温处道",乙未即光绪二十一年(1895)。

情合为一段叙述。因此在整理时，须考证并补充日记撰写日期。另外，该日记时常连篇累牍，不加分段，最长段落达五千馀字。就内容而言，此“日记”可分为个人日记、学术笔记、史料摘抄三大类。若再细分，个人日记中可分为现实生活记录、回忆录、日常诗文书信抄录；学术笔记可分为读书笔记、经史考证札记、古籍书画鉴藏笔记；史料摘抄可分为上谕奏议摘抄、报纸摘抄、古书摘抄、时人文章摘抄。各部分内容或交织记录，或集中主题汇录，无一定规律。

需要特别指出的是，《自有馀斋日记》卷一之七月二十三日至卷二，内容全部是关于清代崇文政策的章疏、部议、谕旨摘抄，间有宗氏评论之言，共约二万八千字。事实上，这部分史料摘抄就是宗源瀚的另一部著作《国朝右文掌录》。今南京图书馆藏有光绪十四年（即摘入日记的次年）刻《国朝右文掌录》一卷，笔者对照日记摘抄本与单行刻本，发现其内容几乎完全相同，只是刻本多一篇自序，但该自序就是在日记卷二之末的一段小结文字基础上修改而成。

在《自有馀斋日记》中，宗源瀚大部分时间均在常熟，其间仅有四次出行。一次是自光绪十三年九月初九日起，赴宜兴吊唁故友周家楣，旬日后返虞；一次是光绪十四年十一月赴杭州请咨，旋即回虞；一次是光绪十五年十月十八日赴杭州，十一月十六日又因劝捐事宜启程返虞；还有一次是光绪十五年正月下旬，宗源瀚服阕并赴部引见，至五月初返虞，这三个多月的出行日记，宗氏将之裁出，命名为《北征日记》。

第二部分《北征日记》三卷，底本为南京图书馆藏抄本三册。用纸、行款同《自有馀斋日记》，但字体有所不同，《北征日记》为欧体小楷抄录，书写极工。此本约六万馀字，始于光绪十五年正月廿五日，终于是年五月初五日，恰好百日。这部分日记的时间线处于《自有馀斋日记》卷四与卷五之间。但卷二有一条自注提及中日甲午海战之事，可见该日记在光绪二十年（1894）有过补订。由于这部分日记写于入京期间，而《自有馀斋日记》大部分写于常熟，故宗源瀚将其析出,别为一种。

除所处地点不同以外,《北征日记》的体例比《自有馀斋日记》更严整,记录现实生活的内容更多,日期标注也更为规范,缺失日期较少,整体上更接近"日记的正宗嫡派"①。另外,由于离开了常熟,到了更加现代化的上海、天津、北京等大都市,《北征日记》中记载的新兴事物和涉洋史料更多,如关于轮船、铁路、德律风(电话)、镇江领事署被焚案、东北地区俄国的活动等,另外还详细记录了光绪己丑科会试,以及进宫朝见光绪皇帝的流程。光绪十五年四月十五日以后,摘有袁昶等人关于边疆防务的论说万馀字。当然,《北征日记》中最主要的内容是宗源瀚每日的行程记录、拜友记录。宗源瀚在京期间拜会了不少京中名宦,如李鸿章、张之洞、曾纪泽、薛福成、张佩纶、袁昶、李慈铭等。

本书所附《颐情馆笔记》,其底本为南京图书馆藏抄本一册。无栏线,小楷抄写,有朱笔简单句读(但句读不尽正确)。封面题"颐情馆笔记附耿吾剩稿",首页钤印"运之手校",据此可知《颐情馆笔记》与南京图书馆所藏宗舜年《耿吾剩稿》均为常熟人俞鸿筹(字运之)校本。此笔记内容摘自前两种日记,共三十五条,每条皆有标题,大致按时间顺序排列,约计一万字。所选条目中,时人逸事居多,但亦有六七条为宗氏本人之经历。笔者对比《日记》与《笔记》相关的条目,发现文字多有删改,且《笔记》中所选《己丑引见》《召见恭纪》这两条宗源瀚觐见光绪皇帝的记录共达2800馀字,远多于全书其他条目的字数,故推测为宗源瀚本人所选录。

总体而言,宗源瀚日记内容较为驳杂,但是有两条脉络可循。一条是宗源瀚现实生活中读书、交游、谈艺记录,以及触景而生的回忆文字;另一条是学术考证札记和各类史料、文章摘抄。前者在当时属

---

① 鲁迅《马上日记·豫序》,《鲁迅全集》第三卷《华盖集续编》,人民文学出版社1981年版,第308页。

于实录，但在今天看来亦为史料。

三、日记史料价值举隅

如前文所述，宗源瀚已从其日记中辑出两部著作《国朝右文掌录》和《颐情馆笔记》，并且日记中还有大量集中抄录的专题文献。因此我们可以推测，宗源瀚在撰写日记时，已有明确的著述意识，他的日记不仅具有保存日常记忆的功能，更是作为其著述的写作空间。① 正是基于这个原因，所以宗源瀚日记字数虽然不多，但"信息密度"很高，史料价值较为突出。具体而言，其日记的史料价值体现在以下几个方面。

1. 清代文化政策史料

此类文献集中于《自有馀斋日记》卷一的七月二十三日至卷二，即后来单独成书的《国朝右文掌录》。从书名可知，这部分内容主要是辑录清代崇文政策史料，其内容又可分为三类，即清代科举制度沿革、优待儒士制度、尊孔政策沿革。

有关科举制度沿革的史料包括历朝学额变化、童试点名问题、童生闹堂问题、取佾生之规定、禁止结社始末、出题截搭割裂问题、生员考核六等黜陟法、恩岁优拔副"五贡"沿革、三场题制沿革、题目不拘忌讳、厘正文体、八旗翻译科举、殿试书写与行款问题、殿试对策、殿试进呈十卷等十几个专题；有关清朝优待儒士的史料包括乡会试考官纪律、会试体恤士子、搜落卷制度、保举制度、甄拔落第、优待忠裔、巡幸召试、开恩榜优老生、各省书院、博学鸿词科、特科等；有关清代尊孔政策的史料包括历朝崇圣典礼、正神位、讳圣名、优执事、饰庙

---

① 吴钦根在研究谭献日记时曾指出，日记已成为不少晚清人士"着意经营的对象，成为他们日常著述的一种方式"。宗源瀚日记亦可作如是观，但性质略有不同。详见吴钦根《谭献〈复堂日记〉的编选、删改与文本重塑》，《文学遗产》2020 年第 2 期。

貌、颁祭器、备乐舞、圣贤庙御笔碑匾、各省释奠礼、江浙圣迹、历朝教士典谟等。每个专题,宗源瀚均详引历朝所颁圣谕及朝臣奏议、相关事例、历次改革措施等,对于清代科举制度等崇文政策研究颇为便利。

此外,光绪十四年三月日记中亦有相当丰富的文化政策史料。如三月十八日后[①],宗源瀚抄录乾隆皇帝关于"违碍"书籍的处理意见云:

> "清风""明月"乃词人引用常语,此而目为悖妄,则欲将"清明"二字避而不用,有是理乎?至其馀签出各处,俱系庙讳暨朕御名未经避写。无论刘遇奇系顺治年间进士,其人身故已久,安能预知敬避?即现在乡曲愚民,其不知庙讳者甚多,岂能家喻户晓?即偶有未经避写,亦无足深责,此而指为语句狂谬,将其子孙治以悖逆之罪,则将来挟嫌告讦之徒,势必吹毛求疵,谬加指摘,使人何所措手足耶?[②]

以上文献源出乾隆五十年上谕,在宗源瀚日记中还有多条类似材料。一般提到清代文化政策,均认为乾隆朝文字狱最盛,文化政策最为严酷,甚至迫使文人产生大规模"自我压抑现象"[③]。然而从宗源瀚所举的这些史料来看,乾隆皇帝似乎真是通情达理、宽容大度的仁厚之君。无怪乎宗源瀚感慨:"高宗宽大高深,诚千古帝王所未有。"[④]宗

---

① 由于宗源瀚《自有馀斋日记》的日期标注不甚明确,许多段落未注明日期,故以下所引材料既有可能属于三月十八日,亦有可能属于三月十八日到后一次日期标注(三月二十一日)之间的任意一天。

② 宗源瀚《自有馀斋日记》,光绪十四年三月十八日后。

③ 王汎森《权力的毛细管作用:清代的思想、学术与心态》,联经出版事业股份有限公司,2014年修订版,第395页。

④ 宗源瀚《自有馀斋日记》,光绪十四年三月十八日后。

源瀚所引述的这些谕旨并非稀见史料，但是以往研究者似乎有意将之忽略。作为晚清知识分子的一员，宗源瀚引述此类材料这一行为本身也值得引起注意。

宗源瀚在同一天日记中，还录有两则关于清代方志修纂问题的史料：

> 乾隆三十一年议准，浙江《遂安县志》侈陈毛一鹭政绩，《嘉兴府志》曲讳虞廷陛附阉党，《萧山县志》极诋嘉靖间学道陈大绶贪酷种种，而大绶督学以清节著闻，所载悉署颠倒。
>
> 江西庐陵县生员郭榜呈控，该县修志，生员郭寘等经理，藉端派累银两，反将不应入传之刘遇奇滥入志书，将刘遇奇所作《慎馀堂集》呈首。

清代各级府州县皆有方志，今人研究清代历史文化，不可不参。然而宗源瀚列举的上述史料却让人反思，清代地方志尤其是人物志部分，究竟有几分是曲徇人情，几分是挟私污蔑，其材料可信度究竟如何？学者在利用方志时，不可不考察修志人员与传主的复杂社会关系，并结合其他史料多方印证，从而把握好史料利用的度。

在光绪十四年三月十八日后的日记中，宗源瀚还列举了康熙年间采访遗书之旨、各地滥立名宦乡贤祀、八旗子弟科举沿革等相关史料，对考察清代文化政策均有一定价值。

2. 晚清社会史料

作为一名地方官员，宗源瀚对社会民生一直比较关注，时不时还需应对各种突发社会事件，因此其日记中有不少关于清代自然灾害、瘟疫、宗教、巫术、物价、农事、诉讼等方面的社会史料，这些材料在其日记中比较分散。

比如关于灾害的记录，有水灾、旱灾、火灾、地震等，宗源瀚不但记录灾害情况，还会记载官府的救治措施，以及民间关于灾害的种种奇异传闻。光绪十五年九月江浙地区水灾,宗源瀚记录了“湖州、桐乡等处城乡有人亲见地生白毛”[①],以及“邑庙屋上来大鸟,头似猫,翼如车轮,枪击亦不惧”,“上海电气灯旁,一夕来虫千万,状如飞蛾,灰白色,死灯下,积如阜”[②]等民间传闻的灵异事件,这些传闻在今天看来固然荒诞不经,但在当时很可能以讹传讹,产生像“叫魂”那样巨大的社会影响。

再如光绪十四年七八月,常熟旱灾,常、昭两县官设坛祷雨,宗源瀚由此回忆起十五年前任嘉兴知府时,以江西县令纪大奎(慎斋)的“先天坛法”祈雨成功的事情,并且对于该祈雨坛法的器物、仪式皆有详尽记录。随后又回忆起光绪五年(1879)夏,宁波旱灾时,宗源瀚与天童寺方丈等人登太白山龙池“咒龙”,泥中获二蛤蟆,将之迎入城中,率文武官员于天宁寺中设坛祈雨,次日果然大雨。宗源瀚据佛经中言,认为这两只蛤蟆是“蛤蟆龙”,乃托浙江巡抚奏请礼部,给蛤蟆求封号,事达宫中,光绪帝圈出“永济”之名。于是宗源瀚在宁波天童寺西偏改建龙神殿,供奉“蛤蟆龙”,并亲自题写楹联。面对威力巨大的自然灾害,和莫名其妙的“蛤蟆龙施雨”,从宗源瀚、天童寺方丈、宁波府文武官员,到浙江巡抚、礼部大臣、光绪皇帝,大清帝国的各级人员全部参与其中,演绎了一系列盛大的祈雨、封神仪式。这样的案例对于研究清代灾害治理、民间信仰,无疑是很好的材料。

此外,日记中还有关于晚清民间宗教、巫术的记载。光绪十六年五月日记中,宗源瀚回忆在湖州知府任时处理的一起“邪教”案件。当时,无为教被清代官方认定为“邪教”,宗源瀚出其不意搜查了乌程县一户教民,发现其所供《无为门龙经》与佛经无异,只是劝人向善,并无违逆内容,于是令教徒开荤后无罪释放。[③] 光绪十三年五月二

① 宗源瀚《自有馀斋日记》,光绪十五年九月十七日。

② 宗源瀚《自有馀斋日记》,光绪十五年九月十九日。

③ 宗源瀚《自有馀斋日记》,光绪十六年五月十九日后。

十二日日记中记载赵烈文谈话云，赵曾在军中见到有人画“辰州符”给脑髓流出之人治伤。所谓“辰州符”，是起源于湘西地区的一种巫术，晚清时广泛流行，钱穆《略论中国心理学》中亦曾谈及。[①]

再者，宗源瀚对当时的物价、工酬、银钱兑换“汇率”记录十分详细，如光绪十五年二月赴京途中日记云：

> 电报与招商同局，遂发到津电报，至苏、达虞，以慰家人。十五字，连“苏州”二字共需洋二元四角。午后至栈，则君表暨秦婿、舜儿已先到矣。住屋二间，仆从一间。每人每日房、饭二百四十文。[②]
>
> 晚间雇定双套车六辆。每辆六千文，较平日约贵五百文。其包饭钱，每人千文，则仍旧也。[③]
>
> 每京钱一千，约值制钱百馀文，其当十钱一枚，抵制钱二文。每市平银一两，与天津江南之平相仿。现易京钱十四千四百文上下。[④]
>
> 余挈秋岳、舜年同俪坤，至恒泰拂尘洗面，店伙在饭馆叫菜。五小碗，一蘑菇汤，大钱九百五十文，甚贵。[⑤]

这种物价、工酬、“汇率”记录，在宗源瀚日记中尚有许多。除此类零散记录以外，日记中还集中抄录有冯桂芬《请定步弓尺寸公牒》与《跋袁胥台父子家书》二文两千馀字，前文论清代弓步尺寸沿革，后文详述清代各种物价以及物价上涨与民生的关系。[⑥]

---

① 钱穆《现代中国学术论衡·略论中国心理学》，《钱宾四先生全集》第25册，联经出版事业股份有限公司1998年版，第98—99页。

② 宗源瀚《自有馀斋日记》，光绪十五年二月初五日。

③ 宗源瀚《自有馀斋日记》，光绪十五年二月初六日。

④ 宗源瀚《自有馀斋日记》，光绪十五年二月十一日。

⑤ 宗源瀚《自有馀斋日记》，光绪十五年二月十九日。

⑥ 宗源瀚《自有馀斋日记》，光绪十三年八月十四日后。

3. 晚清士人对新事物的接受史料

所谓新事物,是指从西洋、东洋传入中国的各种器物、制度、词汇、观念、生活方式等。光绪中期时,各种新事物已渐渐走入中国人的生活,晚清许多日记中皆有相关记载。宗源瀚《自有馀斋日记》评论上海当时的两种报纸云:

> 上海《字林西报》馆有曰《沪报》者,华字,日报,西人主之,而执笔者华人。于《邸抄》之外,恒记都中时事,不似《申报》一味扬西抑中也。[①]

宗源瀚认为《申报》一味扬中抑西,而《沪报》则不然,可见当时的士人已经认识到各种报纸媒体皆有政治倾向,绝非仅仅是报道事实。[②]

再如光绪十五年一月三十日,宗源瀚途经上海,目睹上海洋场的繁华景象后,有感而发:

> 忆此数日中屡过洋场,较余二十馀年前过此时,其繁华又增数倍。交衢广陌,大道高楼,车驰马骤之声,日夜不绝于耳,亦既啧啧称盛矣。然而诲淫之具,金字高悬,诱赌之方,美口杜撰。千商习于浮靡,什一之入,不足供其耗销;万人化于骄奢,廉耻之防,不觉尽归乌有。初方侈洋商之炫耀,以日化我华人,继乃致华众之耗亏,亦暗移于洋贾。夫亦谁知之,而谁揭之哉![③]

---

① 宗源瀚《自有馀斋日记》,光绪十三年六月廿一日。

② 值得一提的是,宗源瀚对《申报》一向比较反感,其《颐情馆诗钞·续钞》中有一首诗,题目云《予莅宁数月,值榷局滋事,〈申报〉指摘叠至。〈申报〉者,华人为西人执笔,据衣冠败类、市井讹言以报事者也,幕中诸君不能无不平意,诗以解嘲》(《清代诗文集汇编》第727册,第339页)。所谓"《申报》指摘",应该就是指戈鲲化在《申报》上发文指责宗源瀚的某些施政措施。

③ 宗源瀚《北征日记》,光绪十五年一月三十日。

此段文字前半段颇似《子夜》开篇吴老太爷进上海时的心理写照，不过宗源瀚对西洋事物的反感不仅仅是文化道德层面，还有经济层面的考虑，他担心华人被洋人的侈俗腐化，更担心中国之财富暗移于洋商。宗源瀚关于经济层面的担忧是不无道理的，光绪十五年二月十三日，宗源瀚在总理衙门见到袁昶，二人畅谈时局，在谈到中西经济文化比较时，袁昶亦认为西方国家以及上海洋场"淫巧耗财，侈肆废业，流而为丐者日滋，不穷困而投死者时有所闻"，远不如"中国他处之质钝未改，尚能乐其有涯之生"[①]。宗源瀚、袁昶二人这种保守主义言论，相信可以代表当时不少中国士人的观点。这种论调在今天看来虽然有些迂腐，但不可否认，其对西方工业文明、消费主义经济弊病的批评是切中肯綮的，对于今日中国社会的发展也具有一定现实意义。

晚清时期，西方人常指责中国人不讲卫生从而导致疾病蔓延，故英国人在香港以及上海、宁波等地的租界区建立了现代卫生系统，然而对于这种卫生措施，宗源瀚的反应颇令人哑然：

> 西人好洁，见河道之淤、厕溷之露立者，辄指为致病之由，每持此以难关道。甚至香港有所谓"洁净局"者，创议街巷禁设粪缸，令比户小民，虽数椽之家，亦必抽出馀地，露天为厕屋。行此虐政，民卒不从，偶有病疫，必归咎于此。……上海、宁波租界皆洁，而上海尤称首，乃租界之疫不减于他处。……则清洁亦不能免疫，从可知矣。[②]

宗源瀚将英国人的卫生强制措施称作"虐政"，并且他举出上海、宁波租界内虽然洁净亦不能免于瘟疫的例子，来证明"清洁亦不能免疫"，

---

① 宗源瀚《北征日记》，光绪十五年二月十三日。

② 宗源瀚《自有馀斋日记》，光绪十三年九月二十日。

潜台词是无需采取卫生措施，乍一听似乎颇有道理，其实完全是因宗源瀚缺乏现代医学及传染病学知识和严密的逻辑思维。预防传染病要根据不同的传染源和传染方式采取相应的防疫措施，仅靠清洁的环境自然是不够的，但清洁的环境无疑可以降低传染病发生及传播的概率。在2020年新冠肺炎全球大流行之际，再读这段日记，实在引人深思。

另外，前文已经提到，《北征日记》中还有不少关于轮船、铁路、德律风(电话)等舶来品的详细描述与评论，不再一一详述。

4. 晚清士人对边疆防务与对外关系的认识史料

这部分内容主要在《北征日记》中，或为谈话记录，或直接摘录相关档案、他人文章。如光绪十五年(1889)四月初十日，宗源瀚在北京拜会曾纪泽，二人皆对时局忧心忡忡：

> 余曰："……方今天下大局，似安而实危，我之外藩为泰西削夺殆尽，高丽国弱君闇，危如累卵，蒙古积弱，闻东三省练兵有名无实，黑龙江等处将吏积为俄人所轻藐。侯为乔木世臣，得毋有时局之忧乎？"侯曰："西人云，蒙古王公多言，中国恩赐今多成具文。而理藩院尤索贿无艺，闻皆书吏所为，有贿者支子亦可袭，无贿者宗子亦不得袭。以此，外蒙古颇为俄人所煽诱，有外向意。俄之东来铁路，中间有数处以轮船间之，闻限三年成功。铁路一接海参崴，则征兵调饷，由其国都十五日可至，三五年后恐有祸变。……"①

宗源瀚目睹日益严重的边疆危机，寄希望于曾纪泽这位"乔木世臣"，发问之中似带轻微责难。曾纪泽对外蒙古、东北局势亦有清醒认识，并且已经发觉外蒙古的分裂倾向和沙俄的进一步侵略意图。然而随

---

① 宗源瀚《北征日记》，光绪十五年四月初十日。

即向宗源瀚诉苦,表示“今身在局中,知其事非一二人能专己见”“虽旋奉管同文馆之恩旨,然已招怨矣”。值得注意的是,曾纪泽借西人之言,揭示出外蒙古渴望独立的另一原因,即中央政府的恩赐无法落实,理藩院官员贪贿腐败,致使外蒙古接受了俄人的煽诱。

再如《北征日记》光绪十五年四月十五日摘录有袁昶关于边疆局势的多篇文章,其中不乏远见卓识:

> 自海禁大开以来,闽、粤人稠田少,觅食维艰,遂倚海为衣食,趋之若(骛)[鹜],或贸易南洋各埔,或佣工新、旧金山,甚或至古巴诱拐华民佃作。大约觅食各国者以新加坡、槟榔屿、孟加拉、旧金山等埔为最,英属之新金山、日本之长崎海滨次之,然大半受制西商,服习异教,非有能雄长一方、崛起号召、自为部落风气者。坐贾多占籍各埔,行商仅依附西舶,大率营作射利,岂有远图。此时我于各国属埔内并无自立口岸之权利,将来商务兴旺、众志成城,庶可酌派兵轮,令商出赀费,以兵卫商,以商养兵,渐立自强经久之基。①

生活于光绪中期的袁昶已经意识到,当时出洋的中国人,绝大部分是贫苦劳工与小商人,这些人在海外受制于洋人,服习“异教”,未能自立自强。他希望将来商务兴旺以后,中国政府能够派兵船到海外,以兵卫商,以商养兵,从而走上自强之路。这在一百多年前无疑是痴人说梦,而今已成现实。

除此之外,《北征日记》中关于东北、蒙古、新疆、西藏等地的边疆防务均有不少史料摘录或议论。

5. 光绪中期士人交游史料

作为官员日记,其中记载拜会交游的内容自然有很多。宗源瀚

① 宗源瀚《北征日记》,光绪十五年四月十五日后。

日记中,《自有馀斋日记》的活动地点主要在常熟,因此其交游人物限于常熟及周边一带。交往比较频繁者主要是常熟人赵烈文、曾之撰(曾朴之父)、赵宗建、翁同龢,以及苏州人沈梧、宁波人马渔珊(马衡、马裕藻之父)等。宗源瀚等人常在曾之撰的虚廓村居、赵烈文的静圃,以及赵宗建的非昔轩等处宴饮谈艺,日记中对前二园(即今日常熟"曾赵园")的营建过程、空间布置、相关诗文均有详细记录。

《北征日记》的活动空间主要在北京,及往返途经的上海、天津、烟台等地。宗源瀚在京期间,几乎每天都外出拜友、参加饮宴,有时一天走访五六处地方。该日记跨时虽仅三月,但涉及的交游人物有百馀人之多。其中交往较密者有:袁昶、李慈铭、曾纪泽、张佩纶、薛福成、许珏、李文田、王懿荣、李鸿章、张之洞、阎敬铭、翁同龢、翁斌孙、张人骏、沈曾植、徐郙、端木埰等。

宗源瀚有强烈的文献保存意识,其日记中的交游记录,并非"某月某日过某人"这类简单流水账,而是详细的"访问笔记"。他就像一名记者,每拜访一人,归来后便记录对方的言谈内容,或为要点概括,或为对话描写,或为长篇复述,要皆言之有物、井井有条。

如光绪十五年三月二十日晤薛福成,二人叙及光绪十一年(1885)在镇海共同抵御法国军舰入侵,并为炮兵管带吴杰被浙江提督欧阳健飞诬劾一事愤愤不平,称"敌至时,欧阳虽驻金鸡山顶,与未尝见敌无异,敌退,赏头品顶戴"①。此则日记可补充 1885 年镇海保卫战之史料。

再如三月二十七日,许珏来找宗源瀚谈中外时局,谈及李鸿章谋建华美银行失败之事的前因后果。今人对此事多感到惋惜,视为中国第一所银行的不幸夭折。② 但在反对派官员许珏的叙述中,李鸿

① 宗源瀚《北征日记》光绪十五年三月二十日。

② 刘文华《李鸿章与中国首次创办银行的尝试》,《河北师范大学学报(哲学社会科学版)》,2018 年第 5 期。

章似乎并非事件的主导者，整件事情是“积猾”的俄裔美国人米建威里外唆使的结果。

又如四月十八日，翁斌孙来代翁同龢表达谢意，然后谈及朝中之事，云阎敬铭“在政府，于上前恒越次言事、言人，致政府不能容，其在户部，事多独断。……其坚不复起，殆非无故。”[①]而就在前两日，宗源瀚应徐致祥之邀前去拜访时，谈及对当朝大臣的看法，宗源瀚云：“论大臣，余推朝邑，阅历深，有任事之气，宗丞则□□。”[②]宗丞即徐致祥，时任宗人府府丞，此处空二字不书，显然表示徐致祥不认同宗源瀚的看法。

宗源瀚日记中的交游人物，不少均有日记传世，但各自侧重点不同，其内容可相互补充。如光绪十五年二月初五日，宗源瀚途经天津，顺道拜访张佩纶，二人虽有亲戚关系，且书信往来多年，但这却是初次晤面。宗源瀚日记中对张佩纶的仕宦经历、成就名声、近期情况、与李鸿章的关系、与自己的关系作了二百馀字的介绍，然而对所谈内容却只字未提，但言“倾谈逾刻”。再看张佩纶当天日记：“宗湘文自浙来，以所作《国朝右文掌录》、所刻《广蚕桑辑补》及许增新刻各家词见赠。”[③]这条日记有三点值得注意。首先，张佩纶误以为宗源瀚自浙江来，其实是从江苏来；其次，由此可知宗源瀚北上之前，已经准备好馈赠京中人士的礼物，即自著之书与许增所刻之词，除张佩纶以外，李鸿章、袁昶、曾纪泽、李慈铭等人或许也将收到这些礼物；其三，宗氏《国朝右文掌录》一书脱胎于《自有馀斋日记》，初撰于光绪十三年七八月，次年刊版成书，仅仅一年多便已派上用场。次日，张佩纶日记中记载“答湘文，见其子舜年”，若只看张氏日记，定然不知是如何“答”，幸而宗源瀚当天日记比较详细：“是日幼樵馈酒席，遂邀君

① 宗源瀚《北征日记》光绪十五年四月十八日。

② 宗源瀚《北征日记》光绪十五年四月十五日。

③ 张佩纶著，谢海林整理《张佩纶日记》，凤凰出版社 2015 年版，第 197 页。

表与余同寓新孝廉上元郑也侨与惠、侯健伯巽、扬州成述周守正晚间同饮。”[①]

再如光绪十五年二月二十七日，宗源瀚在京拜访李慈铭，其日记中记录李慈铭谈话多达五百馀字，涉及诸多话题。而李慈铭当天日记较为简单：“宗湘文观察源瀚来谈甚久。湘文久官浙中，守明州，有惠政。”[②]次日，李慈铭日记中记载：“得宗湘文书，馈杭茗二匣，鮝脯四肩，《汪梅村集》一部，《照拓汉华岳碑》拓本一册，及所刻《右文掌录》等书数册。作书复谢，还其鮝脯，犒使六千。”[③]然而宗源瀚日记中未言此事。结合张佩纶日记可看出，宗源瀚所赠之书，非独自撰之著，亦有江浙人士许增、汪士铎等人著作，这种搭配赠书法颇耐人寻味。

又如光绪十五年二月十三日至四月十八日的六十馀日间，宗源瀚与袁昶有十五次以上的过访、共宴或文书往来，宗氏日记中记录袁昶对铁路、时局、中西文化的看法甚多。然而袁昶日记中，此时间段仅以月份为标目，未作逐日记录，且内容颇为简略，宗源瀚所记之事，袁昶日记几乎全部失载，宗氏日记可补袁氏日记之疏略。[④] 宗源瀚日记中其他交游人物，如赵烈文、赵宗建、许景澄、薛福成、曾纪泽、许庚身、翁同龢、翁斌孙等人均有日记传世，且大部分已陆续出版，皆可互相对读、补充。

以上分五类介绍了宗源瀚日记中的各种史料，这些史料看似驳杂，但皆与晚清地方官员的日常事务密切相关。从中亦可看到宗源瀚作为一名地方知府，对国计民生、中外局势、制度沿革一直十分关注，其日记体现出强烈的经世意识。

---

① 宗源瀚《北征日记》，光绪十五年二月初六日。

② 李慈铭《越缦堂日记》第 16 册，广陵书社 2004 年影印版，总第 12009 页。

③ 李慈铭《越缦堂日记》第 16 册，总第 12009—12010 页。

④ 袁昶著，孙之梅整理《袁昶日记》，凤凰出版社 2018 年版，第 790—804 页。

日记作为一种百科全书式的文本，不同读者会留意不同方面的文献信息。关注晚清士人交游者，会注意到《北征日记》中非常集中的人物交游史料；关注古籍版本、金石碑帖者，一定会留意日记中大量古物收藏、经眼记录，其中不乏旧拓《华山碑》《娄寿碑》、抄本《肇域志》这样的珍拓秘籍；对晚清地方治理感兴趣的学者，可能会注意到本书附录三《申报》中有关宗源瀚任宁波知府时引发的舆论争议，若将之与日记正文对读，或许会发现一些有趣的研究角度。此外，《自有馀斋日记》卷五录有多篇严可均的文章，《北征日记》卷二载有不少袁昶的经世类文字，此皆可供校勘或辑佚。上文所举该日记史料价值仅为笔者一孔之见，宗氏日记更多文献价值还有待研究者去发掘、揭示。

本次整理的《宗源瀚日记》包括《自有馀斋日记》与《北征日记》两部分，并附从日记中摘编单行的《颐情馆笔记》与《国朝右文掌录》两部小书。日记、笔记底本均为南京图书馆藏抄本，根据目前掌握的资料来看，亦皆为孤本。据宗嘉谟校勘便签可知，宗源瀚日记原有稿本，但遍查海内外各种文献目录，均付阙如。考虑到宗氏常熟故居在抗战期间毁于战火，其日记稿本或已不存于世。《颐情馆笔记》是前述两种日记的摘编本。《国朝右文掌录》则是从《自有馀斋日记》中整体裁出成书，因其正文内容与日记中相关部分几乎完全相同，故本书仅录该书自序，以省篇幅。之所以为该书单列一目，是为引起相关研究者注意，避免其内容淹没于日记之中。

除正文以外，本书还有四种附录。附录一是日记抄本中夹的两张便笺纸，内容为宗源瀚侄宗嘉谟所撰校勘说明，此二笺对于考察日记抄本的成书过程十分重要；附录二是秦宝瑊、谭献、孙雄、叶昌炽为宗源瀚写的四篇碑传文，以及《清史稿》宗源瀚本传；附录三是《申报》中有关宗源瀚的一些新闻报道与评论文章，刊载时间处于宗源瀚丁忧之前及复出以后，可以看作《宗源瀚日记》的“前传”与“续编”。附录四为《人名索引》,方便读者查检。

本书在整理过程中遇到许多疑难句读,蒙南京大学文学院张何斌、张知强、尧育飞、刘文龙、张鑫龙、杨珂等博士学友赐教良多,特此表达诚挚谢意。此外,因受新冠肺炎疫情影响,书稿进入最终校对阶段时难以核对底本,感谢南京图书馆历史文献部韩超博士代为核对部分疑文,解决燃眉之急。感谢南京图书馆妥善保存宗氏日记,并提供高清书影数页。

宗氏日记内容十分博杂,笔者自知学力不逮,虽经反复核校,书中必然还有不少字句讹舛,敬祈读者、方家不吝指正。

曹天晓

庚子年夏

凡　　例

一、本日记包含《自有馀斋日记》与《北征日记》两部分，并附日记析出著作《颐情馆笔记》与《国朝右文掌录》，以及相关附录四种。

二、日记中年月标题、段首公历日期、随文括注公元纪年均为整理者所加。《自有馀斋日记》原抄本中，多数日期以小字附注于段末，今皆移至段首；少数日期以大字标于段首，为保持行文流畅，仍予保留。

三、原抄本分段较粗略，为便阅读，今据文意酌加分段。

四、除特殊说明外，“□”均表示原抄本中空阙不书之字；表敬称之空格则去除。

五、原抄本有浮签、眉批、随文朱笔批校三类校勘记。浮签、眉批照录，置于脚注中；随文朱笔批校，据之径改。

六、本书以简体字整理，繁体字、异体字一般径改，通假字保留。讹字以（　）标出，并以[　]补出正字，不确定者以脚注形式出校。

七、原抄本中双行小字夹注，以小五号宋体排版；注中之注以“（　）”标示。

八、日记中所引谕旨、部议、奏疏多为节引、跳引或撮其大意，故一般不加引号。其馀各处引文虽加有引号，但并非与原文献完全相同。

自有馀斋日记

卷一

光绪十三年(1887)五月[①]

余弟兄之名，皆命自先王父，以“得”字冠之，惟余于应童试之后改名“源瀚”。伯兄长子入塾时，兄禀命于先公，命曰“彭年”。后吾儿暨五弟之子，皆以“年”字排之。彭年两子乳名，先公命之曰“春生”“寿生”。乙酉(1885)春，先公去世时，两生幼，未入塾，未命塾名。今年彭年以塾名来请，乃本先王父与先公之意，拈十字曰“得年惟大德，积善有馀庆”，使子孙他日递排以名。即名春生曰“惟熙”，寿生曰“惟永”。彭年今年闰四月又生一女，乃命乳名曰“闰生”。

余与五弟每次见面所谈者，无非前言往行、世故人情，各以所闻见者相印证。乙酉春遭大故，去官，五弟是年七月又丧弟妇张氏，九月又丧其第二子禹年，忧伤困窘，极人世不堪之境。兹虽届服阕，而两兄弟在浙时，余最后调宁波府知府在任候补道，弟最后补钱清场大使在任候补知县，照部章，服阕后均应回浙江，以道员、知县候补，而同归地方，新章应回避。余本倦游，道员又补缺无期，故早与弟约，余虽力不能家食，然宜且不出，俾弟服阕后到浙候补。弟似不安，欲谋捐改省分，又苦无力，牢骚之意不免形于辞色。余语之曰：“吾等虽贫薄，然目前不如我者，毕竟尚多。我两人在浙服官二十年，辛勤黾勉，似亦不后于人，乃进未有一阶之升，退亦无三年之储，视世之贵且富于我者，似甚可羡。然有可羡者，即亦有甚不可羡者。天下事，此优

---

① 此类年月标题乃整理者所加，月份为农历。

彼绌,大抵互相乘除,即其乘除而观之,有馀与不足,亦正相等耳,不平何为?”弟甚韪吾言。

自乙酉三月二十八日,奉先通奉公灵舆至虞,营度葬地。虞山之西北两面,探寻殆遍,向苦不能奔走,及是颇能走数里之路。最高之峰,亦尝扶童而登,拄杖而降,草笠帷帽,寒暑皆能耐之。形家之言,向未理会,是岁专看峦头理气之书,虽不能涉其藩篱,而于地师之言某山佳、某地恶,亦理会一二,以决从违。在官虽久,向无官囊,任嘉、湖、衢、严、宁五府,每值三节,司账人必以匮告。三次卓异,两次俸满,部催引见,勉存两年馀廉银为入都之地,因此得存番饼三千馀元携归。丧中与道路之费已去其半,自知无多钱,而窀穸大事,岂敢苟简,计惟有事事从实,力除浮费。于是买山营圹,一切土木砖石各工,无不与乡人对谈,言语不甚通,勉习土语,以通彼此之情。余舌本笨,然居官到处,必粗习土语,为审案之用,虽为人所哂,予亦不恤。自此始知乡人之质直坦易,非城市所及也。

十馀年前,先在西山程家桥买地一区。地凡□□□□看山人王二。四月间,邀吴江叶子谦相赵王坟地,以为可。九月,嘉定廖季仙相之,以为否。廖为相得北山梅园红旗杆坟地一区,地凡十丈,看山人徐金海。以为大吉,然地洼,不能深葬,形家曰:“沙涨穴,须培土成坟。”余心以葬者藏先人之体魄,以深为贵,虽不可葬凶地,然毕竟非为子孙发福起见,浅葬非余意。季老云:“此最吉,姑卜之于先灵。”乃于前两日亲写祝辞,备言赵王坟、梅园两地莫决情状,将于第三日在灵前拈阄以卜,炷香跪焚之。至期,清晨闭门炷香,先置梅园可用、不可用两阄于小盒,跪祷拈之,则不可用,三拈皆同。次拈赵王坟,亦不可用,次拈程家桥,初次不可用,二次可用,余心凛然,似有所悟。其必不可者,北山距王父东经堂旧阡甚远;程家桥亦不可者,地甚小,且无出路;而差可者,地在西山,距旧阡咫尺也。此可知先灵所向矣。以语季老,重整精神,再为别择。逾两日,得史家路下张家祠后之地,季老以为佳。余视其地,四方皆略高,为圆窝形,后坐金星,山顶圆峰甚正,左右两峰有若旗鼓，两傍虽各有坟，皆不能正对山顶。地后迤东不半里，近山麓处为中山街，街之南于平地突起二巨石如门，迤□而至穴场，穴场下迤东田中有巨石，高方丈许，可容数十人。尤难得者，东经堂旧阡翘首可见，所谓一牛鸣地耳。遂定计用之营筑佳城，金井开深六尺四寸，为虞人少有之事。所不足者，拜台之下为张氏祠屋，后墙虽有隙地数丈，乃张祠馀地，有张姓界石，祠墙残损，幸我坟高，视之如培塿。祠之前面有石坊，与其右□姓石坊，登穴望之，俨居外面之左右。与季老商定，于拜台下自起一石坊，大书"通奉宗公之墓"以镇之。我坊居中，彼之左右两坊在外，又在下矣。乙酉十二月二十一日(1886年1月25日)举葬，迁伯兄嫂两厝柩，祔葬左下方。

灰椁之法见于《朱子家语》与《读礼通考》中，《通考》尤详，以鸳樟汁为贵。五弟先期于杭州雇得用樟汁熟手一僧、一工人，携樟叶器具，于登穴后监视五昼夜，筑灰椁始成。先期搭棚厂，虽略有雨雪，无害也。一切营圹、营葬工程，做法、价目详纪一册，序余家虞山有丘栊之始于其前，曰《安兆录》，以示后人。五弟为五弟妇购地办葬，即取资于此。昨季佑申司马、似周都转昆仲，今年又丁内艰，将举苏太夫人与君梅太史之柩同葬，来询一切，以《安兆录》示之，属其摘录后见还。

先公冢之右下方，拟祔葬先仲兄云皋。仲兄于兵燹时葬金陵，沧波三十三年，孤冢无依。余于去年十一月金陵省墓后，迁骨来虞，十九日(1886年12月14日)暂厝先公圹城之外，今年九、十月可祔圹内矣。迁骨之事别详《丙戌省墓行纪》。

《大清通礼》，小祥、大祥之祭，皆于忌日行事，《家礼》《书仪》莫不如是。小祥十二足月，大祥二十四足月，而礼家谓十有三月而小祥，二十五月而大祥者，并遭丧之月计之，不计日以论月也。《礼·三年问》："三年之丧，二十五月而毕。"《士虞礼》《间传》皆言"中月禫"，盖谓在祥月中，郑康成释"中"为"间"，定为二十七月，后人遵之者，礼从厚，且古人缞麻居丧，今人岂能及其毫末，此不足论。惟大祥后间一月禫,今人计日以论月,是今之二十六月,即古之二十七月,今之二十七月,不啻古之二十八月矣。予居先公之丧,乙酉、丙戌两年皆无闰月,至今年丁亥始闰四月,二月大祥,历三四闰,丧不数闰,说本《谷梁》,今制从之。而至五月已为大祥后第四月。余拘于《大清通礼》“中月而禫”“二十七月既周之日行事”二语,至五月初三日始告祭、行禫礼,先未计算日期,禫祭将届,始觉五月初五日已是不计闰二十七足月释服之期,则行禫礼似已略迟。其实《通礼》所谓“二十七月既周”,此与服满起复不同,固不必不数闰。其援《礼经》“中月而禫”,自蒙礼家“二十五月大祥”之说,而言中月者大祥后两月,故曰二十七月,不必大祥后三月,更不必大祥后不数闰,至第四月而禫也。先公神主遵《通礼》《礼经》,大祥后应行祔庙礼,家祠工毕后,已于三月二十一日商明五弟,敬奉神主祔入家祠。是日命舜年吉服奉主,余兄弟仍墨服将事。禫祭之前一日诣祠跪告,至日请主至大厅后敬祭,邀僧诵经一日。至夕仍命。余始释素服,朝珠补褂祭献,仍不蟒服,祭后仍羽缨帽、元青褂以终。五月,予妇祭日,红裙,祭后五月内亦不御红裙,遵《通礼》“素服终月,始服常服”之制也。

《宋史·礼志》:“按礼学,王肃以二十五月为毕丧,而郑康成以二十七月,《通典》用其说,又加至二十七月终,则是二十八月毕丧,而二十九月始吉。天圣中更定五服年月,敕断以二十七月,今士庶所同遵用。三年之丧,自天子达,不宜有异。仁宗四月二十九日大祥,五月择日而禫,六月一日从吉。”今俗说除服不可足二十七月,盖昉于此。

《康熙圣训》中有五十五年上谕云:西洋等国千百年后,中国恐受其累,此朕逆料之言。又按乾隆四十一年部驳广东革监倪宏文欠英商嗡等货银改杖责为杖流监追一案,上谕:此番处置,非只为此事,盖有深虑。汉、唐、宋、明之末季,多昧于柔远之经,当其弱而不振,则忽而虐侮之;及其强而有事,则又畏惧而调停之,姑息因循,卒致酿成大衅而不可救。宋之败、明之亡,皆坐此病,更不可不引为殷鉴也。方今国家全盛,诸属国震慑威棱,自不敢稍生异志,然思患预防,不可不早杜其渐。其详载于《瀛海论》中。今时之局，两圣人于丰亨豫大时，已逆料及之，读之令人钦悚，特敬抄康熙中全谕一通置《瀛海论》书中。

余家自咸丰六年丙辰(1856)，以避寇来虞山，于南门外接官厅赁屋而居。王父赠通奉公暨吾母刘太夫人先后下世。至庚申闰三月，金陵大营再溃。四月，常、苏皆陷于贼，常熟势不可居。吾父封通奉公觅地于西门外东经堂上山麓，浅葬两柩，亡四弟得智柩亦祔先妣之下。遂挈余兄弟，从太仓旋渡江北。迨克复后，先公来虞展视，以阅时久，恐不可动，遂培成高冢，自此乃决计为虞人矣。光绪四[1]年，余再署湖州府，卸事后来虞省墓，月锄孝廉导视举荐巷[2]归氏之屋，买得之。屋之东为市中心，街有市房九间，月有屋租，又先买田二百亩，岁有田息，遂以为修屋之资，托丁葵臣经理其屋。只楼房前后两所，大门向东，以其近市而嚣也，闭其东面，迁其屋为南北向。南邻贡、范、瞿三姓之屋，有界墙，不可为门，故辟大门于北，而以西偏旧有之假山池塘，各建楼屋、平屋，楼以储书，凡历九年而屋始粗完。其正厅之扁，倩赵惠甫书"念修堂"三字，吾家老堂名也。花厅面池者，迄未有扁名，忆韩昌黎《示儿篇》云："始我来京师，止携一束书。辛勤三十年，以有此屋庐。此屋岂为华，于我自有馀。"与余屋情事适合，自丙辰来虞，至今适三十年也，遂扁厅事之面池者曰"自有馀斋"。语舜年曰："凡为学当日虞不足，惟处世当自知有馀。"以是名斋，最惬余怀，所谓自有馀者，宁独屋哉！

胡竹村先生，培翚。嘉庆己卯进士，历官户部广东司主事。道光中，陶文毅延主吾乡之钟山、惜阴两书院，杨君雅伦、汪君梅村辈，时皆在院肄业，故梅村文集有《绩溪胡先生墓志铭》，又有《上制府请祀胡先生启》，谓当侑食文毅也。先生经术至粹，《研六室杂著》《燕寝

---

① 浮签：上半页第一行"光绪四年"之"四"字，虽系原本，然似应作"三"字。

② 常熟旧有卷荐弄，在中巷东段，疑即此处所云"举荐巷"。

考》刻入《皇清经解》,《杂著》即从《研六室文钞》中择其说经之作别为《杂著》,非有二书。而先生一生精力所萃,则在《仪礼正义》四十卷。病偏中,右手不能握管,以左手作字,易箦之前,尚拳拳于《正义》未完,以《士昏礼》《乡饮》《乡射》《燕礼》《大射》诸篇,命从子肇昕采辑诸说。易箦时,《正义》尚缺五篇,其后陆制府刻之,跋为杨君大堉补,十二卷者,即据肇昕所辑之底本也。先生别有《禘祫问答》,其族弟宣城县学训导子继培系裒胡氏一门所著书,自宋至今计一百十馀种,曰《绩溪金紫胡氏所著书目》,而于《禘祫问答》未之见,惟闻金山钱氏刻入《艺海珠尘》。子继为赵惠甫从子之外舅,其女归宁宣城,来奔父丧,子继送之来虞,与余往还甚亲。访《艺海珠尘》,舜年于《昭代丛书》中见《禘祫问答》,以示子继,极快,属余令写手抄录寄之,拟请王益吾学使刻入《续皇清经解》,学使所辑书已有目二百馀,亦未有是书也。《昭代丛书》以是书与朴斋先生《侯国职官表》同刻,遂亦误认为朴斋之书,而《研六室文钞》中《与陈硕甫论禘祫书》有"拙著《禘祫问答》"语,其为竹村之书无疑也。绩溪胡氏自宋胡少师汝明舜陟著声,南渡有《胡少师总集》,其子元任仔著《孔子编年》《苕溪渔隐丛话》,自是代有传人。至本朝而朴斋先生匡衷、春乔先生秉虔与竹村尤先后以经学鸣。朴斋著书至十二种,春乔著书至二十种,而说经为多。朴斋已与婺源江慎修同入《国史儒林传》矣。子继尊人云林先生秉元著有《诗地理考》,实以王伯厚《诗地理考》荟集众说,无所论断,爰博稽古地志诸书而证以今名,未刊。子继读父之书,不忘手泽,绘有《飞云山馆授经图》,原卷在宣城箧中,有扬州汪研山画第二图并录原卷题咏一册,属余与惠甫题之,惠甫已为题七古一篇。

余以五经中之说地而证以今名者,蒋文肃《尚书地理今释》已收入《钦定书经传说汇纂》,《春秋》则江慎修《春秋地理考》,实作于御纂之后,亦收入《四库全书》,此外,华亭姚平山培谦《左传杜注补辑》亦及今地,无锡顾复初栋高《春秋大事表》中《疆域表》注以今地名,其《春秋舆图》则竟以今之各行省地名为图,以证《春秋》之地。《诗经释地》《钦定传说汇纂》间用《皇舆表》释今地，而多所阙疑，见于《凡例》。焦氏循里堂字[①]《毛诗地理考》、朱氏右曾亮甫字[②]《诗地理考》均未刊布，闻胡氏书皆证以今地，甚喜。

余近以《通鉴》为日课，喜考舆地，以为必证明今地在何处，求其形势，始可论古。《玉海》中虽有《通鉴地理今释》，乃释宋地，非今地。本朝李申耆先生虽有《历代地理韵编今释》，乃专释郡县之名，凡史中地名见于因事而非郡县者，与上古三代春秋战国诸地名，皆未之及。其自序中云尚欲为《历代史地名长编》，以韵类之，仅成《晋书》一种，亦未之见。宁乡黄仲良本骥《郡县分韵考》由今以溯古，多同李书。汪梅翁精于舆地，曾为童石塘考证《通鉴地理》，事在兵燹以前，不知书成与否。扬州吴让之熙载有《通鉴地理今释》，颇用心力，惜当时征书未多，亦未核校，不无疏舛。苏州书局取草稿刊布，未校勘，无序跋。余先以吴氏所释，用墨笔录诸《通鉴》之眉，而以胡文忠《读史兵略》梅翁所纂。中所证今地，录于书之下方。吴、汪之释不同者，并著之，其见于《御批通鉴辑览》注中者，则以朱笔录于书眉，余间取《皇朝三通》、《大清一统志表》、洪稚存《乾隆府厅州县志》、段西崖长基《历代疆域沿革》二表，此书刊本太草率，原书以《读史方舆纪要》为蓝本，《方舆纪要》多沿明末地名，辽东、辽西尤绝未及今名。及魏默深、张石州考论舆地诸书，加以按语，以订吴氏之误，凡有"按"字者，朱笔、墨笔皆余语也。《通鉴》浩博，自去夏至今，仅考录十馀卷，知舆地一道亦不易为。

今子继以《飞云山馆授经图》属题，枨触余怀，遂就舆地发端成五古一篇，不下四十韵，以示惠甫，曰："硬语险韵，亦颇思效昌黎，苦才力不逮耳。"惠甫一见道破，答曰："公熟于舆地，认定《诗地理考实》切实发挥，为同卷所无，而又笔力遒健，投之无不如志，以视吾诗，真成空衍其誉，不免过情。"余于三十岁以前，颇喜作诗，律古诸篇，摇笔辄

---

① 浮签："焦氏循"下注当云"字里堂"。

② 浮签："朱氏右曾"下注当云"字亮甫"。

一二十首,颇自负才气,然意则甚薄。其时虽手抄杜诗吟讽,亦浏览《古诗源》、唐宋人诗,实无心得,而国朝人诗,自吴、王以降,胸中太多,自谓不喜随园派,实不出时贤范围。后渐知诗不易为,洎入仕途,亦无暇为,自遭大故,更已绝响。赵惠甫去春以便面索书,兼索诗,屡受迫促,至今年大祥后,逾月始为赠七古一章,惠甫惊以为不如。惠甫夙能诗,而语多溢美,岂以予不作而诱掖之乎?家居读书渐多,未尝肆力于诗,偶一为之,而其面目固一变矣。

秦淡如都转缃业,小岘侍郎之少子,喜谈古文,晚年颇以古文诱奖乡之后进。邓似周、裘葆良皆少年而思自奋,予婿秦秋岳亦有志于此,一二年来,惟编摩《史记》。五月初十日自锡来虞,余语之曰:"古文为体最高,驾义理、考据、词章三者而上之,然必得三者之精而后可以操笔,与古文家相见,徒揣摩于文字间,抑末也。大抵十分中,义理居五分,考据二分,词章三分,调和而融洽之,庶可言耳。"

胡子继云:《士昏礼》诸篇,杨雅伦所补者,不尽合竹村指趣。王学使兹拟刻是书于《续经解》,子继拟作校勘记,当不仅校勘字句之异同也。子继自著有《仪礼宫室提纲》,附列胡氏所著书目之后。

五月十五日(1887年7月5日) 《新疆识略》,松文清纂进,有成庙御制序,"识略"乃进御后命名。其凡例云:"伊犁将军统辖南北路,职任较繁,自卷一至卷三,分载南北两路事宜,卷四至卷十二专载伊犁事宜。"文清之成是书,自必有任纂辑之人。余阅《西域水道记》龙万育叙云:"徐星伯谪戍伊犁,撰《伊犁总统事略》,松湘浦先生奏进,御制叙文,付武英殿施行。"似即此书也。叙云星伯又有《新疆赋》《汉书西域传补注》。《新疆赋》近年有翻雕者,予蓄有一本,安得《西域传补注》一读之?《新疆赋》有彭邦畴序云:"星伯献所著《新疆志》,拜中书之命。"岂亦即《新疆识略》之讹乎?疑不能明也。《蒙古游牧记》乃张石州辑,何愿船补,而龙序又云:"蒙古地理有程春庐先生书,卫藏地理有松湘浦先生书,与祁公韵士之《藩部要略》皆考皇舆者所不可不知也。"

五月十六日(7月6日)　赵惠甫曰:“今之世有德者庸,有才者妄。”惠甫熟于古今,其言自是精括。余曰:“德而不庸,乃是真德,才而不妄,乃是真才。”

五月十九日(7月9日)　王子献继香,会稽孝廉,余守宁波,延评孝廉堂月湖书院古学卷。子献循雅多才,遇古今来砚之有铭辞题识者,与其弟子诒先后手拓之,兹已集成一册,曰《砚影》,索余作叙跋。三月书来,迁延未报,昨甫作序一首,今日缄寄之。子诒事父母孝,父名英澜,鄞县训导,殁三月,母又病。殆子诒为文,祷神愿以身代,盖于父病之日,先有此志,未遂,洎母又危,而遂决。故大书于宁波府城月湖之亭柱曰“漱六道人归真处”,遽耸身赴水而殁,其事具详于余所作《王孝子碑》中,事在光绪六年三月。余闻,惊叹不已,率官绅赴湖亭祭之,具其端末,陈于浙抚谭文卿,中丞请为奏旌,竟为批驳。逾年,余姚邵太常曰濂疏于朝,奏准给旌,子献已刻碑湖上,又先辑四方纪悼诗文为一册,曰《慜孝录》,又辑刻子诒平日所为诗,会稽李莼客慈铭叙之。

曾君表部郎之撰于城西九万圩买低田,浚池植荷,构桥架屋,名之曰“虚廓村居”。虞峰西麓,如在几案,颇饶清旷之致,池与屋皆于平地创为之,成甫数年。初,浚池时,于地中得旧蜡烛二枝,及未开菡萏数柄,最为奇事。《县志》明侍御钱岱有小辋川园,在邑城之西,山塘泾南,池沼最多,栽荷可三亩。钱又多蓄声伎,读屠隆《小辋川记》,知其占地甚广。君表之虚廓村居,与其西邻赵惠甫之静圃,疑皆小辋川遗址。今虽尚有小辋川之名,为□氏□子孙所居,地甚狭,殆当时之一角耳。绛蜡残荷,岂尚有三百年前影事在乎?丙戌夏六月,荷开最盛,赵介人宗德户部为看花之约。今年五月二十二日,姚芝生福堃又招饮于此,积雨之后,荷蕊较稀。于是,余已三度看荷矣,即席为一律,曰:“湿云镇月压苍葭,昨日峰头晚作霞。醮碧五桥通渌水,闹红三度看荷花。村居佳处仍依郭,山色苍然欲满家。割取城西半河水,余杯常不隔邻笆。”末句即指惠甫静圃。两家园林之盛,皆在城西,且相咫尺也。静圃旧名水吴园，为乾嘉时吴督部熊光家别墅，池水通河，极烟波荡漾之美，兵燹后已无一椽。惠甫于二十年前买其地，积年修筑，今已有修廊长桥、书楼层台矣。余赠惠甫七古中有句云："台榭纵横现弹指，几案岚光到虞岭。百尺高楼日几上，九折长桥暮犹骋。兴酣忽付儿女子，溪水番番照斜领。花明柳媚不出户，黛雨楼头春昼永。古藻浑兮鬓影清，麝煤欲夺钗光靓。"又书贻楹帖云："尽楼台池馆，比蕃锦争春，谁办此千帙传家，万言倚马；视将相王侯，如飘风过眼，才消得四围烟水，一榻云山。"合诗与联，而惠甫生平可以仿佛。惠翁以余联悬于曾文正、李合肥联语之间。惠甫蚤岁亟受曾文正之知，其官直隶易州时，合肥亦破格相待，而惠甫拂袖径归也。

五月廿二日(7 月 12 日)　五月二十二日之会，座中客为吴如卿鸿纶、赵次侯宗建、家月锄廷辅与君表、惠甫。惠甫谈及画辰州符：曩在军中，有操是术者，已保至副将，有疾痛求之，作法甚恭，亦不尽效。一日，有勇丁相斗，撞于石，颅裂，脑髓与血交流如注，已扑地将毙矣。舟中一舵工出视曰："是尚可为。"口有所诵，取线香寸断，于脑髓流出[①]遍围之，髓与血忽反卷入颅。次日人愈，惠甫亲见之，舵工一椎鲁人也，云即副将之师。惠甫曰："一切术家皆有传授，其作法时，必默诵所师者之状貌，或传授秘语，心一凝，神即通之。"

光绪十三年六月

六月初二日(1887 年 7 月 22 日)　今岁正月至闰四月朔日，皆火日，乡间好事者谓主旱。春雨虽少，而闰四月下旬至五月中旬，积雨将一月，忘其为夏，莎葛皆未御。自五月二十一日起，忽骤暑，湿云蒸日，昼夜无风，人如在蒸炊中，虽静坐，挥汗如雨。夜眠，汗滴有声，如是者几十日，至二十九日夕，始起东南风。三十日，转西南风，喘汗始渐纾。六月朔，夜黑云满空，有阵雨，亦甚暂也。

---

① "出"疑为"处"，或"出"后脱一"处"字。

六月朔日过静圃，观静溪新荷，十年前溪荷最盛，有并头、重台之异，有“瑞蕖轩”额，杨咏春沂孙书也。去年溪边以筑屋，车水外放，荷逐稀，今年新种早发，又为五月梅水所没，晴霁水退，今又有数十头在风裳水佩间矣[①]。

夹竹桃数盆，作花甚妍。此花前人咏者颇少，《钦定咏物诗选》中仅宋人李觏一五古、明王世懋两五律耳，亦未警妙。六月初三夕，余谓舜儿暨秋岳曰：“作咏物诗亦逭暑之一法。”是夕得一律，次日得四律，曰：“天然两美态相关，嶓冢嘉名未可删。郭璞《山海经图赞》曰：嶓冢美竹，厥曰桃枝。绝代名姝怜翠袖，坐中佳士尽朱颜。笑容不藉闲门映，修影偏宜艳骨孱。赢得徽之笑刘阮，天台原只在人间。”“留春无计驻飞英，伏雨炎风春又生。岂有岁寒嘲薄命，居然名士伴倾城。绥山淇水声华合，绿意红情绮绣横。未必仙源胜人世，流莺都作凤鸾声。”“翻说春阳逊此妍，殷红浅碧倚便娟。青宵幸有天人降，红雨都成泪点鲜。潭水新移空宅种，淇园喜遇武陵仙。桃花粥作胡麻饭，决胜诗人千亩川。”“佩玉青青巧笑瑳，比肩君子意如何。神游碧落临风皎，花趁朱明得气多。似此交枝天作合，未妨对影意婆娑。红莲绿沼刚相并，更唱风裳水佩歌。”“天逐黄莺紫燕飞，漂流影事意多违。新痕倚玉年光永，旧梦娇春色相非。凭仗风枝寻石隐，低徊露井换罗衣。归霞佩是凌云具，遮莫神霄叩玉妃。”

六月十二日(8月1日)　本朝圣祖仁皇帝天纵多能，群经庶物、天文地舆，无不精究。康熙五十五年丙申三月乙巳，谕大学士等曰：朕尝立小旗占风，并令直隶各省，凡起风下雨之时，一一奏报。见有京师于是日起西北风，而山东于是日起东南风者，古人云“隔里不同风”，此言最确。又尝考验雷声，不出百里之外，《易》曰“震惊百里”；若霹雳，则不过七八里也。至于炮声，竟闻二三百里。从前，卢沟桥

---

① 浮签：“间矣”下原本尚有“坐瑞蕖轩无所不□”八字。（整理者按：“□”处文字有破损。）

演炮,天津皆闻之,此其验也。又谕曰:地理上应天文,宋儒云“天下至大,不可执中国地方推算”,其言甚精而有理。中国山脉皆由昆仑而来,彼地方四面有江,土人呼昆仑为枯龙,又云疆地。推算天象,中国与瀚海俱在赤道四十五度之内,四十五度之南,水皆向南而东流,四十五度之北,俱向北流,此皆天文地理相合之处也。六十年三月,谕大学士等曰:邵子于天津桥闻杜鹃,即知南人有入相者,此皆书册所载,信有明征。其他亦有不可尽信者,如云“风不鸣条,雨不破块”,不鸣条则无力以散天地抑郁之气,鼓荡万物,雨不破块,何以播种?又云“囊萤读书”,朕曾收取百枚,盛以大囊,照书,字画竟不能辨,此书之不可尽信者。然亦有似乎荒渺而竟实有其事者,东方朔记北方有层冰千尺,冬夏不消,今年鄂罗斯来朝,其地去北极二十度以上,名为冰海,坚冰凝结,人不能至,始知东方朔所云不谬。又,从前有书吏三人,遍传西边异兽,部议重罪,朕从宽免死,令其往觅是兽,后将军祁里德来自军前,奏云果有是兽,目在乳旁,口在脐旁,巡哨侍卫曾亲见之,蒙古名其兽为鄂步。又有飞者名为积步,蒙古名恶人为鄂步太、积步太,是即《山海经》所谓“刑天无首,以乳为目,以脐为口”也,故将发遣书吏放还。又《神异经》云“北方层冰之下有大鼠,肉重千斤,名为鼢鼠,穿地而行,见日月光即死”,今鄂罗斯近海北地有鼠如象,穴地以行,见风日即毙,其骨类象牙,土人以制碗碟梳篦,朕亲见其器,方信为实。又古人以天市垣为中国分野,朕始疑其说,细玩天球,合以地图,中国去赤道二十四度至四十度,在谷雨、立夏、小满三节气上,天市垣亦去赤道二十度,恰与中国对照,始知古人分野之说确有可据,此又书之不可信而可信者也。此数通备载于《朔方备乘》,因阅《备乘》,敬录之。

六月十五日(8月4日) 贾人持书画两大束,多赝迹,有戴文节山水一卷,题云:“宇宙名迹,思而不可见,见而不可得,追慕之力最深,若友朋之有神交也。假令置几案间,则近而忽之矣。故画有久在秘笈而未识其妙者,有瞥见真迹如旧相识者,要在臭味之合,不在收藏之富也。偶有所忆，漫作此卷，醇士戴熙。”印章二，一曰“井东居士”，一曰“与江南徐河阳郭同名”。又王司农巨轴，题云：“画中设色之法，与用墨无异，全在火候，不在取色，而在取气，故墨中有色，色中有墨。古人目光直透纸背，大约在此，今人但取傅采悦目，不问节凑，不入窾要，宜其浮而不实也。因作此图，意有所感，遂弁数语于首，康熙乙未仲秋上浣，拟大痴笔意于谷诒堂麓台，祁时年七十有四。”名印二，又一印曰“西卢后人”，在下角山石间。二画题语皆妙，司农画所谓“大痴浅绛”，而山用矾头者，傅色沉着，笔力挺厚，昔人谓笔端有金刚杵，于此见之。

六月廿一日(8月10日)　上海《字林西报》馆有曰《沪报》者，华字，日报，西人主之，而执笔者华人。于《邸抄》之外，恒记都中时事，不似《申报》一味扬西抑中也。所记时事之不见《邸抄》者，如闰四月初二日载，掌山西道监察御史屠仁守湖北人，字梅君，光绪十五年以言事革职，永不叙用。其人耳已重听，与相亲者皆谓其几事不密，致罗是咎，屠君则无几毫怨尤之色云。于四月初十日递封奏计列六条，曰：“储库款，罢土木，节游观，杜幸门，开言路，勤典学。”疏中恭引历朝圣训，每事悉寓箴规，且谓处今之时，当今之势，臣下万不敢效战[①]马之不鸣。微臣忝居台省，不为威劫，不为利咎。《礼》曰“在官言官”，求尽其心，不觉干冒宸严等语。此疏既上，即杜门谢客，静候处分。十四日，又递一奏，大致将前疏之意推勘而申说之，两奉留中。六月初六日报载，督察院各科道给事中御史谢祖源、吴兆泰、翟伯恒、童毓英、端良、黄倬元、桂年、方汝绍、洪良品、伊撒本、札拉丰阿、凤英、张元普、何玉福、舒恩、冯应寿、寿庆、刘伦襄、屠仁守等联衔奏称，昆明湖解到小轮船为国家不急之务，请旨退还直隶等语。而醇亲王亦因轮船之事，独上一疏，直言极谏，长至二千馀言。是日又载管驾兵船某武弁自津押解翔云小火轮至京，因昆明湖久未修浚，恐有淤阻，遂亲入水试探。乃

---

① 浮签：“战马”之“战”字，原本作“仗”字。

阅时甚久，声息杳然，验收大臣令营兵赴水探寻，则已毕命。初八日报又载，京师购用小火轮，由活铁路运京，计翔云小火轮一艘，杉板二艘，炮艇九艘，大车二十馀辆，满载桅帆舵桨机器等件。北洋水师勇丁百馀名护解，为设立武备学堂，操演水师之用。《申报》又载，船弁将运用机器之法教习内廷太监暨当差人等。六月十七日《沪报》又载，惇邸上疏谏止南海工程及借洋款各事，恳切详明。复乞醇邸于同日奏对，惇邸缕述祖宗以来敦崇节俭，故民丰物阜，长享升平，至借洋款之举，向因大功垂成，兵饷不继，偶一为之，若因土木之工，劳民伤财，更借洋款，恐于祖宗艰难创业、皇帝仁孝守成之至意，或相背戾。且穆宗昔拟修圆明园，因经费支绌，臣工谏止，即蒙采纳，今民膏国帑较昔尤虚，外患内忧，视前尤亟。奏罢，伏地呜咽。太后忆及穆宗前事，亦涕泣不已，从谏如流，敕下南北海工程，已动者速竣，未动者概行停止。仰见我朝君明臣良，超越千古云云。菰蒲草莽中，无由知时局之详，然国事时艰，旁皇感触，岂无漆室纬嫠之念？兹喜君德之见于《西报》馆也。不暇究其语之是否与详略，录之以俟他日订误而征信焉。

六月廿二日(8月11日)　外孙鼎元才两岁，于熙春榭前学步。槛高二尺，出其肩上，两足忽左右举，欲及肩，盖攀槛思上也。笑之以诗曰："三日於菟气食牛，温温小步怯廊修。忽攀阑楯腾双足，便欲踏翻鹦鹉洲。"

六月初十日京报，礼部谨奏为请旨事。光绪十三年闰四月十四日，钦奉慈禧端祐康颐昭豫庄诚皇太后懿旨：皇帝大婚典礼，崇隆允宜，先期预备，一切应办事宜，着派总管内务府大臣遵照令典，敬谨办理。国家经费有常，目下整顿武备，需款孔多，各省时有偏灾，尤宜体念民艰，爱惜物力。朝廷躬行节俭，为天下先，该大臣等务当仰体崇实黜华之意，严饬承办各员，认真经理，不准稍涉浮冒。所有支发款项，着醇亲王奕譞随时稽察，以期核实。至各衙门应行备办事宜，并着敬稽典礼，先行具奏，候旨遵行。钦此。钦遵到部。臣等恭查《令典》及《臣部则例》内所开皇上大婚典礼，始纳采、大征，次祭告，次册立，次奉迎，次朝见，次庆贺，次筵宴。除应行礼节，届期由臣衙门分次缮折恭进外，其应备陈设各仪物，应钦遵懿旨，先期具奏，交各衙门敬谨预备。谨按《令典》及《则例》所纪名目件数，缮具清单恭呈御览，伏乞皇太后、皇上圣鉴。谨奏。奉朱批，依议单并发。钦此。谨将恭办大婚应备仪物开列清单，进呈御览：

册立：交龙纽金宝一，金册一，盛册宝匣架，袱褥，锁钥，宣读册宝、进呈金宝蜡模；纳采：文马十匹，鞍辔具甲十副，缎百匹，布二百匹；大征：黄金二百两，银万两，金茶器一具，银茶器二具，银盆二具，缎千匹，文马二十匹，鞍辔具，闲马二十匹，驮甲二十副。赐后父母黄金百两，金茶器一具，银五千两，银茶器一具，银盆一具，缎五百匹，布一千匹，马六匹，鞍辔具甲甲胄一副，弓一鞬，矢一箙，朝服各二袭，冬一，夏一，衣各二称，冬一，夏一，貂裘各一，领带各一。赐后兄弟及从人服物有差。

皇后冠服、朝冠各薰貂，上缀朱纬。顶二层[①]，贯东珠各一，皆承以金凤，饰东珠各三，珍珠各十七，上衔大东珠一颗，朱纬上周缀金凤七，饰东珠各九，猫睛石各一，珍珠各二十一。后金翟一，饰猫睛石十一，珍珠十六，翟尾垂珠，凡珍珠三百有二，五行二就，每行大珍珠一，中间金衔青金石结一，饰东珠、珍珠各六，末缀珊瑚。冠后护领垂明黄绦二，末缀宝石，青缎为带。夏，青绒为之，馀皆如冬朝冠。金约，缕金云十三，饰东珠各一，间以青金石红片金裹，后系金衔绿云[②]石，结贯珠下垂，凡珍珠三百二十四，五行三就，每行大珍珠一，中间金衔青金石结二，每具饰东珠珍珠各八，末缀珊瑚耳饰，左右各三。每具金龙，衔一等东珠各二。

朝褂三，皆石青色，片金缘，其一绣文前后立龙各二，下通襞积，

① 据《清史稿·舆服二》，为“顶三层”。

② 浮签：“绿云”之“云”字，原本作“松”字。

四层相间,上为正龙各四,下为万福万寿;其二绣文前后正龙各一,腰帷行龙四,中有襞积,下幅行龙八;其三绣文前后立龙各二,中无襞积,下幅八宝平水,领后皆垂明黄绦,饰珠宝惟宜。

朝袍三,皆明黄色,其一披领及袖皆石青,片金加貂缘,肩上下袭朝褂处亦加缘,绣文金龙九,间以五色云,中有襞积,下幅八宝平水,披领行龙二,袖端正龙各一,袖相接处行龙各;其二披领及袖皆石青,冬用片金加海龙缘,夏用片金缘,肩上下袭朝褂处亦加缘,绣文前后正龙各一,两肩行龙各一,腰帷行龙四,中有襞积,下幅行龙八;其三领袖片金加海龙缘,夏片金缘,中无襞积,裾后开,馀俱如缘貂朝褂之制[①]。领后垂明黄绦,饰珠宝惟宜。领约,镂金为之,饰东珠十一,间以珊瑚,两端垂明黄绦二,中各贯珊瑚,末缀绿松石各二。朝珠三盘,东珠一,珊瑚二,佛头、记念、背云、大小坠、珠宝,杂饰惟宜,绦皆明黄色。彩帨,绿色,绣文为“五谷丰登”。佩箴管縏表之属,绦皆明黄色。

朝裙,冬片金加海龙缘,上用红织金寿字缎,下石青行龙妆缎,皆正幅,有襞积。夏片金缘,缎、纱各惟其时。

龙褂二,皆石青色,其一绣文五爪金龙八团,两肩前后正龙各一,襟行龙四,下幅八宝立水,袖端行龙各二;其二制如之,下幅及袖端不施章采。

龙袍三,色用明黄,领袖皆石青,其一绣文金龙九,间以五色云,福寿文采惟宜,下幅八宝立水,领前后正龙各一,左右及交襟处行龙各一,袖如朝袍,裾左右开;其二绣文五爪金龙八团,两肩前后正龙各一,襟行龙四,下幅八宝立水,领袖及裾均如前制;其三制如之,下幅不施章采。吉服冠,顶用东珠,吉服朝冠[②]一盘,珍宝随所御,绦皆明黄色。

皇后仪驾,凤舆一,仪舆二,大仪轿一,明黄八人仪轿二,黄缎九

---

① 据《清史稿·舆服二》,为“貂缘朝袍之制”。

② 据《清史稿·舆服二》,此处“吉服”二字似为衍文,“朝冠”当为“朝珠”。

凤曲柄伞一，黄缎宝相花直柄伞四，黄青红黑白九凤直柄伞各二，红素缎方伞二，红云缎方盖二，黄红缎龙凤扇各四，黄红缎雉尾扇各四，黄红清黑云缎龙凤旗各二，素色云绮金龙凤旗二，金节二，金吾四，金伏四，立瓜四，卧瓜四，拂尘二，金炉二，金瓶二，金香盒二，金水盂二，金盆二，金木髹马杌一，金髹交椅一，金髹足踏一，交泰殿内外铺陈。

光绪十三年七月

七月初一日(1887年8月19日)　少陵《魏将军歌》多奇语，“披坚执锐略西极，昆仑月窟东崭岩”，以极西之昆仑，乃曰东崭岩，可与“北斗在南”作对。前八句，仇沧柱云上四句叙其立功西极，下四句谓其归领禁军，甚当。惟第八句“一日过海收风帆”，注家皆谓海指青海，仍承“略西极”言，章法次序，岂不凌乱？且青海非真海，似亦不得曰“过海收风帆”。细绎诗之后幅，魏盖仕而已者，观“酒阑拔剑肝胆露，钩陈苍苍元武暮”语意可知，曰“万岁千秋奉明主，临江节士安足数”，皆勉其复出之意。然则“一日过海收风帆”者，喻其急流勇退也。必谓海为青海指吐蕃，凿矣。

《沪报》馆印英国女王小像，缀以小传云：英王名域多利亚，聪明仁厚，豁达精细，不特本国及其藩属，亦不特欧罗洲同盟各国，无不爱之重之，即远至亚细亚、美利坚、阿非利加诸洲，各和好之国，且共称之。英人之言曰：吾属地之远且广，可使红日永不西沉。盖言东西两球皆有英国之地，此没且彼升也。按，王于西历一千八百十九年五月二十四号诞生，三十七年，年十八岁[①]。六月十九号前，英王肯活伦谢世，群臣议遵英国兄弟世及之常例，应奉肯活伦之女弟域多利亚继统，即今王也。英王遂于是月二十号御素服即君主位，布告国中民，无闲言。三十八年六月二十八号，受君主冕。四十年某月某号，招赘德国王子某为夫婿，与王同岁生，相敬如宾。六十一年十二月十四

① 浮签：十九年生，至三十七年，当系十九岁，而非十八岁矣。

号,王子谢世。计生王子公主等共九人,今已王孙郡主及外孙男女共三十一人,内外曾孙男女六人。七十五年某月某号,印度臣民上印度皇帝之号。至今一千八百八十七年六月二十号,实为践祚五十年圆满吉日。今日为五十一年之第一日,是日为中国五月初一日。英之官民及奉差寄旅于外者,相与致其颂祷。皆以英语译华文也。小像半身,发上有冠,似镂刻而空其中,冠之顶似有珠四五结成,冠后缀纱縠状,甚长,殆即传中所谓冕也。衣领有缘,甚细。

七月初六日(8月24日) 张莼卿瑛广文曾任青浦教谕,最先为曾文正刻古文者也。近以所著《退斋文稿》寄王益吾学使先谦,并以示余。中有《读毛诗》一篇,其略云:近世言汉学者,喜搜古义,一字聚讼,辄数千言。如秦近君之说《尚书》,当天下无事,文章尔雅,训辞深厚,以之润色太平可矣;及其有事,欲以口耳之学,当天下之变,宜其束手不能有为也,无他,识其小不识其大也。《十三经注》,惟《毛传》最古,毛氏为荀卿弟子,其书盖出六国时,微言大义,切于修己治人者,宜提其要以示学者。古国家常多女祸,《静女》诗《传》云:"古者后夫人有女史彤管之法,女史不记过,其罪杀之。"夫不记过之罪甚微,乃至于杀无赦。不记过者,履霜之渐,杀之则坚冰之祸解,故坤道必以乾道济之,此圣人扶阳抑阴之深意。三代下,君权旁落,《无衣》诗《传》云:"诸侯不命于天子,则不成为君。"说者谓此与《曲礼》"天子不言出,诸侯不生名"数语,同为史家严例,《春秋》之法,存于《毛传》者也。《虞书》曰:"临下以简,御众以宽。"圣门论政亦言:"居敬行简。"《匪风》诗《传》云:"烹鱼烦则碎,治民烦则散。"黄老之精言,治天下之要,存于《毛传》者也。古者君与民共主天下,尧之举舜,由于师锡。《洪范》:"有大疑……谋及庶人。"《周礼》:"小司寇……致万民而询焉。"自秦始皇尊君卑臣,视民如土芥,而其亡忽焉。《伐柯》诗《传》云:"以其所愿乎上交乎下,以其所愿乎下事乎上。"絜矩之道,存于《毛传》者也。《东山》诗《传》云:"士,事;枚,微也。"毛氏用《荀子》语以说《诗》,言周公密勿从事,行微不殆,与圣门临事而惧,武侯谨慎大旨略同。后世大将或以一念盈满，事败垂成，故行军者当以毛氏此言为法。《四牡》诗《传》云："无私恩，非孝子也；无公义，非忠臣也。"后世如赵苞、徐庶，皆能公私两尽，故处变者当以毛氏此言为法。《六月》诗《传》云："使文武之臣征伐，与孝友之臣处内。"范氏曰："宣王使吉甫征伐，而与张仲居朝，所以辅其德也。"宣王初政忧勤，后杀杜伯、废鲁适，不籍千亩，料民太原，遂致姜戎之败，内治不修，外侮踵至，其时谅在吉甫、张仲诸臣致仕歾世之后，故人君命将，当以毛氏此言为法。《甫田》诗《传》云："治田得谷，俊士以进，此汉代力田科之权舆也。"今天下之患在重士而轻农，士所习者，孔孟之书，以数篇陈陈相因之文，博取科第，而其实尽亡。农所习者，后稷之业，奋种耕耘，其实犹存，而终岁勤勤，不免胥吏之侵渔，如能参用力田之科，务农植谷，世风可以反敦朴，国家可以致富强，故人君取士当以毛氏此言为法。《角弓》诗《传》云："比周而党愈少，鄙争名而名愈辱，求安而身愈危。"此三句亦本《荀子》，毛氏以师训说《诗》，曲尽小人情状。"党愈少"者，所谓"小人无朋"也；"名愈辱"者，患得患失，适成为鄙夫也；"身愈危"者，知存而不知亡，小人剥卢也。人臣事君，当以毛氏此言为戒。《思齐》诗《传》云："不闻亦式，不谏亦入。"《传》云："性与天合也。"子思说《诗》，言"文王纯亦不已"，孟子所谓"知性则知天"，皆此义也。六国时知性者，孟子、毛氏两人而已。乾嘉诸儒详其小而遗其大，故特表而出之，以告世之善读书者。

七月初十日(8月28日)　今年四月逢闰，五月下旬即郁蒸不可耐。六月上旬，风紧云轻，似有秋意，乃中旬又酷热，铄石流金。《新闻报》谓各处寒暑表针皆升至百度以外。六月二十七日立秋后，以迄七月初，热不稍减，老杜所谓"大火运金气，荆扬不知秋"也。秋岳作《苦热诗》七古，余嫌其不奇，惟赏其收句"砉然一声江海翻，洗出乾坤好秋色"二语。初八日露坐，仿其意得数断句云："骄阳灼云不得黑，炎风烘月色然赤。""园官仰屋摘瓜尽，公子惊心弄冰热。""烧夏炎光地欲朱，韩诗'炎风欲烧夏'，杜诗'朱光彻厚地'。遮山雨势天空墨。"至初九日午前,浮云在空,午后,雨作骤点旋止。余方笑秋岳诗不验,固如余诗雨势天空墨耳,乃滂沱忽至,作倒海翻江之势,檐溜喷薄,舞如瀑布,再接再厉,对面不闻人语。入夜,少止。次晨仍作倾盆声,起视小园,池水已没桥石之半,盖新涨将二尺矣。而是日无锡固无雨,苏州以至嘉兴,雨亦甚微,虞山得此,田禾勃然,天若独私于虞麓者,"常熟"之名,殆不虚云。

七月十三日(8月31日) 张莼卿《退斋古文稿》,王学使每篇皆有评语。惟《论时文空疏为人诟病宜复大结之法每篇之尾许用大结引证后代史事》,学使独于此篇不着一字。康熙十六年,议准试文不许作大结,殆防关节也。余书其简端云:"今之古文家,其于四部书,大抵求之集中耳。作者乃于经史子中求文,可谓独得大原。"翌日,又以时文稿一册示余,约一二十首,有"桓公九合诸侯""小不忍""女为君子儒""孟武伯问孝全章"等题,多精确之作。余亦书简端曰:"时文之所以来诟病者,为其空疏陈腐耳,似此经经纬史之作,其色斩然,其光黝然,何妨再主世运五百年。"

七月十四日(9月1日) 余谓时文果佳,何妨再主世运五百年,虽似谐语,然亦有所本。乾隆三年礼部疏议:兵部侍郎舒赫德奏:今之时文,辗转抄袭肤词诡说,以为苟可以取科第而止。士子各占一经,每经拟题,多者百馀,少者不过数十。古人毕生学之而不足,今则数月治之而有馀,表判可以预拟,答策无所发明,应别思所以遴拔真才之道。谨按:进取之法,三代以上出于学,汉以后出于郡县吏,魏晋以后出于九品中正。隋唐至今,出于科举。科举之法,每代不同,而自明至今,则皆出于时艺。三代尚矣,汉法近古而终不能复古,至汉以后,屡代变法,不一而足,其既也,莫不有弊。九品中正之弊,毁誉出于一人之口,至于贤愚不辨,阀阅相高,刘毅所云"下品无高门,上品无寒士"者是也;科举之弊,诗赋则只尚浮华,全无实用,明经则徒事记诵,而文义不通,唐赵匡所谓"习非所用,用非所习"是也;时艺之弊,则今该侍郎所陈奏是也。圣人不能使立法之无弊,在乎因时而补救之。夫宣之于口，笔之于书，皆空言也。何独今之时艺为然？时艺至今四百年，人知其弊，而守之不变者，非不欲变，诚以变之而未有良法美意以善其后，且就此而责其实，则亦未尝不适于用，而未可概訾毁也。时艺所论，皆孔孟之绪馀，精微之奥旨，未有不深明书理，而得称为佳文者。今徒见世之腐烂抄袭，不知明之大家如王鏊、唐顺之、瞿景醇、薛应旂等，以及国初诸名人，皆寝食梦寐于经书之中，冥搜幽讨，殚智毕精，始于圣贤之义理，心领神会，融液贯通。参之经史子集，以发其光华；施之规矩准绳，以密其法律，而后可称为文。文武干济，英伟特达之才，未尝不出乎其中。今之抄袭腐烂，乃积久生弊，不思力挽末流之失，而专咎作法之凉，不已过乎？经义、表判、策论，苟求其实，亦岂易副？经文与《四书》并重，若着为令甲，非工不录，则服习讲求，为益非浅。必淹洽乎词章，而后可以为表；通晓乎律令，而后可以为判；必有论古之识、断制之才，而后可以为论；必通达古今，明习时务，而后可以为策。凡此，内可以见其本源，外可以验其经济，何一不切于士人之实用，不可见之施为乎？必变今之法，行古人之制，则将治宫室、养游士，百里之内，置官立司，讼狱听于是，军旅谋于是，又将简不率教者，屏之远方，终身不齿，毋乃徒为纷扰而不可行？又况人心不古，上以实求，下以名应，兴孝则必有割股、庐墓以邀名者矣，兴廉则必有恶衣菲食、敝车羸马以饰节者矣。相率为伪，其弊滋甚，甚至籍此[①]虚名以干进取，及乎莅官之后，尽反所为，至庸之人不若此，犹近日所举孝廉方正中所可指数，又何益乎？若乃无大更改，而仍不过求之语言文字之间，则论策今所见行，若三传科、史科、名法、书学、算学、崇文、宏文生等，或驳杂纷岐，或偏长曲技，尤不足以崇圣学而励真才，则莫若惩循名之失，求责实之效，由今之道振作补救之为得也。我圣主洞见取士源流，所降谕旨纤悉坐照，司文衡、职课士者果能力除积习，杜绝侥幸，将见士皆束身诗礼之中，潜心体用

---

① 浮签：上半页第十一行“籍此”，原本作“藉此”。

之学，文风日盛，真才日出矣。然此亦特就文学而言，至于人之贤愚能否，有非文字所能决定者，故立法取士，不过如是，而治乱兴衰，初不由此，无事更张定制为也。所奏应无庸议。此亦诟病时文者所不可不知。《制艺丛话》谓，其时鄂文端公当国，议由公定。同治元年，礼部议贡生黎庶昌条陈取士之法，引据此疏，亦谓大学士鄂尔泰所议，其时尚沿明制，有专经表判，无八韵诗也。

七月十五日(9月2日)　二十年前，买得杜诗朱长孺注本，眉端行间密字写满，朱墨之围错杂，首卷有“毗陵蒋弱六先生名金式，字玉度。原本，后学杨伦西河参定”字两行，屡思向毗陵人考询之。今见成都新刊《杜诗镜铨》，为乾隆间阳湖杨西河主讲武昌江汉书院时所辑。凡例云：“王西樵阮亭兄弟、李子德、邵子湘、蒋弱六、何义门、俞犀月、张惕庵诸公评本，未经刊布者，悉行载入。”始知余所得为杨君辑《镜铨》时得蒋之手批本，而有所去取者。中有白纸签，多取仇沧柱语。偶阅《渼陂行》一篇，“半陂以南纯浸山”四语，蒋云“日色将暝，船历寺前，蓝田月出，关照水面”，余按：“船舷暝戛”二语，承上句“动影袅窕冲融间”，言水中所见，故曰“暝戛云际寺月出”。蓝田，关也。《长安志》“渼陂，在鄠县西五里，其周一十四里”，固甚广，然云际山大安寺在鄠县东南六十里；蓝田关，即峣关，亦在渼陂之东南，皆非游舟所过。其为咏水中远山倒影，可知亦惟远山倒影，始见“暝戛月出”诗语之奇妙，若咏游舟所过，甚平常矣，老杜岂作此常语者。历来评家皆未道及。

七月十七日(9月4日)　十七日过惠甫静圃，红莲碧沼，残荷犹新，令人徘徊不能去。新秋天气，人意与花意交相发也。与酷暑时看花情致不同，主人以新煮栗子、保定阔面条供客。饱餐后沿长廊曲折步至鸥边吟榭，相与情话，至日落始归。

七月十九日(9月6日)①　《集古目录》有颜鲁公书《放生池碑》，

① 浮签：两条已见《金石跋》。

肃宗乾元二年，使骁卫郎将史元琮诏天下，自山南至浙西七道，临江置放生池八十一所。鲁公为《放生池铭》，上之碑，以大历九年正月立，又乞御书碑额表，以上元元年上。鲁公时为刑部尚书，又碑阴记肃宗既许书额，未及下而鲁公贬，碑不果立，至大历中为湖州刺史，始追建于州之骆驼桥东，集《批答御书》字以为额，叙其事于批答碑阴。此三种原刻沦毁已久，故本朝金石家著录从未之及，惟明人《天下金石志》《寒山金石林》《时地碑目》载其目耳。《时地碑目》讹为在长兴。余婿盛夔臣[1]自杭州来，买得旧拓《乞书碑额表》，无《池铭》，亦无肃宗批答表文，与现行《颜鲁公文集》合。《文集》有批答，亦无《池铭》、表文，题下注"乾元元年七月"。按，表以上元元年七月，上文云去年冬史元琮等奉恩命于天下置放生池，肃宗之诏当以欧公乾元二年之说为是，《文集》殆误上元为乾元耳。集中所载肃宗批答语，初无"放生池"字，散见批中，亦不知何以集字为额，且东坡题跋曰："《鲁公放生池碑》载其所上肃宗表云：'一日三朝，大明天子之孝，问安侍膳，不改家人之礼。'鲁公知肃宗有愧于是也。"今表中无此语，是欧、苏所见之石本，皆与今传世本不同矣。此表自非原石，然纸墨皆旧，当是明人覆刻本。今人间有翻本，恐皆从此出矣。后有王虚舟跋，则伪作也。

七月廿一日(9月8日)　吕新吾之学，主存诚去伪，其《呻吟语》议论森若，于理学家语录之外，别开境界。读之令人憬然悟爽，然思且轩然喜也。陈文恭公节录本久藏箧中，取以示舜儿与秋岳、夔臣，因复首尾循览其辞。谓"六经言道而不辨，辨自《孟子》始，汉儒解经而不论，论自宋儒始，宋儒尊理而不僭，僭自世儒始"，皆极新确。其论性善曰："义理之性，有善无恶，气质之性，有善有恶，气质之性，亦天命于人者，不谓之性可乎？程子云：'论性不论气，不备；论气不论性，不明。'分作两项，便不透彻。张子以善为天地之性，清浊纯驳为气质之性，似觉支离。其实天地只是一气，理在气之中，赋于万物，方

---

① 盛昌颐，字燮臣，宗氏日记中皆写作"夔臣"。

以性言,使无气质只有德性,人人皆生知圣人。千古圣贤,千言万语,教化刑名,何苦而如此乎?此都是降伏气质,扶持德性,立案于此,俟千百世之后驳之。”其立论与诸儒异,其言之有语病者,如云:“声色货利可爱可乐,有何罪过?尧舜周孔之世都是有的,千罪万罪都是者个心。”“人问君是何学?曰:我不是道学,不是仙释,不是老庄申韩,我只是我。”“宁开怨府,无开恩窦,怨府难充,恩窦易扩。”“浊气喜,清气恶,浊气生,清气杀。”“汉儒杂道,宋儒隘道,宋儒自有宋儒局面,学者若入道,且休着宋儒横于胸中。”“圣人治民如治水,不能使不就下,能使不泛滥而已。堤之使不决,虽尧舜不能。”“为政之道,以不扰为安,以行所无事,为兴废起坠。”又:“创业之君,令行如流,民应如水[①],承平日久,如熟睡之人,百呼若聋,久倦之身,两足如跛。惟盗贼水火之追迫,或可猛省而急奔,是以诏令废格,政事颓靡,条上者纷纷,申饬者累累。而听之者若罔闻,知即杀其尤者一人以号召,未知改视易听否,而迂腐之儒犹曰:‘宜崇长厚,勿为激切,养祸甚弊,必是人也’。”凡此[②],说不免偏驳,然毕竟精粹者多,读者分别观之。

七月廿三日(9月10日)　余既录乾隆三年礼部议时文取士疏矣,而国初诸儒论明季科举之弊、学校之衰,亦不可不录之,以资省览。

黄梨洲曰:“明初科举中,尤重进士。神宗以来遂有定例,州县印官以上中为进士缺,中下为举人缺,最下为贡生缺。举贡历官,虽至方面,非广西、云贵不以处之,以此为铨曹一定之格。间有一二举贡,拔为卿贰大僚,必尽力攻之,使得罪谴逐,且杀之而后已。于是不由进士出身者,不得不投门户以自庇,资格与朋党,牢不可破,而国事大坏矣。翰林之官,又以清华自处,而鄙夷外曹。取士只有科举一途,流俗徒见二百年来之功名气节一二处于其中,遂以为科法已善,不知

---

① 浮签:“民应如水”,原本作“如向”,“向”字似当作“响”。

② 浮签:“凡此”二字下,原本尚有一“虽”字。

科第内既聚此十百万人不应，功名气节之士独不得入。假使探筹较其长短而取之，行之数百年，功名气节亦自有出于探筹之中者，宁可谓探筹为取士之善法耶？”①

顾亭林曰：“今日科场之弊，莫甚乎拟题。且以经文言之，初场试所谓本经义四道，而本经中，场屋可出之题不过数十。富家巨族延名士于家，将此数十题各撰一篇，计篇酬价，子弟及僮奴之俊慧者记诵熟习。入场命题，以所记之文抄誊上卷，《四书》亦然。发榜后，此曹便为贵人，年少貌美者多得馆选，天下之士靡然从风，而本经亦可不读矣。余闻昔年五经中，惟《春秋》止记题目，然亦须兼读四《传》。又闻嘉靖以前，学臣命《礼记》题，有出《丧服》以试士子之能记否者。百年以来，《丧服》等篇皆删去不读，今则并《檀弓》不读矣。《书》则删去《五子之歌》《汤誓》《盘庚》《西伯戡黎》《微子》《金縢》《顾命》《康王之诰》《文侯之命》等篇不读。《诗》则删去淫风、变雅不读。《易》则删去《讼》《否》《剥》《遯》《明夷》《睽》《蹇》《困》《旅》等卦不读，止记其可以出题之篇及此数十题之文而已。(率)[卒]而问其所未读之书，有茫然不知为何书者。故愚以为，八股之害等于焚书，败坏人材有甚于咸阳之郊，所坑者但四百六十馀人也。读书不通五经者，必不能通一经，不当分经试士。余见前辈虽无科名人，亦多能杂举五经，盖自幼习之，故终老不忘，自改经术，人之教子者便以一经授之，他经纵读亦不能精。问答之间，称其人所习为‘贵经’，自称为‘敝经’，尤可笑也。”②

---

① 本段文字“鄙夷外曹”以上摘自顾炎武《日知录》卷十七“取士得人”(参见《日知录校注》，安徽大学出版社 2007 年版，中册第 944 页)；“取士只有科举一途”以下，摘自黄宗羲《明夷待访录》“取士下”(参见《明夷待访录》，中华书局 1981 年版，第 16 页)。字句略有删改。盖因《日知录》“取士得人”条引有黄宗羲《明夷待访录》之文，宗源瀚未暇细究引文起止，误将后文顾氏之言当作引文，又改易前后次序，致成今貌。

② 本段文字摘自顾炎武《日知录》卷十六“拟题”，字句有删改。(参见《日知录校注》，安徽大学出版社 2007 年版，中册第 912—915 页。)

魏叔子曰:“明世,天下奇才异能,非八股不得进,自童年至老死,惟此之务。于是有身登甲第、年期耄耋,不识古今传国之世次,不知当世州郡之名、兵马财赋之数者。而其才俊者,则于入官之始而后学。通才之能大,郡县之选卑,曰吾将以是为宰相。古者宰相必历试州郡,使知民情。《书》曰:‘其在高宗,旧劳于外,爰暨小人。’夫天子不可坐而理,而宰相专用翰林,后世所以无相业者以此。”①

陈泽州曰:“朱子论贡举治经,宜讨论诸经之说,各立家法,而皆以注疏为主,今学者有终身不知注疏为何物者矣。《大全》之书,明永乐朝急就之书也。七年开馆于秘阁,十三年帝问纂修如何,馆中人闻之惧,仓悴②录旧书,略加删饰以进。《四书》则倪氏《辑释》,《易》则董楷《辑疏》,《书》则董鼎《辑录》,《诗》则刘瑾《通释》,《春秋》则汪克宽《纂疏》,《礼记》则陈澔《集说》,故‘大全’者,大不全之书也。然学者犹惮其烦苦而不之读,所服习者,《大全》《集传》,蔡沈、胡安国、陈澔之所谓‘五经’而已。《易》《书》《诗》《礼》,学文者犹加诵习,《春秋》则概删圣人之经不读。读《胡氏传》,《传》亦不尽读,择其可为题目者。又甚者,择取《传》中字句文义,以意牵合,移彼就此,名为合题,慢弃圣言,割裂传注,如朱子所谓名为治经而实为经学之贼,号为作文而实为文字之妖者也。”③

侯朝宗曰:“往者,士之游于校者,十年五年之积累,视其学,而一日之短长,视其文,进之者慎,而退之者严。盖有公卿之子弟,望泮宫而不得入,既入而不免于黜革者矣。今大县之弟子,殆不下二千人,中小县亦各千馀人,有进而无退。其进也,无论试士与不试士,寸檄

---

① 本段文字摘自魏禧《制科策》上、下篇,字句有删改。(参见《魏叔子文集》,中华书局2003年版,第183—188页。)

② 浮签:按,“仓悴”,原本作“仓卒”。

③ 本段文字摘自陈廷敬《经学家法论》,字句有删改。(参见《阳城历史名人文存》第3册《午亭文编》,三晋出版社2010年版,第644—646页。)

尺符，随手而下；其退也无几，又不终朝提掇而复之，攀附夤缘，浃岁不绝。彼督学者，因循狃于前，贪利横于后，由来者渐矣。必举张居正之旧令，其进也有制，大县必四十人，中县必二十五人，小县必十五人；其退也无制，百人不称则退百，千人不称则退千，无容伪，无姑徇，尤勿以文艺为浮华，而以德行为借口。所可饰者行，所不可饰者文，恃其财力以乱其名实，使人保举之，曰'此德行者也'，必俟论定于岁月，而无由一旦以知其然；曰'文章者也'，取而试之，不终卷而了然矣。故舍文而论其行者，奔竞之端，既论文而后察其行者，齐一之术也。"[①]以上诸论皆言之绝痛。

本朝学额。[②] 顺治四年，初定各省儒学，视人数多寡，分大中小学取进儒童，大学四十名，中学三十名，小学二十名，盖取张江陵旧议而略有增损。顺治十年谕曰：比闻各府州县生员有不通文义、娼优隶卒本身及子弟厕身学宫者，出入衙门，交结官府，武断乡曲。督学官又访探乡绅子弟亲戚，曲意逢迎，甚至贿赂公行，照等定价。督学之门，竟同商贾，正案外有续案，续案外有寄学。白丁豪富，滥冒衣巾，孤寒饱学，终身淹抑。今后尽行褫革。地方人才不等，查旧体额例，酌定名数，具奏定夺。文理荒谬者，须多置劣等，严为黜陟。盖其时明末积习未尽革，犹有如侯朝宗所云者。十五年，遂定大府二十名，大州县十五名，小学四五名。迨后久道化成，雍正二年谕曰：迩年文教广被，应试童子人多额少，有垂老不获一衿者。其令小学为中学，中学为大学，大学照府学额数取录。寻题准大学二十五名，中学自二十名至十八、十六、十五名，小学自十二名或十名、八名有差。江南新设各分县，以定额酌分，其廪、增生俱各半分肄。其特恩广额，则每朝登极，恩诏大学加七名，中学五名，小学三名，皆举行一次。其间如康熙三

---

① 本段文字摘自侯方域《重学校》一文，多有删改。（参见《侯方域全集校笺》，人民文学出版社 2013 年版，第 598—601 页。）

② 此段以下，至卷二之末，已被宗源瀚析出，单独刊行为《国朝右文掌录》。

十八年谕:江浙人文称盛,府学、大中小各学,俱增取五名。乾隆十三年、三十六年、五十五年,上诣阙里释奠礼成。四十一年,以金川耆定,东巡,在泮献功,山东府学、大学增取三名,中学二名,小学一名。三十五年、四十一年,直隶增取数亦如之。乾隆十六年、二十二年、二十七年、三十年、四十五年、四十九年六次南巡,每次江苏、安徽、浙江三省增取大学五名、中学四名、小学三名。五十五年,东巡,谒阙里孔林,增直隶、山东学额。嘉庆十三年、十六年,直隶、山西广额亦如之。乾隆四十八年,驾诣盛京,奉天各学向取进六名以上者增额三名,四五名者增二名,二三名者增一名。嘉庆十年,盛京士子迎銮献赋,"满""合"二号及奉天所属各学,广额亦如之。乾隆六十年上丁,上亲诣文庙,释奠礼成,并阅辟雍新刊石经。各省岁试入学名数,照向例分别广额,皆只举行一次,不以为常也。惟咸、同兵兴,各州县绅民守城御贼,团练出力,往往特旨[1]广学额数名,各省皆有,其数不一。而捐输广额,自咸丰二年太常寺少卿雷以諴奏创是例,部议捐银十万两,广文武乡试,中额一名;三十万两,广永远中额一名;捐银二千两,广学额一名,倍额而止;一万两,广永远学额一名,十名而止。自此江浙各大学有取进四五十名者,学额始渐澜。而兵燹以后,人民殄瘁,被祸最深之县,每试辄不及额。尤甚者,一县应试仅数人,率不知文字为何事。学使不能空此一学,如浙江之安吉、孝丰、分水诸县,新进之文,有通篇无一语可句读者。寇平至今二十馀年,犹无起色,亦学校之憾事已。本朝学额。

顺治九年题准:童试乃进身之始,不可不严为之防,县考按照学额取二倍,府考取一倍。康熙三十九年,因向隅者多,议定不限额数。于是,府院试每县多者一二千,少或数百人,头门一启,如摧山坏堤,夺流而入,院试虽不能不应名,而先后舛越,延滞纠纷,府试则一拥遽进,试官或退至大堂,以避其锋。点名时已骄横得势,入场后,偭规错

---

① 浮签:按,"特旨",原本作"特恩"。

矩，有匪夷所思者，常州人至呼为“童天王”。《学政全书》载，府县考试原有点名定例，嗣后有徇情滥纵，不肯点名，及豪劣倡纵闹场之事，学政、督抚指名题参。乾隆十七年部议：府县考试并不按名给卷，惟听吏胥多收重卷，有重至数倍者，严饬整顿。是其弊不自近年始矣。余在浙守五六郡将二十年，主郡试屡矣，每试点名，无不鱼贯而入，从容接卷，每一时可点一二千人。其法必预于门口向外用叙进名次牌，以次疏列。东西二栅门先下钥头，门口向以首县，点名无应者，余改令各县教官率书斗点名。每点某县即悬某县字灯，仪门启而头门始启，头门启而栅门始启，迨栅门启而教官已在点名公案，书斗已遥唱以待。又有某县字灯以示之的，各童雅步而前，送考人无敢阑入。历十馀试，每试五场，无或紊者，乃知应试者岂好为拥挤哉！无良法以齐一之耳。功令府县考，亦如学政试例。廪生于点名时识认，若府州违例，不令廪保识认，学臣纠参，识认者在旁唱某人保也，乃显考廪生从来不到府考，虽到而参差不齐，从不唱保。余守备宁波之日，宁波积习，生员多冒替入场为枪手。一日，余当场连获冒替四五人，发教官收管，谕以场毕惩办，且将穷究廪保。翌日，众廪生环求于教官，以所获皆诸生，求轻办。余曰：“此后府试，廪生肯到场唱保，以别真赝，余即释此数人。”乃同声立允，于是宁波府试，无不唱保者，为他处所绝无也。余去宁后，不知又若何矣。童试。

乾隆十四年礼部议：府州县去取公当，而生童内有挟私妄控者，生员斥革，考童不准入场，倘聚集多人争嚷喧闹，严拿治罪，仍停其考试。然乾隆二十三年，八旗文童拥挤闹堂，致劳纯庙亲临覆试，搜获夹带，并亲讯倡议闹场之童生海成，立予正法。而光绪十二年，湖南沅州府芷江县考童杨春培等，亦因闹场、殴伤知府，正法。夫童子至弱也，文童又至驯之称也，乃倚众嚣凌，激成大辟，闻者惊心，言之动魄，岂在上与应试诸童始念所及哉！怀刑之父兄，宜有以诏其子弟矣。童试怀刑。

学乐、诵诗、舞勺、舞象，童子之职业也。羽钥陈于东序，弦诵诏于瞽宗,教士之权舆也。乾隆八年,议准取进儒童之外,择其文理颇明者另案备取,抄发各学,以充乐舞,谓之佾生。其中有志上进、专攻举业、而不愿充补者,亦不强其从事。佾生可免府县考。此载在《学政全书》者。咸丰三年,顺天府丞张鑅奏请,推广捐例,俊秀比附生捐贡例减半报捐,佾生由儒学给照,已为有名无实,后乃有不必报捐,教官但受贽仪,举为佾生,不奉学使,录取而亦不赴府县试者,学使间亦收考,学使之胥徒似无可舞弊矣,而亦有似此者。取佾生。

明自东林、复社以来,书札称谓多称"盟弟""社弟",简牍之流传于今者,尚多有之。国朝顺治十七年,给事中杨雍建请禁士子不得妄立社名,投刺往来不许用"同社""同盟"字样,而此风遂息矣。革社名。

顺治九年题准:考试出题明白正大,不得割裂文义。故先辈文稿中,从无截搭题文字。自乾隆三年部议:命题专取冠冕,士子蹈常袭故,或无从浚发巧思,间出截搭诸题,亦足觇文心之变化,第必须意义联属,血脉贯通。此议一出,而断鹤续凫,裂冠苴履,无情巧搭,虽破坏书传语句,所不暇恤矣。乾隆二十五年续议:出题上下不伦,绾合无理,流传学校,非厘正文体之道。府县有童试之责,亦应一体饬禁,坊间时尚巧搭选本,查禁销毁。然风气已开,不可遏止。嘉庆间,湖南学政徐松、道光[①]间河南学政俞樾皆一时通人,且以出题割裂被议。同治元年,复申禁学使及于府县,并戒诗题引僻书。余非科第出身,无衡文之责,然二十年官守,掌郡试十馀次,书院课诸生,孝廉堂课举人,宁波有孝廉堂。靡月不有出题课士之举,截搭割裂之题,未尝有也。出题截搭。

顺治九年题准:生员考试有六等之别。一等文理平通,增、附、青、社,俱补廪,无缺,青、社先复附,各候廪;二等,文理亦通,增补廪,附、青、社俱补增,无增缺,先复附;三等,文理略通,原停廪、原增降附

---

① 浮签:"道光"二字,谟按,曲园先生以咸丰五年视学河南,则"道光"似应改为"咸丰"。

者，准收复，青衣发社者，准复附；四等，文理有疵，廪姑免，责停食饩，予限读书六月，增、附、青、社，均扑责；五等，文理荒谬，廪停作缺，原停廪者降增，增降附，附降青衣，青衣发社，原发社者黜为民；六等，文理不通，廪十年以上发社，六年以上与增十年以上者，俱发本处充吏，不愿者听，馀俱黜退为民。发落日，提调官领出试卷，传齐生童，拆封填名，唱名给看，不取童生及六等生员。先散访过优劣生员，同众审问，众情厌服，方行赏罚。一二三等生员，各为一班，分起交卷领赏，用鼓乐导引，行优者居前。次一等、次二等，由中门出；次三等，由东角门出；次四五等，由西角门出。发落不到者，革顶戴。今江浙等省岁、科考试，一等有赏，而花红亦不尽备，二三等无之。等第只有三等，无所谓四五六等，不知何时裁损。问以青社之名，胶庠中久无人知。然《学政全书》，科场对读，例用五等青生，人数不足，以四等充补。乾嘉间，各省学政屡以四五等生员有老病者，议罚银四两、八两或三两、六两呈官，雇募贫生代役。嘉庆十年尚有福建五等生员俞全宗规避对读之案，初无裁损之文也。校士等第。

国初定制：岁贡，府学一年一贡，州学三年二贡，县学二年一贡，必屡经科举、食饩年深之人先定，每年三四月赴京廷试。康熙二年、二十三年，先免贵州、云南岁贡来京。二十六年议准，直省岁贡，概免来京，各学臣考准，咨部授训导，愿入监肄业者听。其有恩诏之年，即以正贡作恩贡，次贡作正贡，其拔贡一途，顺治元年题准各学廪生赴提学道考试，学达经济，行合规矩者，选贡来京。每府学贡二人，州县学各贡一人，其考试盘费，官为资给，如有拔萃奇材，特疏荐举，故谓之拔萃科。又定例，拔贡无论廪、增、附，果系文优，屡居优等，及现在试列前第[1]者，秉公选取。雍正五年谕曰：岁贡较食廪深浅，多年力衰迈之人，欲得人材，必须选拔，务取学问优通、品行端方、才猷可用者来京廷试，入监肄业。旧例十二年举行一次，嗣后六年选拔一次。

---

① 浮签："第"字似当作"茅"字。

自是,拔贡、朝考有分发各省,以知县及县以下等官试用者,其馀听其愿就佐贰、教职,归班铨选。六年,谕各省:考取拔贡,不拘一二等,俱准收考,酌量试以时务策论,其人果有识见才干,再访其平日品行端方,即正考未列优等,亦准选拔。乾隆七年谕:从前选拔,或数十年一举,或二十年一举,今则六年一举,嗣后着十二年一举,永着为例。其优贡,本意专重品谊,先是,顺治九年定有学政举报优劣之例。雍正元年议:历来学臣考试生员,衡文之外,未闻举一优行、黜一劣衿,应再申饬举行。雍正五年谕曰:学校之设,以储养人材,但士子作文有一日之短长,纵使主司公明搜罗,岂能无遗?况去取惟凭文艺,其人品之高下、才能之优绌,无由得知,每有出群拔萃之才,屡试不第,即或晚得一第,而年力衰迈,不堪为国家任用。嗣后,学政三年任满,将生员中实在人品端方、有猷有为有守之士,大省举四五人,小省二三人,送部引见,朕亲加考试,酌量擢用。七年谕:教官愚懦无能,学臣因循苟且,每当按试之时,教官辄以无优无劣,具文申详,草草塞责,善者何由而劝?不善者何由而惩?雍正八年部议:应确查优行实迹,果系文行兼优者,照原议升入太学。雍正十一年议:从前只议升入太学,并未分晰贡监名色,以致一切考试录用,皆无着落。奉旨:各省保送优生内,廪增生准作岁贡,附生准作监生,该部札监肄业。其武生于到部时,礼部考试文艺,兵部考试骑射,即行具奏请旨。乾隆元年议:三年两举,诚觉太骤,嗣后只于岁试时随棚具报,仍俟三年任满,汇题其科试,举报停止。乾隆四年议:举报优生,大省无过五六名,中省无过三四名,小省无过一二名,如不得其人,宁缺勿滥。三十四年谕:学政三年任满,循例举报优生,保无纳贽、夤缘情弊,着照拔贡之例,文行兼优者,会同督抚考核,会衔保题。康熙二年议:准捐纳贡监生,如有敦本尚实,行谊表著,督抚提学会同确访无异,即加奖赏,行止不端者造册,岁终汇送礼部查核。同治二年,两湖总督官文等奏:

优贡必须文行具[1]优，取之也至详，举之也至慎。乃向来朝考概置二等，例无特旨录用明文，诸生无因自见，比来各路军营以诸生而委身戎马，建立勋名，擢膺封疆将帅之任者，不一而足。部议准仿照拔贡章程，考取一二等者带领引见，以知县教职二顷[2]请旨录用。若附贡，则顺治十一年议准，亦于四月十五日廷试，愿入监肄业者，依期坐监，吏部会同内院礼部公考，以定职衔。廪生副榜，照恩、拔、贡例，坐监六个月。增、附副榜，照岁贡例，坐监八个月。康熙元年停副榜，十一年，仍取副榜作贡送监，廷试停止。恩岁优拔副贡。

前明试士旧例：第一场时文七篇，《四书》三题，五经各四题，士子各占一经；二场论表各一篇，判五条；三场策五道，国初仍之。按《皇朝文献通考》，顺治二年，给事中龚鼎孳疏，请减明旧制第一场时文七篇为五篇，上不准所请，仍定初场《四书》三题，五经各四题。康熙五十六年，詹事王亦清请饬誊录官，凡七艺破、承、讲各虚字，概不誊，以防关节，皆仍明制之证。同治元年，礼部议贡生黎庶昌条陈疏云，顺治二年定第一场四用[3]书文三道，二场用经艺，误也。康熙二年停止八股文体，更定乡会试头场策问五道，二场用《四书》本经题作论各一篇，三场表一篇、判五道。直省学政亦以策论考试生童。四年，侍郎黄机疏言，士子剿袭浮词，反开捷径，且不用经书为文，二场仍有《四书》本经题，不知何以立论如是。人将置圣贤之学于不讲。四年，仍复旧制。至乾隆二十二年，始定头场《四书》文三篇，二场经文四篇，三场策五道。旧试论表判悉裁去，惟会试第二场仍用表一道。二十三年，会试表文易以唐律五言八韵诗，乡试二场如之。旧用论题，顺治十六年颁《孝经衍义》于学宫，以《孝经》命题。康熙五十五年，去《孝经》专用《性理》。雍正元年，仍专用《孝经》。乾隆二十二年裁论题，二十三年又定头场《四书》文外，仍加试性理论一篇。四

---

① 浮签："文行具优"，"具"字应作"俱"字。

② 浮签："二顷"，原本作"二项"。

③ 浮签："四用"二字似应倒转。

十七年移置二场。五十年,《孝经》与《性理》轮试。今童试论题,咸丰初年陆建瀛请试《性理论》,张之万请试《孝经论》。乾隆五十三年,始停专经,先用五经分年试士,五科试毕五经,二场即裁去论题,五经各出一题矣。康熙八年议准,查洪武年间《春秋》题旨,以四《传》为主,永乐以后,则专主胡《传》。于是,单题之外有合题,有比题,有《传》题,至用《传》语为题,意则主《传》,而题则仍经,割裂纽合,藏阄射覆,经之若灭且绝者久矣。嗣后乡会试并各省学政考试生童,俱应出单题,若兼用四《传》,则意义不同,取士难于画一,仍应照旧用胡《传》。乾隆五十七年,礼部尚书纪昀等奏准,考试《春秋》,向用胡安国《传》。而胡《传》一书,中多有经无《传》,其可以出题之处不过数十,士子不读全经,不知本事,但记数十破题,便敷入试之用。且胡安国当宋南渡时,不附和议,作是书以讽高宗而斥秦桧,其人品自属刚正。而借经立说,于孔子之意不相比附。请嗣后《春秋》题,俱以《左传》本事为文,参用《公羊》《谷梁》之说,在三《传》亲承圣教,既较数千年后儒家之论为得其真,而士子不读《左传》不能成文,亦足以劝经学而裨文风。乾隆二十九年议准,《礼记》一书,未经朱子裁定,学宫所颁仅有陈澔《集说》,其论议虽合乎儒先,而训释未能该洽,钦命儒臣纂辑《礼记义疏》,与《周礼》《仪礼》并垂黉序,洵足阐曲台之奥义矣。乃俗儒囿于方隅,惟揣应试命题,以删本自欺,应饬地方官出示销毁。乾隆五十八年议,核贵州学政洪亮吉奏,《礼记》陈澔《集说》本为科举起见,郑康成注最为详备,请改用郑注等语。查戴圣《礼记》,郑注最为近古,然中间祖尚谶纬,为后人所讥,郝敬且谓其引据无实,则推夏殷异制,而逃遁其说;节目不合,则游移大夫士庶之间,而左右两可,牵强穿凿,有乖本初。孔颖达《正义》,惟郑之从,凡有他说,不复收载。宋卫湜《集说》,正以孔郑专门之陋,删芜辑要,博考诸家,以救其失,然卷帙繁多,学者艰于诵习,陈澔《集说》,于郑注菁华,采择大备,且简明便于章句,是以列在学宫数百余年,恭读《钦定礼记义疏》,郑康成注、陈澔《集说》,兼收并列,原以汉宋诸家,义各有当,惟择其是者而从之，未尝稍示轩轾，诚圣人之折衷，集《礼记》[①]之大成也。今该学政以《春秋》改用三传，援请《礼记》改用郑注，不知胡安国之传《春秋》，附会时事，多与经文不相符合，是以罢用其说。他如传注之家，或务明义理，或专事训诂，此详彼略，互有短长，但设科取士，五经所用传说，颁行日久，多士师守旧学，见异弗迁，若慕复古之名，纷纷请改，是必《诗》用《毛传》，《书》用《孔传》，徒使士子朝夕更徙，靡所适从，于经训学术，均无裨益，所有该学政奏请，《礼记》改用郑注，应无庸议。五言八韵诗，四十七年始移置头场《四书》文之后，会试《四书》文题，请旨颁发，则顺治十五年所定也。三场题制。

康熙五十四年敕：经书题目，不拘忌讳，断不可出熟悉常拟之题。而尤为详明者，五十三年谕曰：考试出题，专取冠冕者，则题目渐少，士子易于揣摩，甚有将不出题之书删而不读，经书内有不可出之题，试官自然不出，其馀须以各种题目试之，则怀才实学之士，自无遗弃。雍正十三年谕曰：乡会试考官，每因避忌字样，必摘取经书中吉祥之语为题，遂使士子易为揣摩，倩人代作，临场抄写，以致薄植之少年，得以幸取科名，而积学之老生，无由抒展底蕴。嗣后考试命题，不得过于拘泥，俾觇实学。乾隆四十四年敕：乡试题不得割裂牵搭。出题为遴文之原，故又再三申命如此。题目不拘忌讳。

本朝虽沿时文取士之制，而崇尚实学、厘正文体之诏，屡颁不一。[②] 顺治十二年谕曰：今天下渐定，朕将兴文教、崇经术，以开太平。学臣训督士子，凡经学、道德、经济、典故诸书，务须研求淹贯，博古通今。明体则为真儒，达用则为良吏，果有此等实学，当不次简拔，重加任用。初禁五经卷，而康熙三十六年，监生庄令与、俞长策全作五经题，特旨授为举人。功令虽《易》主程《传》，《诗》主《本义》，《书》主蔡《传》，《春秋》亦先沿明制主胡《传》，然御纂《易》《书》《诗》《春秋》

---

① 浮签："礼记"，原本作"礼经"。
② 浮签："不一"二字下原本尚有一"须"字。

传说汇纂,同《钦定古文渊鉴》《资治通鉴纲目》等书颁发各学,示士子以向学之方。雍正十年谕:考官所拔之文,务令清真雅正,理法兼备,虽尺幅不拘一律,而支蔓浮夸之言,所当屏去。十三年又谕曰:文以载道,二帝三王之盛,在廷敷奏及宣谕众庶之言,皆为谟为诰,炳著六经。学者修辞立诚,言期有物,必理为布帛菽粟之理,文为布帛菽粟之文,而后可以行远垂久。至于古人临文,原无避讳,嗣后一切章疏及考试诗文,务期各展心思,独抒卷轴,从前避忌之习,一概扫除。乾隆元年谕:各省学臣确访生童中有诵读御纂诸经者,或专一经,或兼他经,摘取数条发问,不必责以文采,答不失指者,童即入泮,生即补廪。御纂诸书,抚藩诸臣,招募坊贾人等刷印通行。八年谕曰:制科取士,首重《四书》文,皇考有清真雅正之训,朕题贡院诗云"言孔孟言大是难",乃古今之通论,非一人之臆说也。近今士子,或故为艰深,或矜为俳俪,彼此仿效,文风日下。古人论文,以浑金璞玉不雕为比,未有穿凿支离而可以传世行远者。至于诗赋,不免组织渲染,亦必有真气贯乎其中,乃为佳作。自后考官凡有乖于先辈大家理法者,即摈弃毋录。二十四年谕曰:为学政者,果能以清真雅正为宗,好尚瑰奇之徒,无从行售,文章自归醇正。且按临谒庙讲书,原与士子相见,非乡会考官易书糊名、暗中摸索者可比。士子无负科名,学臣亦不负衡文之任,不得专取貌似先正之文,于传注无所发明,至相率而归于浅陋,又所谓救弊适以滋弊。此旨发各府州县学明伦堂,用资触目惊心。四十四年谕曰:制艺代圣贤立言,虽古今时会不同,乃今之所为时文,朕览之,多不能解。大抵近来习制艺者,只图速成,而不循正轨,每以经籍束之高阁,即先正名作,亦不暇究心,惟取庸陋墨卷,剿袭挦扯,效其浮词,而无精义。师以是教,弟以是学,举子以是为揣摩试官,即以是为去取。且今日之举子,即异日之试官,岂独文风日敝,即士习亦不可问。嗣后,务宜沉潜经义,体认先儒传说,阐发精蕴,务去陈言,辞达理举,以求合于古人立言之道。又谕:试官当严为甄别,若仍掉以轻心,必令将庸陋之句悉行磨勘,毋谓朕不戒视成也。又纯庙即位之初即谕曰：有明制举体各种，如王唐归、胡金章、陈黄诸大家，卓然可传，本朝熊伯龙、刘子壮以后，作者接踵，莫不根柢经史，足为后学津梁，特命词臣精选数百篇，颁行天下，以为举业指南。再弛坊间刻文之禁，康熙九年禁滥刻墨卷及选文窗稿。不拘乡会墨卷，房行试牍，准其选刻，后来所以有《钦定四书文》方苞奉命选定。颁行，且交礼部顺天府存储内帘，令试官知衡文正鹄。今之江河日下，岂得遽目为作法之弊哉！厘正文体。

顺治八年，八旗开科，乡试，满洲、蒙古为一榜，汉军、汉人为一榜，会试、殿试同。康熙二十六年始合八旗、汉人一同考试，惟满、蒙、汉军应文试之生监，均先由兵部验射马步箭，能射者方准入场。先是，各省驻防应乡试者均须至京，嘉庆二十一年以后，准就近应本省乡试。道光二十三年，以各驻防弁兵子弟怠于武备，于应习之清语不能通晓，自后只准应武试，其文生贡监，专应翻绎，乡会试、童试，亦改翻绎。翻绎试者，顺治八年考试翻绎，秀才能通汉文者，翻汉文一篇，未能者作清字文一篇，顺治十四年停止。至雍正元年，以翻绎亦属紧要，别开翻绎满文秀才、举人、进士之科，满洲、蒙古、汉军，均准应试。先定童试《四书直解》，限三百字内为体，绎文一篇。其蒙古翻绎于清字《日讲四书》内，依汉文三百字为题，绎蒙古文一篇。乡会试头场用《四书》《易经》《书经》各《解义》、《性理精义》《孝经衍义》《大学衍义》《古文渊鉴》《资治纲目》等书，限二百字内，出题三篇。二场考官或判或论，或表或策，自作二篇为题。三场于入场后，取现到通本一道为题，所用通本，乡试顺天府赴通政司亲领，固封①送贡院，殿试题或古文、律诗、词赋，恭请钦命。乾隆初年，定翻绎童生于《性理》《小学》每一题后括其大义，总论数语，令士子翻绎，生员亦于《性理》《小学》内出题。其蒙古翻绎，即于清文《性理》《小学》内出题。至七年，大学士鄂尔泰奏准，翻绎乡会试，头场试《四书》清文一篇，《孝经》《性理》清字论一篇，二场翻绎一篇，恭请钦命题目。至嘉庆十五年，以乡会试文闱例设汉字书籍，以备考官检查，其翻绎考试，谕礼部酌议，应用何书，旋经奏请，颁发清汉字书

---

① 浮签："固封"，原本作"封固"。

十五种,分存顺天府礼部,《圣谕广训》《日讲易经》《日讲书经》《日讲春秋》《日讲四书》《孝经》《性理精义》《小学》《通鉴纲目》《古文渊鉴》,以上皆清、汉各一部,清汉合璧《五经》《四书》各一部,《四体清文鉴》一部,《增订清文鉴》一部,《蒙古清文鉴》一部。续定乡试一场,钦命《四书》论题一道,考官出翻绎题一道。会试两场,头场钦命《四书》文题,考经论题各一道,二场考官出翻绎题一道,其乡试[①]覆试,则翻古今文一篇也。咸丰十一年十一月,致仕大学士祁寯藻奏:旧制仍准驻防各士子应文试,与翻绎试一体登进,惟旧例文生员、举人、进士亦准应翻绎试,今复文试之制,翻绎与文试不准互考,于旧制少异。宗室则康熙三十六年以前,(代)[以]公族应制举入仕者,代不乏人,敕宗室子弟能文者与满洲诸生一体应试,三十九年停止。嘉庆四年,仍准应试。惟以向制径赴会试为过优,先应乡试,其宗室之应翻绎试者,则向与满蒙诸生不同场,亦不同榜也。翻绎科举。

新贡士廷试对策,即古者天子临轩亲策,其典至重。乾隆二年谕:考试新进士,有愿将地方事件敷陈者,准其据实条奏。阅卷大臣择其言有可采者进呈。四年,上亲制策问试题,不拘旧式,免诸生预先揣摩,而试官出题,多有不当者。先是,康熙三十六年谕曰:福建乡试三场策问台湾事宜,于地方情形事势,毫未通晓,乃茫昧命题,殊为悖谬,其馀各省亦未尽当,命详加检阅,于是,察出云南、河南等省策问命题,词意多有未当。主考王连瑛等各降调。乾隆十九年谕:策问时务,用觇士子学识,试官不当以己见立说,上年顺天乡试,问黄河北行故道,今春会试问黄河下流,皆孙嘉淦、陈世倌一己私见,究亦空言无补。若以此为弃取,将启士子窥探迎合附和之弊。宋元以来,辨析朱陆异同,初因讲学,而其后遂成门户,标榜攻击,嗣后有似此者,必治其罪。此圣明杜渐防微之深意,非戒策问时务也。而不学之试官,欲求无过,遂多敷衍,言学术则琐屑,言政事则皆肤廓,涉及时事者相

① 浮签:“乡试”,原本作“乡会”。

戒不以上陈，非祖宗之初制也。

其尚小楷、重行款，说者多谓肇自道光中叶，殆不其然。乾隆四年谕：策内不许用四六颂联，但取文理明通，敷陈切当，不必泥于成格，限于字数。二十五年谕：廷试读卷诸臣，率多偏重书法，而于策文，则惟取其中无疵颣者，不碍充选而已。敷陈以言，特为拜献先资，对策自重于书法，文、字兼优，固为及格，若字在丙、文在甲者，以视文、字俱乙之人，自当使之出一头地。倘专以字为进退，非射策决科本义也。三十六年，左都御史张若溎奏请，策问题不得过三百字，尚论古人，不得连及本朝臣子。四十八年谕：殿试策冒，无论八九行、十数行，皆为合式，必于发端处，即切策题本义立论，不许宽泛无着，数行后例用“钦惟”字样，向来准用颂语，亦须关照本题，其泛写套语者，不得滥置前第[①]。是年，礼部议：前幅策冒、后幅空白十四行，原非古式，应一并申明。定例不拘字数，其有条对详明，篇幅充畅者，固不必绳以字数之多寡。或言简意该，直陈切实，亦不必斥字数之少，总以一千字为率，毋泥从前陋例。殿试草本，由礼部将一定款式开载明白，钤用印信，与正卷一同散给，有复带坊间草本者，以夹带论。盖草茅新进，殿廷对越，自不能不略具格式，而楷法足尚，亦为入选后内阁签书之地，浸淫至变本加厉，偏楷法而略文字，重格式而轻人才。格式或五行，或九行，抬写“皇帝”“陛下”，前一行“钦惟”二字，末行“干冒”二字，应核计字数，书写到底。于是，抬写不入格，及非行行到底者，皆无望前列，不入清华。道光三十年，文宗登极求言，御史戴䌹奏，殿试不宜专擅楷字。候补京堂张锡庚奏，贡士试策，听其发抒，不必拘以字数。而风尚相沿，终不能革。

又有御史易镜清奏，三场试策，请改用律例一道，下礼部议。寻议：国家设科取士，责以报称者甚多，不独在理刑一端，若于进身之始，先责以名法之学，无论剿说雷同，无裨实用。即真心讲贯者，以法

---

① 浮签：“前第”，原本作“前茅”。

律为诗书,更恐揣摩求合之士,承迎风旨,因缘为奸,士习之不端,关防之不密,多由于此,应毋庸议。同治初元,先有给事中吴焯奏请,乡会试责成考官核取真才;嗣有江苏贡生吴大澂条陈,欲致得人之盛,不以八比、小楷为科第之阶梯,而以孝弟廉洁为学问之根本。殿试对策,读卷大臣拘于格式,限于字数,稍涉时事,即置三甲,不以上陈,积习难回。穆宗谕曰:制艺取士,奉行既久,不免有空疏剽窃之弊,急须崇尚实学,力挽颓风。三场策问,以经史与时事分问,使贯串古今,通达治体者,得以敷陈政事得失利弊,以及筹饷用兵之道,不必责以避忌,绳以小疵。贡士射策,原以觇其经济学问,从容条对,不得专事缮写,自可拔取真才。然尝闻朝士言,同治初登第对策,不拘旧式者,惟癸亥探花张之洞一人而已。殿试策对。

殿试读卷,进呈十卷为士子进身之梯阶,尤系甲第之得失,撰拟策冒,前期分送请托,覆试、朝考试竣后,向素识大员分送试片,皆见于明谕之指饬。康熙五十二年,进呈十卷谕曰:凡文章书法,各有所习,一览可考,朕阅第二卷,未拆封早知为南省人。乾隆二十六年谕曰:读卷官所进策目条问,向有由内阁预拟之陋例,漏泄揣摩,不可不防,其渐应禁止,令读卷官密拟策问进呈,候朕裁定。三十四年谕曰:朝考进呈各卷,拟列第一之严本卷,论冒云"人心本浑然也,而要必严辨于动静之殊"两句内姓名并见,拟第二之王世维则云"维皇降衷",拟第三之鲍之锺则用"包含上下","包"为"鲍"字之半,拟第五之程沅则云"成之者性也",成与程音同,虽文义原属可取,似此隐藏字样,非关节而何?不值因此遽兴大狱,为一一指出,庶内愧于心耳。圣明炯察,殆及秋毫。进呈十卷。

卷二

光绪十三年(1887)七月至八月

乾隆元年谕曰:从前北闱滋弊,相习成风,皇考御极,厘剔廓清,杜绝弊端,训饬士子,提撕防范,使皆循守规矩,无敢生事。十馀年来,科场肃清,士风安静,实为向时所未有。仰见世宗综核名实之效,于选举大典尤运静心,然见于《皇朝文献通考》者,惟严试官。雍正元年谕曰:直省主考官,务秉公考取学问优长之士,果能不徇私情,声明无忝,回京之日,自加升擢。如有徇私之处,经朕访闻,定行从重治罪。三年谕:从前学政主考,皆就其为人谨慎者派往其中,竟有不能衡文者,或因中式后荒疏年久之故,着应差之翰林进士出身各部院官员,查奏候试,以文艺再行差委。此考差所自昉。二年谕:主考凭房考阅卷之文定其去取,则一榜衡鉴之当否,系于分校诸臣之贤不肖亦匪轻矣。皇考虑其邪正不一,每房各用二人,彼此钳制,用意良为周密,但法久弊生,设有一狡黠者参杂其间,即为贤者之累,况两人或皆不肖,朋比作奸,为弊更甚。嗣后仍止用一人,其责既专,其功罪亦难推诿。又谕:各省乡试房考,止许入闱一次,夫考官以秉公精鉴识拔人才为主,何论曾否入闱。嗣后各省督抚,调齐科甲出身之员,不论已未分房监临,试以时艺一篇,优长者为内帘,荒疏者供外场执事。为考帘官所自昉。又谕:现任知县政务甚繁,斟酌更定,于邻省举人、进士之在家候选者,临期调取数十人,交监临督抚掣签入闱。又谕:闱中誊录试卷,弊端甚多,有贿嘱者,则书写精工,否则潦草舛落,致误佳文。着知贡举监察御史严饬,誊写不工者重责,令重写。对读者悉心校对,毋使字画错落。凡此皆所以严主司房考,清其源也。

至于待士宽典,则重累而下,如恤寒畯,则会试举人于例支路费外,特恩赏加银两。云贵会试举人,官给驿马,著为例。乾隆二十二年议,新疆士子乡会试一体赏给驿马。元年癸卯,本乡试之年,而特举会试、殿试,谕:今年会试,天气已寒,贡士照例在丹墀对策,恐砚池水结,着在太和殿内两旁对策。总管太监多置火炉,使殿内和暖,诸贡士得尽心作文写卷。五年谕:二月天寒,故将会试改至三月,今天气尚觉寒冷,若再改期,又恐举子艰于旅食。着许携带手炉,以温笔砚,皮衣及厚棉衣服,俱许穿进,但不得乘机怀挟。旧例以防怀挟,皮衣不用面,棉衣不缝。场内菜饭供给官,加意预备,另派大臣照看料理,早晚给与姜汤,并按名给发木炭。八年谕:会试举人,需用大小板凳,俱准带用,但不许用双层夹底。又谕:会试举人,各赏科袯一件。即所谓厂衣。披盖俱属有益,由内务内[①]领发。乾隆十九年奏准照行。

搜遗佚则。元年即谕:乡试落卷,派大学士同尚书侍郎五员,及南书房翰林,又编、检内拣选十员同阅,寻取中二名。二年谕:今科进士,照朕所定一百八十名之数取中,此外不拘省分,不限额数,如有佳卷选出,另行具奏。五年谕:以五经卷取中副榜者,俱准作举人,有两次中副榜者,亦准作举人,一体会试。又本科下第举人,派大臣检阅落卷,将文理明通者,各省取数十人,再验看人材、年齿,发往以教职用。乾隆初年亦照行。当时谓之明通榜。十一年谕:云南、贵州、广东、广西、四川、福建六省举人赴京会试,邮程遥远,传谕主考官,于六省试卷遵旨取中外,其次等可取之卷,不拘数目,秉公选出。俟发榜后,另派大臣会同主考官验看人材,更加遴选。再六省下第举子内,除愿与下科会试者不必报名外,若有情愿小就者,着在礼部报名,一并交与派出之大臣主考官拣选奏闻,请旨以荐举。

佐考试则。四年谕曰:为政在乎得人。学校之设,原以养育人

---

① 浮签:"内务内"三字虽系原本,然似应作"内务府"。

材，爰命学臣保举贤能，乃直省学臣所举不多，草草塞责，不能副得人之实。着知州、知县会同各该教官，将贡生、生员内，居家孝友，行止端方，才可办事，而文亦可观者，一学各举一人申报，该上司奏闻请旨。其或僻远，中学、小学实无可举者，令知县、教官出具印结，督抚查实奏闻。朕因广揽人材，举此旷典，州、县、教官等为一方师长，选贤荐能，乃其专责，倘有轻忽之心，滥举匪人，照溺职例革职。若更徇情受贿，则又加倍治罪。元年，殿试谕：选拔庶常，务得人材，以济实用，令九卿各举所知。二年、五年，照前举行。又新科进士引见之前，先行考试，庶人材不致遗漏。其考试用论诏奏议，诗五题，或作一二篇，或诸体全构，听各展其所长。即朝考所自昉。其进士内，有彼此熟悉，为众所推服，亦令公同举出，候亲加选定。五年谕：会试举人，吏部拣选引见，并问九卿，将所知者举出。再举人内，有伊等同乡，素日推服之人，亦着举人公举。或数人共举一人，十数人共举一人，务须有猷有为有守之人，不得冒滥。又元年谕：引见新科进士单内，有用点记名者三十员，以知县用。用尖圈记名者十七员，年力尚壮，传问伊等，有愿在各馆效力，及在内官学教习者，令各自陈明，若行走勤谨，学问好者，仍拔为翰林。八年，新进士除选拔庶吉士外，其马丙等五十八名，均于六部额外主事，学习行走。又谕：士子有因回避不能应试者，令派出大臣拟题奏请点出，于内阁考试。取中四名。若二年谕：乡会试内外帘官子弟，跋涉数千里，志切观光，既至京师，不得与试，深为可悯。上科特旨，另行考校，只可暂行，不便著为定制。今科一体应试，将试卷另行进呈，派大臣校阅遴选。六年，敕赐大臣之子乡试未中式、年二十以外、文理通顺者，蒋溥、稽潢、唐少游、史亦簪、王镠、钱鋈、鄂伦、杨绥、缪樗、张鸿运、涂士炳、王谢升，俱准作举人。其刘邦俊，因病未乡试，亦准作举人，一体会试。则回避与胄子，靡不蒙恩矣。盖御之严，而取之宽，恩之又极厚，廓清之效，固非易致，而养士之报，宜无穷已。宪庙待士。

谨按道光十二年上谕：宾兴为抡才大典，各直省主试，经朕特加简任,宜如何涤虑洗心,认真校阅,务求为国得人。各直省同考官,则年老举人居多,势不能振作精神,悉心阅卷。即有近科进士,亦不免经手簿书钱谷,文理日就荒芜。各督抚虽照例考试,帘官仍恐视为具文,全恃主试搜阅落卷,庶可严去取而拔真才。士子握椠怀铅,三年大比,一经屈抑,又须三年考试,或竟有终身沦弃者。该主试俱系科甲出身,试回思未第之先,芸窗诵读,与多士何异,若止就荐卷照常挑选,而于落卷漠不关情,设身处地,于心何忍!嗣后,各直省督抚,务将帘官认真考校,不得以年老荒谬之人滥行充数。其典试各员,必须将闱中试卷,全行校阅,不得仅就荐卷取中,方为不负委任,犹之宪庙之用心也。

甄拔落第,不始自世宗。康熙四十二年,赐汪灏、何焯、蒋廷锡进士;五十四年,赐内廷行走举人梅瑴成进士。俱一体殿试。六十年谕:应试人有学问优长,不得中式,以致抱屈者,前以《周易折中》《性理精义》《朱子全书》,魏廷珍、王兰生等,在朕前昼夜校对五年,不遗一字。读书人少全读性理书者,王兰生甚为精熟,学问亦优,直隶人未能及之,屡试未中。留保学问亦[1]好,蒙古、汉军中罕有及者,即翰林中如彼者亦少。王兰生、留保,俱赐进士,一体殿试。后来雍正八年赐顾天成、卢伯蕃,乾隆四十二年赐吴省兰、张羲年进士,皆奖其学术,特颁旷典。乾隆六十年,钦派大臣将荐卷中文理较优三卷进呈,谕以诗文俱清妥,未经中式,不免屈抑,将直隶徐圻、浙江傅淦、山西李端,俱赏给内阁中书。惟嘉庆十八年,生员鲍廷博以进所刻《知不足斋丛书》,奖其好古绩学,老而不倦,赏给举人,为前此所未有。凡此,皆为搜遗拔滞、爱惜人才。此外,钦赐举人、进士,有以勋旧子孙而赐者,有以办公出力而赐者,载在《会典》。及嘉、道、咸、同以来,指不胜偻矣。而其中亦有分别,大抵嘉庆中叶以前,或笃念老成,或追褒旧学,有特召其子孙引见。如嘉庆四年,原任大学士朱轼之曾孙朱

① 浮签:“亦”字,原本所无,在“留保学问”下。

振声等赐举人之类是也；也有因考试未中特赏，如乾隆五十四年，原任云贵总督李世杰之孙李再瀛，嘉庆四年、六年，原任大学士蔡新之子蔡本俊、孙蔡行达，因会试未中而赐进士之类也；嘉庆中叶以后，始为忠清大臣身后饰终之例典，有闻丧而特赏其子孙，有饬俟服阕带领引见而赏者，武臣间以死绥得之。如道光二十二年，定海镇总兵葛云飞之子葛以简、葛以敦，处州镇总兵郑国鸿之孙郑铭、郑锷，均赏举人。葛以敦赏武举。咸丰六年，九江镇总兵马济美之子主事衔马映奎、光禄寺署正衔马映璧、童生马映斗，均赏举人之类也。至于道光二十九年，原任山西巡抚吴其濬，因裁革盐规，洁己奉公，赏其子吴承恩、吴洪恩、吴樽让举人，特奖清廉。而嘉庆十四年候补知县李毓昌之继子李希佐赏举人，十九年滑县知县强克捷之子强望泰赏举人，文武听其自便，强望泰会试未中，二十二年又赏进士，一体殿试，以死事之县令得之，尤圣世之殊恩已。嘉庆中，福州文童高允卿随其父高蓝珍军营出力，奉旨钦赐生员，又为绝无仅有之事。举人进士不由考试。

我朝奖拔忠清后裔，不第本朝大臣之子孙也。雍正八年十一月，湖北应山县拔贡杨可镜，朝考文理荒疏，部议革去选拔。谕曰：杨可镜乃明臣杨涟之元孙，昔顺治四年，杨涟之子杨之易为江南松江府同知，遭提督吴胜兆之叛，捐躯殉难，凛然忠节。杨涟父子，两世忠义，其后世子孙若稍能自立，品行无亏，虽文艺不工，亦当格外造就。杨可镜准作选拔，赴国子监肄业，仍着礼部带领引见。褒崇名节，虽百世之下闻之，犹将兴起也。优待忠裔。

乾隆中六次南巡，每次召试献赋人员，凡进士、举人，皆授为内阁中书，遇缺即补；诸生准作举人，在内阁中书上学习行走。中间东巡，暨巡幸天津，亦如之。以此进身而跻显达者实繁有徒。按，此亦不始自乾隆，康熙四十二年、四十四年，圣祖巡幸江浙，皆御试，士子中选者赏白金，令赴京录用有差。巡幸召试。

乾隆三十五年，上六旬万寿。明年，皇太后八旬万寿。三十五年恩科乡试，次年三月会试。按，前此恩榜多当年三月乡试，八月即会试。凡老生乡试八十以上、会试七十以上未中者,俱赏给举人,并检讨、学正,职衔有差。自是以后,每科照行,此举遂垂为令典矣。开恩榜优老生。

雍正十一年谕:各省地方大吏,每有设立书院,聚集生徒讲诵肄业者,临御以来,闻实有裨益者少,浮慕虚名者多,是以未尝敕令各省通行。近见大吏渐知崇尚实政,不事沽名邀誉之为,而读书应举者亦颇能屏去浮嚣奔竞之习,则建立书院亦兴贤育才之一道也。省会之地,各赐帑金一千两,士子群聚读书,须预为筹划,资其膏火,以垂永久,其不足者,于存公银内支用。乾隆元年谕曰:古者乡学之秀,始升于国,今府州县学并建而无递升之法,国子监虽设于京师,而道里辽远,四方之士不能胥会,则各省会书院即古侯国之学也。凡书院之长,必选经明行修,足为多士模范者,以礼聘请。负笈生徒,必择乡里秀异、沉潜学问者,肄业其中。其恃才放诞、佻达不羁之士,不得滥入书院中。酌仿朱子《白鹿洞规条》之仪节,以检束其身心;仿《分年读书法》,予之程课,使贯通乎经史。有不率教者,摈斥毋留。学政三年任满,咨询考核,如有教术可观、人材兴起,各加奖励。六年之后,著有成效,奏请议叙。诸生中,材器尤异者,准令荐举一二,以示鼓舞。乾隆三年,安徽学政郑江奏举敬敷书院内生员陶敬信、江有龙,照通省优生之例,增生准作岁贡,附生准作监生,到监肄业,奉旨依议,仍着送部引见。九年议准,书院诸生宜严甄别,令驻省之道员专司稽察。十六年谕:时巡所至,有若江南之钟山书院、苏州之紫阳书院、杭州之敷文书院,各赐武英殿新刊《十三经》《廿二史》一部,资髦士稽古之学。三十年谕:回籍守制之员,竟居省会书院教授生徒,与地方官应酬则与居官无异,微特人子之心难安,亦无以为多士表率,应聘者固不能以礼自处,徇情之大吏亦复不能以礼处人,于风化士习微有关系。特为晓示,通谕知之。三十七年,贵州巡抚李湖奏:黔省书院掌教张甄陶,由编修改授云南昆明县知县,嗣在云南五华书院掌教五年,奏明移为贵山书院掌教已满六年，克著成效，应照五华书院掌教孙见龙例，议叙给八品[1]官职衔。从之。四十五年，陕西巡抚毕沅，保奏关中书院掌教进士戴祖启，奉旨加恩，以国子监学正录用。五十九年，湖南巡抚姜晟奏，岳麓书院掌教原任鸿胪寺少卿罗典，学行兼优，训诲不倦，二次六年期满，请议叙，吏部议给记录二次。同治元年，原任太常寺卿唐鉴，由金陵钟山书院掌教奉特召入京后，仍令回金陵掌教。原任大理寺少卿李联琇，同治间主讲钟山、惜阴两书院凡十四年，至光绪四年卒，诸生哀其学行，请两江总督沈葆桢奏准，宣付史馆，入《儒林传》。乾隆中改山长为院长。各省书院。

康熙己未、乾隆丙辰，两开博学鸿词大科。己未科于康熙十七年奉旨，十八年集试；丙辰科于雍正十一年奉旨，乾隆元年集试，二年又补试。一切诏旨试题，暨应试姓名，载于《鹤征录》，《鹤征录》后录词科掌录者甚详。后又特诏举经学，乾隆十四年谕曰：行，本也；文，末也。而文之中，经术其根柢，词章其枝叶也。穷经不如敦行，然知经术则于躬行为近。故侍郎蔡闻之、宗人府府丞任启运，研穷经术，敦朴可嘉；侍郎沈德潜学有本末，虽未可遽目为巨儒，收穷经致用之效，而视剪彩为丽、獭祭为工者，迥不侔矣。内而大学士九卿，外而督抚，其各举潜心经学者。十六年，大学士九卿等遵旨保举经学人员疏下，奉上谕：保奏经学之陈祖范、吴鼎、梁锡屿、顾栋高，其平日研穷经义，必见之著述，将亲览之，以觇实学，在京者，交送内阁，进呈其人，着该部带领引见；在籍者，督抚就近取之，或年老不能来京者，听。寻赏陈祖范、顾栋高国子监司业职衔，授吴鼎司业，梁锡屿额外司业。自此以后，穷经者如云而起，宿儒大师后先不绝。钱坫所以谓本朝史传当别立“经学”一门也。鸿博经学。

时艺取士，积久生诟，同治中兴，应诏求言者，争言八股小楷试帖之不足得士。元年谕曰：太学为培植人材之地，世宗宪皇帝赏给库

① 浮签：“给”字下原本尚有一“予”字。“八”字似“终”。

银,增置黉舍,首善之区,四方观瞻所系。必得如唐之韩愈、宋之胡瑗,讲明正学,人材自能蒸蒸日上。近来国子监专以文艺课士,该祭酒等既以是为去取,而士子亦复以是为工拙,于造就人才之道何裨焉?嗣后,于诗文外兼课策论,以经史性理诸书命题,用觇实学。其有留心时务、通知古今者,该祭酒等亦当随时奖拔。其时中外条陈之警切者,湖北在籍刑部主事王柏心请开特科。其言曰:"历代选举贤才,盖亦多途,近世专之于进士一科,而尤重者词臣,此可谓偏而隘者矣。务浮文,无实用,故大度之士,往往韬晦深沉,欲求致远,不屑以科目进。今之所取于士者,不过摭拾虚谈,揣摩声病,曾雕虫之不逮。诚能破除积习,不时举行特科,招徕异士,上者文武将相之才,次者明于理国安民,能任股肱,熟于古今事势,可备顾问;又次者,文章典则,议论剀切,足充制诰台谏之选。或发策试之,使自占所长,又令内外臣工,博访下僚及草泽有异才者,疏荐之,先观其言,随试以事,则怀奇沦滞者,皆闻风奋跃矣。"其立论独大,而道光二十三年,先有两广总督祁𡎴奏:三场策问,请定五门,曰博通史鉴,曰精熟韬钤,曰制器通算,曰洞知阴阳占候,曰熟谙舆图情形。并将此五条特立五科,无论军民人等,准以所业,由地方官申送督抚考校。虽经礼部议驳,然已为今之尚西学、重天算诸议张本。议开特科。

人知我朝尊崇孔圣,超越前代,为万年有道之基,而不知其规模宏远,先在未入关大一统之时。太宗文皇帝崇德元年,即遣官释奠于先师孔子,御制祝文。至五年,定为每年二月、八月上丁日,行释奠礼。后来圣子神孙皆承祖制。顺治元年,新命首颁,以孔子六十五代孙孔允植世封衍圣公,以原阶兼太子太傅,其子兴燮,照例加二品冠服。仍命孔允钰、颜绍绪、曾闻达、孟闻玺承袭五经博士,曲阜县知县孔贞堪仍为原官,其在汶上县管圣泽书院事,世袭太常寺博士,仍照旧制,以衍圣公第三子承袭尼山书院,四氏学录等官照旧用。八年,上幸太学释奠,行二跪六叩礼。先期行取衍圣公、五经博士带(令)[领]孔氏族裔五人、颜曾孟仲族裔各二人,承传赴京,观临雍礼。后凡临雍，皆如是。至是，幸彝伦堂，设经案，颁敕谕，勉励诸生，赐讲官坐，赐衍圣公、五经博士、四氏子孙、祭酒、司业等冠服，及助教等官、肄业生银两有差。九年亦如之。《学政全书》载九年，失载八年。十四年八月初启经筵，礼部疏请上诣宏德殿，行致祭先师孔子礼。十七年，文庙落成，临雍礼与八年同。

康熙八年，上幸太学，行释奠礼，礼与顺治八年同。十年，以举行经筵，遣官告祭。迄康熙二十五年，文华殿告成。经筵前一日，上诣传心殿行礼，自是凡视学、举经筵，无不亲行释奠。二十三年，上躬诣阙里致祭，御制祝文，特行三跪九叩礼，遣官分献四配、十哲、两庑，并致祭启圣祠，以御用曲柄黄伞留供庙廷。复诣孔林，行三酹礼，升诗礼堂，御幄升座，大学士等官二十员于左翼排立，衍圣公引翰林院世袭五经博士等，及讲书举人等四十六员于右翼排立。衍圣公率五氏职员行三跪九叩礼，讲书监生等二人由西阶上，行一跪三叩礼于讲案西，偏立以次，至讲案前，北面，陈书对御进讲。毕，上遂遍览遗迹，观石刻吴道子画鲁司寇像，至圣迹殿周览图画石刻，及凭几像、行教小影、立像、行像诸石刻。顾问衍圣公孔毓圻曰："何像最真?"毓圻奏曰："惟行教小影颜子从行者为最真，乃当年端木赐传写，晋顾恺之重摹者。"二十四年，命曲阜颜氏地亩照孔氏从轻征粮。二十五年，诏增孔林地一千顷有奇，免其钱粮。二十九年，命官民人等，经过学宫，毋得乘马。

雍正二年谕曰：视学大典，史册所载多称"幸学"，近日奏章仪注相沿未改，朕心有所未安。今释奠伊迩，朕将亲诣行礼，称"幸"非宜，应改为"诣学"。是年三月诣学，典礼与康熙八年同，与观礼者二千五十二人，赐银各一两。《文献通考》叙述未详。孔继溥等十人特行召见，谕以"慎修厥德，以继家声"。向来春秋二祭，均遣官行礼，未有亲诣。《仪注》：四年，特旨亲诣行读[1]。谕礼部太常寺：《仪注》内开奠帛、献

---

[1] 此处原有浮签："读"字虽系原本，不甚可解，恐为"礼"字之误。

爵皆不跪,朕今跪献,非误也。若立献于先师之前,朕心有所不安,尔衙门可记载,嗣后照此遵行。五年谕:八月二十七日为圣诞之期,照圣祖万寿节虔诚斋肃,禁止屠宰,永为例。六年二月仲丁,诣太学释奠,有御制诗。十一年二月仲丁,上亲释奠,行三上香礼。

乾隆三年二月上丁,上诣太学释奠,行三献礼,谕曰:春秋二祭,旧例遣官,我皇考尊师重道,始定亲祭之礼,间年举行,从前所未有者。今览太常寺奏进《仪注》,朕恭阅献爵一次,其亚献、三献之爵,预先陈设香案上,朕思既行亲祭,仍当从三献之仪。是年,上视学典礼,与雍正二年同,四配十二哲后裔,暨元圣周公裔东野氏来京观礼者三十一人,均送监读书,随班听讲。进士、举、贡、生、监、八旗官学生,并孔氏等族人,计三千二百八十五人,赏银如例。赐衍圣公御制《乐善堂文集》、徽墨二匣、貂四,孔裔五人各貂三,五经博士各貂二,馀与衍圣公同。召见衍圣公、五经博士、各氏后裔等十有八人,谕曰:为圣贤之后,当心圣贤之心。凡学圣贤者,非徒读其书而已,必当躬行实践,事事求真,无愧身为圣贤之后,尤与凡人不同,务须勤思勉励,克绍先传。《文献通考》失载,据《学政全书》补。十三年,上躬诣阙里,亲行周览。翌日,行释奠礼,四配、十哲、两庑、启圣祠、崇圣祠,遣官分献,御诗礼堂讲书,陈讲章于御案。东野氏、闵氏、冉氏、言氏、卜氏、端木氏、颛孙氏各裔,照孔、颜、曾、孟、仲五氏之例,同赴讲堂听讲。举人孔继汾讲《中庸》,孔继涑讲《易经》各一章,遵圣祖成例,以御用曲柄黄伞留供大成殿中。诣先师墓门,降辇步入,墓前北面跪,三酹酒毕,行三叩礼,赐衍圣公、博士等宴,又赐衍圣公服物、《十三经》《廿一史》《明史》《唐宋文醇》《御制日知荟说》。凡孔氏及十二氏子孙官员,各加一级,进士、举人,各赏银十两,贡、监、生员各五两。十三氏子孙在胶庠者,令学政考验,其文行兼优者数人,贡入成均,引驾官孔继汾以内阁中书用。遣官诣颜、曾、思、孟故里,专庙致祭。复诣元圣、周公庙行礼,有御制阙里释奠礼成诗。十八年八月上丁谕:春秋释奠,例应遣官,朕自往岁躬诣行礼后,已阅五年,此次亲诣行礼,准户部主事孔继汾一体陪祀。有御制诗。二十一年，诣太学行释奠礼，有御制诗。是年，又诣阙里释奠，孔林酹酒，谒元圣祠，均有御制诗。二十二年，南巡至苏州，诣文庙行礼，回跸过山东，诣阙里瞻拜，有御制诗。二十七年，南巡至邹县城外，展礼孟子庙，至曲阜释奠文庙，诣孔林酹酒，有御制诗。三十四年上丁，诣太学释奠，并落成国学，有御制诗。三十五年，东巡诣文庙，行释奠礼。翌日，临阅复圣庙，诣孔林酹酒，少皞陵、元圣庙行礼，赐衍圣公等合族饭。四十一年春，东巡诣文庙，行释奠礼，赐衍圣公合族人等食。诣孔林、少皞陵，元圣庙行礼。四十五年冬，南巡，遣官告祭。是年冬，赐孔昭焕等御笔五，临曲阜诗一匣。四十九年春，南巡至曲阜，亲诣文庙，行释奠礼。

四十八年谕：国学为人文荟萃之地，辟雍之立，自元明以来，礼尚阙如，派礼部尚书法保、兼国子监事刘墉、侍郎成德，仿照礼经旧制，度地营建。五十年，新建辟雍落成，上于仲春上丁，诣文庙行释奠礼，即临雍讲学。以下《文献通考》未详，皆据《学政全书》补。辟雍殿内进讲各官，及侍班之王公、衍圣公、大学士、九卿、詹事府、起居注等官，内务府铺设坐毡、讲案，案衣由文华殿移往阶下，设中和韶乐，太学门内设丹陛大乐。御前进茶时，设丹陛清乐，派大学士伍弥泰、蔡新进讲《四书》，其经书即令祭酒进讲。讲毕，赐茶，内茶房、光禄寺预备。礼成后，赐衍圣公及五经博士、执事诸臣等宴于礼部。衍圣公有制，不用乐。又赐衍圣公、五经博士徽墨、貂皮，并八丝缎，及刊刻《御论》；进讲之大学士、监丞、助教等官袍褂、八丝缎有差。是日，春膏霑霈，执事诸臣及观礼多士，衣履沾湿，加赏圣贤各氏后裔五彩缎一百二十二卷；观礼之朝鲜使臣朴明源、尹成烈、李鼎运、洪命福、赵达东、方泰运大缎二疋，八丝缎四匹；观礼之进士、举人、贡监生，并各学教习官学生等三千八十八人，绸各一匹，银各一两；执事扈从之王公大臣、文武官员纪录一次。诸生圜集桥门。于次年丙午广顺天乡试中额十五名。临雍之日，国子监核准：守部进士、举人，迎驾穿朝服，观礼穿彩服，送驾同；各学副管教长、教习、候补教习、举人，并有职之各氏后裔、贡监生,穿补服;无职之各氏后裔及贡监生,穿蓝镶青衫,披领金雀高顶;在监肄业之荫生,照所得之品级补服穿戴各项;官学生、宗学照赏给顶戴;世职照所袭品级。迎驾穿朝服,观礼更彩服,举人穿补服,贡监生蓝镶青衫披领金雀高顶,生员、童生青镶蓝衫披领银雀高顶。圣贤后裔俊秀陪祀者,加恩准作监生。向例,临雍后三日,内阁撰拟敕谕,颁国子监刊刻颁行。此次奉有《御论》二篇,于立极垂训之道,尤为深切粹精,礼成后,由国子监刊刻通颁,发各儒学师生诵习。五十五年,东巡,只谒阙里释奠,并谒孔林。六十年二月上丁,诣文庙释奠,并阅视辟雍新刊石经。谕曰:本年为朕临御六十年,自维冲龄肄学,服膺圣教,迄今八袠开五,犹日孜孜诲学无倦,凡行政会[①]典,悉皆得自心传。今晨临雍展敬,祗肃躬亲,风日暄和,典礼咸备,景仰之诚,先师临爽式凭,自必默垂鉴佑。

嘉庆三年二月十三日,上诣文庙释奠,礼成后,御辟雍殿讲学,奏准《仪注》。是日届时,皇帝具礼服,乘舆出宫,午门鸣钟鼓,王以下文武各官,于东华门外分翼排立,候驾过,跪送法驾。卤簿前导至成贤街,国子监祭酒、司业,率所属各官俱朝服,诸生俱公服,于街左跪迎。陪祀百官俱朝服,先至大成门外祗候。驾至更衣幄次降舆,赞引官、对引官恭导。俟释奠礼毕,乘舆御彝伦堂更衮服,各官咸更蟒袍补服。王公大学士以下各官、衍圣公、五经博士、各氏后裔、祭酒、司业,及肄业诸生,观礼之进士、举、贡、生、监等,均先至辟雍南,分东西班序立;起居注官、侍仪给事中、御史,各按位立辟雍殿。设经书案一于宝座前,又设讲案二于宝座下稍南,东西向,祭酒恭捧御览讲章陈于案上,书左经右,捧进讲副本陈书于左案,陈经于右案。届时,太学鸣钟鼓,礼部堂官恭导前引,后扈如仪。皇帝御辟雍殿,升宝座中,和韶乐,奏盛平之章,对引礼部堂官,前引大臣趋至前廊下立,侍卫于阶下东西翼立。乐止,鸣赞官赞齐班,丹陛大乐作,鸿胪寺官引王公、衍圣

① 浮签:“会”字,原本作“念”字。

公、大学士以下各官分东西序立，肄业诸生各随班末赞，行二跪六叩礼。毕，退复原位立，乐止。讲官四人由南桥升阶，王公等由东西桥升阶，俱入左右门，各就位立，赐讲官坐，讲官就位，一叩，坐。满汉大学士以次进讲《四书》，皇帝阐发书义；满汉祭酒以次讲经，皇帝阐发经义。按，上谕书义、经义载《皇朝文献通考》七十五卷《视学门》。各官及诸生，均跪聆。毕，各官等退就桥南，各就拜位北面立，丹陛大乐作，赞，行二跪六叩礼，乐止。讲官及王公大学士等，仍由左右门入，就位立。司业以下各官师生俱先至成贤街序立祗候。御前进茶，丹陛清乐作，赐进讲各官及王公、衍圣公、大学士、九卿、詹事茶，俱行一跪一叩礼，坐，赐茶，毕，乐止。鸿胪寺引各官自左右门出，至桥南东西序立。礼部堂官奏礼成，中和韶乐作，奏《道平》之章。皇帝起座，乘舆出太学门，乐止。祭酒、司业等率进士、举人、诸生跪送。赐衍圣公服物，暨至圣后裔七人、五经博士十五人、各氏后裔三十二人缎物，各有差。馀与乾隆五十年仪同。道光三年、咸丰三年，释奠临雍，与嘉庆三年同。累朝崇圣典礼并临雍讲学。

顺治二年，祭酒李若琳请易“至圣先师孔子”神位为“大成至圣文宣先师孔子”。至十四年，给事中张文光奏言：圣至孔子，赞美难以形容。鲁哀公诔文曰“尼父”，未尝加一字褒贬。汉平帝元始元年始加谥曰“宣尼父”。后魏太和十六年，乃改谥“文”。唐太宗贞观十一年尊为“宣圣尼父”。明皇开元二十一年，始进谥“文宣王”。明初因之，嘉靖九年，尊改为“至圣先师孔子”。曰“至圣”，则无所不该，曰“先师”，则名正而实称，追“王”固属诬圣，即加“大成文宣”四字，亦岂足以尽孔子哉！宜仍改立为“至圣先师孔子”神位，庶质之先圣而无疑，传之万世而永遵矣。从之。雍正元年上谕：粤稽旧制，孔子之父叔梁公，于宋真宗时追封齐国公，宋以后历代遵循。而叔梁公以上，向来未加封号，亦未奉祀。我皇考崇儒重道，凡尊崇孔子典礼，无不备至。朕自幼读书，心切景仰，欲再加尊崇，更无可增之处，故敕部追封先世五代，部议封公。明嘉靖时，犹以王孙臣爵改称至圣先师，改启圣王为启圣公，朕意以王爵较尊,着诸大臣议。寻议定,封木金父公为肇圣王,祈父公为裕圣王,防叔公为诒圣王,伯夏公为昌圣王,叔梁公为启圣王,诏颁册五道。二年,神牌入祠,遣官告祭。康熙五十一年,上以孔孟之后,有裨斯文者,朱子之功最为宏巨,应崇礼表章。大学士等议,朱子配享孔庙,本在东庑先贤之列,今应升于大成殿十哲先贤卜子商之次,从之。乾隆二年,升先贤有子配位于大成殿,供于先贤卜子商之次,移朱子神位在先贤颛孙子师之次,号"十二哲"。

又,雍正二年谕曰:祔享庙廷诸贤,历朝进退不一,或有先罢而今宜复,有旧缺而今宜增。其从祀崇圣祠诸贤,周、程、朱、蔡外,孰应升堂祔享,并先贤先儒之后,孰当增置,博士、九卿、翰林、国子监詹事、科道会同详考,定议以闻。寻议,明嘉靖时厘定祀典,改祀于乡者七人:林放、蘧瑗、郑康成、郑众、卢植、服虔、范宁,罢祀者四人:秦冉、颜何、戴圣、何休,俱宜复其从祀。孟子门人乐正子、公都子、万章、公孙丑、汉诸葛亮、唐陆贽、宋韩琦、尹焞、黄幹、陈淳、何基、王柏、元金履祥、许谦、陈澔、明罗钦顺、蔡清、本朝陆陇其,宜增入祀典。宋张子横渠之父张迪一人可以祔入崇圣祠。孔门弟子冉伯牛、仲弓、冉求、宰予、子张、有若六子,均宜确访嫡裔,赐以五经博士。得旨必详加考证,折衷尽善,庶使万世遵守。戴圣、何休,未为纯儒,郑众、卢植、服虔、范宁,谨守一家书[①],视郑康成之淳质深通,似乎有间。唐之陆贽、宋之韩琦,自是千古名臣,然于孔孟心传,果有授受而能表彰羽翼乎?着再公同确议,务期至当不易具奏。遵旨再议,孔庙宜复祀者六人:林放、蘧瑗、秦冉、颜何、郑康成、范宁;宜增祀者二十人:县亶、牧皮、乐正子、公都子、万章、公孙丑、诸葛亮、尹焞、魏了翁、黄幹、陈淳、何基、王柏、赵復、金履祥、许谦、陈澔、罗钦顺、蔡清、陆陇其;入崇圣祠者一人:张迪;宜增置博士者四人:冉雍、冉伯牛、子张、有若。奉旨依议行。正神位。

雍正三年谕:直省郡邑之名,有圣讳在内者,古今相沿未改,敕内

① 浮签:"书"字,原本作"言"字。

阁九卿会议。寻议，惟祭天于圜丘不避，凡系姓氏，俱加偏旁为“邱”字，系地名则更易他名，书写常用之际，则从古体“丠”字。谕曰：是仍未尝避也，此字本有“期”音，《毛诗》及古文作“期”音甚多。除四书五经外，遇此字并用“邱”字，地名但加偏旁，读作“期”音。讳圣名。

顺治元年，定文庙管勾、司乐、掌书等缺，听衍圣公咨部补授。雍正八年，以圣庙执事之员，向来未加爵秩，设执事官三品者二员、四品者四员、五品者六员、七品者八员、八九品者各十员，每年各给俸禄银二十两，贡监生童皆可入选。若届乡试之期，准以监生入场应试。乾隆二年，衍圣公孔广棨奏，文庙执事官自三品至九品四十员，皆孔氏子孙充补，恭遇覃恩，一体给予封典，从之。十一年，增定崇圣祠执事官及祭器，增分献官国子监助教二人、赞引官太常寺赞礼郎二人，其陈设四案，增帛二、爵六。二十一年，吏部议准白钟山所奏曲阜县知县改为题缺，谕曰：阙里自唐宋以来，率以圣裔领县事，夫大宗主鬯，既已爵列上公，而知县一官，专以民事为职，奉法令则以裁制伤恩，厚族党则以偏私废事，甚至因缘为奸，簠簋不饬者有之。国家尊崇先圣，远迈前朝，岂于此而有靳焉？但与其循旧而瘝官，何如变通而宜民，着照该部所议行。其现任世职知县，既已谢事，若改归部铨，不过恩及其身而止，于朕心犹有未惬，着授为世系六品官，仍令拣选，充补阙里。文庙向设礼生十六名，雍正四年建立崇圣祠，添设二十名。乾隆三十五年，衍圣公咨部，嗣后挑选礼生，除庙中佃户子弟四十名外，准将曲阜县俊秀挑补四十名。又浙江西安县圣庙礼生四十名，于本氏族人中①尽数选充，不敷，以西安俊秀挑补。优执事。

顺治十七年，重修文庙落成，上亲诣释奠。康熙三十一年发内帑重修曲阜孔庙，专官往董其役，经始辛未，竣事壬申。落成，命皇三子、皇四子世宗宪皇帝往祭。四十一年，命修理国子监文庙。雍正二年，阙里大成殿灾，上意悚惕，诣太学致祭，并遣官告祭阙里文庙，发

---

① 浮签：“中”字，原本所无。

帑兴修，命大臣董役。殿庑规模，悉准宫阙，制器备物，亦绘图呈请裁酌，必令纤毫无憾。用帑不下数十万，上梁前二日见庆云。自二年至七年告成，上亲诣太学致祭。七年，又命修阙里孔林享堂墙垣。乾隆二年，诏太学、文庙改用黄瓦，崇圣祠改用绿瓦。三年，命文庙碑亭用黄瓦。乾隆三十三年，以国学殿庑岁久弗葺，特发帑金二十馀万鼎新之。谕曰：门殿诸额，张璁陋议，非所以肃观，瞻明折衷，既依《会典》定名，躬为榜书。并宣示厘正大指。饰庙貌。

雍正十年，颁文庙祭器，法琅铜香鼎一，烛台二，花瓶二。内安松竹、梅花二树。香盒一，金龙朱漆几五，帛篚七，铜爵二十六，登一，铏六，簠二十一，簋二十一，笾八十六，豆八十六，皆有盖。乾隆元年增定文庙祭品，礼部议准，脯醢宜丰，鹿脯、鹿醢加增鹿二，正位、四配及崇圣祠正位，仍用兔醢，十一哲两庑、崇圣祠配位两庑，易兔醢为醓醢，加增豕二。乾隆六年，颁文庙祭器于阙里，铏十六，簠一，簋一，笾四，豆四，俱有盖。十二年，颁阙里文庙祭器，铜爵七。三十三年谕：阙里庙堂有后汉时牺尊，以为观美，爰择内府所藏周笵、铜鼎、尊、卣、罍、壶、簠、簋、觚、爵、洗各一，颁置太学，陈之大成殿中。周备礼器，孔子志在从周，楹间列姬朝法物，于义惟允，所司其①，典守勿替。三十五年东巡，诣文庙，谕：阅视所列各器，不过后汉时所造，且色泽亦不能甚古。昌平圣里，宜陈法物，着颁内府所藏姬朝铜器十件，备列庙廷，用惬从周夙愿。颁祭器。

康熙六年，颁中和韶乐于太学，诏名乐曲曰“平”，迎神奏《咸平》。辞曰“大哉至圣”，专为太学之乐，与阙里及直省曰“大哉孔子”者异。初献奠帛奏《宁平》，亚献奏《安平》，终献奏《景平》，彻馔奏《咸平》。雍正二年议准，圣庙音乐、佾舞，大典攸关，圣祖仁皇帝颁发韶乐，非常异数。今阙里所奏，音节未谐，令衍圣公选择数人，给文赴太常寺演习订正，

① 据《清实录》卷八二三《高宗实录》，“所司其”后尚有“敬凛将事”四字，疑因该句滞涩难通，日记原抄本径删此四字。

俾得转相传授。是年，定阙里文庙乐舞音节，及乐舞生衣冠，俱照国子监，画一遵行。是年，并定应袭五经博士者，送礼部考试，劣者送监肄业三年，方准承袭。乾隆七年，中允于震奏，《阙里志》乐章内称“惟王神明”，犹袭唐人称王之旧，恭请厘正。大学士等议，国子监所歌六曲，皆已称师称圣，无可改易，至曲阜及各省学宫，未能画一，应请另行撰发，命张照撰拟，进呈颁发。即今各直省丁祭乐章。迎神奏《昭平》，初献奠帛奏《宣平》，亚献奏《秩平》，终献奏《叙平》，彻馔奏《懿平》，送神望燎奏《德平》。十二年，上将诣阙里，大学士等奏，文庙乐章于乾隆八年改定，颁发曲阜及天子[①]学宫，但恐尚有未谙。应遵康熙二十三年之例，令乐部太常寺派官员人等前往演习。又命太常卿往阙里查视乐舞、乐器、乐部等衙门，奏于京师乐工内拣选乐员三员、乐生五十名，派员带往，其舞佾仍用本处舞生。阙里文庙陈设乐器，相沿舛错，至是始遵定式。陈乐器于露台上，编钟在东，编磬在西；埙一、篪一、排箫一，为一列，在编钟之北西上；笛三，一在埙北，一在篪北，一在排箫北；洞箫三，在笛北；瑟二，在洞箫北；琴三，在瑟北。编磬之北，亦如之。东上楹鼓一，在编钟之东，皆北向。歌工，东三人，在琴东北；西三人，在琴西北。笙六，在歌工后；搏拊二，在歌工北；东柷一，西敔一，在搏拊北；麾二，在柷敔北，皆东西相向。三十年，颁镈钟、特磬于太学文庙。先是，江右献古镈钟，特命乐部仿铸，适和阗已入版图，复诏采玉，以琢特磬，至是告成，乃依春秋释奠月律，颁夹钟、南吕、镈钟、特磬各二焉。备乐舞。

康熙二十三年，上诣阙里释奠。讲书毕，召孔氏及五氏子孙有顶戴者皆入跪阶上，谕曰：至圣之德，与天地日月同其高明广大，无所指称。朕向来研求经义，体思至道，欲加赞颂，莫能名言，特书“万世师表”四字，悬额殿中，非云阐扬圣教，亦以垂示将来。二十六年，上亲制孔子庙碑文，并亲制周公庙、孟子庙碑文，俱御书勒石。二十八年，

---

① 此处原有浮签：“子”字，原本作“下”字。

颁御制《孔子赞》,及《颜曾思孟赞》于太学,并御制序文。三十一年,御制《重修阙里孔子庙碑》。三十八年,御书"圣门之哲"匾额,悬子路庙。三十二年,御书"学达性天"额,颁江南徽州紫阳书院。四十四年,御书"理明太极"匾额,悬周惇颐祠;又"正谊明道"额,悬董仲舒祠;"经术造士"额,悬胡安国书院;又御书"程氏正宗"额,悬杨时祠;"奥学清节"额,悬罗从彦祠;"静中气象"额,悬李侗祠;"霜松雪柏"额,悬胡安国祠;"紫阳羽翼"额,悬蔡元定祠;"学阐图畴"额,悬蔡沈祠;"力明正学"额,悬真德秀祠。雍正三年,御书"生民未有"匾额,悬大成殿。其阙里颜子庙曰"德冠四科",曾子庙曰"道传一贯",子思子庙曰"性天述祖",孟子庙曰"守先待后",闵子庙曰"躬行至孝",仲子庙曰"圣道干城"。又赐圣裔额曰"钦承圣绪",颜子裔曰"四箴常懔",曾子裔曰"省身念祖",孟子裔曰"七篇遗矩",闵子裔曰"门宗孝行",仲子裔曰"勇行遗范"。六年二月仲丁,上诣太学释奠,为春秋亲祭之始。御制诗一章,勒碑国学,并颁发直省府州县学宫。十年,御制《重修阙里圣庙碑文》,以御笔赐衍圣公孔广棨收藏。乾隆三年,御书"与天地参"匾额,悬国子监大成殿,对联曰:"气备四时,与天地鬼神日月合其德;教垂万世,继尧舜禹汤文武作之师。"四年,御制文庙碑文,勒石学宫。十三年,上诣阙里文庙,亲行周览,御书大成殿匾额曰"时中立极",对联曰:"觉世牖民,诗书易象春秋永垂道统;出类拔萃,河海泰山麟凤莫喻圣人。"诗礼堂额曰"则古称先",对联曰:"绍绪仰斯文,识大识小;趋庭承至教,学礼学诗。"并书杏坛、金丝堂、奎文阁、同文门、大中门、宏道门、圣时门、棂星门、万仞宫墙等匾,又御制万仞宫墙、奎文阁、手植桧、杏坛、礼器、圣迹殿、金丝堂、诗礼堂、故井、故宅门各赞,又御制复圣颜子、宗圣曾子、述圣子思子、亚圣孟子四赞文,又御制《孔子庙碑文》,勒石大成门外。三十三年,重修国学,上亲制碑记,手书付锓。四十五年冬,赐衍圣公孔昭焕御笔五、临曲阜诗一匣,命陈设阙里庙堂,永为世宝。嘉庆初年,御书额。道光初年,御书额。咸丰初年,御书额。同治初年,命南书房翰林书额。光绪初年,命南书房翰林书额。均悬大成殿。御笔碑匾。

顺治元年定，每岁春秋仲月上丁日，直省府州县各行释奠于先师之礼，以地方正印官主祭。雍正五年议，致祭孔子，直省惟司道府州县官于丁日行礼，其督抚学臣，则先期一日于阶下行礼，谓之祭丙，典制所无。嗣后，春秋二祭，督抚率同司道等于上丁日行礼，学臣考试各府，即行[①]考试处文庙行礼。三年，奏准将文庙祭器式样刊刻颁行各省，画一制造。乾隆元年通行各省，凡文庙祭器乐器，有未制备者，动项制造，报部核销。各省释奠。

浙江衢州府城即西安县有孔氏家庙，于南宋时随跸南迁，有石刻孔圣像，有楷木孔圣暨圣配小像，相传为端木氏手刻。向设五经博士，凡遇临雍观礼，部定圣裔不过二十人，内曲阜十二人，衢州八人，陪祀八人，向皆曲阜籍，由衍圣公带领。嘉庆十三人，衢州南宋[②]五经博士带领六人，礼部议定，自后曲阜五人，衢州二人[③]，著为例。江南松江府青浦之北，地名“孔宅”，自汉时圣裔避地至此，奉至圣衣冠，环璧葬焉。康熙四十四年，御书“圣迹遗徽”匾，交学政张廷枢悬之孔宅。江浙圣迹。

顺治九年，刊立卧碑于各府州县学。康熙四十一年，御制《训饬士子文》。乾隆五年，钦颁《训饬士子文》，凡学使按临各府州，日皆督同教官宣讲。尚有雍正三年御制《朋党论》，在《学政全书》第四卷。以士子诵习，应早闻正论，刊发各学，令同《圣谕广训》朔望宣讲。今诸生鲜有知《朋党论》者。又，嘉庆八年，谕管理国子监事大学士刘墉等曰：我国家列圣重光，以典学亲师为首务，朕绍承大业，嘉庆三年即举临雍之典。夫学以明伦为本，士以喻义为先，伦不修而文贲饰义不明，而以利计私，何以为士子之倡乎？学校之科条，非不灿然，顾或于伦物不躬行，则三德六行皆空华矣。或于义利不明辨，则服古入官皆

---

① 浮签：“即行”二字虽原本，恐系“于”字之误。

② 浮签：“三人”，原本作“三年”；“南宋”，原本作“南宗”。

③ 浮签：“二人”，虽系原本，似当作“三人”，盖今上五人，适符八人也。

市道矣。尔监官可不孜孜以是导其国子？尔多士可不以是汲汲日臻于高明？毋以为迂阔而远于事情，毋以为陈言而不求切已。朕所望于臣工庶士，涤濯其心，诚勤无懈，以培植贤才焉，各宜交勉。大哉王言，包一切、扫一切矣！教士典谟。

丁亥(1887)七月二十三日，录国初诸儒论明季科举之弊、学校之衰，并及侯朝宗极论当时学额之滥。因思我朝龙兴，取士未尝不沿明制，然祖宗以来，累朝以精意经纬之，振弊起衰，人材遂以蔚起，今之儒生数典或忘。爰取《皇朝文献通考》《皇朝通志》《学政全书》《科场条例》以及近人文集，一一详考，分条纪述。先之以本朝学额及童试、童试怀刑、取佾生、革社名、出题割裂、校士等第，从其朔也；继之以恩岁优拔副贡、三场题制、题目不拘忌讳、厘正文体、翻绎科举、殿试对策、进呈十卷，凡贡举之制度、进身之梯阶，于以详焉；其纪宪庙待士、举人进士不由考试、优待忠裔、巡幸召试、开恩榜优老生、各省书院、鸿博经学，纪特恩也。附缀以议开特科之说，而归重于累朝崇圣典礼，其正神位、讳圣名、优执事、饰庙貌、颁祭器、备乐舞、御笔碑匾、各省释奠、江浙圣迹，则皆典礼中所有事，而终之以教士典谟，庶几穷流以溯源，计三十三条，而皇朝典章灿焉略备矣。其叙录章疏部议，恭述谕旨，因窃附于纪事提要、纂言钩元之意，故多简略，只备家塾观览，若以行世，则尚待检校也。始事于七月二十三日(9月10日)，迄于八月二十一日(10月7日)，几盈一月，他书皆未遑读，他事亦遂未纪矣。

卷三

光绪十三年八月

八月十四日(1887年9月30日) 子弟二十上下，无不亟攻文字，于身心之道多不暇讲。余既以《呻吟语》命舜儿辈参看，又为作一座右铭曰："于人未尝恕也，而于己辄恕；于人颇恶其欺也，而甘于自欺。噫嘻！必也恕人而不恕己，容人而毋自欺，于道其庶几。然此岂易行而易知，汝其朝于斯而夕于斯！"

丈田应用步弓，而弓之尺寸常有歧异。《显志堂集》有《请定步弓尺寸公牒》云：《大清会典》乾隆十五年奏准，各省旧用弓尺开明到部，江苏等省并及山东等省。均未遵照部颁公尺，或二尺二三寸、或七尺五寸为一弓，或二百六十弓、或七百二十弓为一亩。若令各省均以部定五尺之弓为一亩，倘大于旧用之弓，势必田多缺额，正赋有亏；小于旧用之弓，又须履亩加征，于民生未便。且经年久远，一时骤难更张，亦无庸再议。嗣后，有新涨新垦之田，务遵部颁弓尺，不得仍用本处之弓云云。《皇朝文献通考》《户部则例》语有详略，大指相同，江南省同以二百四十步为一亩，而旧以六尺为一步，不以五尺为一步，旧用之弓即匠作通行之六尺竿，一竿即一步，匠尺即宋三司布帛尺，以通行苏尺核实计之，部尺一尺当苏尺九寸，故五尺弓得苏尺四尺五寸，匠尺一尺当苏尺八寸，故六尺竿得苏尺四尺四寸。是部弓较旧弓实少苏尺三寸，此六尺竿之弓，官丈书及业田士民家置一具，出门而合，父老相传，从无歧异。长元等县现在尚有康熙年间官造鱼鳞册，印信煌煌，贻自故府，可凭可据，共见共和，虽已不全，与现田对图对址者不少。试以此匠尺六尺之弓量之,无甚赢缩,若以部颁五尺之弓量之,无一垢不增多亩分。即与册数不合,再查此册,核算亩分用六归,以六尺为一步,六寸为一分,零数有五尺几寸。若应以五尺为步,是县册已显违功令,岂理之所有,其为应以六尺为步,确凿无疑。而天下之尺,除周汉尺外,无更小于匠尺者,其为以匠尺六尺为步,亦可无疑。现在须丈之田,既非新涨新垦,自应用六尺旧弓,其乾隆十五年以后,升科应用部弓者,《赋役全书》列有数目,无可增减,自应划出,分别办理。此系申明旧例,应否咨部,或竟附片陈明,伏候宪定。按开方法,每里一百八十丈,三百六十步方里,为田五百三十亩,方百里可得田五百三十万亩。田每亩积实二百四十弓,计方七丈七尺五寸,每方一里,为田五百三十亩。

显志堂《跋袁胥台父子家书》云:吾乡明袁胥台佥事袠家书中述米价甚贱,浙中米价七钱,江西四钱,湖广三钱,题跋诸公咸以为异,请就二三百年来市价之可征者论之。银价大都视今十之四五,郡志载漕费六分,照时价每分八文,共折钱四十八文。又今乡民相沿以钱七百文为一两,七十文为一钱,银价之可征者如此。余按明人《两宫鼎建记》,万历二十四年,市上每钱四百五十文换银一两,给与夫匠工食则以五百五十文作银一两,又云每银一两可铸钱六百九十文。

百物之价,大抵视今十之一二三不等。明末《同文算指》、国初《数理精蕴》诸书,多有或问,各条所列之价,必于时价不远。检得夏布每尺银六七厘,棉布每尺银七八厘至一分,豆麦每升六七厘,羊每头银一钱八分,今丁祭编银不敷现价十之五,以羊一头计之,今价一两有奇,约六倍,他物称是,或谓编银时从苛,不然也。兵一名日饷五分。明邵经邦《读史笔记》载《宏简录》刻费九百馀金,计字三百四十万有奇,每百字为银二分七厘,为钱二十文。今刻字中价,每字一文半。范文正公治河,人给米六升。又《义庄规矩》云,遇荒,米贵至一贯以上,应给米一石者,止给钱一贯,实七百七十文。然则熟年米价不过四五文,所谓六升者,合钱三十文以内也。吾乡韩桂舲尚书家,顺治间旧籍瓦木匠,每工二十八文，小工减半。道光初年，每工八十四文，今匠每工二百二十文。《苏州府志》载徐士林《万年桥碑记》造费一万六百馀金，以当时银价计之，合钱八千缗内外。同治九年重修桥面，费万缗，匠言全工非十万缗不可。朱用纯《毋欺录》载，留客饭用酒一壶，钱一文；腐一簋，亦钱一文；鸡凫卵一簋，钱二文。凡用钱四文。百物之价之可征者如此。

至米价，大都自一递增，以至于十。宋范文正时，每升四五文，至明则每石银二三。如《明史·周忱传》，京师百官俸帖，七八石仅易银一两，忱请两税折纳金花银一两，当米四石，解京兑俸，民出甚少，而官俸常足。夫曰俸足，可见一两当之为宣德间时价也。又如袁简斋跋中引正德二年州县文报，每石二钱是也。俄而三四钱，如书中所称，及袁跋所引申文定家书是也。文定《与子用楙书》："吴中米价每石七钱，民不能堪，汝为御史，宜请朝廷赈济，以七钱为不能堪。"则常价必三四钱，惟是书在嘉靖时，申书当在万历时，或中间又尝自贵之贱。俄而五六七八钱，如算书所列，不下十数处，皆是也。俄而一两以外，如郡志载乾隆十五年雅尔哈善疏称，雍正二年定镇江驻防兵粮，每石折银一两二钱，今米价渐增，购买拮据是也。俄而二两内外①，乾隆五十五年，彭二林跋所称四五倍，以(汔)[迄]于今，皆是也。米价之可征者如此。大抵自宋以来，千馀年以渐而变，而今更骤变，正不知伊于何底。

谷贱伤农，自古言之，百物中惟米不宜过贱，往者苏、松困于浮赋，雍正、乾隆两次减银而不及米，论者每疑之，谓重赋在米不在银，怡王疏乃言米尚能完，银多逋欠，不知其故。今按，其时尚未减银，苏、松田赋，每亩米约二斗，银约一钱五六分，以腴瘠通收，亩租五六斗，石银七八钱计之，正供之外，不能无馀费，不已尽所入而犹不足乎？乾嘉之间，漕弊颇纾，非由银之稍减，实由米之递贵，大抵二两以上。今米价一两四五钱，视近年骤贱，农亦骤困。至于百物无不宜贱

---

① 浮签："内外"二字下，原本尚有一"如"字。

者,而今则百物之贵,皆视国初十倍上下,棉衣一袭值银二两,已罄一亩所入,他物称是。

米贱病农,物贵又不特病农也,且普及于四民。犹是八口,昔需百钱,今需数百钱;犹是百金,昔支一年,今支二三月,而民安得不贫?贫民日多,奸慝斯作,谓非物贵致之乎?又不特病民也,且上及于官。内外大小臣工,养廉俸糈,无改于旧,而宫室、舆马、衣服、厮养,朝夕之需,皆增数倍,而官安得不贫?于是官邪宠赂,流弊滋生,谓非物贵致之乎?又不特病官也,且上及于国家。贡赋有常经,而物值无定数。上方服御,官府造作,大工夫役,以及意外之兵戈灾祲,凡百度支,动辄倍蓰。如国初兵饷日五分,今之勇粮,日二钱内外;国初黄河大工,一次不逾百万,包慎伯为余言之甚详,而所著《中衢一勺》却不显言,其馀治河书亦不叙述。乾嘉间几增至千万,而国安得不贫?于是,以节省养癰,以聚敛酿毒,进退无非秕政,谓非物贵致之乎?物贵之害,可胜道乎?夫两间物产,只有此数,值贱则不(嬴)[赢]而赢,赢则取不尽、用不竭;值贵则不绌而绌,绌则捉襟肘见、纳履踵决,理有固然者。然而贵征贱,贱征贵,莫之为而为,莫之致而致,尧舜之仁不能化,桀纣之横不能强,将何术以善其后?或者省事节用,恤商便民,警惰游、惩贪渔,为培植根本之务,庶几挽回万一乎?

《东洲草堂诗集》载张文敏乾隆七年疏,驳都统李憘奏重利放债,误引旧例折稿云:“市平银一两换大制钱九百上下,或八百五十上下,米色虽高下不等,一石率市价八百文上下。忆嘉庆丙寅随侍入都,银价尚与此相似,米价之贱则未闻似此者。”《乾隆御制文二集·节俭论》云:“升平日久,户口日滋,物价腾踊,势所必然,是以内务府近有加价和买之议,即如所请行,此可以节俭而不与之乎?”又云:“返朴还淳,岂非善政?然天地所生之物,只有此数,昔以十人食之,今以百千人食之,注曰:顺治初年,各省民数一千六十三万馀口,近年增至二万八千馀万口,是加至二十馀倍之多也。米安得不贵?米既贵,诸物安得不贵?”

乾隆元年佥都御史李徽条奏圣言称经自《孝经》始,即诸经亦以此称经，请将《孝经》订入四子书中一疏。礼部议覆曰：经解名篇，著于《礼记》，离经辨志，载于《学记》。经之名固已早见，至于《孝经》，称天之经、地之义，此即《中庸》之所谓“九经”，《祭统》之所谓“礼有五经”，皆举经常之道而言，安得遽指为定名之义？至称古文《孝经》，刘炫伪作，朱子亦未深考，吴澄据许慎《说文》始为考证等语。按孔安国之古文《孝经》，献之秘府者，未及施行，并许慎亦未得见。至刘炫之伪作，详于《隋书》，辩于《唐会要》，见于陆德明《释文》，先儒早知其非，不待吴澄之辩而后知也。又称《孝经》以前六章为根柢，中三章为体要，后九章为会通，三者人数，六者地数，九者天数，合为十八章等语。按《孝经》第一章乃全部之纲领，犹大学之有圣经也，自天子以至于庶人，皆以孝为本，此天之经、地之义、民之行也。次孝治，次圣治，而归于纪孝行者，此齐治平之必由于修身也，反是则有五刑。推此为至德要道，有经权常变，皆可通于神明。而复申言事君，结以丧亲，则孝道纯备，而宗义开明。盖俱从第一章，脉络贯注。乃强分天地人之数，割截牵缀，以为此书之精蕴，粗莽甚矣。至请以《孝经》同《学》《庸》订为一册，一体命题等语。按四子之书乃朱子所自订，刊于临漳，宋理宗始颁行学宫，至元明以及我朝，遵行已久。且《大学》《中庸》，本程子从《礼记》摘出，朱子订入《四书》[①]者，《孝经》单行，篇章无多，如何可与《四书》并列？况朱子所论虽今文，亦不无可疑。疑其所可疑，信其所可信，去其所可去，存其所可存，朱子意也。张恒曰：“朱子识见高明。《孝经》出于汉初者，尚且致疑，则其出于《隋书》者，何足深辨。《刊误》一书，姑据温公所注之本，非以古文优于今文也。朱子于《小学》书所纂《孝经》之文，其择之也精矣，曷尝尽疑《孝经》之非哉！”此张恒跋吴澄之言也。盖惟朱子考据精详，诸儒亦疑信参半，特以名为《孝经》，称述孝道，殊于治道有补。此制科取士，第一场首试《四书》文三篇，第二场首题用《孝经》论一篇，与《性理》参错互出，

---

① 浮签：“四书”，“书”字原本作“子”字。

所以尊崇圣经。总期发明经义,文与论何择焉? 应无庸议。按此疏与乾隆三年礼部议覆时文取士一疏,同为援证明瞭。其时《四库提要》尚未辑,纪文达诸人尚未出,而议论笔仗何其相似。《时文取士疏》,论者谓为鄂文端主稿,要亦拟议之词,此疏亦与其时甚近,文端方当国,岂暇于礼部文疏,尽取而笔之耶! 意其时礼部主稿,必有通人耳。

乾隆三年又议覆广韶学政王丕烈奏请将朱子《孝经刊误》一书颁发学宫,乡会试所出《孝经》题目,不得仍沿旧本一折。按《孝经》一书,经宋臣司马光校订,朱子虽据其纂之本,合经分传,厘定章次,并圈其疑义,以为刊误,要亦阙疑示慎之意。而自宋以来,《孝经》之颁在学宫者,悉照司马光旧本,其《刊误》一书,止存之以备参考。我世宗宪皇帝《钦定孝经集注》,仍用司马光旧本,今乡会试二场命题,用《孝经》《性理》,参错互出,著为定例,士子诵读朱书,遵行已久,毋庸更定章程。

乾隆八年,国子监祭酒崔纪奏:嗣后刊刻朱子《周易本义》一书,经传次第当依朱子《本义》原本,不得破折《本义》以从程《传》。乡、会两试,必于上下经内出题一道,再于彖、象《传》内出题一道。礼部议覆曰:按古《易》经二篇、传十篇,原各自为卷帙,自费直用《彖》《象》《系辞》《文言》参解上下经,始附入卦中。王弼又以彖本释经,宜相附近,分爻之象辞,各附当爻。故先儒谓变古《易》文者,始与[①]费直而成于王弼,则是彖、象之合于卦爻,其来已久,不自程《传》昉也。厥后吕祖谦采嵩山晁氏编《古周易》,定为十二篇,然祖谦亦谓费氏《易》最近古,其复定十二篇,特恐古本之失传,而非以费氏为陋学也。伊川程子于《易》理最为精实,而《传》《序》独从王弼,夫岂不知古《易》十二篇,而漫为因仍乎? 朱子《本义》之序,一以吕氏为断,而其论诸儒之说,则曰如王氏、程子与吾《本义》之云者,其亦可矣,然则固不以王

---

① 浮签:"始与","与"字原本作"于"字。

氏、程子之《易》为非也。有明取士，专用朱子《本义》，而不改程《传》之《序》，即淳于俊所云“合《传》于经”，使学者省寻易了之意，非有悖于朱义也。我圣祖仁皇帝《御纂周易折中》一书，博采群言，酌复古本，既已颁布学宫，复许坊贾人等刷印通行，广为敷布，俾天下穷经之士，考古而不忘其初，而究未尝以是悬为取士之令甲者。诚以古本今本篇次虽殊，而义理则一，觇经学之浅深，原不系乎此也。未便以多士讲习有素之书，忽尽改其篇次，徒高复古之名，无裨穷经之要。至刊本，既不准其纷更题目，自应仍依旧制，所奏应无庸议。按，顾亭林《日知录》亦以用朱子《本义》而依程《传》次第为非，今江宁书局同治年刊《易经》已用《本义》篇第。

乾隆三年上谕：从前颁发圣祖仁皇帝御纂经史诸书，交直省布政使敬谨刊刻，准人刷印，并听坊间刷卖，原欲士子人人诵习，以广教泽。近闻书版收藏藩库，士子及坊间刷印者甚少，着各省抚藩将书版重加修整，俾士民易于刷印，坊间有情愿翻刻者，听其自便。如御纂诸书，内有未经颁发者，着该督抚奏请，刊板流布。武英殿、翰林院、国子监皆有存储书版，亦应听人刷印，内务府所藏各书，如满汉官员有愿购觅者，概准刷印。旋经礼部会同各该处遵旨议准，内务府书版均存储武英殿，并国子监礼部所储各书，今将刷印、纸墨工价银两，逐部核定。凡满汉官员，有情愿捐俸若干刷书若干部者，由该旗该衙门查明，移咨武英殿等各衙门照数刷给，行文户部，扣俸还项。各书《学政全书》卷十二，颁发书籍门内详载其目。内廷书籍，外间士子无不群思观览，照从前颁发《御选语录》等书之例，将武英殿各种书籍交与崇文门监督存储，书局准令士子购觅，以广见闻，其书版中倘有损坏模糊者，令各该衙门备细查明，奏请修补。乾隆七年续议，各官欲买者，由本衙门给咨赍银，到日给发。三年原议捐俸扣买之处，归款迟滞，应行停止，其非现任之员，及军民人等，愿买者具呈翰林院，给咨赍银，到日给发。今之各行省官设书局刊书发卖，浙省且先刊《御纂七经》，其昉此乎？

光绪十三年九月

九月初一日(1887年10月17日) 黄河南流,乾隆以前,以全力治之。嘉道以至咸丰,年年塞决,为患日甚,宿儒如顾亭林、胡朏明、钱竹汀、孙渊如,名臣如孙文定、裘文达,皆主北流,欲复千乘故道。乾隆初年,陈定斋法屡任河道,署河督,作《河干问答》,谓大清河深二丈馀,宽数十丈,天所以待黄河,然河方南流,欲以人力挽之,而北势不可得。至咸丰五年,铜瓦庙决口,河竟由大清河入海。自咸丰五年以至同治十一年,河无大患者将二十年,中间同治七年荥泽决口百馀丈,而利津海口通流如故,决口无夺溜之患,非下游深通,何能如是? 惟黄河[①]水挟沙,下游暨海口年久不疏浚,岂无淤滞。故自同治中山东侯家林决口后,连岁为患,中间有因运道而欲复南流者,今则因山东治之无方,议分三分南流,且以虑冲畿辅为说。《显志堂集》中《致李伯相书》论河事曰:"从古无逆流之水,更进而北,则地势绝高,岂有北冲畿辅之事。淮徐故道,河身高于平地二三丈,两堤架乎其巅,合之高四五丈,是由城上行之水也。以地中行之水,载诸四五丈高城之上,果何理也?"又曰:"孙渊如言,河名大清,百川朝宗,美瑞也;东北流,环拱神京,地利也。桂芬又谓,大清桥坊有'岳色河声千古壮'之语,则又吉谶也。"余按今年李伯相奏《直隶开州河溢情形疏》曰:"黄河北岸,自开州至山东张秋二百馀里,向以古大金堤为保障,金堤基址高宽距河甚远。原以黄性湍悍,不受约束,必须让地与水,宽流中洪,资其荡漾,而民间不肯让地,屡于近河筑堰,自保田庐,若值水大,即易溃决,旋决旋堵,习以为常。金堤为北岸,北障尚无漫冲之患,则黄河水必不至灌入为卫河。"今年六月,直隶开州大辛庄水漫溢,而八月十三日河南郑州下汛十堡,漫口三四十丈,南河总督成孚疏报,奉旨上南同知余潢、上南营守备王忻、郑州州判余嘉兰、署郑州下汛千总陈景山、额外外委郭俊儒均革职,枷号河干;开归陈许道李正荣摘去顶戴,交部议处;河督亦摘去顶戴,革职留任。有谓口门刷至三五百丈,水势直趋东南,将复

---

① 浮签:"黄河"二字,原本所无。

至淮扬者，闻者几疑其将复南流。然八月十三日决口，至今淮扬尚无水患，盖霜降后，水势不盛也。惟河南开陈一带，民患其鱼。恭阅八月二十九日上谕：河流夺溜，南沿河居民遭此水厄，困苦颠沛，不知如何景象，深宫廑念，刻不去怀。钦奉慈禧端祐康颐昭豫庄诚皇太后懿旨：此次决口，为害甚巨，本月二十二日成孚奏到后，轸念吾民被灾之惨，忘寝减膳，昕夕不安。自古帝王已饥已溺，平时犹念切痌瘝，矧当此奇灾，洊至民不聊生。着于宫中节省内帑项下，发去银十万两，交倪文蔚查明黄流经过被灾各地方，不分畛域，核实放给等因。恤灾不待奏请，赈款节之宫中。自垂帘听政以来二十馀年，此恩屡颁，不一颁矣。

九月初九日(10月25日)　周小棠银台少时与余同客杨简侯方伯幕中，时方伯已办江南粮台，驻常州。余与小棠年相若，皆甫二十许，小棠生年后余两月。小棠负文名，余亦有时誉，联文字之好，结昆弟之欢。小棠十八岁中乡举，至咸丰己未成进士，用庶吉士，遭庚申寇祸，挈家徙江北，彼此又相值。余为资送其老母，以次入都。小棠旋改官礼部，选充总理衙门章京，迁大理寺少卿，擢总理衙门大臣、顺天府府尹，历署户、礼、兵、吏四部侍郎，最后由府尹转通政使，朝廷方向用，乃于光绪丙戌(1886)四月二十九日以病卒。兼尹毕尚书道远奏，奉上谕：周家楣两任顺天府府尹，遇事整饬，善政颇多。办理灾赈，尤能多方筹措，不遗馀力，实惠及民。所有生平政绩，着准其宣付史馆立传。直督李傅相又疏称，周家楣两任府尹，察吏安民，兴废举坠，地方事宜厘然毕举。光绪九年大水为灾，以诚恳感动各省官绅，集成巨资，俾十馀州县垂弊穷黎成资生活，又分疏畿东一带堤工，以工代赈。他如书款、书院、义学、善堂，凡关教养者，无不毅然为之，实有功德于民。据大兴、宛平、通州、武清等十七州县绅士、编修徐致靖等联名呈请于顺属，捐建专祠，由地方官春秋致祭。奉朱批：着照所请。该部知道。身后邀此旷典，其在官之挚力苦心，可以不负矣。余自江北与别后，仅于同治乙丑以引见入都，聚处一月，少慰离索，自此遂不复相见。然小棠生平推重余甚至,每岁必数通书,余调守宁波时,巡道某为小棠译署旧识,谓某当以余为师。其在译署经画洋务,最有声于时,每与王公枢相论人才,必首推余,巡道某公,以俸满入都,恭邸、宝相等咸就问余治状,皆小棠言之平日也。后又自上一疏,密荐及予。生平知己如君者,罕有其匹已。去年冬,闻其灵榇可归宜兴,将诣一吊。乃十月余过常州时,其榇尚未到家,以此未遂。今秋,赵惠甫以省墓赴宜,出门有侣,遂约同行,惠甫先至苏相候,余于初九晚登舟,乘月夜发。

九月初十日(10月26日) 九月初十日,早抵苏,与惠甫同泊娄门内拙政园前。是日登岸至刘文楠家,贺其得孙之喜。文楠在金陵未归。旋往拜张屺堂廉访、马渔珊、吴县周陶斋大令,皆旧雨之睽隔多年者,渔珊、陶斋尤旷二十馀年,今甫一见也。屺堂出示郑州决口各奏疏、谕旨,知成河督先奏溃口三四十丈,越数日,旋奏塌至三百馀丈。时江督曾沅浦宫保方以入觐,抵清江浦,旋奉谕,以河患方亟,饬即折回两江本任。曾与漕督卢公、苏抚崧公、署江督裕公覆奏,以河水虽尚未至淮扬,然来年春风涨发,祸患恐不可胜言。采徐州道、淮扬道之议,拟于洪泽湖上游,疏桃源境内之成子河、洪泽湖下游,疏清河县境内之碎石河。冀于河水至时,由二河分引至旧黄河。屺堂廉访则上禀牍云,嘉道年间南河溃决时,曾由里河之五坝泄水入海,惟昭关等坝,皆年久失修,恐不可轻试,请预修南、中二坝,并疏由内河入海之路,以分盛涨。然郑州之口,若不并立堵合,恐其患不可思议,区区补苴,宁有济耶!

九月十一日(10月27日) 十一日,至任筱沅中丞家,吊其太夫人之丧。旋偕惠甫过马渔珊处午饮、张屺堂处夜饮。渔珊座中有吴子备大令,屺堂座次有陶斋。

九月十二日(10月28日) 十二日,朝游拙政园,偕惠甫遍历香远堂、笔花堂、见山楼各处。是园国初为陈相国别墅,吴梅村《山茶》诗作于此时。道光时为潘某所居,而园之左右颇已割属他姓。咸丰初年，洪杨之乱，伪忠王李秀成居此，合肥相国时以中丞督师，城复后以署毁，曾暂居之。余曩见吴晓帆藏文征明所画《拙政园图》四十帧，何子贞题云："昔是将军署，今为抚部衙。"又曰："名画失山茶，以途中独无山茶。正其时也。"今园为八旗会馆，故人长云衢康失官后居之十馀年。余丙戌(1886)夏归，云衢尚在，而余不来；今来而云衢已殁，眷属亦已回旗，不胜感喟。午后，偕惠甫游元妙观，后至护龙街各骨董铺，余买得开元、崇宁并五铢古钱十馀枚。

九月十三日(10月29日)　十三日，放舟，晚泊无锡，晤沈旭庭。旭庭老病之馀，不复作画，惟考石鼓，定为成王时物。见余至，不暇作寒暄，遽起，谓余曰："今又得一确证。壬鼓之'日惟丙申，天子永宁'[①]，宋王复斋《钟鼎款识·周师旦鼎》'五月'，阮文达定为周公鼎。据焦里堂之言，鼎作于居摄之七年，是为成王即位之元年。《书》'王来自奄'，蔡《传》谓'王即位之明年'。《左传》'成有岐阳之搜'，搜必在春，以元年五月丁亥，推至明年三月二十九日为丙申云。"王氏《钟鼎款识》，余有积古斋覆刻本，今见旭庭藏本为叶东卿刻，始知文达藏宋刊原本与覆刻本，均于道光癸卯(1843)毁于火。癸卯后，东卿过扬，文达属其重刊，故东卿于道光二十七年(1847)，以阮刻本覆刊于广州督署，今叶本亦不多见，阮本更如星凤矣。

九月十四日(10月30日)　十(三)[四]日，舟发自无锡，过洛社后，运河之西有志公桥支河，舟入此桥，取道宜兴。是夕宿和桥。

九月十五日(10月31日)　十五日，以风利，清晨至宜，入东水关，泊长桥以上典当巷口。周氏新宅在西门大街，遣人走问，而小棠之侄笠舸志靖已至。午后备祭筵往吊，遗孤二人，长志程小名阿三，八岁、次志劬小名阿四，四岁，貌均端好。志劬嫡出，堕地而母亡；志程庶出，其母亦先亡。今虽有两庶母，皆非所生，吊问之馀，弥增惨怛。新居甫落成，而主人曾未之见，惟以柩入，人生真如朝露也！笠舸留晚

---

① 《石鼓文》第十鼓此句为"天子永宁，日惟丙申"。

饭,在座者潘君未记其字、吴槐卿、周明之。

九月十六日(11月1日) 十六日,槐卿与明之、笠舸,同周默勤来舟。墨勤为笠舸族弟。墨勤曾读书龙池寺中,云龙池在县西南七十里。水路至张渚。"龙池晓云"为阳羡游景之一,所谓"晓云石"者,晓云笼石,朝阳乍上,石恒作赤色。寺遭匪,未毁。未至张渚二十里曰竹林者,即玉带桥。易小舟入二里许,即善权寺,吴槐卿云,国初以寺僧作恶,为村人毁其殿。寺今仅馀屋三数间,善权之三洞最著名。国山碑距寺尚五六里,有碑亭。至善权洞及碑亭,路极崎岖,非肩舆不可。张渚镇最大,舟舆皆可雇。若放余来舟,至张渚雇乡舆游龙池,再由龙池至善权,良便。余甚慕阳羡山水,以惠甫不可久留,姑订后游,乃与墨勤诸人登岸,至城东周孝侯庙。庙经兵燹未全毁,兵后修葺,尚峻整,塑像伟毅。匾联皆小棠书,匾书"阳羡第一人物",字势充满动宕。壁间石刻大小二像。殿之两壁及庑下,唐宋元明碑刻甚多。其陆机撰、王羲之书一碑,《县志》录孙月峰说,撰书皆伪托;王凤洲说碑后有"前试太常寺协律郎黄某书",名与书俱模糊,而"书"字微可推云。《忠义集》中论此碑讹舛之由甚详。土人呼此碑曰"麻碑",《志》云,因储米蒸坏。其国山碑则俗呼"囤碑",以石圆如米囤形也。

回舟时,又至长桥看桥堍。小碑亭内嵌苏文忠书"晋征西将军周孝公斩蛟之桥"十二大楷。碑之下截有"宋绍定庚寅天台谢采伯跋"。《县志》别载"晋周孝侯斩蛟之桥"八字,文征明云:"桥题经崇宁禁沉石水中,今十二字乃天台谢采伯家真迹。绍定间,其子奕修宰义兴,携以勒石者,非当时物也。"似桥题有二。按谢跋谓"奕修寄斩蛟桥石刻",余所藏真迹笔力遒劲,神采焕发,石刻夺气,未尝言真迹,与石刻是二,非一也。东坡之在阳羡,初未久淹,其书斩蛟桥似不应有八字、十二字之歧。意绍定前,石刻以沉水损失四字,及奕修得乃翁所藏真迹十二字皆完,故泐之石,岂得以字数不同疑其为二哉!《橘颂帖》,《县志》屡载为明徐文靖溥所临。余按帖后文靖跋云:"吴中李应祯携示《橘颂帖》,乃用摹刻于石,临视惟谨。"明是取真迹摹刻,临视者,临察之意，非临写也。观帖尾并摹东坡居士长方印，岂临书所有耶？

舟中午饭后，偕惠甫移舟西门外之西氿中，出城不及一里是潭氿耳，西氿尚在其前。见沿溪远映，自铜官山迤逦至岊山一带，岚光围绕，参差如画。停舟中流，容与情话，与已到罨画溪、南岳诸山中又何异哉！晡时，又与惠甫赴笠舸夜饮之约，座有徐耀三，允赠余《光绪新修县志》。宜、荆之志，嘉庆以前纂修者曰《旧志》，嘉庆二年修，分县以后者曰《分志》，道光二十年修者曰《续志》，今光绪八年修者曰《宜荆新志》。总修为五品封候选教谕吴景墙字森斋，更定体例，仿《山经》为《山记》，仿《水经》为《水记》，其典核颇同。吾乡汪梅村先生之《同治上江二县志》，辞语雅饬，亦可媲美。吴君著述必多自叙，中谓长子协心喜考据之学，随侍局中，综缉检勘云。周小棠重刻《初月楼文》叙云："吴君镜如，以尊公森斋综纂邑志，随侍在局。镜如故以经术传家，暇辄攻古文词，其论学尝以不矜奇而自得其正者为宗。"似协心字镜如也。

九月十七日(11 月 2 日)　十七日，黎明舟发，舟中取阅笠舸昨送之《忠义集》，全载周孝侯事迹。并以孝侯所著《风土记》久佚，《永乐大典》亦无之，其六十一世孙之冕、之勉、之诰搜辑诸书，得一百六十馀条，考订颇详核。又周孝侯、周简素年谱皆有小棠跋，其《光绪顺天府志》一卷，有李棣林序，云同里周通政小棠先后尹顺天六年，勤政恤民，劳心忧国，凡在妇孺，咸所景仰。事之大者均载入《志》，惟《志》限断于甲申之冬，乙酉春初之事不能越例而记，且章程、公牍，例不备书。乃《志》甫刊行，而通政遽殁。今无锡薛大京兆裒集通政任内公牍，荟萃一编，援章实斋《湖北通志》附录掌故之例，令棣林刊于《志》后。余读之，惜其不载事之年月与奏章之谕旨，致其事之原委不尽可考见。通政以京兆赈光绪九年大灾，在其前者有直督兼尹，分其权者有步军统领、五城御史，乃毅然肩为己任，不必尽循涂辙。而平粜、施衣、煮粥、浚河道、以工代赈，厘然毕举，分帑无多。呼吁于各行省官绅，集捐至数十万之巨，函牍交驰，走笔如飞。又开牖各州县，必欲其视民事如己事。其心唯口画笔书，盖几百绪千端，不可名述，仅此奏议数篇,殆亦片麟一爪耳。

是日泊戴琦塘桥外,村人演戏,与惠甫信步至桥上,见台前看戏人颠顶如簇,桥堍村女坐满。少立,仍下桥至田塍。时已将晡,翻犁者策牛耕未已,牛已苍老,两角黝而遒,屡越畔而上,思少休矣。

九月十八日(11月3日) 十八日,午饭后,至无锡皇甫墩,与惠甫登楼情话。望九龙诸山,如在户牖。旋放舟至缸尖,买宜兴窑花盆。盆出宜兴,而各式不及缸尖之备,出处不如聚处也。旋移舟西门盐局前,入城访秦莔风亲家,方出未返,坐待少时,情话而返。晚饭后,与惠甫过沈旭庭,夜谈,阅书画数种。

九月十九日(11月4日) 十九日,盐局高华农、李雅深光霁与旭庭约游惠丽溪山第一楼,莔风亦至。与惠甫纵谈金石,并携所藏古钱一箧,于溪楼评论。旭庭亦移书画数种,刘文清临王献之《桓山铭》并杂书一卷,劲健如老藤,枯而弥泽,是文清晚年最经意之作。又明王仲山问自书绝句十馀首,草书仿怀素,墨光如漆,神气坌然,其宋元人书迹。卷中李忠定、陈简斋尺牍虽佳,有可疑处。晚归,莔风复携佳肴相款于水阁,夜雨如注。

九月二十日(11月5日) 二十日,黎明舟发,由无锡北关外放马滩,取道新塘桥、九里桥,过陆家荡、苑山荡,而至嘉菱荡,过庙桥、邹家义庄,入常熟之华荡以归。此为由无锡至常熟之小河,北不由练塘,南不由荡口,更不迂道望亭,亦不由吴塔,故其路甚捷。惟一路小桥较多,遇水涨时有不便耳。此行往返皆顺风,惟十八日东风,摇橹至锡,馀皆扬帆,今日更风正帆悬,榜人甚乐也。

途中阅报,恭读九月十一日上谕:成孚、倪文蔚会奏,郑州下汛十堡漫口,竭力堵筑,已将东西坝里头护扫三十馀段抢办完竣,现在盘筑坝基,购料兴工,惟需款甚巨,请筹拨等语。该处河工关系数省性命,若不亟筹堵合,为害伊于胡底?成孚、倪文蔚当乘此霜清水落之时,广集料物,将坝基盘筑坚稳,节节进占,务期及早合龙,不得迁延迟误。所需款项,着先由部库提拨银二百万两,克日解往,未到以前准其由司库提款应用。仍着该部陆续筹拨的款，源源接济，以期无误要需。朝廷不惜帑金，为民悍患，该督等务当严饬工员，实心实力，妥速办理，员弁中有异常出力者，准其从优保奖，破格施恩。倘敢草率偷减，藉端牟利，即着严行参奏，按照军法从事，毋稍宽贷。成孚疏防于前，厥咎甚重，倘不知愧奋，靡帑无功，定即重治其罪，绝不姑容。倪文蔚身任地方，亦属责无旁贷，前因甫经到任，宽免议处。该抚务当激发天良，同心协力，速蒇要工，慎无诿卸干咎。凛之！窃为淮水上下游生民大幸。同日又另谕：前山西布政使绍諴、降调浙江按察使陈宝箴、前山东按察使潘骏文，发往河南，随同成孚、倪文蔚办理河工事宜。潘固山东河工老手也。旋闻成河督为京朝官交章弹劾，特起前河南巡抚李子和鹤年为河督。

是日乘风过华荡，至虞城，日甫加未也。以诗调惠甫曰："月满蓬窗水满堤，方舟十日费寻思。谁言老去风怀减，苦忆朝暾乍上时。""罨画山川未肯留，九溪百渎怨灵修。归来堂有迎门笑，画黛浑销满镜愁。"

坡公买田阳羡，千古美谈。乞居常州之奏，谓有薄田在宜兴，留题竹西寺之诗，特标题曰"归宜兴"。而阳羡山水，公乃无诗，惟传《楚颂》一帖，曰："吾来荆溪，意思豁然，如惬平生之欲。逝将归老，殆是前缘。"帖作于元丰七年十月二日，周益公考为是年四月离黄州，五月访文定于筠，七八月之交，流连金陵，度九月间抵宜兴。又云公熙宁倅杭，沿檄常、润，赋诗云："惠泉山下土如濡，阳羡溪头米胜珠。"又有"买牛欲老，地偏俗俭"之语，卜居权舆于此。按王宗稷作公年谱，于放舟荆溪、归田阳羡之事，一字不录，而傅(澡)[藻]《纪年录》则云："嘉(佑)[祐]二年唱第，锡晏琼林，与蒋魏公接席情话，约卜居阳羡。初，倅钱唐，诿亲党单君贶问田，及移临汝，自言'有田阳羡'。……文登《谢表》云：'买田阳羡，誓毕此生。'卒之留居毗陵，请老而终，夫岂偶然。"然则公卜居之愿，尚不始于往来常、润时，投归结念，始终皆在宜兴。乃"米胜珠"之句，不作于阳羡，《归宜兴》之诗，又惟咏竹西，而九溪、三湖、龙池、鹅岭间,公顾无长篇短什之留,谓非纂辑有遗佚乎?

西人好洁,见河道之淤、厕溷之露立者,辄指为致病之由,每持此以难当道。甚至香港有所谓“洁净局”者,创议街巷禁设粪缸,令比户小民,虽数椽之家,亦必抽出馀地,露天为厕屋。行此虐政,民卒不从,偶有病疫,必归咎于此。夫污秽足以致病,诚亦不免,然必谓病疫全在乎此,心知未必,然顾无以难也。今岁秋后,江浙多疫,常熟最称,河淤街秽,而独无疫病,人且少于往年。上海、宁波租界皆洁,而上海尤称首,乃租界之疫不减于他处。昨至宜兴,城河之水清见毛发,河自西门至东门。西门外为西氿,受溧阳、广德与本境群山万壑之水,入西水关,出东水关;东门外为东氿,受诸水以达太湖,来通去畅。故城河中不积渣滓,殆可为天下城河之冠。街巷亦清洁,乃余舟甫泊,即知城中因疫禁屠,则清洁亦不能免疫,从可知矣。

马渔珊自言,十年前烟瘾颇深,得教堂中传戒烟之法,取食盐炒至极热,将红时取出,用纸铺地一宿,盐渐湿,又入釜炒。如是者七次。取此盐少许,入开水,瘾一钱者,用烟灰四厘,搀和吞服,日减一厘,减至无灰时服纯盐汤。先以此法试局勇,吞服一二日即不复思烟,亦别无瞑眩懊侬之苦。渔珊服纯盐汤后,一日大泻三次,势颇狼狈,妻孥环劝复吸烟,渔珊不从,寻愈。今继绝十年,从不思吸,亦别无流弊,而貌则易瘠而腴矣。中间因事偶吸一次,彻夜不眠,自是更视为厉禁。

《北堂书钞》,类书也,前有绍兴十二年晁公武引,曰:“《北堂书钞》一百六十卷,唐虞世南撰。世南仕隋为秘书郎时,抄经史百家之事以备用,分八十八部,八百一类。北堂者,省之后堂,世南抄书之所也。”每类多首引经语,并及《论》《孟》,为后来类书所未有。十月十四日过张莼卿斋,见案有此旧抄,有“嘉靖丙午六月十二日五川居士在万卷楼记字”一行。门类虽多,每门多者数十行,少或数行,以天干编成十本。上有曹楝亭藏书记、吴秋屏印,似从原本传抄,非明刻本,古里瞿氏物也。谭仲修《复堂日记》云:“陈禹谟刻改易面目,古书以世俗本承改，其书可烧。所见孙伯渊藏本有云章阁、纫佩斋印，曾属王石华校正。孙又自校之，洪筠轩、严铁桥又校之，《铁桥漫稿》记校是书始末甚详，并云已刻清本数十卷，已而中辍。卷中有铁桥跋语，原本又归何梦华，何之后人以归闽陈兰邻，仙游王怀佩欲以重金易之不得，后归邵武同知。”①祥符周季况星诒云：“予闻莫子偲曾劝曾文正刊刻，文正未许。”不知即仲修所言之本否。

《铁桥漫稿》云：“《北堂书钞》江浙间实有五本。黄荛圃一本，散片两包，未曾装册，卷首有‘季振宜印’，首尾有‘秀水朱氏潜采堂印’，每卷‘(谷)[古]唐类范’四字均挖补。《类范》即竹垞原跋之《大唐类要》，《类要》即《书钞》，书估作伪也。荛圃藏书半归布商汪厚斋。孙渊如一，张月霄一，现在常熟瞿氏。汪小米一，纸洁字工，有朱竹垞印，盖即曝书亭藏本，后归钱遵王者。余一。目录前有宋湘沚湾名号两印，卷尾有宋湘印，屡转至常熟，落书估顾荣昌手，而售于钱塘朱竹庵以归予。孙本，渊如用别纸作跋尾，书中用丹笔改者王石华伯申，卷首又用墨笔录朱锡鬯《类要跋》，周星诒按：此跋失去。校语用墨笔者，余与洪筠轩也。《书钞》撰于隋时，《隋志》作一百七十四卷，《唐志》作一百七十三卷，晁公武《读书志》同。《中兴书目》及《宋志》并一百六十卷，与今本同，盖残缺矣。今本起帝王部帝王总载类，迄地部石类，凡十九部八百五十二类，而公武云八十部八百一类，又云家本百二十卷，抵牾如此，因知宋世绝无善本，故未能刻。以至前明偶存写本，删割孱越，脱讹颠倒，篇鲜完章，章鲜完句，世间难校之书，此为第一。余为渊如校卷一至二十六，又校刻卷百三十二起，至卷百六十止，刻赀不续，遂辍业。是时汉魏晋佚书辑本，及章凤枝佚书辑本，汇聚渊如所者，不下七八百种。假余两年之力，庶可蒇事，未获竣工，为之太息。周星诒按：恬裕斋先生本，闻归周礼堂，礼堂殉湖州之

① 以上文字亦见于谭献《复堂日记》卷一，文字略有差异。(详参《复堂日记》，河北教育出版社2001年版，第26页。)

难,不知存亡。”①

泰州朱友笙庆镛,同治辛未进士,光绪七年由浙江松阳县调鄞县,与余共城而治者三年。君勤民尽职,意馀于言,不愧循吏。余之当官,以知府分应亲民,不欲以堂廉远人,尽去拥蔽障碍,悉心赴事,犹恐未达。虽不侵州县之职,然州县思虑所未及,措处之已疏者,当仁不让,无所容隐。其愚者以为不堪,或且腾谤,其智者承奉教令,若心契神合,未易有也。友笙于余无所忤,官事方殷,有公谊,无私情,予处之亦无以异于众人。君先荐卓异,十年冬卸事,将赴部。次年二月,余奉先公讳去官,浙抚以法夷方攻镇海,疏请给二十日之假,墨縗治事。予以身非将帅,上陈情书千馀言。回籍时,君以交盘事,方往来省郡,书问间通,言平日实以余为师承。尝有书曰:“明州代者非公,八年辛苦今将尽付东流。庆镛亦思乞休,中丞曰,官声好,不宜去。此公之言也,中丞焉知。”下吏一日寄余二诗,其一为《惜春》词,注曰:重赴明州,过府署,感而赋此。曰:“我来春尚在,我去春已归。春归一去不复返,我去重来犹未晚。春先别我感难禁,粗枝大叶换新阴,细腻风光何处寻?君不见,桃花开后烟水深,扁舟恼煞武陵人,别有天地成古今。”其一为《观云》诗,曰:“皎皎空中云,超然在物外。来时本光明,去时无挂碍。当其油然来,肤寸自成霖。及其飘然去,舒卷亦无心。云欲自留留不住,人欲留云人不悟。上有太虚默为持,问云云不知其故。”其诗皆为余赋,明州人思余,以有夺情之奏,恒盼余复至也。君平日课士校文极用意,而不甚作诗,不意其诗乃缠绵悱恻,俨然乐府之遗。君母已老,思归未得,交盘事毕,迟回于会城者一年,十一年冬,甫北上。次年春回任,又有书寄余曰:“自与公远,遇事若无主宰者。”然余亦不自解,何以得此于君也。今年明州有妖言,谓八

① 此段文字见于严可均《书北堂书钞原本后》,宗源瀚抄入日记时多有删改。整理本《严可均集》中,该文未收周星诒按语。(详参《严可均集》,浙江古籍出版社2013年版,第272—274页。)

月初一日瘟神降疫，各宜闭门，否必中疫。愚民惑之，将罢市，君出示禁之，谓是日黎明县官率先赴城隍庙谒神，如有殃祸，以身当之。民乃辟户赴市如故。十月，君偶感疾不起，遂有疑妖神祸君者，余书一联挽之曰："循吏无赫赫名，何意斋宿告天，锐欲挽灾忘有母；彼苍岂梦梦者，岂有贤良尽职，忍因妖谶丧斯人。"思以诗哭君，重展《惜春》《观云》二诗，为凄断不能成章已。

光绪十三年十一月

十一月十九日（1888 年 1 月 2 日）　十数年前，由浙赴金陵省墓，过京口吴子敬丈家，丈贻我李小花御行书一册，杂录国初人诗迹，并其款识，亦都仿写其前幅，《乾隆丙申游练湖记》则小花自撰也。其录《江南秋色》一段，杂写古今人之咏江南秋者，为《八四老□[①]试笔》，不著姓名，后跋云："康熙己酉，住先友李长蘅檀园，邻并迤东陈白翁修竹庄上。馀生当此落日，步步是归途，能忘庚子至今七十年事耶？先君子但空诸所有，并□□[②]无一传也。拖条竹杖家家雨，上个篮舆处处山，一切归元，又悉问哉！"所谓庚子，自是明万历二十八年，知为前明遗老也。中录苦瓜和尚诗最多。扬州汪燕山辑清湘遗诗，惜不见此。清湘有《长江一览图》，自署云："少时纵观江山之丽，东自通州五狼入海，西由夔门三峡出川，浪过于山，天接乎地，奔腾曲折万馀里，其间形胜，无不即景图记，乙卯、丙戌两载始成。"石门吴伯滔摹其本，并录诗十馀首。此卷余已赠刘文楠，若燕山俱得见之，其所增裨岂少哉！吴文云，小花亦京口人，行书酷肖陈香泉，工力亦甚可观。是册久存五弟所，今冬携之来虞，得以重睹，而吴丈已宿草矣。

---

① 此"□"为抄本原有之符号。

② 此二"□"为抄本原有之符号。

光绪十三年十二月

十二月廿七日(1888年2月8日) 去年读《通鉴》,详考舆地,证以今名。今年九月后闻郑州决口,河复夺淮,念方今利害无有过于此者,取《行水金鉴》《续行水金鉴》《本朝二百年治河成宪》三百馀卷,首尾循览,《通鉴舆地》暂置高阁。岁晚,稍取朋旧来书作答。薛叔耘观察七月书云:"塞外未设郡县,如匈奴之龙城、燕然山,慕容氏之和龙,辽之黄龙府,金之上京五国城,元之和林,明之大宁,虽精于舆地者,只能略准其地望,不能实考其旧迹。"余按,今外蒙古喀尔喀土谢图汗部西境之杭爱山,当即古之燕然山,其说始于《一统志》,魏默生、张石洲皆信之。余意"杭爱山"即"燕然山"之转音,不第为《元史》"杭海"之转音。《寰宇记》以燕然山在振武军,则今日之内蒙古四子部落及茂名安部也。《蒙古游牧记》引沈君垚曰,杭海山在和林西,齐志图、塔米尔、鄂勒昆诸源之山,由北而南,环绕和林之西,杭海即杭爱,《水道提纲》之言实是不误。则和林故都亦当在土谢图汗部矣。《一统志》列辽之黄龙府于盛京,金为隆安府,属上京路,元明以后无建置。《蒙古游牧记》则考内蒙古科尔沁右翼中旗本鞑靼地,辽为黄龙府北境,金属上京路。遂据此以作答书。安得如纪文达所言,乌鲁木齐之吉木萨东北二十里有故城,周二十里,掘地得唐金满县碑,确知为唐北庭都护府地,又哈拉火卓壁上石刻古火州字,钱辛楣知为唐火州地之确有所据耶?皆见《乌鲁木齐杂诗》注。

卷四

光绪十四年二月

二月初四日(1888年3月16日) 本朝家法:皇子文武兼肄,骑射之外,并习火枪。嘉庆十三年林清之变,匪徒直入宫禁,有五六贼在养心殿对面南墙外膳房屋上,向北而走,将逾墙下。宣宗时在潜邸,方诣储秀宫,蓦见贼,立命人至阿哥所,取撒袋鸟枪,飞弹中一贼堕。仍有执白旗贼于墙上指挥,再发一弹,执旗贼亦堕,馀匪方鼠窜,时禁兵犹未入也。睿皇由木兰旋跸至白涧,行次得奏,谕内阁曰:"内廷皇子闻警,自用枪毙贼,有胆有识。乃奏称'无奈''大胆',词语谨饬,殊觉过当。朕垂泪览之,遂封智勇亲王。"后宣宗即位之初元,谕阿哥等:"年至十五岁,学习骑射,每月二三次,在京城内则于紫光阁,在圆明园则于阅武楼。十六岁学习鸟枪,每年春秋二季在山高水长,月习一二次。阿哥、皇孙皆照此学习,著为令。"今泰西各国王子王孙偶至兵船肄武,《新闻报》遂夸为古今所未有,亦可谓少见多怪已。

道光二十二年,重修《大清一统志》成,御制序曰:"惟我大清之受天命有天下,增式廓而大一统者,于今二百年。洪惟列祖列宗,威惠滂流,声名懿铄,幅员之广,教化之洽,地利物华之盛,官方名事之详且备,羲绳轩驾以来,未之有也。圣祖仁皇帝始命纂修《一统志》,世宗宪皇帝重加编辑,至高宗纯皇帝御极之八年,甫获竣事。嗣以天威震叠,开拓西域地二万馀里,因于(二)[四]十有九年续有成书,叠矩重规,经纬详实。皇考仁宗睿皇帝命史官重修,未及告成。爰洎朕躬,荷神器付托之重,抚兹区宇,祗绎乎体国经野、设官分职之大。溯维我皇祖皇考所以因时顺地、变通斟酌者,日不辍书,使非及时编定,俾旧典有所承,而后事有所起,朕实愧且惧焉。兹全书告成,沿述于开国之初,增辑至嘉庆二十有五年,为卷五百有六十。非务为繁富,以侈示后嗣也。我祖宗以仁义中正治天下,凡所以损益,如权衡之于轻重,度量之于长短大小,即一州郡之升降、一官职之分合、一臣一民之予夺彰瘅,无非本单心之宥密,垂为律度,布为官礼。除繁存质,扶条就干,始获成书。实阙略是虞,而何繁富之有?稽昔《禹贡·九州》为后世方志之祖;《周礼·大司徒》以天下土地之图,周知地域广轮之数;《汉书·郡国志》以下纪载日详;唐、宋而还,若《元和郡县志》《元丰九域志》,始专详地理,自为一编。顾政教所及,皆弗克进及于古。惟我朝祖德宗功,上继五帝三王之盛,信乎心法治统,不异地异民而理。揽斯编也,即其迹而道载焉矣。朕惟乾惕震恐,冀迪前光,深知守成之难不殊于创始,愿与内外百执事,勉固封守而阜兆民。继自今无疆惟休,亦无疆惟恤,续有编录,视此典型,是朕之厚望也夫。"闻此书告竣后,仅写清本二分,以卷帙繁重,未经付刊,见邵批《四库简明目录》。故《书目答问》仅载乾隆中五百卷本,未载此书,盖知之者寡矣。续修会典馆光绪十六年疏云,国史馆有正副二本。

光绪十四年三月

三月十五日(1888年4月25日)　余自丁亥九月闻河决郑州石桥,即取《行水金鉴》《续行水金鉴》,参以古今治河诸书,反复寻览。今年正月张屺堂廉访方督浚下河,寄示十一月二十五日廷旨,知李兰荪宗伯、李子和总河奏规复黄河故道,请饬迅筹合办。奉旨以黄河筹复故道,迭经臣工条奏,费巨工繁,断难于漫口未堵之先同时并举。该尚书等此奏于故道之宜复,但止空论其理,语简意疏,其一切利害之重轻,地势之高下,工用之浩大,时局之迫促,并未全局通筹,缕析奏覆。如此大事,朝廷安能据此寥寥数语定计决疑。仍饬江督、漕督将南河旧道如何情形,有无窒碍,迅速估奏候旨。曾沅浦制军、卢艺圃漕帅覆奏，略谓江南旧河堤三十万七千四百馀丈，应修三十万五千馀丈，旧河身十七万九千七百馀丈，应浚十七万一千馀丈，册案荡然，志桩全废，无从考究高下。拟浚宽二十丈至数丈，浚深二丈至数尺，约需银七百万两。但求于民有益，趋北可，趋南亦可。论国计，趋南与趋北不能等量齐观。河南除原估铜瓦厢堵口一千五百万外，修堤[1]浚河亦需七百馀万两。今山东蒙拨帑八十馀万，山东抚臣张曜奏，堤堰工程按照上年丈尺修培，已著成效，来年黄溜仍前，由大清河入海，东省可不致受灾。江南岁入课厘，供于官者甚巨，昔日南河极盛之时，常有溃决，今全河险工即使赶修坚固，而溜势变幻靡常，设有疏虞，于国计所关非浅。无一切实语。

余益知此事之不可以空言定也，乃于二月杪撰成《筹河论》上中下三篇。上篇言塞决不难，而郑工则口门太巨，兴工太迟，集料太艰，豫(策)[测]今春不能合龙，宜善守已筑之坝，妥筹集料之策，以待秋后。金安清《丰工缓堵议》：黄河决口，伏汛时多，距岁底尚有半年，庀材鸠工，至岁底水涸，合龙较易，七月尚可，八月已亟亟矣。今丰工漫决，已在八月二十二日，得报堪估已在九月底，即至近协款解到已将十月，布置开工已在冬至后，缓堵乃河工常事。道光二十三年桃北漫决，停待一年，二十四年河南中牟亦然，此尚下游灾区之极广者。今丰工则被黄水之灾者仅丰、沛二县，过此入微山湖变成清水，由韩庄入闸，下注运中河矣。北岸决口，向皆冲坏运道，今有微山湖之隔，漫激则有之，尚不致误运也。中篇言南河故道之首，则徐州城外石工早已高出城上，其身与尾，则桃南北、宿南北、外南北与山安、海防八厅旧辖河身，无不中饱，城郭居民尽在河底之下。历见道光中公牍奏疏、私家记述，旧牍具在，可以覆按。其不能南还，非人拒之，乃天拒之，河自拒之，人未如之何者。惟山东之河必须大治，厥有五要，而归重于设河督厅营。下篇言河不必南还，而淮则不可以不入海。导淮不必以巨帑辟云梯关，安东迤北由盐河、六塘河以入海者，灌河口

---

① 浮签：隄。

之外,尚有五图河、龙窝荡,计有海口三处,彼此相距只数里、十数里,不只灌河一口。宜取道于中运河之双金闸下,并剷开王营减坝旧堤,以此两路为平日导淮之常策。即今年不幸而黄淮二渎交至,所以备非常者,亦舍是莫由。至于下河,本朝康、雍、乾、嘉、道数朝,无一朝不拨帑疏浚,所费不只千万,终无大益,必不可以容全淮,更不可以容二渎也。

三篇合万数千言,辞旨主论今事,非为考古作也。考古数事补记于此:禹河于帝尧八十载告厥成功,至周定王五年河始决宿胥口,东徙漯川,凡一千六百七十六年。而钟刊《汉书·沟洫志》后载卢舜治曰[①]:“禹治水后,无水害者七百七十馀年,盖据殷王河亶甲元祀,嚣都有河决之患,嚣即敖山,今河南开封府荥泽县西北。徙都于相,今彰德府内黄县南。祖乙元祀徙于耿,今山西蒲州府河津县有耿城。九祀复徙邢,今直隶顺德府邢台县。皆因河患,而耿尤圮于河,即盘庚之迁西亳,今河南府偃师县。亦为民居垫隘也。冀州之地,高于豫、兖,故太史公述禹治河曰“北载之高地”,水性就下,何反载之高地?高者,岸高而水深,行疾而成空,地虽高而水则下,故最宜于河也。上文“难以行平地,数为败”,平者,岸平河浅之地,水溢为患,故数为败也。载与既载之义不同,乃注而载之地中,孟子所谓“掘地而注之,海水由地中行”也。善于说禹绩者,无过孟子,曰“掘地”,曰“地中”,泄尽治河之秘。后世筑垣以居水,乃由地上行,非由地中行,增高无已,如南河之高出城上,则更由城上行矣。

九泽既陂,八蜡祭防,三代未尝无堤防,特水居地中,陂居地上,后世水居地上,堤居水上,浸至城上,岂不危哉!河利于合,不利于分,潘、靳诸公言之有征,行之有效。汉张戎谓,水行疾则自(括)[刮]除成空,戒诸郡引河溉田,使河贮淤。桓谭《新论》亦言,民竞引河,令

---

① 浮签:卢舜,“卢”字疑为“虞”字之误。(整理者按:此说甚谬。“卢舜治”乃人名,明嘉靖间乌程人,号志庵,曾评点、校刻《抱朴子》。)

不通利，三月桃花水至则决。此潘、靳诸说所自出也，而无解于“播九河”之文。《禹贡锥指》引夏允彝之说，河不可分，谓其上流，若入海之处则无害。然明末至国初，云梯关外淤阻，河事大坏。靳文襄以关外水势散漫，接筑长堤一万八千丈，而海口大通。嘉庆年间海口屡阻，百文敏仿靳法接筑关外长堤，其效亦著。入海之处散漫且不可，独可播为九乎？于钦《齐乘》曰：“河至大陆趋海，势大土平，自播为九，禹因而疏之，非禹凿为九。”潘印川亦谓九河为黄水所必经，势不能避，故疏之而复合之。包安吴谓禹厮二渠，盖言副渠，留为杀减之路，又恐河分则善淤，故瀹济、漯清流以入之，助其荡涤。予疑九河者，亦清水也。《禹贡》叙各水皆有名，惟河水所在，无论何地皆曰河，无别名，而九河则《尔雅》各载其名。水之有名者，必自有来源去委，禹因河将入海，已至低区，渐如平地，恐为败，而河流经行之左右，适有九水，可藉其势以刮除成空，且可与海潮相敌。引而近，比而附，使同归于河，如后世之清黄合流，故曰“播为九河，同为逆河”。入于海曰“播”、曰“同”，皆禹之功用，既同为河，因曰“九河”，不复举其本名。《尔雅》之著其名，不没其实也。孙渊如谓大清河为漯川，小清河为济水。魏默生以大清河为济水，小清河为漯水。

余按：《禹贡锥指》：“济渎之水，自周以来凡数变。初为济，及导荥为川，则荥与济合；鸿沟既开，荥渎为河所乱；及荥泽又塞，则所行者惟河水矣。(沛)[汴]渠不通，则巨野以北所行惟菏、汶；戴村已筑，则东阿以下所行惟山泉沟泽之水，其号为济者，袭旧名而已。《通典》云：‘旧济合在博昌县界，今无。’《元和志》‘蒲台县’下云：‘海畔有一沙阜，俗呼斗口淀，是济水入河之处，海潮与济相触，故名。盖其时济水故道从蒲台县东北与河浑涛而入海。’宋南渡后，刘豫导泺水东行，入济水故道为小清河，仍经高苑县北至乐安县入海。”此孙说所以以小清河为济也。《锥指》又云：“其后小清之上流堙塞，邹平、长沙、新城界中故渎皆为漯河所行。漯河即杨渚沟水，《寰宇记》所称獭水者。”此魏说所以以小清河为漯河也。《锥指》言漯川原委，引《水经注》与桑钦《地理志》,“以今舆地言之,浚县、滑县、开州、清丰、并属直隶大名府。观城、濮州、范县、朝城、莘县、清平、博平、并属山东东昌府。禹城、临邑、济阳、章邱、邹平、齐东、青城、并属济南府。高苑、属青州府。诸州县界中,皆古漯水之所经,自宋世河决商胡,朝城流绝,而旧迹之存者鲜。”《一统志》:“自长清至历城皆济水故道,其在济阳、齐东者,漯水故道,谓之盐河。”《乾隆府厅州县志》:“济水在南,漯水在中,河水最北。宋时河常行漯渎,及河去,大清河遂兼行济、漯二渎,盖大小清河先本相通。小清河,明及本朝屡浚屡淤。”孙渊如谓:“当疏小清河,通于大清河,以复济渎故道,而杀河势。”《禹贡锥指》谓:“今人与论济水,苟以为无,则群指七十二泉、大小清河以相难;若以为有,则又据《通典》之说,诋《水经》不当袭旧名为济。”“《水经》所叙,渎同而水异,水异,故李宏宪云河南无济水;渎同,故黄文叔云禹迹赖此而犹存。言非一端,各有所当。”余按,道沇水东流为济,入于河之济在大河之北,溢为荥,东出于陶邱,北至河,会汶;入于海之济在古河之南,经有明文,济之能决河而复出,无可疑者。司马彪《郡国志》王莽时济水枯绝之说,系之温县下,本言北济也。《潜邱札记》谓枯而复通,通而复枯。今检《水道提纲》:“济渎源出怀庆府济源县西北,与山西垣曲、阳城二县接界之王屋山,顶曰天坛,有太乙池,渟泓不流,即济源,《禹贡》所谓沇水也。东数十里出地,东经济源县城北。又东分为二派,一经柏香镇之南,东南流入河,一东流经镇北。又东曰潴龙河,经府城南境,又东经温县北境,又东南至武陟县南(至)[之]涧沟村入河。”与班书《地理志》“济水至武德县入河”者悉符。是北济至今不枯,流亦不短。《锥指》据旧《怀庆府志》谓,至孟县东南入河,其流益短。南济之溢为荥,与见于陶邱者,诚如胡朏明之说,大抵为浊河所侵,空窦尽窒,河去不复能上涌。然济水清劲,岂因故道之窒,遂竟自枯,而不能别出。胡氏曰:“因旱而枯,旱止当复出,夏季伊洛竭,(商)[商]季河竭,周幽王时三川竭,诸水不闻,自此遂绝。且济之北源复出,南源何以终绝。”其辞固甚辨也。乃拘于禹迹于山左诸泉,实皆济水所溢之说，谓此等指为济水则可，不可以是为荥泽、陶邱之遗迹，终以河南无济水为定论，故《水道提纲》于济水亦不载南源，惟于大小清河谓为济水之古道而已。独《行水金鉴》载《山东通志》之言曰："济水劲疾，而能穴地伏流，隐见无常，乃其本性，非真涸竭也。济既伏流地中，则发地皆泉，又不特历下诸邑为然，故一见为济源，再见为荥水，又见为山东诸泉水，而溢为大小清河，其实皆济水也。"其说盖本之沈括《梦溪笔谈》："历下凡发地皆是流水，世传济水经过其下。东阿亦济水所经，取济水煮胶，谓之阿胶。用搅浊水则清，济清而重，故人服之下膈、疏痰、止吐。"《锥指》亦引东坡《惠泉》诗："兹山定空中，乳水满其腹。遇隙则发见，臭味实一族。"谓济水亦然，观历下诸泉尤信。又载《小谷口荟蕞》之言曰："《春秋》襄十八年'会于鲁济'，庄三十年'遇于鲁济'，《注》：'济水历齐鲁界，在齐界为齐济，在鲁界为鲁济。"济南、青州皆齐地，兖州鲁地，今济南之新泰、莱芜、肥城、泰安、青州之蒙阴、兖州之平阴、东平、汶上、宁阳、泗水、曲阜、滋阳、济宁、鱼台、邹、滕、峄等县皆有泉，则是济水矣。故《行水金鉴》以山东诸泉附于《济水》篇。《四库提要》谓四渎分合沿革之故汇辑为一编者，莫若是书之详，盖许之也。

《乾隆御制文二集》卷二十三："宋程大昌《禹贡论》按，李贤注释范史曰，济自郑以东，贯滑、曹、(邹)[郓]、济、齐、青，以入于海，则唐语也；乐史《太平寰宇记》曰，入东平、济南、淄川、北海界中，水流入海，谓之清河，则本朝语也。尝考之古史兵师粮饷所经，及询今日曾行其地者，二子之言皆信然，则荥泽虽流塞，其(流)[源]固未尝竭，佑何以言无有。以理推之，自荥至海，地亘千里，水行其间，自成川脉，岂以一济溢而有，岂以荥塞而无。第其受河而流委阔长，可以该他水而达于海，故得为四渎之一。荥虽塞矣，数州之水循溢荥下流故道而行者自若也。禹尝名之以济，而后世肯不[以]济目之乎？乐史曰，菏、(汾)[汶]合流，故因济旧名，非本济水。其说盖出于佑，而佑不能以其所及概其所不及也。乐史虽能本佑语以为言，而亦不能究详，使后人有考也。兖、豫之境,凡水自南济、北济以行者皆循济,故不独菏、汶,顾菏汶特其大而可数者尔。今世所称南北清河者,皆古济流[派],而菏、汶则其要会也。陶邱以东,适与菏会,而遂分派。会泗水以注于淮者,济之注河而分者也;东北兼汶,与之同入于海者,济之正派也。此二者,比浊河皆清,故后世以南北清河目之,今南北清河皆在,而菏、汶故流,水尝竭减,又济率并河,(之)[河]凡对济而决,或枝流入之,则河水皆为济水,虽受河之口不专在荥。要之,派流常通古今,则郦、桑所书,悉皆实录。佑因后汉一时荥口塞决,并与下流(役)[没]之,以为无有,虽其所考菏、汶最为精要,要亦并没而不言,岂其得实哉!夫桑氏之失,既引他水以乱其源,又矫桑氏而绝其流①。二书者,地理家所仗以为指南也,今而若此,且并与《禹贡》无考矣。"

今日主北流之说者,皆举孙文定《请开减河入大清河》一疏。咸丰中,仁和沈文忠在政府,且录其疏以进,然文定疏尚未尽核,谓大清河于南北分流之时,常受黄水之半,张秋溃决之日,(兼)[间]受黄水之全,而未考汉王景治河,自千乘入海,河之无患将千年,即大清河也。又言贾鲁称善治河,乃道之北行,未尝(会)[令]南徙,亦误。按《元史·河渠志》,延祐元年都水监等沿河相视,各官公议,自河阴下抵归德,夏水涨甚常年,以小黄(村)[口]分泄之故,并无冲决。五年,河南河北道廉访副使言,今年河决祀县小黄村口,滔滔南流,莫能御遏,宜使水归故道,达于江淮。是至正以前早以南流为便,迨贾鲁工成,《至正河防记》明言复故道,南汇于淮,《河渠志》同,安得云鲁道之北行耶?《至正河防记》贾鲁治河疏浚之别有四,其四曰减水河,通长九十八里。减水河者,水放旷则以治其狂,水隳突则以杀其怒,通长九十八里,似非一处,殆与潘印川、靳文襄之减水坝工异而用同,即王景之十里立一水门,令更相洄注,亦此意也。贾让《治河三策》,后人

---

① 据乾隆《御制文二集》卷二十三,"又矫桑氏而绝其流"前有"杜氏之失"四字。(详见《清代诗文集汇编》第330册,第431页。)

浮慕之，而不心知其故，辄极称其以地让水为上策，筑堤为下策。邱琼山遂谓古今治河无能出此策之右，潘、靳皆著论驳之，文襄之辞尤峻，仅许其左右游波，宽缓而不迫，以杀水怒之言为善。惟夏征君骃《贾让治河论》二篇最为平心体会之言，收入《皇朝经世文编》。

三月十八日（4月28日）　明贺仲轼养敬《两宫鼎建记》记万历二十四年重建乾清、坤宁两宫议开事例云："查得预建寿宫曾开事例，今大工肇举，仍宜广开。除州县佐贰首领系亲民官，不许加纳外，其应纳某某等项，咨行吏、礼、兵三部查例，开款具题，通行各省直抚按出示晓谕告纳。至于民间巨室，比照旧例，进银五百两者，给与冠带，一千两者，遥授七品京衔，有司俱竖坊礼待，仍免杂差。"

《学政全书》载：乾隆三十一年议准，浙江《遂安县志》侈陈毛一鹭政绩，《嘉兴府志》曲讳虞廷陛附阉党，《萧山县志》极诋嘉靖间学道陈大绶贪酷种种，而大绶督学以清节著闻，所载悉署颠倒。查毛一鹭、虞廷陛俱名丽阉党，在《钦定明史》，人所共知。陈大绶，名不著于史传，考《国子监题名碑》，大绶系明神宗朝乙未科进士，江西浮梁县人。该县志所称嘉靖时事，显系诞妄无稽，自当改正删除，以期核实。各省向例，于学臣莅任时，原有呈送志书之事，应令学政不拘时日，悉心查核，遇有是非倒置者，即饬地方官删改，仍咨明督抚会同办理。

《四库全书》统计十六万八千册，见乾隆四十三年五月谕旨。乾隆年间编定《四库全书》，搜采各省书籍，历次谕旨俱载于《四库总目提要》之前，承学之士固无不知之，而不知康熙时已有采访遗书之旨也。康熙二十五年上谕礼部、翰林院：自古帝王致治隆文，典籍具备，犹必搜采遗书，用充秘府，以广见闻而资掌故，甚盛事也。朕留心艺文，晨夕披览，虽内府书籍篇目粗陈，而裒集未备，因思通都大邑应有藏编，野乘名山岂无善本，宜广为访辑。凡经史子集，除寻常刻本，其有藏书秘录，作何给值，采集及借本抄写事宜，尔部院会同详议具奏，务令搜罗罔佚，以副朕稽古崇文之至意。

明人章疏议论，涉及本朝者不能无违碍字句。乾隆四十一年谕旨:若刘宗周、黄道周,立朝守正,风节凛然,其奏议慷慨激昂,忠荩溢于简牍;又如熊廷弼所上封事,语多凯切;王允成《南台奏稿》弹劾权奸,直陈利弊;叶向高《纶扉奏草》请补阁臣疏至七十上,几于痛哭流涕,乃一概付之不答。以上诸人所言,若当时能采而用之,败亡未必若是其速。其书为明季丧乱所关,足资考镜,惟当改易违碍字句,无庸销毁。又彼时直臣如杨涟、左光斗、李应昇、周宗建、缪昌期、赵南星、倪元璐等,所有书籍并当以此类推,即有一二语伤触本朝,本属各为其主,亦止须酌改一二语,实不忍并从焚弃,致令湮没不彰。四十四年二月上谕:明自神宗以后,朝多秕政,诸臣目击国势之阽危,往往苦口极言,无所隐晦,虽其君置若罔闻,不能稍收补救之效。而遗篇俱在,凡一时废弛瞀乱之迹,痛切敷陈,足资考镜。诸臣在胜国言事,于我国家间有干犯之语,彼自为其主,不宜深责,非若身入本朝,肆为诋悖者可比。原不妨就其应存诸疏,将触背字面量为改易选录,馀仍分别撤毁,于办理违碍书籍,似属并行不悖。此后来嘉兴钱仪吉等于叙录明人著述,所以谓遵乾隆四十四年谕旨,为之量改字句而存之也。高宗宽大高深,诚千古帝王所未有。至于四十四年十月上谕:《历代名臣奏疏》向有流传选刻之本,因思胜国去今尤近,奏疏未有专本。神宗以后诸臣奏疏内,有因辽沈用兵涉及本朝之处,彼时主闇政昏,太阿倒置,阉人窃柄,权倖满朝,其君辍旒于上,竟置国事若罔闻,遂至流寇事起,兵溃饷绝,种种秕政,指不胜数。若杨涟、左光斗、熊廷弼诸人,俱能慷慨建议,剀切敷陈,设明之君果能采而用之,犹不至败亡若是之极。其事距今百十馀年,殷鉴不远,尤当引为炯戒,则诸人奏疏不可不亟为辑录也。即有违碍字句,只须略为节润,仍将全文录入,不可删改。此事关系明季之所以亡,与我朝之所以兴,敬怠之分,天人之际,不可不深思远虑,触目警心。着派诸皇子同总师傅蔡新等为总裁,其皇孙、皇曾孙之师傅、翰林等,即着为纂修校录,陆续进呈,候朕亲裁。圣人虑精识远,尤非寻常所能窥测。以上谕旨,全文皆载于《四库全书总目》之首,谨节录之,以见祖宗朝于校书右文之中，恒切治乱兴亡之鉴也。

乾隆五十年上谕：前因步军统领衙门奏，江西庐陵县生员郭榜呈控，该县修志，生员郭賨等经理，藉端派累银两，反将不应入传之刘遇奇滥入志书，将刘遇奇所作《慎馀堂集》呈首。因交萨载、舒常秉公审办。兹据舒常奏，委员起获《慎馀堂集》版片，并《清风亭集》抄本一帙，逐加校核，其中实有狂谬语句，粘签进呈，并将刘遇奇之元孙刘员位拿获，从重办理等语。朕将其书详加披阅，其签出之处，如"对明月而为良友，吸清风而为醉侯"，"清风""明月"乃词人引用常语，此而目为悖妄，则欲将"清明"二字避而不用，有是理乎？至其馀签出各处，俱系庙讳暨朕御名，未经避写。无论刘遇奇系顺治年间进士，其人身故已久，安能预知敬避？即现在乡曲愚民，其不知庙讳者甚多，岂能家喻户晓？即偶有未经避写，亦无足深责，此而指为语句狂谬，将其子孙治以悖逆之罪，则将来挟嫌告讦之徒，势必吹毛求疵，谬加指摘，使人何所措手足耶？此事舒常办理太过，已有谕旨，今将刘遇奇子孙省释，以免拖累矣。外间所著诗文，果有如钱谦益、吕留良，其本人及子孙俱登膴仕而狂吠不法者，自应搜查严办。若并非有心违悖，不过字句微疵，朕从不肯有意推求，所谓不为已甚之素志，实天下人所共见共闻者。前屡降旨，严切申谕，而舒常尚有此过当之举，各直省督抚文理不通者，遇此等挟嫌控讦事件，恐不免拘泥太过，任听劣员庸幕谬加签摘，以致办理失当，滋扰闾阎，殊失朕不为已甚之意，于吏治民生大有关系，因刘遇奇一案，再行明白宣谕知之。

名宦乡贤之祀，祖宗朝极为矜慎。雍正九年，江西巡抚题请前任江西学道高璜崇祀名宦，上谕：不知高璜之视学江西，果有教泽及人，士子实心感颂乎？抑以高璜曾教朕读书，是以列于名宦之内，而非处于舆论之公乎？着询问江西通省绅士，俟奏到之日，再降谕旨。嗣据江西巡抚查，据通省绅士合词保结，乃准入祀。乾隆十三年上谕：乡贤崇祀，所谓祭于瞽宗，必有功德可称，近来率以仕宦通显者当之，今云南巡抚图尔柄题请原任侍郎许希孔崇祀乡贤本内，则更有过甚其辞者。许希孔本一硁硁自守、谨厚小心之人,在朝未有建立,但曾为卿贰,或者居家孝友,滇省人物寥寥,节取充数,自无不可,本内乃有"文堪华国""品足型方"二语,朕则知实非许希孔所能当。案呈内又以汤斌、陆陇其为比,许希孔何如人,岂可方之汤斌、陆陇其?拟人既不于其伦,且本朝臣工不书其名,而称为陆当湖、汤潜庵,尤非奏章之体,此等幕宾沿袭套语,明季已成滥觞,彼时即军国重务,人君且概不经目,何论寻常章奏。至我朝家法,则通本、部覆,无不详悉披览,督抚题奏事件,岂可剿袭陈言,任意草率。今后有似此者,必加处分。

又二十年上谕:昨于几暇,恭读皇考世宗宪皇帝上谕:以原任学道高璜崇祀名宦,降旨训饬,加意慎重如此,所以为世道人心计者,具有苦心,朕不胜钦感,因忆近时大臣中曾有以祖父得祀乡贤,具折谢恩者,召见九卿,论及此事,则即尚书王安国、左都御史杨锡绂之父,其同时题请部驳者曰徐景京,则其子固非身列显要者也。设亦九卿祖父,则该部亦必议准矣。夫大臣身居九卿,部臣、督抚谊属同官,彼此瞻徇,势所不免,即使采访悉为公当,而悠悠之口,难保其必无遗议,又况名实未必尽符者乎?且入祠既多朝贵先人,则潜德韬光之正士必且耻与为伍,崇祀大典将不以为荣,而以为辱,至实在政绩懋著、德望俱隆者,或子孙不能自振,必转至湮没无传矣。当其具呈公举,虽托之舆论,而主持为首者,仍以姻族衿士,贡谀征贿,何所不有?风厉激劝之谓何?不亦渎典章而亵名器乎?朕亦非谓大臣祖父必不可祀也。果使政事人品足为矜式,自必久而益彰,何妨待之十数年,而必及其子备位大僚,亟亟题请,以至公之举而冒至私之名乎?其入祠年岁已久者,姑免追究所有。王安国、杨锡绂之父,礼部行文各该省,即为撤出。从前具题之督抚,及复准之该部堂官,俱着查明,严加议处。嗣后子孙现任九卿者,其祖父概不得题请入祀,其身后乡评允当者听,著为令。后来凡题祀名宦乡贤本内,必声明子孙并无现任九卿。近年以请祀仍不免徇滥,奏定非身故已三十年者不准题请,而请建专祠、宣付史馆者又渐纷纷,未能尽餍人意也。

乾隆二十三年，因八旗童场滋事，惩办后奉旨：八旗三品以上大臣有子弟应试者，自行奏明，方准入闱。至二十四年乡试届期，三品以上无自奏者，而礼部为之含糊具请，奉谕：似此巧为尝试，将使故智益萌，伊于胡底？我八旗纯朴素风，娴国语、习骑射，其人果有足录，均可量能擢用。若科目者，特备储材一格耳，今乃艳心诡遇，又从而钓弋其名，渊薮其弊，是以国家启迪后生之途，转为蠹坏人材之具，可乎？且我朝开国以来，名臣硕甫莫不志秉忠忱，材优韬略，初非从事佔毕者。即仕跻大僚，内而大学士、尚书，外而总督、巡抚，勋名气节，指不胜屈，大约皆非出于甲乙两榜。即近时大臣在科第中有名者，不过如鄂尔泰、尹继善二人而已，然其见用，实以其心地材干，初不以其文也。其他幸列科名而名实不副者，亦指不胜屈。若奉宽国柱者流，以满洲本色论之，皆不能至骁骑者。而乃托名斯文，平日又不肯潜心力学，惟事希心袭取，视为功名捷径，甚至怀挟夹带，无弊不作。即立法严行搜检，而所派大臣非亲即故，故俗称“官官相护”，亦复有名无实。此所关乎风俗人心者甚臣，朕安得不力为振刷，以挽颓风。伊等至此尚不思痛自湔改，一似窜身入闱，即可侥幸万一，势必欲朕尽停旗人乡会试而后已乎？至三十年奉谕：前经降旨，八旗三品以上大臣子弟果有娴熟国语、练习弓马者，遇考试之期，该父兄自行奏明，准其入闱。原因八旗纯朴素风，近来未免沾染虚浮，艳心诡遇，是以示之节制，俾知崇实黜华，非概从禁制，遏其进取之途也。乃迩年来，八旗大臣竟无奏请子弟应试者，未免多生顾虑，嗣后仍准一体考试，毋庸奏明请旨。

三月廿一日(5月1日)　乾隆年间，先有太仆寺少卿鲁国华条奏，独子不准出继。至四十年奉旨：嗣后孀妇立继，应听孀妇择其属意之人，取有合族甘结，即独子亦准出继。又嘉庆十二年，礼部议准：抱养之子，除初生抛弃者不准捐考外，如在周岁以后，并非暧昧不明，准其从养父之姓报捐应考。抱养之子不得承祧、名之为后，即不得于养父母行三年之丧。惟遗弃小儿，以垂绝之体，蒙养父母顾复之恩，得以成立,较同居继父应服齐衰期者情义更重,应酌定为斩衰一年,仕者解任,士子辍考,降于为人后之斩衰三年,足以明宗;加于同居继父之齐衰一年,俾无忘报。

乾隆五十三年上谕:乡会试为抡才大典,士子读书明理,惟应奋志绩学,各安义命,以端始进。考官仰邀简用,尤应公慎自矢,杜绝干营,为国家遴拔真才,方为不负任使。近日士子趋向不端,每遇考试,辄百计钻营,夤缘关节,其舞弊伎俩,愈出愈巧。而考官等听受请托,暧昧营私,甘心骫法,无所不至。节经降旨训饬,不啻至再至三。其杜弊之方,几至等于穿窬窝劫,稍有人心者,亦应激发愧耻,争相砥砺,一洗从前卑鄙故习。今钱沣奏请乡会试不必分别南、北、中皿及省分中式一节,固为剔除关节积弊起见。但国家取士,博采旁求,于甄录文艺之中,原寓广收人才之意,且各省文风高下互有不齐,若如钱沣所奏,势必至江浙大省取中人数居其大半,而边远小省或竟至一名不中,殊非就地取才之意。吴省钦奏请颁发内府图章交监试王大臣逐卷钤记,以防抽换。内府宝章乃御用之件,即寻常闲散图篆,亦不值于试卷纷纷钤用。已有旨,令监试大臣逐卷画押,以作标记矣。夫繁设科条以杜弊窦,不如严饬法纪以绝弊源。士子与考官勾通关节,国初年间有问拟腰斩者,立法至为严峻,其后贿卖生童如俞鸿图、喀尔钦,及科场交通关节之蔡时田、曹咏祖等,节次破案,无不立时伏法,覆辙具在,可为炯戒。朕意节经整顿之后,场屋诸弊自必渐次廓清,乃近日乡会试,种种弊端复又渐作。诸臣所奏防弊之条,层见叠出,阅之实深愧歉。士子等涵濡教泽百有馀年,不为不久,今作奸犯科之徒,荡检踰闲,罔知儆畏,即道之以德,尤不得不齐之以刑。嗣后乡会试榜发后,朕特派亲信大臣,于城内乾清宫、圆明园、正大光明殿覆试,如有文理不通、笔迹不对,较取中原卷大相悬远者,立即黜革严究。倘有贿卖关节等弊,即将该生及主考房官按律立正典刑。如究出系枪倩传递者,亦分别从重治罪,决不宽贷。至各省学政俱有衡文取士之责,近日风气波靡,亦皆因生童应试时即不能端本所致。著通行严饬各学政，俾各加猛省。如有行私舞弊、贿卖生童者，一经败露，朕惟执法从事，刑兹无赦，并交各督抚严行查访，如有前项情弊，立即据实严参究办。倘有心徇隐，或别经发觉，必将该督抚一并问拟重辟，决不宽贷。勿谓朕言之不早也。雍正年间，学政俞鸿图赃私累累，立行正法；乾隆年间，山西学政喀尔钦贿卖生童，顺天监试蔡时田交通关节，均斩决；又官犯李为栋、王瑞霖贿嘱四川学政朱荃为伊子营求入学，拟绞勾决。

三月廿六日(5月7日)　三月二十六日，常熟邑侯郭君汝雨招饮于虚廓村居，座客赵惠甫、蒋石枫、园主曾君表、赵次侯。次侯次日招惠甫与余，至所居北郊非昔轩，出所藏《宋太宗实录》十二卷，宋纸宋写，黄荛圃旧藏，钱竹汀跋谓前代《实录》流传甚少，盖异代修史时，必据为底本，史既成，实录遂为废纸也。又《阁帖》一卷、五卷、八九十卷，匮纸，蝉翼拓，惠甫长跋评为贾秋壑所刻原本；《麻姑仙坛记》未断本，字画极细；元僧世殊写《楞伽经》，有石室主人清珙跋，亦元僧，常熟人，次翁云即主方塔寺即崇教兴福寺者。翁叔平大司农每卷有跋，谓为乔勤恪公得此不全本，倩人补足，大农得之以寄次侯，将付虞山寺僧守护之者。又八大山人墨笔花鸟册，杨濠叟题签云八叶，为张雨生割去二叶，用笔极灵妙，视余所藏尤佳。

余于同治庚午(1870)六月署湖州府，辛未(1871)八月受代。光绪丁丑(1877)春，复自严州调守湖州。郡斋有太湖石，高几及人，为六客堂旧物，上有大观元年通判州事林虚题字，言此石旧在墨妙亭之南。《两浙金石志》载其文，虽间有缺泐，推寻文义，大抵大观间郡守鲍朝宾之父按《郡志·职官表》，当是鲍当。嘉祐先守郡，刻名于石及桐木之干，而林虚之祖，元祐间按《郡志·职官表》当是林希。亦曾守郡，题名于此石。然《金石志》不言石额别有字也。余辛未在湖，曾集耆宿新修府志，据打本，上有“嘉定壬午”字，亦不辨为谁氏题。丁丑五月，余受代后留署，暇辄摩挲，命工重拓，谛视为“嘉定壬午家君出镇是邦后十八年嘉熙己亥”等字。按《职官表》，嘉定壬午知湖州为谢采伯，嘉熙己亥为谢奕修，玩其文，为谢奕[1]修题无疑。石门胡菊邻在旁称快，谓余两次守湖，于是石有缘，亦为余刻姓名岁月于其侧，余有长歌一首，书之《爱山台图》中。初守湖州时，重修爱山台，沈旭庭为作图，郡士大夫皆有诗。后阅《云烟过眼录》，知谢氏天台人，《云烟过眼录》：天台谢奕修藏《头眩》等帖。而《浙江通志》谢采伯为嘉泰二年进士，宁海人，盖误天台为宁海。采伯字元若，嘉定庚午曾于四明贡院跋《苏东坡乞居常州奏状》，见宜兴徐氏祠刻石。绍定间曾知徽州府，祷雨辄应，虎豺遁迹。又尝知广德军，俱见《安徽通志》。奕修先宰江南之义兴，见宜兴苏题斩蛟桥刻石后谢采伯绍定庚寅跋。后知温州、婺州军，又提举两浙茶盐司，皆见《浙江通志》。《续资治通鉴》载，咸淳三年，太后亲属谢奕修等二十八人，各升补一秩。爰考理宗后谢氏，天台人，故相谢深甫之孙，父渠伯，诸父榉伯，则知采伯必亦谢后之诸父矣。独是采伯于守湖州之前十二年，在四明贡院，不知为庆元何官，及绍定庚寅为其子奕修跋《义兴斩蛟桥苏迹》，称归自泉南，又不知为闽中何官，《宋史》无传，独其先后宦明、湖二州，与余颇同。余丁丑受代时，已调知宁波府，洎乙未(1895)署温处道，知其子奕修咸淳间又知温州，雁山有题名。其子题名石上，阅今六七百年，迄无知者，自余始著之，亦一奇也。此石曩与墨妙亭汉唐诸碑碣为伍，亭中诸刻，今无一在，独此石岿然，如鲁殿灵光之仅存，后有守湖者，拟语以作亭护之。林希，字子中，见《宋元学案》及《通志》。林虚，字季野，见《两浙金石志》。

光绪十四年五月

五月廿六日(1888 年 7 月 5 日) 光绪十四年三月，镇江以至金陵沿江一带有地震之事，其势甚微。至五月初四日，北方沿海一带大震，据《新闻报》所述，有足骇者。据云，天津于是日四点钟后，有大声自西而东，隆隆然如雷，合城摇荡，若将各屋宇提至空中而掷诸地者。

① 此“奕”字缺末笔，疑为避讳。但前一处“奕”字未缺笔。

铺地之砖如波浪摆动，男女哀号奔避，莫知所措，海河之水激荡砰訇，大沽口船坞灯杆震至坠地，墙壁庐舍间有倾坍，尚无伤人之事。自四点钟至十一点钟，连震数次，通州都城及牛庄、营口、金州、山海关、烟台、济南省城，至济宁州而止，同时俱震，都城是日亦震数次，屋宇树木及屋中各物皆摇曳有声，居人惊悸，奔出屋外，幸不久即止。又云天津府属盐山县有震裂处八百馀丈，宽约及咫，中涌黑水。永平府属迁山县城东北隅有高十三层之塔，因震而倾，灾及塔旁寺屋民居，人口有受伤者。乐亭县距城十数里亦裂地里许，宽约二三尺，黑水溢出。乐亭与昌黎等四县境内自初四起，震四日之久，七八十里内所有房屋，新旧俱被震坏，有露宿者。唐山煤窑陷成一潭，黑水上冲，取煤工人多死，左右贸易三百馀家亦灾及焉。初八日，又雨雹，大者至数十斤，深至没膝，人被击死颇多。初六日，自遵、玉、丰三州县，东至永平府属各县，房屋类多震塌，人口受伤者不少。丰润县迤北之铁厂，向有石砌寨墙，亦圮大半，害及左右居民，而旅顺口当初四日地震之时，法人包筑之炮台、船坞，均有塌卸，法工人颇有被压而死伤者，华工毙八十馀人。旅顺口黄金山之巅，为造炮台之法人德威尼夫妇所居，其屋先已为震撼所伤，至五月二十五日又震，其屋遂倾，德威尼头颅被伤，是日坍屋、伤人不一而足。二十六日，天津烟台一带，夜半震又甚厉，天津东门外天后宫围墙震裂，大沽民屋亦有倾者。新闻纸中云，高邮湖西地生毛，常熟东乡白茆新市人家祠堂中地有血溢出，不可鲜也。

去冬见曹楝亭藏《北堂书钞》，曾录谭仲修所纪《孙渊如校本始末》。今见黄琴六廷鉴《第六弦溪文钞》中有《校正宋本北堂书钞跋》，知曹楝亭本乃瞿氏得之爱日精庐者，而琴六所校，则蒋伯生所得孙氏传抄本也。其言曰："此书为岱南阁孙氏所抄影宋本，前有孙渊如叙，吾邑蒋伯生得之，愿校刊此书，以挽乡先辈窜改之失。属余校勘，商榷体例，假得瞿子雍明经所藏爱日精庐曹楝亭本，及稽瑞楼陈明卿本，二书皆明刻以前写本，遂汇明抱中陈氏刻本合参。三抄讹谬略同，而此失彼得，可以是正者什之一二。馀则据见存之本书暨近古类书,如《初学记》《艺文类聚》《太平御览》中所引有可据者,参互考订,又可得什之三四。其无可校者,阙之。功未及半,伯生已归道山,再更寒暑始竣。爰识其颠末,以归哲嗣奇男司马,其克成先志,俾虞氏真本晦而卒显,得复流播艺林。时道光己亥秋九月。"《铁桥漫稿》言:吴山尊见是书,求得副本,铁桥倩二十人竭二十日力,照孙渊如本写付之,聊且竣事,错误增多。其即蒋伯生所得之本乎?《漫稿》又言:在睦州见武林书估持新写本求售,字画端正,误处皆空白,亦从孙本传抄。是此书孙、王、洪、严校本之外,又有黄校本。蒋伯生后嗣零落,今黄校本不知何往,闻吴中某氏有藏本,不知孙、王校本抑黄校也。王益吾学使欲刻是书,某氏藏本靳不予,遂倩张莼卿借瞿氏本,将以活字摆印。予举黄校本以语莼卿曰:"君虞人,可不知有黄校一事?宜留心询访之。"

光绪十四年六月

六月初十日(1888年7月18日) 去年夏五月,曾园看荷,余有七律一首,用"笆"字韵,吴儒卿五叠之。今年六月初九日,君表又置酒召客,儒卿谓余必有诗,余谓待君首唱而和焉。越日,姚芝生缄示儒老七绝五首,余和其韵曰:"莫问桃枝与柳枝,风裳水珮映涟漪。故应首唱推儒老,五叠年时险韵诗。""笑余四度看荷开,岁岁能偕嘉客来。痛饮不须愁盛暑,清凉自有碧筒杯。""凌晨露坐水亭中,虚廓村人意象空。是日余与介人到颇早,而君表云已自家至园,露坐时许。清露未晞暾未上,万花光出蕊珠宫。""无情有恨谁曾见,外直中通也自贤。贤主嘉宾二难具,看他碧沼映红莲。""绛蜡双双照绮怀,百年菡萏色犹佳。谓君表浚池得绛蜡残荷事。前尘影事分明在,会向波间拾断钗。"园为明钱秀峰小辋川故址,旧日声伎颇盛。又和芝生七律韵云:"叶叶新荷面面泉,看花长夏已年年。风漪犹认前时客,水珮仍当旧日筵。去夏芝生招饮此园。经爨独能传宝绘,芝生家藏旧人扇册最精。闭门只自守芸编。风枝露叶催君老,柳不吹(棉)[绵]人已仙。"芝生夫人善画兰,早逝,芝生为刻石。

前诗和后，君表合两年来诸人之诗，一夕俱和之，写以示余。予始知吴儒卿绝句有六首，余尚遗其“搔”字韵一首，乃次其韵以答君表曰：“两岁诗篇同日和，芙蓉秋水韵尤高。不知谁是青莲句，来诗曰“诗中定有李青莲”。携向青天首重搔。”“作碣参禅莲色妙，鞭鸾笞凤藻文高。求仙不乞金茎露，亦来诗意。那用麻姑痒处搔。”

五弟载之来书，七月初一日奉委杭州发审局审案，予以二十馀年阅历所得，立草《谳狱须知》十六则寄之。

光绪十四年七月

七月十一日(1888 年 8 月 18 日)　儿子舜年，光绪壬午(1882)以府试第一、院试第一入泮。今夏赴金陵应科试，学使王益吾祭酒拔置第一，诗题为《状元雨》。余向不作五言八韵诗，七月十一日夜坐取凉，戏赋一首寄之曰：“云汉昭回日，神功说状元。风声动台阁，雨气满郊原。举子槐应湿，尚书杏欲翻。殿中初唱急，头上百花繁。物被无双泽，人铭第一恩。崇朝天下播，志喜士林喧。泥滑千金马，波添万里鲲。作霖原素志，调鼎待金门。”

今年二月，予为《筹河论》，论郑工曰：口门太巨，兴工太迟，集料太艰，自来霜降水弱，大工聿兴极迟。冬十月、十一月，前此各工皆秋决春塞，或不三月，或不两月，其棘手者亦仅至次年正二月迄工。今郑工十二月中旬始定计，正月初间始筑东坝，距清明桃汛不足两月，工则繁，时则颇矣。且九月已备兴工，而十一月奏言正料尚不足十分之一。今年正月东坝储料尚只一千七百垛，恐今春不能合龙，必仿中牟诸工，将已筑之坝设法防守，俟秋后兴办。不谓今年桃汛水势甚小，照常兴筑，然办料极艰，屡为并工省料之说，废挑水坝不筑，上水边扫不举，争言五月合龙，五月不能，期之六月，六月底口门仍有三十馀丈。伏、秋两汛赓续而至。昨见抄报载七月初十日谕旨曰：本日据李鸿藻等奏伏、秋汛至请停大工俟秋汛稍平接办一折，览奏殊深愤懑。自上年八月郑州漫口，迭谕该河督等迅筹堵筑，先后拨给工需银九百万两,明旨电谕,三令五申。朝廷轸念民生,筹措不遗余力,乃该河督等迁延观望,节经严旨催办,至岁杪始行开工。幸自春徂夏,水势极平,为向来所未有。前据奏报,仅馀六占未进,不日可望合龙,满冀早蒇全功,俾数百万灾黎同登衽席。讵自上月二十一日西坝捆镶船失事阻碍,不能进占,又不先期放河引溜,以致口门淘刷日深,秋汛已临,不克堵合。该尚书等办理不善,咎无可逭,但据奏称棘手情形,若仍令勉强赶办,终归无济,着准其暂行停缓,一面固守已成之工,一面添集料物,俟秋汛稍平,迅速接办。李鹤年身任河督,责无旁贷。陛辞之日,自诩克日就功,讵到任奏报,词气全涉推诿,嗣后并不竭力催办,一味敷衍取巧,以致功隳垂成,误工糜帑,与成孚厥罪维均,纵令留工,难期后效。李鹤年着革去衔翎,与成孚均发往军台效力赎罪。李鸿藻系督办之员,倪文蔚系兼辖会办之员,督率无方,主见不定,亦难辞咎,李鸿藻、倪文蔚均着革职留任,降为三品顶戴。现已简派吴大澂署理河督,未到任以前,着李鸿藻暂署,俟吴大澂到任,再行来京。绍缄、潘骏文分任东西两坝,进占不能如法,以致蛰陷误工,厥咎亦重,均着革职,留工效力,倘再不能竭力保护新工,定当重治其罪。现已饬户部迅筹巨款,接济工需,着李鸿藻等将如何挑溜浚淤及添集料物各事宜,认真速办,详晰覆奏。至两坝失事之文武员弁,并着李鸿藻、倪文蔚查明,严参具奏,毋稍瞻徇。钦此。盖五六月合龙向所未有,而合肥相国前次来书亦言不作挑水坝,不作上边扫,皆历届成案所无也。

七月十七日(8月24日) 七月十七日致赵惠甫书曰:昨又得半日之谈,见公体气渐充,为之心慰。所假《枣强歌谣》,携归展阅,尽情丑诋,据其所言,被诋者直非人类。然儇巧之笔,胥侩之言,恐必出怨家所为。所言借子种、捐仓谷诸事,核之《柏堂集》中各议状,则某君为宰,所以取怨于富家与衿胥者,固可得其由来。谣中言县官赴乡散振曰"自到闾阎阅苦辛",亦转足证集中言亲自散振之非需。瀚于某君仅有半面,初无交谊,亦非敢遽信其自刻之文,然此等歌谣,必出怨家而非公言，吾辈之识，尚足办之。夫乡曲儒生自负过高，不深维人情委曲，辄语以其平日纸上所谓治民教士者，齐一督过，径情施之，本多扞格而不胜。况好陈名义而律己或不甚严，自诩端方而见利或不甚远尤，足滋多口矣。若竟信此歌谣，谓其人所言如彼所行，如此则是奇衺大憝。湘乡荐之之辞曰，喜读宋五子书，必能爱民。湘乡取士虽宽，亦不应被绐至是。且此谣为孙某贻君坚，而谣中即甚颂孙某，若吾家有此本，必令子弟摧烧之。非但被谤之人也，人类万有不齐，大抵不出君子、小人两途：其人而君子也，岂尽无过，不欲吾子弟播露之；其人而小人也，未尝无才，不欲吾子弟爱羡之。且见君子有过，猛思吾身与心之可危，见小人逞才，自勘吾言与行之相似。瀚有志未逮，愿质之公，并质之君坚。今之人平日本以名义与端方为不便于己，而不敢诵言，一旦见谈名义、号端方者有过失为人指摘，辄喜称道之以为乐，使人肆然以名义为不必顾，端方为不可为，其患甚大。《柏堂集》中议状一本，似尊斋所无，检以奉阅，于谤言之近于诬者，俨有草蛇灰线，可以寻绎而证明之。吴侍郎在东藩任内荐某君于湘乡，湘乡聘召，未至中途，为河南巡抚严渭春所留。某君遽为草奏，荐中外诸大老，而察吏治民之条教，又为灿陈之大半，录稿示湘乡，其意气不可一世矣。及依湘乡，仅令撰《忠义小传》，未畀一事，迟徊数年之久，始荐为县令。又久之，始檄赴直隶，而其补官又在湘乡去任之后，殆湘乡爱其文学，而觉其治人之论少，欲磨砻而酝酿之欤？

常熟王赓宝茂才庆长示以所撰其先公行状：名振声，字敬持，又字宝之，晚号文村先生，文艺咸工，而自许生平绝学尤在音韵。尝云近世学音者喜言古韵，视等韵为不足道，自亭林顾氏已蒙“详韵略等”之讥，至卢抱经益多疏舛。阮文达《十三经校勘记》置《附释音》而不论，而此学益晦，惘然思有以正之。阮所校勘并多阙失，欲撰《十三经校勘记补正》，仅成《左传》一书，又撰《司马温公切韵指掌图校勘记》，自为序，大旨谓斯图不大显于世，孙季昭所见已属误本，季昭又不通此学。至我朝而此图自《永乐大典》中录出，好古之家留心购访。宋本出于吴门,元本出于虞山,复传刻永乐本行世,既皆得而读之矣。见其转写脱误,窜改失真,因以己意是正之。凡所更定,既详且慎,冀复温公之旧。又以孙氏《孟子音义》实补陆氏之阙,而传本既罕,脱误殊甚,撰《孟子音义校勘记》一卷。又有《读书札记》《日记》《杂记》诸书,单词只义皆有可珍云。余劝赓宝亟刊遗书以传世。

去年五月,梅雨甚足,今年浙江梅雨多而江苏少,常熟尤少,六月雨亦无多。自六月二十一日一雨之后,遂无雨,至七月十五夜,城中始得雨半寸。十六早,东乡雨较大,别乡不然。常、昭二县官,自十六起断屠祷雨,而秋阳愈骄。回思去年七月初九大雨,一夜池水涨至二尺,田禾勃然,今何不尔耶?

余葬亲用三合土,以鸾樟汁和之,曾纪其法于《安兆录》中,今见王敬安所著《葬亲博虑》一篇,引据前人三合土及灰椁诸说甚详。敬安谓《周礼·地官》"掌蜃:掌敛互物蜃物,以共闉圹之事"[1],宜援古法用蜃蛤之灰椁于圹底以御湿。余按《周礼·稻人》又有"丧纪共其苇事"一条,郑《注》亦谓苇以闉圹御湿,若蜃炭,则郑《注》以为僭。《左传》成公二年"宋文公卒,始厚葬,用蜃炭",杜《注》谓"烧蛤为炭以瘗圹",盖周之时尊者厚葬始用蜃,尊者以下则皆用苇耳。烧蛤为灰,其色仍白,疑炭即灰。今浙之宁绍人,率以蛤灰代石灰,为版筑及饰墙之用,则又《周礼》所言"共白盛之蜃",《注》谓"饰墙使白之蜃"也。

今年北方四五月间少雨,祈祷月馀,至六月中旬始得雨。乃入秋以后淫霖大来,七月初六日永定河之卢沟汛,南岸三号石堤及南二工十七号、北上汛十二号大堤,水均漫溢,刷开口门四五十丈,沿河村庄又俱在巨浸中。又闻奉天营口一带大雨七昼夜不止,山水横决而下,骤涨至数丈之高,辽阳、盖州、沈阳、平城内房屋冲倒无数,城外尽成泽国,村落悉遭漂没,被灾十三州县民之死者几以万计,为数百年来未有之灾也。

---

① 《周礼》原文为"以共闉圹之蜃"。

光绪十四年八月

八月初二日(1888年9月7日)　常熟自七月十六日常、昭两县官设坛祷雨，半月以来迄无雨泽，绅士或礼《大悲忏》，或拜《薰修忏》，均无效。余因忆曩于同治十二年守禾时旱暵，祷雨二十日不应，有人示以江西纪慎斋先生先天坛法。按先天方法设八案，书乾、兑、离、震、巽、坎、艮、坤八旗，旗分八色，式与竿皆有程度。案各有瓶，插杨枝。用道士三人，二人以次执乾、坤、兑、艮、巽、震各旗相交，一人执坎旗以穿之，而离旗不动，取天地定位、山泽通气、雷风相薄、水火不相射之义。别集《易经》为文诵之，一字一声，为道士入坛、出坛之节度。画毕星图、白蹢图，悬于坛之东西，交穿旗稍息，即以僧徒诵《大云轮请雨经》间之。坛之前仿靡神不举之意，设山川、风云、雷雨、龙神、城隍各位，而凡境内素著灵异之神，皆为之位，齐心诚祷。其时有余莲村邀数人为予设此坛，余自为祷雨文，雨应如响。光绪五年在明州设先天坛，亦得雨，举其书以示邑人士，又念东坡与钱济明札云："济明虽家居，必不废闵雨意，可来燔一炷香。"邑人士于八月初一日，如法设坛于常熟邑庙。余于前一日诣庙，炷香默诉，食毛践土，忧旱意迫。次日，官绅朝夕祷。初二日巳刻，风霾骤至，雨如倾盆，不及一时，继以微雨，至午后始止。

光绪五年夏，明州望雨既迫。余检郡志，城东太白山有龙池，乃出城六十里，至山麓，为天童寺，龙池在绝顶，非草履不能上。天童方丈老僧广昱挈僧徒为余履蹻登山，而龙池已涸，置小缸于池边咒龙。泥中二蝦蟆跃上，取以下山，谛视之，色似野茧，双瞳如豆，深碧射人。迎致入城中天宁寺雨坛，同文武祈祷，逾日大雨。遣府经历送还山，至半途忽少其一，或云先归矣。先不知请龙何以得蝦蟆，后始知《须弥藏经》龙有五种，象龙、马龙、鱼龙、蝦蟆龙，惟蛇龙为五种之长。又阅《大云轮经》，胪列四海众龙王之名，有蝦蟆龙王。余旋详浙抚题请封号，旨交礼部议，上朱笔圈出"永济"二字。乃于天童寺西偏改建龙神殿,余书楹联云:“池禾接天河,威德祥光,安乐能除五雨障;神龛新梵刹,晨钟暮鼓,虚空常听《大云轮》。”逾年,广公圆寂,予挽之云:“三度长名山,广公凡三主天童。只依然雨笠芒鞋款门别我;毕生都讲座,最难忘灵湫涸泽咒钵寻龙。”

翁韬甫斌孙编修见过,云见余《筹河论》,已寄其叔祖叔平司农,司农知余藏《华山碑》,命其过余一观原本。前者往返皆未遇,八月二日行李已发,特再过余,为此碑也。宋拓《娄寿》《夏承》两碑,曩皆华氏真赏斋物,《娄寿碑》先在龚定庵家,后由文浚山归之杨又云,又云遂筑承寿轩以迟《夏承碑》,冀两美之复合。《夏碑》时在吴门顾湘舟家,闻杨之欲得也,曰“吾当署吾堂曰‘寿承堂’以待”。又云以《娄碑》归我耳,故终不得合并。今韬甫言《娄碑》已为司农所得,并知潘伯寅司空已得《夏碑》,而至京见司农,顾深秘不言。《华山碑》有三,四明本在崇朴山家,梁茝林之关中本已为沈仲复中丞数年前在吴门时,以三千五百金向敬叔观察买去。后中丞入都,与司农往还,亦绝口不言得《华碑》事,惟以所得项子京旧藏《淳化阁帖》出示,编修亦曾见之,云丰穰甚有神采。司农有宋修内司重刻《淳化帖》翁覃溪每本题满者,初以为甚佳,及见天籁阁本,回视修内司如无一物云。按沈景倩《野获编》云,《淳化》宋拓,近世惟吾邑项氏所藏为当时初本,其价至千金。

今上自醇邸入承大统,时方四龄,今即位十有四年矣。本年七月十七日钦奉慈禧端祐康颐庄诚皇太后懿旨:皇帝大婚典礼着于光绪十五年正月二十七日举行,本年十一月初二日纳采。礼部续议:正月二十日至二月初九日十六日内[①],文武百官咸衣蟒袍补服,常朝花衣朝服。十二月初四日大征,二月初二日行庙见礼,初四日行庆贺礼,初五日赐宴。先是,十二年六月即奉懿旨于十三年归政,皇上吁恳训政,又醇亲王

---

① 浮签:按,二十至初九,若系大建,系是二十日,小建,亦十九日矣。“十六日”三字恐误。

等奏请皇太后再训政数年，降旨勉允。今又于六月十九日奉懿旨：前因皇帝甫经亲政，决疑定策，不能不遇事提撕，勉允臣工之请，训政数年。两年以来，皇帝几于典学，益臻精进，于军国大小事务，均能随时剖决，措置合宜，深宫甚为欣慰。明年正月，大婚礼成，应即亲裁大政，以慰天下臣民之望。着钦天监于明年二月内，敬谨选择归政吉期具奏。旋经和硕礼亲王世铎等恭查顺治八年、康熙六年、同治十二年亲政各成案，奏请皇上仰尊成宪典礼，崇上皇太后徽号。盖光绪十二年奉懿旨归政时，王大臣曾两次奏请。奉懿旨：现在时事艰难，上下交儆，不在鸿称叠晋，徒事虚文。遂未举行。今特再申前请，始奉懿允也。

庶人在官者，即后世之府史胥徒也。古者如上士授田百亩，今自督抚以至府县丞佐，其书吏皆无廪给，故皆以舞文弄法为分内，有心人尝慨之而不知其何以然。余尝考之，明及国初尚有书办工食。《野获编》：书办为管文书者统称。明初，秘殿内阁凡带衔中书科，俱以书办入衔，后始专属于各曹署之胥吏，殿阁直房有自称供事以示别者。州县征粮，有起解，有存留，驿俸、役食皆在存留之内，存留细目甚多，今尚多见于《赋役全书》。如朔望香烛，知府到任拜表，此是明制。以及铺垫等名色，皆在编征钱粮之内，留库坐支，书吏工食大抵亦在其中。自康熙初年三藩用兵，其时国家岁入额赋尚只一千九百馀万，见《圣武记》。饷需不敷，而各州县存留之款多提充军需，事平渐复其旧。惟书吏工食等项之未复者，遂永除之矣。《陆清献集》中有《上直隶巡抚论兴除事宜书》，曰："查《赋役全书》旧额：有一项人役，则有一项工食；有一项公务，则有一项钱粮。用人而不予以食，则必至于卖法；办事而求不费钱，则必至于派民。自兵兴之际，司农告匮，将存留款项尽行裁减，由是州县掣肘，贪墨无忌，私派公行，不可禁止，百弊之源，皆起于此。自康熙二十年以后，再颁恩诏，渐次奉复，海内始有起色，然尚有应复而未复者，如衙役犯赃之律甚严，而书办之工食独不复，不知此辈能枵腹而奉公乎？不给以食，不得已而犯法，加之以刑，其肯心服乎？

心红纸张,修宅器具,此州县所必不能免者也。即奉裁革,不知天下有司皆能捐俸而自备乎?抑或有责之铺户、派之里下者乎?上司过往,下程馈送,杂支供应,此州县所必不能无者也。即奉裁革,不知上官之临州县,皆能自备供应、自发价值乎?抑不能不资藉于地方乎?有司之懦者恐触上官之怒,百计奉迎,贤者亦恐失事上之体,多方补苴。无米之炊,不知其安从出也。在主持国计者,惟知复一项则费一项之金钱,不知裁一项则多一项之掣肘,层累而下,总皆小民受之,小民疲罢逃亡,其害仍自国家受之,此留心民瘼之大臣所当急请酌复者矣。"其言虽切中而未能行,或谓书办即复工食,亦未必能除弊,如皂快诸差役工食何尝裁乎?然毕竟有胜于无。知府衙门役食,向亦如州县,多为幕丁剋减,余每莅一郡,必为厘正。额外之白役必汰之,州县解来之役食,原封散给,不许减扣一文,又必量其供役之繁简勤惰,亲为剖分,各人所得亦尚可观,未尝不欢动也。各州县之役食,其额支较多于府,未能越俎代谋。然捕役养贼,余所切齿,必痛绳之,必檄州县,劝幕丁一动天良,不可减捕役工食,时亦或亲为剖分。盖附郭之县捕,余绳之尤严,故亦不得不尔也。

洪稚存《乾隆府厅州县志》、段长基《一统志表》皆云,浙之台州秦属闽中郡,而于温州则不言属闽中。按:台连温,温连闽,台州之境,初不与闽接壤,当时闽中郡必不能舍温而有台,台果属闽中,则温亦必然,此舆地所以贵身履而后能确言之也。

文[①]王乱臣十人,汉人之注乃谓九人之一为文母,而又知子之不可以臣母也。乃谓"予有乱十人",无"臣"字,微论其不辞。即以语气论之,侪母氏于诸臣,概之曰"予有",曾谓武王而出此语乎?又以事理推之,虽曰太姒之化推行江汉,然文王九十七而终,武王即位时,文母之尚在与否不可知,而概诸"予有"之列乎?殆不然矣。朱子以妇人为邑姜,本诸隋唐人之说,乃觉心安理得,朱子当时岂不知有文母

① 原抄本"文"字之右,旁批朱书"武"字。

之注？乃屏去不从，以此见朱子廓清之功为不小。后人乃于朱子廓清之后，殚心竭力而苦索之，学者从而酷嗜之，亦未知所别择矣。

阮文达《皇清经解》所采辑凡七十三家，书一百八十三种，专取汉学诂训专门。光绪十二年，江苏学使王益吾祭酒先谦搜辑《皇清经解续编》，为书二百九部，都一千四百三十卷，其例较宽。如国初王船山夫之说经诸书为文达所未取者，多入《续编》，故卷帙转溢于前。今年两广总督张香涛制军之洞又奏设书局刊《续经解》，其去取必又不同，惟不知何日成书耳。近又见抉经心室纂《五经汇解》，依经编次，以经文为经，以众说为纬，先列经文为标目，然后取各家解说，条分件系于其下，所采书凡一百四十一家，计二百八十七种之多。近人如张啸山文虎、戴子高望、俞曲园樾之作，无不收辑。自序云："其书本群经汇解，先取五经，用泰西石印法印行，取便场屋。"此书若取群经皆镂板印行，极便学者之寻讨矣。

礼部具奏，光绪十五年二月初三日举行亲政典礼，例应前期祭告天地、太庙、后殿、奉先殿、社、稷等坛，应由太常寺掌仪司具题，遣王各一人，于是月初一日分往，敬谨将事。届期，皇帝率王公百官诣慈宁宫，于皇太后前进表行礼，应派大学士二员捧表。礼成，皇帝升太和殿受贺，王公文武百官上表行庆贺礼。礼成，颁行诏书，应派宣诏之太常寺官一员于天安门楼高台上，将满汉诏书宣示天下。

光绪十四年十二月初八日上谕：明年举行归政典礼，崇上皇太后徽号，普天率土，忭舞胪欢，多士如林，涵濡圣泽，允宜特开庆榜，俾遂观光。着于光绪十五年举行恩科乡试，十六年举行恩科会试，用副朕锡类推恩、作育人材至意。

八月二十六日，钦奉慈禧端祐康颐昭豫庄诚皇太后懿旨：醇亲王奏，海军章程已定，病仍未痊，归政有期，恳请开去差使一折。醇亲王体国公忠，经猷闳远，频年来创办海军，尽力筹维，悉臻妥善。上年抱恙未痊，犹复力疾综核，孜孜不倦。现在章程已定，详加披阅，巨细毕赅，有条不紊，洵为经国要图。兹据奏病久体弱，恳请开去海军衙门、神机营差使。深宫轸念之情,本不忍责以政事,致多劳勋,惟念海军关系重大,迥非寻常庶政可比,目前规模粗定,嗣后应办之事正多,非特宫廷轸念时艰,冀归尽善,即醇亲王休戚相关之谊,谅亦未能恝置。数月以来,迭次视疾,见王眠食精神渐臻康复,所有海军衙门一切事宜,仍着醇亲王照常经理,庶会办、帮办诸臣有所禀承,足以综全局而垂久远。其神机营事务并着照旧管理,明年归政后,该衙门具奏事件毋庸列衔,俟海军著有成效,由王斟酌情形,奏达深宫,再行降旨。王务以国事为重,勉肩巨任,不必推辞,一面善自珍摄,俾气体日就强固,用副委任眷注之至意。钦此。

奉天水灾,前仅据传闻之词纪其大略,续于八月二十五六日《邸报》内见盛京将军庆裕等奏:奉省入夏以来,两月未雨,入秋以后,雨多晴少。七月初五日大雨滂沱一昼两夜,省城南门外五里河,向称沈水,上与浑河相通,由土城内经荒穿郭而出,西入辽河。初七日巳刻,浑河暴涨,贯注五里河,泛滥出槽,顿高二三丈,宽约数里,两岸田禾庐舍均被冲淹,居民猱升屋头木杪,呼号之声惨不忍闻,人口牲畜顺流漂下,不计其数。饬据练军统领左宝贵调集船只,救出难民六百馀名。又据凤凰厅禀报:平地水深数尺,官署民房均被水浸,四乡禾稼被淹。安东县禀报:平地水深二三丈不等,衙署民房冲失殆尽,街市铺屋只存十之三四,官民皆避水于近城之元宝山。通化县禀报:江水陡涨,冲开堤垣,城内城外一片汪洋,衙署民房冲塌不少。辽阳州禀报:太资河水势涨发,加以上游山水陡至,沿河一带平地水深五六尺不等,城内水深尺馀。海城县并牛庄防守尉禀报:辽河水涨,泛滥出槽,近城一带平地水深三四尺不等,沿河低洼之处禾稼被淹,房屋亦多冲塌。城西牛庄一带切近河干,地居下游,几成泽国,牛庄城自来投到及救到难民数千馀人。盖平县禀报:河水、山水并注,雨狂溜急,冲塌城墙数处,沿河一带铺户民房冲塌不少,城内衙署民居亦多倾颓。岫岩州尉禀报:自七月初一日起,大雨七昼夜,河水涨发,城西沿海一带被淹尤甚。兴京厅禀报:山水骤注,河流陡涨,该同知驻扎之新宾堡街，沿河冲塌房屋百馀间，水势泛滥，道路不通，四乡一时无从查报。又东边道禀报所属被水情形称：中江九连城地方，水深丈馀，榷税局房屋以及民房铺户冲塌甚多各等情。

查此次水患，发自东山，沿河入海，泛滥横流，几及千里。水到之区，人口、牲畜、房屋、器皿漂没不可胜计，已成巨灾，先行筹拨银三千两，在近省一带抚恤收养，又发给安东通化县银各一千两，牛庄防守尉三千两。又东边道奎训筹给安东县银一千两，凤凰厅银五百两。又牛庄防守尉车奇布自行捐银二百两，奉锦山海道诚勋捐银四百两，营口海防同知章越捐银二百两，各归各处赈抚，以延残喘。请照光绪十二年分水灾成案分别发仓，无论旗民，普加赈济。辽阳、海城、盖平等州县，均有存储仓粮，即饬各就近发仓赈抚。东边道所属安东等处并无仓存，拟在驿巡道库提存三成米价项下发赈。各属官仓存储米谷现已无多，拟由各属民仓借拨，一俟丰收再行归还。现已委员分赴各处，会同各地方官清查被灾户口，或计口授食，或设厂煮粥，或散给钱文，各就其地之所宜，酌量办理。高阜之地，水过全销，尚可有秋。通省约计，虽年景不无减色，而米粮不致缺乏，民情尚属安定。此外未报各厅州县，俟有续报，再行入告。

又另片奏：奉天所属浑河、太资河均与鸭绿江相通，安东县治滨临江岸，通化距江甚近，易遭水患。本年六月间，即传闻朝鲜义州大水，鸭绿江盛涨，加以本境秋雨连绵，江河并溢，岩壑奔流，水势异常汹涌。浑河又与兴京苏子河接连，下与辽河之水同时泛滥，遂致安东、通化、兴京、凤凰城、承德、辽阳、海城、盖平、岫岩等厅州县俱罹巨灾。计自东边迤南至西南营口牛庄等处，绵亘千里，溢成泽国。询之耆老，佥云此次水灾实为百数十年来所未有。沿河田庐漂没，人口淹毙，不计其数。小民遭此奇灾，其幸保馀生者，率皆屋无可栖，田无可获，哀鸿遍野，惨不忍言。思维其故，变不虚生，总由奴才等以谫劣之才，谬膺重任，待罪五年，愆尤丛集，致令十一、十二年叠逢秋潦，本年复遭巨浸，被灾尤重。抚躬循省，负疚滋深，上无以慰九重宵旰之忧，下无以拯百姓流离之苦,惟有吁恳将奴才等立予罢斥,另简贤能,无任悚惶待命之至。奉朱批:揽奏已悉,地方罹此奇灾,该将军等自应倍加儆惕,现在赈抚事宜极关紧要,惟当实心办理,以资补救,正无事空言引咎也。钦此。

又奏:据兴京协领连寿禀称,兴京地方自六月三十日大雨连绵,至七月初三、初五等日,山水陡涨,初六、初七等日,水势异常泛滥,由老城至永陵街上一片皆水,似成泽国。老城东西两门颓落,民房亦有倒塌,北门两旁城墙被水冲成壕渠,深至一丈,迨水势稍退,亲诣永陵街,逐加查验。大街水涨痕约深丈馀,铺户民房诸多冲倒,淹毙人口约有百馀名,马步队营房暨副都统衙墙垣冲刷欹斜。明堂前、草仓河泊岸,并龙头、石路各工,均被水冲刷,椿笆倒落。苏子河北岸,河堤漫冲,与草仓河二水汇成一溜,复转南下,致将中间车道淘成正溜,水深丈馀。夏园行宫前面车道兼两旁朝房均被冲去,前宫门并夏园、关帝庙亦均被冲。又据副都统奕霱函称,永陵启运门前水深一二尺许,陵寝尚未被水。

续奏:草仓河泊岸上游,辰方南岸冲刷长二十六丈,宽六七尺至八九尺,深三四尺至五六尺,又一段长九丈,深三四尺至五六尺。巳、午方南岸接连长一百丈,宽四五丈至八九丈,深五六尺至一丈,椿笆被冲大半,欹落无存。巳方决口一处,宽三丈,深八九尺。又巳、午方中间决口一处,宽三丈五尺,深七尺。此二处决口,水势涌流,东转汇入苏子河。又巳、午方北岸冲刷长一百二十丈,宽三四丈至五六丈,深六尺至一丈,并冲倒榆柳树,顺倚泊岸。午、未、申方南岸接连长一百三十丈,宽二三丈至四五丈,深二三尺至四五尺。午、未方北岸长十八丈,宽三四尺,深二三尺至四五尺。龙头石路南面椿笆尽冲无存,长三十三丈,北面冲淘大坑一处,长十七丈五尺,宽八九尺至一丈,深一丈五六尺。西头石路旁古树一(颗)[棵]冲去,石条、铁扣均有沉落、走错。东堡前河沿一带,冲刷无数巨坑。其苏子河北岸向对巳方,河堤冲开,水势漫溢,北转与草仓河汇流西下,将中间车道冲刷三四尺。又北岸河堤石子偏坡，顺水坝一道，漫冲二百五十丈，所有椿笆荆囤及培栽树株，大半冲去无存。又西堡前街河沿迤西，冲刷长二里，均成坑坎，深一二丈。

今准钦天监颁发《钦定吉方立成新书》，谨按《永陵图说》详加核对，明年宜修者巳、午二方，其辰、未、申方及龙头、石路等工，均不宜修。有绘《奉省水灾图》者，记此次之灾，由东山飞澍、鸭江盛涨，安东、凤城居其下游，溢成泽国。其由鸭江穿入浑江北流，则怀仁、通化、兴京同遭泛滥，复由兴京苏子河西入浑河，迤逦而南，则承德、辽阳实受其害。更由浑河东入辽河，而海城、营口、盖平俱罹巨浸，海城三岔河一带尤一片汪洋，被灾更甚。其东流之宽甸、南境之岫岩、省西之新民，波及者亦轻重有差。统计自东而北而西而南，绵亘一千馀里，被灾者计十三州县云。

光绪十四年九月

九月廿三日(1888年10月27日)　余族始迁祖通政公原(藉)[籍]四川，于明崇祯间以官江南提学，遂家江宁。所居名宗老爷巷，见《同治上江县志》。通政公宦绩见安徽《绩溪县志》、江南、安徽两省通志《名宦传》。其生平及居官始末，复详于《四川通志·人物传》，《续纂江宁府志》亦载之，惟族谱早亡，相传分天、地、人三房。《江宁府志·科贡表》康熙庚子举人宗开先，注曰四川籍，其为余族无疑，约略计之，于余当为族高祖，乃以无谱可核，不知于老三房为何房。兵燹后，三房人丁寥落如晨星，老成尽丧，此外应举出仕者尚有何人，竟无可考询矣。

余侨居虞山颐情馆，西轩外新植一桂。乙酉(1885)秋，余婿秦秋岳宝珉报乡举之时，着花二三，自是不花者二年。余戏谓，今岁如着花，余家当有喜报。八月，花果胜于乙酉，而厅事前诸桂亦最烂漫。九月二十三日，果得余儿舜年秋榜报捷。前二夕，把卷坐颐情馆中，额项间似有物蠕蠕然，拂之，蟢子也。犹忆七年前，舜年以第一名游庠,犹子彭年第二,时二人同在明州署共读,所居窗外桃久不实,是年结实二。今有桂花之异,岂草木禽虫果得先气乎?遂作闻报志喜诗七律二。

九月廿四日(10月28日)　七月间,永定河南二工十七号大堤被刷成口五十馀丈,夺溜旁趋。又北上汛十二号大堤亦刷开五十馀丈,过水二尺,已载于前。北上汛漫口七月内即已堵完,续见李合肥奏疏:南二工堪估兴工于迎溜坐湾处,添筑挑水坝一道,将全河挑向北行。其引河自十七号起,至南四工三号止,应挖三千五百馀丈。又沟工一千七百馀丈,凡地势较高之处,于正河内添挖子河,秋水迭涨,两坝占扫屡被蛰陷,土柜、后戗,同时淘刷。引河泥水没胫,且多流沙,挑挖不易,抢办至九月二十二日,引河告成,坝前水深三丈一尺。二十三日寅时,挂缆合龙,其时河水又抬高五尺,土柜陡起翻花,当即启放引河头,掣流入河,一面赶下关门大扫,撒手堵筑,又竭千百人之力,于二十四日辰时全行闭气,金门立见断流,全河复归故道云。

光绪十四年十月

十月初五日(1888年11月8日)　奉慈禧端佑康颐昭豫庄诚皇太后懿旨:选得副郎都统桂祥之女叶赫纳拉氏,端庄贤淑,立为皇后。原任侍郎长叙之十五岁女他他拉氏封为瑾嫔,十三岁女他他拉氏封为珍嫔。记其事者云,当未出宫之前,由钦天监谨择出宫吉时,皇太后圈用申初。迨指封旨下,所有御茶膳房分派官役、他坦达等,将预先备妥之桌张器物等俱以黄袱遮盖,抬往方家园皇后邸中安设。他坦预备茶膳,并遣内监人役分班往备。又由内廷派拨首领内监四十馀人、宫娥十人,随往后邸伺候,又由内府照章分派官员、苏拉暨三旗护军至后邸备差值班,拱卫皇后。还邸后,由派往女官内监,每晨恭引皇后演习一切礼仪,虽后之父母兄弟,亦当按制诣见,非复前时也。迨三点钟许,皇后乘舆出顺贞、神武等门,金顶黄缎大轿,銮仪尉、校尉八人,悉服新红驾衣,每半射地,即换一班。恭舁前,派导引侍卫十数员，皆蟒袍补褂朝珠，骑马列对。而舆之左右前后悉有内监扶护而行，后扈虽不遽设豹尾枪、佩仪刀，从行仍数十骑。出东，随墙门、地安门而往方家园，沿途经步军营平垫道路，悉以黄土铺垫，大小各巷口悉以蓝布遮障，悬红绌，由步营派委官兵把守巷口，拦禁行人。各固山达、步军校，咸补褂、朝珠预备。瑾嫔、珍嫔亦乘舆出宫，派内监、宫娥随侍左右，并有茶膳他坦随往，至粉子衚衕宅备用。后邸需用，自初六日始，即由内务府开报，由官应付。

将军督抚平时及庆贺，一切贺表率有定式颁行。此次闽督贺大婚表云："题为庆贺事。窃臣接准礼部咨，光绪十五年正月二十七日恭逢皇上大婚庆典，臣谨奉表，诚欢诚忭、稽首顿首上贺：伏以辰阶衍象，乾元合撰于坤元；申籙延鸿，日御齐明于月御。璇源肇衍，鼎祚孔绥。钦惟皇帝陛下，雍肃岳仪，修齐善则。椒殿惬观型之望，式符吉筮于黄裳；萱闱崇养志之规，克嗣徽音于彤管。爰俔天以配极，共薄海而胪欢。臣幸际昌期，欣瞻盛典。伏愿珍符萃祉，玑镜骈禧。懋一德于俭勤，寿而富亦昌而炽；广九畴之福应，万斯年更百斯男。臣无任瞻天仰圣欢忭之至，谨奉表称贺以闻。"盖即礼部所颁式也。

光绪十四年十一月

十一月初八日(1888年12月10日)　余以丁忧开知府缺。部章凡知府得有道保举者，开缺则原官已断，应以道员仍赴原省补用。余起复后迟迟未赴补，或谓知府任内三举卓异，又两得密保，应赴部引见。先亦未有此兴也，以舜儿之捷，遂鼓兴亲送入都，为引见之计。十一月赴浙请咨，初八日舟泊塘栖，口占一绝云："榜人报是塘栖镇，咫尺钱塘江上潮。猛忆平生一回首，廿年精力此中销。"

光绪十四年十二月

十二月廿六日(1889年1月27日)　舜儿自秦氏妇逝后，今年六月续聘俞曲园孙女。秋榜既捷，余有志喜二律，曲园已和之矣。十二月十三日入赘，曲园制“洞房花烛，金榜题名”八金字，悬于乐知堂东西壁，又叠前韵二律。二十六日，曲园送舜儿夫妇双归，前一夕舟抵西门，余依前韵作二诗迎之，其第二首云：“老去尚书赫有声，爱从娶妇看春生。为披黄袄催花烛，亲向青庐识姓名。拂座繁枝真欲笑，满堂香气未销英。前驱况负材官弩，见说吴门道路惊。”衡阳彭雪琴尚书与曲园亦儿女姻，是时已病矣，舆疾来吴门，合卺日，衣黄袍马褂，坐堂上看花烛。又于舜儿入门之时，遣其材官盛服乘马为先驱，此诗纪实也。

《邸抄》十一月十七日奉上谕：北洋海军提督着丁汝昌补授，北洋海军左翼总兵着林泰曾补授，北洋海军右翼总兵着刘步蟾补授，此创社海军授职之始也。

《滦阳续录》①载：戴遂堂亨罢齐河令归，尝馆纪文达家，言其先本浙江人，心思巧密，好与西洋人争胜，在钦天监与南怀仁忤，遂徙铁岭，故遂堂为铁岭人。言其少时见先人造一鸟铳，形若琵琶，凡火药铅丸，皆储于铳脊，以机轮关闭。其机有二，相衔如牝牡，扳一机则火药铅丸自落筒中，第二机随之并动，石激火出而铳发矣。计二十八发，火药铅丸乃尽，始需重储。拟献于军，尝梦一人诃责曰：“上帝好生，汝如献此器，使流布人间，汝子孙无噍类矣！”乃惧而不献。今之泰西后膛枪，诧为独得，然亦止十馀响耳，每一发谓之一响。未闻有二十八响者。中国不似西人穷黩武事，故此等奇器当时固未献，即献之亦未必广播众用。惟今人动言泰西巧思，原非中国人所及，则未闻此等故事也。《纪效新书器图》中造铳法已有“螺丝”之名，又有连子铳，放去一子，又落一子，皆用机门，子皆连环自入，非皆后膛连响枪之肇端乎？此等亦如算法，皆创自中华，而西人更推究极致耳。今人动辄谓中人万不及西人，即师之亦不能精其技。岭南凌氏《蠡勺编》载，明

---

① 眉批：《滦阳续录》即纪文达所著书名，似当以姓谥冠于书名之上，而下云尝馆其家。

成祖平交趾，得其神机炮，置神机营领之。嘉靖中得佛狼机法，为铜炮，腹有修孔，以子铳五枚储药置其腹，发百馀丈最利。我朝康熙十五年，红毛国进蟠肠鸟枪，上命翰林侍讲戴梓仿造十枪赉其使。南怀仁谓冲天炮出其国，造之十年不成，上命梓造，八日而成，上大悦，封炮为威远将军，镌制法、官名，以示不朽。今南北洋机器厂繁兴，他日必有出类拔萃之才，与西人并驾。纪文达所记之戴氏，或即《蠡勺编》之戴梓乎？文达云，遂堂与其先姚安公为癸巳同年，其侄秉瑛，乾隆乙丑进士，官甘肃高台知县，俟觅铁岭地志考之。文达又记诚谋英勇公言，征乌什时，其国宝器有二铳，力可及一里，不似鸟铳之力不过三十馀步。按，今之泰西后门枪，远者子可及三里，乌什枪又不足诧矣。

《滦阳续录》又云：宋代有神臂弓，实巨弩也，立于地而踏其机，可三百步外贯铁甲，亦曰克敌弓，洪容斋试词科有《克敌弓铭》是也。宋军拒金多倚此为利器，军法不得遗失一具，或败，不能携，则宁碎之，防敌得其机轮仿制也。元世祖灭宋，得其式，曾用以制胜。至明乃不得其传，惟《永乐大典》尚全载其图说，然其机轮一事一图，但有短长宽窄之度，与其牝牡凸凹之形，无一全图。余与邹念乔侍郎穷数日之力，审谛逗合，迄无端绪。余欲钩摹其样，使西洋人料理之。刘文正曰："西洋人用意至深，如算术借根法本中法，流入西域，故彼国谓之东来法，今从学算，反秘密不肯尽言。此弩既相传利器，安知不阴图以去，而以不解谢我乎？《永乐大典》储在翰院，未必后来无解者。今南北洋巧匠方兴，尽步西人后尘，何不取《永乐大典》钩其图，以付机器制造局理会扩充，于西法外别创一利器耶？"《啸亭杂录》云，戴学士梓，字文开，浙江仁和人，少有机悟，自制火器，能击百步外。先良王南征时，公以布衣从军，献连珠火炮法，下江山县，有功，王承制授以道员。则戴梓者，当即纪文达所谓遂堂先德也。俞氏《茶香室三钞》疑献与不献，其说两歧，盖献者连珠火炮，未献者二十八发之鸟铳，乃二物也。又，康熙时，以藤牌滚被胜俄罗斯火器，详《茶香室三钞》卷九。

读《邸钞》知，十二月十五日太和门之右贞度门不戒于火，延烧太和门及库房等处,自恭亲王以次军机大臣、六部九卿、翰詹科道、各部司员、各旗营侍卫、章京、在京之将军、总兵、藩司等,皆入内救护,至次午火息。十七日奉上谕:随同救火之神机营兵丁、步军统领衙门兵丁、拜唐阿、护军官役、苏拉人等,每名赏银二两,水会十五处赏银一万两,各本厂匠夫等赏银一千两。受伤兵匠数名,每加赏银十两。火灾示警,深宫祗惧实深,惟有寅畏天威,益加修省,于一切政事不敢稍涉懈驰。尔大小臣工,亦当仰体朝廷兢惕之怀,精白乃心,勤修职业,以弥灾异,而迓祥和。二十日奉慈禧端佑康颐昭豫庄诚皇太后懿旨:本月十五六日,贞度门不戒于火,固属典守不慎,而遇灾知惧,修省宜先。所有颐和园工程,除佛宇暨正路殿座外,其馀工作一律停止。同日上谕:翰林院侍讲崔国因奏亲政伊尔谨献刍荛一折,所陈典学、用人、崇儒三端,语多可采,着将原折抄交毓庆宫,用备省览。钦此。

卷五

光绪十五年正月入都，至五月始归，别有《北征日记》。

光绪十五年六月

六月廿八日（1889 年 7 月 25 日）　毛西河《嘉靖大礼议》以温公、伊川言舜不追尊瞽瞍为误，其言曰：据《尚书》，“舜格文祖”是尧祖庙，“禹受命神宗”是舜祖庙。舜自瞽瞍以上至黄帝刚及九世，因以黄帝为始祖。颛顼、穷蝉为二祧，敬康、句芒、蟜牛、瞽瞍为四亲，是追尊之典从瞽瞍始。且舜服瞽瞍三年丧毕，奉主入庙，《尚书》称“祖考来格，虞宾在位，群后德让”，其所云“祖”即瞽瞍以上，“考”即瞽瞍。惟追王瞽瞍，故尧子为胜国之宾，称曰虞宾，与群后皆来助祭也。按，以颛顼、穷蝉为二祧，以敬康以下为四亲，庙以虞宾为助祭，皆用《书疏》之说。马融言“戛击鸣球”，是舜除瞽瞍之丧，祭宗庙之乐。郑康成注《周礼》引《书》此文，亦言“此其在于宗庙九奏效应”。是以马端临《文献通考·宗庙考》记有虞氏四时之祭，即引“夔曰……祖考来格”一段，朱子亦谓舜立宗庙五，祀瞽瞍以上。《史记》：“瞍父曰……蟜牛父曰句芒，按《史记》或作句望。句芒父曰敬康，敬康父曰穷蝉。”穷蝉即帝颛顼之子，故亲庙止于五，以帝喾为文祖，帝尧为神宗也。《书蔡传》于“受终文祖”曰“尧始祖之庙，未详所指为何人”；于“格于艺祖”曰“疑即文祖，或曰文祖之所自出”；于“禹受命于神宗”，则曰“神宗尧庙”，引“有虞氏禘黄帝而郊喾，祖颛顼而宗尧”，则神宗为尧明矣。《孔传》于“受终文祖”曰“尧文德之祖庙”；于“艺祖”曰“艺，文也，即文祖之庙”；于“受命神宗”曰：“神宗，文祖之宗庙，言神，尊之。”转无所发明。余按：乐莫大于祭享，箫韶九成，自是宗庙之乐，丹朱称宾，则祖考自是舜之祖考，郊喾宗尧，自是郊天祀上帝之礼。大享非四时私亲之祭，舜为天子，必无不祀其祖考之理。然受尧之禅，传尧之统，郊天配享以功德为重，故舍私亲而祀喾尧。五帝之制不尽同乎三王，当时不以私亲配天，自有心安理得之道。况严父配天，实始于周公，故孔子曰："孝莫大于严父，严父莫大于配天，则周公其人也。"昔者周公郊祀后稷以配天，宗祀文王于明堂以配上帝。朱子谓："明堂者，周公以义起也。"后儒未察乎此，徒多议论。近见郝兰皋《礼记笺》以有虞不尊瞽瞍非以教尊尊亲亲，记《礼》者误，而康成又附会其失，谓辨见《魏志·蒋济传》注。余检《魏志》此注曰："虬龙神于獭，獭自祭其先，不祭虬龙。骐驎、白虎仁于豺，豺自祭其先，不祭骐、虎。如郑之说，有虞以上，豺獭之不若耶？"济之说如此而已。夫豺也自祭豺，獭也自祭獭，乃引此以喻瞽瞍之当配天，语何不伦，恐瞽瞍闻之亦将掩耳。

"为人后者为之子"，汉张纯、谢弼、霍光引用此语，皆谓之"《礼》曰"，不谓之"传曰"。桐庐袁爽秋昶谓系《逸礼》三十九篇中之文，《公羊》亦引《礼》也。惟"兄弟相后"，毛西河谓专指天子诸侯以入继者，本属君臣，君臣即父子，故可改称大夫，继大夫不属君臣。大夫，传世之法与天子诸侯殊，见《礼记通考》[①]卷五。驳《公羊》以仲婴齐后公孙归父为自造事实，以明方献夫作《大礼论》"天子诸侯无为人后之礼，惟仲婴齐继公孙归父是真父子"为大悖，谓婴齐未尝后归父，归父自有子，名子家羁。按：仲遂，庄公之别子；归父，仲遂之子。而子家羁则杜注为庄公之元孙，归父字子家羁，盖以王父之字为氏，其为归父之孙无疑，非归父子也。《左传事纬》列国世系亦谱为归父孙。顾亭林用孙氏觉之说，谓婴齐后仲遂，非后归父。《御纂春秋直解》曰，遂与行父比而为逆，归父欲去三桓，故逐归父，而立婴齐以后仲遂，一逐以立，皆行父操之。顾复初《大事表》亦谓归父欲去三家，乃季氏之仇，岂为立

---

① 眉批："礼记"疑当作"读礼"。

后，而于襄仲固无嫌也。其后襄仲而不后归父，断断明矣。二顾之说，皆与毛氏意同而较胜。毛氏谓季文子发襄仲杀適之罪，是时宗卿之爵不知其为后与否，不如竟断仲婴齐之氏仲为后仲遂，直截了当，春秋时以父字为氏者甚多也。至昭公卒后，叔孙成子语子家羁曰："子家氏未有后。"可见归父子未为卿大夫，故左氏不著其人，此亦可证婴齐之不后归父。《公羊》之误，可不辨自明。《读礼通考》以鲁逐叔孙侨如而立其弟豹，逐臧孙纥而立其兄，证婴齐之必为仲遂后，以栾宾之父字栾子，鳞之子为鳞矔，臧僖伯之子曰臧孙达，证婴齐之可氏仲。据范宁注《谷梁》"与人之子守其父之殡"，证归父自有子，皆明确僖之跻闵，兄跻弟上也。三《传》皆讥之，讥之之词皆谓以子跻父，《左氏》曰："子虽齐圣，不先父食。"《公羊》曰："先祢而后祖。"《谷梁》曰："先亲而后祖……是无昭穆。"虽《公》《谷》注家谓以臣先君，犹以子先父，然三《传》之文明以闵公为僖公之父，即为文公之祖，未尝引君臣之喻，则知"为人后者为之子"，盖古有是说，非《公羊》一人之言。《礼·丧服传》"为人后者"："以尊服服之……何如而可以为人后，支子可也。"正缺"为人后者为之子"一语，其为《逸礼》，亦似可信。

光绪十五年七月

七月初四日（1889 年 7 月 31 日）　余在天津晤张幼樵佩纶，及记中外议铁路事，已详于《北征日记》中。五月南归，未与通书，兹致一函，其略曰：南皮论铁路一疏，读之咋舌。其论津通铁路之不必设，论铁路货车当设于海口辽远之处皆允，惟谓直、豫、鄂三省腹地，兴此货车，冀人讲求机器，变土货之粗贱者为精良。则轮船之行已逾二十年，东南智巧胜于西北，乃缫丝织布之器仍取之外洋，不开忠信坚确之风，而徒凿儇剽贼害之窍，有愈凿愈窒耳。泰西之利便亦恃忠信坚确，以底于成，欲沿其流，先溯其源，且其流弊之渐见亦不可不察。《日本报》记英之伦敦有乞丐九万一千馀，此外无衣无食者不下百万。《英报》载，公家所买电线息不敷本，近十五年中亏至四十七万一千馀磅,此消息盈虚之见端也。近日,上海汇丰银行股债顿贬,闻因法之利甕城银行亏耗至三十馀万。《法报》载,法将军巫连牙岁俸扶令[①]九千枚耳,而每岁浪费需三十馀万,以国财而害国事,此习气变坏之见端也。师夷长技,择之必严,察之必精,防之必豫,察前后始末而通筹之,谓尽不可师者非,谓尽可师者亦非。今之号称西学者,或讳其短,或昧其通,其言岂可尽信!

《上海新闻报》皆载六月初间曾见微雪,十七夜降霜一次。忆同治十二三年六月在严州时,建德县许铁珊大令威语余,驿卒自兰溪来者云,路上曾见飞雪。阳盛阴凝之时,乃有此异,其理未易测也,前人偶值有冤狱之时,谓为冤抑之气所酿,夫岂必然?

七月十一日(8月7日)　元世祖遣笃什旧作都实。为招讨使,往求河源,四阅月始抵其地。潘昂霄译为《河源志》,及朱(师)[思]本所译梵字图书,《元史》采入《地里志》及《河源附录》。其略谓:河源出吐蕃朵甘思在今青海境内。西鄙,有泉百馀泓,方可七八十里,灿如列星,名鄂端诺尔。即今鄂敦塔拉,旧作火敦脑儿。群流奔辏近五七里,汇二巨泽,名敖拉诺尔,即今扎棱诺尔、额棱诺尔,旧作阿拉脑儿。东骛成川,号齐必勒河,旧作赤宾,今名郭罗珪诺尔。又合伊尔齐、旧作亦里赤。呼兰、旧作忽兰。伊拉齐旧作也里木。三河,始名黄河。又歧为八九股,名也孙鄂洛木,旧作也孙斡伦。译言九渡。自是行二十日,有大雪山名伊拉玛博啰,旧作亦耳麻不剌,今名阿木尼玛勒占木逊山,西番语谓为阿木尼,蒙古语谓玛勒占为花色,水为木逊,以山石斑驳,上多冰雪,为青海望山,故尊而名之。其山最高,译言腾格哩哈达,旧作腾乞里塔,蒙古谓天为腾格哩,哈达为山峰也。即昆仑也。今阿木尼玛勒占木逊山为积石山,河流其南,误作昆仑,非是。河绕昆仑南行十馀日,有水西南来,名纳琳哈喇,旧作纳邻哈喇。译言细黄河也。又两日水南来,名奇尔穆苏,旧作乞儿马出。二水合河北流,复折而西流,过昆仑北,又转而东北,约行

---

① 眉批:扶令即法郎。

半月至贵德州，元置，今为归德堡，在河州西。又四五日，至积石州，元置，明废，在今河州西，以有小积石山，故名。即《禹贡》“积石”，河州西之小积石，本名唐述山，误为《禹贡》积石，非是。始入中国。笃什还报，并图其城，传位置以闻。《御批通鉴辑览》注曰：“以大雪山为昆仑，是昆仑反在河源之下，既与《尔雅》诸书不合，又以导河积石之文误属河州之小积石，而于大雪山之为真积石者，反被以昆仑之名，彼此混淆，错互更甚。盖笃什只能以蒙古字言其山川形势之大概，昂霄不加详考，译以汉文，妄以经传证之，遂至名实乖谬，至其力斥张骞所言河源出盐泽之文为缪妄，则尤非是。”考《史记·大宛传》云：“于阗之西，水皆西流；其东，水东流注盐泽。盐泽潜行地下，其南则河源出焉。”又云：“汉使穷河源，河源出于阗，其山多玉石，采来，天子案古图书，名河所出山为昆仑云。”《汉书·西域传》：“河水一出葱岭，一出于阗，合注蒲昌海，一名盐泽者也。潜行地下，南出于积石，为中国河。”《山海经》注云：“敦薨之水，西流出泽，实惟河源。”《水经注》云：“河水东注蒲昌海，即河水之所潜出于积石者也。”又云：“河水重源，发于西塞之外，出于积石之山。”是河水之出葱岭、于阗，注盐泽，潜行至积石，又出而为中国河源者，诸书都无异说。以今舆地考之，葱岭在回部叶尔羌西，于阗即今和阗，在叶尔羌东南，蒲昌海即今罗卜诺尔，在回部辟展西南。叶尔羌河、和阗河合而东流，为他里木河、厄尔勾河，又东注于罗卜诺尔，上承千馀里长河之水，滀沦渟滀，伏流地中，而其南碛地数百里之间，时有小水上泛成泽，潜行之迹宛然。积石山在今青海境内，名阿木尼玛勒占木逊山，其西有三山，曰巴延哈喇，曰巴尔布哈，曰阿克塔沁，总名枯尔坤。当罗卜诺尔之东南境，其巴延哈喇山东麓有泉出焉，是为阿勒坦河，东北流三百馀里，有泉千百泓，历历如星，名鄂敦塔拉，实为河水潜行复出之象，即所谓星宿海也。从此汇合诸泉，至阿木尼玛勒占木逊山东，成二巨泽，曰扎绫诺尔、鄂棱诺尔。自二诺尔流出，绕山南折北，又折而东南行，始名黄河，入陕西河州界，即古所谓河自蒲昌海潜行至积石，复出而为中国河源者也。黄河大源发于昆仑,至蒲昌海潜行复出而发于积石,故曰河有重源也。我朝康熙年间,遣使往穷河源,得于枯尔坤山,视《元史》所载为尤详。但其时回部未平,故河出葱岭、于阗合注蒲昌海之说,未得其证。今者西域底定,回部内属,凡古所称葱岭、于阗、蒲昌海诸境,俱隶版图。爰据《史》《汉》诸书,按之今时形势相符合,是为积石以上之河源,即《汉书》张骞所求而得之者,不得谓其凿空无据。但惜其言之未悉,致启后人之疑耳。至"昆冈出玉"之文,见于《尚书》,今和阗产玉,与《史记》"河源出于阗,其山多玉石"之说相合,是和阗之山亦昆仑一脉所分,故河从此出,亦《尔雅》所谓"河出昆仑墟"之一证也。

去年冬,余作《论权》一篇,辟《公羊》"以权许祭仲"之误,且以宋之苏氏、俞氏、本朝应氏㧑谦、毛氏奇龄、高氏澍然、郝氏懿行皆驳之为证。今检《谷梁传叙》,范武子曰:"《公羊》以祭仲废君为行权,是神器可得而窥也。"又吕朴乡《五论》曰:"祭仲执而郑忽出,其罪在仲,《公羊》以为合于反经之权,后世盖有执其君如棋局者矣。"又本朝袁简斋《随园随笔》曰:"祭仲废君,而以为合圣之权,乱臣贼子无忌惮矣。"管蕴山曰:"《公羊》先有义理,而后以经证之。'不从其言,则君必死、国必亡;从其言,则君可以生易死,国可以存易亡。'应变之微权也。而以例祭仲之逐君,则悖也。"参考诸说,祭仲不得诧于权,盖人人得而诛之矣。

朱子见《欧文忠公文集》新定本后附事迹与所见乡人李氏本有为定本所无者,以为可以互相发明,分条记之。中一条云:"濮议初不出于公,及台谏有言,公独力辨于朝,故议者指公为主议之人。公未尝自辨,惟曰:'今人以濮议为非,使我独当其罪,则韩、曾二公宜有愧于我;后世以濮议为是,而独称我善,则我宜愧于二公。'公又撰《濮议》四卷,悉记当时论议本末甚详。又于《五代史记》书晋出帝父敬儒、周世宗父柴守礼事,及《李彦询传》发明人伦父子之道,尤为详悉。"朱子于此条附案语曰:"疑公诸子后已不敢力主其父之论而删之。"盖《濮议》在当时以与司马温公、程子"应称皇伯"之说不合,举朝无不指摘。

然余见曾子固《南丰类稿》中有《为人后议》一篇，几三千言，曾、欧同时，其意则是欧阳而不附马、程也。南宋孝宗虽以秀王为伯父，王夫人为伯母，而朝士如御史中丞何澹所[①]生父继室周氏死，澹欲服伯母服，吕祖俭贻宰相书曰："周氏非澹父之妻乎？将不谓之母而谓之何？"则亦不主马、程之义也。本朝纯皇《御批通鉴辑览》曰："以本生之亲改称伯父，固非所安，加皇于伯，名亦不正。王珪、司马光之说无经传可据，徒以强词争执，自不若欧阳修援引《礼经》之为得。"又有《御制濮议辨》，《续东华录》于乾隆□□□年载之，当时以示蔡□□，不知如何覆奏也。长夏无事，余有《书濮议后》文一篇。

光绪十五年八月

八月十三日(1889年9月7日)　王司农麓台仿黄大痴《富春山图》，长三丈馀，自题云："古人长卷，自摩诘《辋川图》始立南宗楷则，余未之见。偶阅画稿，方知右丞之用意深远，行间墨里，配搭无纤毫罅漏，真有化工之妙，不知其笔墨之运用又何如耳。十年前见北苑《夏景山口待渡图》，乃知唐宋大家，理同此心，心同此理，渊源相绍续，无少差别。北苑如是，右丞亦如是也。元季长卷见大痴《富春山》，笔墨奔宕超逸，脱尽唐宋成法，真变化于规矩之外，神明于规矩之中，画至此神矣、圣矣！余自幼学画，每侍先奉常，窃闻讲论，必以痴翁为准的，痴翁笔墨尤以《富春》为首魁，及一见之，辄有不可思议之叹。此图约略仿其大意，若谓能得古人堂奥，则吾岂敢。康熙辛卯春日画成，漫题于谷诒堂。娄东王原祁。"司农画至此，开阖变化，焕若神明，叹观止矣！先为常熟张鹿樵观察物，李竹朋于《书画鉴影》中载之，翁叔平大司农得之。光绪十五年七月，大司农请假省墓，奉旨给假两月，假满驰驿回京，箧中携此卷，余得于北门外赵次侯非昔轩

---

① 原抄本"所"字涂有灰色，依抄本校字体例乃删除之意。然该字不当删除，"所生父"为成词，意即本生父。

中纵观之,是日次侯宴大农,余在座也。

八月廿二日(9月16日)　大农之父文端公道光二年通籍后,以中允直上书房,官大理寺少卿,擢工部侍郎,仍直上书房中。间以养亲归者八年,而先后直书房已十有二年。文宗在潜邸时,公与滨州杜太师文正侍读。暨穆宗登极,甫七龄,公又与寿阳祁文端皆以大学士再起,入直宏德殿,辅冲圣读书。同治元年冬,公薨,不数年,大农以侍讲继公。今上即位甫五龄,故光绪初元,大农又以侍郎入直毓庆宫。今春二月,皇太后归政,天子亲理万畿,而典学不辍,大农亦侍直如常。大农今年六十,予四月在都时,赠以联曰:“耆耇应中兴,一德明谟崇坐论;阿衡光继世,三朝盛业重交修。”纪实也。

大农回里,余叩以侍读之仪,知上坐御炕,从前宏德殿于御炕之旁别设一小炕,入直者命坐焉。今由毓庆宫迁西苑,御坐之下对面列椅子,入直者随宜坐椅子。椅子、兀子,见《老学庵笔记》。上免冠,入直者亦免冠,礼数极宽,皆非故事所有也。余赠大农四律,第一首云:“万乘躬修弟子仪,汉犹无几况唐时。西清世泽甘盘旧,东海流风尚父师。政本勋关天下故,時艰端赖重臣为。迩英延义寻常事,端冕承书日影移。”大农得诗,飞一小笺曰:“赠诗无一敢承,然笔力出入苏黄矣。”他日又面言:“君诗佳,然题为赠我,不切,须易题。”余笑曰:“易题便不切耳。”

大农为户部尚书,每日到部,当堂画稿。故事,司官衣冠奉文牍,如雁鹜以进,堂上官必衣冠判之。大农尝笑曰:“余在上前许免冠,惟到衙门见司员必冠也。”

翁氏道、咸、同以來极贵盛,叔平大农为文端第六子,咸丰丙辰廷试大魁,其犹子仲渊名曾源,文端之孙也,同治壬戌廷试又第一,而文端第三子文勤,官至安徽巡抚,第五子玉甫中丞官湖北巡抚,署湖广总督。虞人今但知其家门之盛,而其两世贤母茹苦耐贫,为常人所不堪顾,无人道之。文端母为张太夫人,封翁官海州学正,尝查灾,以印封其籍,州牧时封翁之出,馈金以请印,曰:“籍有误,请更张。”太夫人峻拒之。从学者众，躬自执爨食糠核，而诸生必饭以羹肉，此见于柏枧山房所作墓志铭。

大农至余斋，见张月霄《诒经堂图记》，慨然语余曰："月霄先生，吾乡素封，其家号藏书，见宋本必倩人广抄。吾母许太夫人工楷，尝为张家抄宋本书，取其值不足以助有无，故又勤女红。帽肆瓜皮冠上针线三十六行，又瓶袋即锁口袋，又曰抄袋。皆恒手制之，以资朝夕。然此犹非吾家极贫时也。"大农极有清操，其归乘蓝布帷小轿，每出北门省墓，督其犹子辈步行，曰："吾以警若辈之骄惰也。"

翁大农于金石书画皆具元鉴，一见能别真赝，亦喜为跋识。在都时，为余跋褚临张芝草书，推余文学、政事浙中第一。兹归，为余题《华岳碑》后，又曰："三本中此为魁，湘文今之第一流。此碑得所主矣。"大农书名满天下，倦于毫楮，京寓积纸至数箱。未归时，先贻书其家，一不赴宴，二不写字，独为余书一小联、四矮屏，联曰："鞅掌久不决，容膝真有馀。"矮屏书《蟋蟀》诗之第三章，跋曰："余假满北归，湘文亦将赴浙，赋诗以赠。"思深哉！联与屏是余新得之高丽发笺，书时嫌不佳，又别取四纸临颜书见贻焉。

《邸报》八月二十六日奉上谕：本月二十四日雷雨交作，天坛祈年殿雷火延烧，经官兵等救护扑灭。本日据太常寺步军统领衙门各奏火灾情形同。太常寺奉祀刘世印职司典守，疏于防范，实属咎无可辞，着交部议处。太常寺堂官着交顺天府严行审讯，有无别项情弊，按例定拟具奏。五城水会绅董等救护出力，着该城御史传旨嘉奖。火灾示警，朕心寅畏实深，惟有益加兢惕，宵旰孜孜，励精图治。尔内外大小臣工，其各靖共自矢，精白乃心，力戒因循，修明职业，用副君臣交儆之意。钦此。光绪九年六月二十四日，有雷火延烧先农坛座房三间一案，奉祀吴长春照防范不严，降一级留任，此案经吏部以情节较重，奉祀刘世印议以降一级留任。

《新闻报》称，本年都中秋暑特盛，是日侵晓，阴云四合，午前，迅雷骤雨相继而至，西门外亮果巷地方，雷击一巨槐。午后三点钟霹雳一声,民间屋宇皆震,雨如倾盆,忽见城南有光熊熊然,如赤虹亘天,喧传正阳门外天坛殿宇火灾。殿制圆高可十丈,上安金顶作葫芦式,中空可容六七人,栋宇皆香楠,其大不止合抱。平日奉祀官与坛户各司管钥,无敢阑入。传言火起时,雷电从空而下,先将殿额击去,额随殿坠,其楣已燃,须臾火起殿内,绕烧于窗棂之外,烟焰冲霄。官弁、水会一时纷集,太常寺官启门入内,齐力施救,奈殿宇过高,猛力激水而火若燎原,虽有猛雨,为上宇所隔,不能下注。奉祀人等奋将列祖列宗配位之大宝座请出,而昊天上帝之宝座,火已燃及。火势愈延愈猛,直至初更,上盖坠落,屋顶大金顶坠于石栏,与栏俱碎。是时,香闻数里,街市照耀如白昼。琉璃瓦尽落后,天雨、人水始得浇灌,而殿宇八十一楹悉毁无馀,绕陛石栏亦炸裂不可胜数。逾日,光禄寺奏,查视殿内正位原有石台一座,上面木栏杆并前面石阶,三出陛各五级,东西配位石台各统一阶,均经烧裂,诚巨灾也。

圜丘之北为皇穹宇,又北曰成贞门,北为祈年殿,坛圆,南向,三成。上成径二十一丈五尺,二成径二十三丈二尺六寸,三成径二十五丈,面甃金砖,围以石栏四百二十。南北三出陛,东西一出陛,上成、二成各九级,三成十级。坛上建祈年殿,制圆,内外皆十二柱,中龙井柱,四檐三重,上安金顶。左右庑各九间,均覆青色琉璃。前为祈年门,内壝周百九十丈七尺二寸,门四,北门后即皇乾殿矣。故事:圜丘神位平时设于皇穹宇,祀日前七刻,次第请至圜丘,上帝位居中,列圣位左右稍后,均南向,在第一成;日月星辰、雷雨风云四从位,在第二成;祈谷神位平时设于皇乾殿,祀日前七刻,次第请至祈年殿;上帝位、列圣位悉如圜丘仪,惟无四从位。祭毕,奉安原所。

按,郊祀与祈谷,汉只一祭,初不分,至梁武帝采左丞吴操之言,谓阳气始于甲子,郊天宜在冬至,祈谷必须启蛰,二祭之分实始于此。然武帝初无至日郊祭之事,秦氏《通考》谓非知之艰,而行之艰。唐帝亲郊,十一月、正月相间而行,而正月为多,十一月为少,秦氏谓其惮寒而畏劳也。宋定冬春分祭,亦不能每岁悉举。元暨明初,祈谷礼未尝行，嘉靖中仅行一二次，至崇祯十四、十五年又两行之。惟我朝自开国以来，每岁必至日郊上辛祈谷。历朝祖宗岁岁躬亲，允成定例，迥非前代所能比拟矣。郊坛不屋，汉兴，因秦故祠，汉文立五帝之庙，与武之甘泉、汾阴，大抵以事神之礼事天。观永始四年郊泰畤，神光降集紫殿，其皆有栋宇可知，后定南北郊，而《三辅黄图》始有圜丘之制。宋东都有望祭殿五间，遇雨行事，南宋惟设苇屋。元有望祀堂七间，明依其制，永乐十八年始于燕京建大祀殿，合祀天地。嘉靖十年，定南北郊分祀，旋撤大祀殿，二十一年议季秋大享明堂之礼，即大祀殿址建大享殿。先名泰享。又建皇乾殿于大享殿北，及殿成而大享仍于大内之元极宝殿。初未之用，惟崇祯十四五年于此祈谷。本朝龙兴，始永为祈谷、祀上帝之所。合于朱子之说，为坛而祭谓之天，祭于屋下谓之帝。乾隆十五年更定圜丘制度，十六年易大享殿旧额为祈年殿，门曰祈年门。其殿宇之工盖始于永乐，而重建于嘉靖，工阅三年而后成，更四百年而毁于雷火。岂有数存乎其间耶？闻俞曲园检视《图书集成》，郊坛有灾，自古未闻，《春秋》纪亳社之灾，先儒有谓亳社为周社者，刘向以为人君纵心不能警戒之象。今圣明在上，岂有是耶？且亦非其比也。

光绪十五年九月

九月十七日(1889 年 10 月 11 日)　去年戊子，江苏之扬、镇、苏、常颇苦旱，高田皆失收，而浙江无恙。今年浙江自七月二十六日起，大雨如注数昼夜，加以狂风，宁、绍、温、台、严、湖各府皆出蛟，山洪骤发，堤坏屋坍。温府之玉环厅、乐清县官衙几如露处，死人无算。杭、嘉二府，低田无不苦潦。其时，江苏虽有风雨而不为害，方以造物于江浙递为旱潦，似相乘除。乃自九月初二日起，雨亦连宵达旦，半月之中无一二日晴霁，江南之苏、松、常、镇、太五府州皆然，常熟东南乡之田尽在水中。八月前有大稔之望，乃稻尚未刈，时已深秋，忽罹水灾，沿海棉花更不可问，而浙江之雨同之，则雪上加霜矣。闻江水大涨,汉阳决堤,自光绪初元以来,岁称有年,今旱潦相仍,可惧也。

江浙间宗姓无巨族,尤少闻人,近年会稽宗笛楼观察闻是明宗室之裔。凡吾同姓之散处各郡邑者,大都以宋留守为祖,宾客谭问间,亦多以为是宋留守公后否?盖元明既无著称,而唐之二相又不餍人意,汉则不可考也。然予读《后汉书·党锢传叙》,注引谢承书曰:"宗氏家代为将相名臣。宗资字叔都,南阳安众人,少在京师,学孟氏《易》。欧阳尚书举孝廉,拜议郎,补御史中丞、汝南太守,署范滂为功曹,委任政事,推功于滂,不伐其美,任善之名,闻于海内。"俨然汝南一小传。至于延熹五年,遣中郎将宗资讨太平山贼,则见于《桓帝纪》者,惟所云祖父均自有传,谢承书既久佚,范书未尝有《宗均传》。《元和姓纂》著河内太守宗均,洪校本据豆卢铣《岭南节度判官宗义仲碑》,远祖均为九江太守,累迁司徒,与河内太守有异,盖亦不见均传,无从决之也。儿子舜年检《通鉴》胡三省注云:"宗均,《后汉书》列传作宋均,均族子意,意孙俱,灵帝时为司空。赵明诚《金石录》有《汉司空宗俱碑》。余尝得宗资墓前碑,龟膊上刻字,以为自均以下,其姓皆作宗,列传传写为宋,误也。"亟检《宋均传》"意孙俱",司空注:"《汉官仪》曰'字伯俪'。"《灵帝纪》四年"以宗俱为司空",注:"字伯俪,南阳安众人。"《十驾斋养新录》卷十八云:"司马公《通鉴目录》极简括,而多采君臣善言,如'文吏习为欺谩,廉吏清在一己,皆无益百姓',宗均语。严铁桥《漫稿》亦辨宋均为宗均,谓《南蛮传》不误。检《南蛮传》,则马援征五溪蛮,宗均以谒者监其军,与《宋均传》合,更可以范书证范书之误。而《姓纂》疑九江、河内互异,则均传先为九江太守,后为河内太守。孙渊如、洪□□惜皆未知也。胡三省所见范书当是宋刊者,已误"宗"为"宋",而乌程蒋壑校严铁桥《全上古三代秦汉等文编目》云:"旧本《汉书》作宗,不误。"不知所见何本。

范书既不为汝南作传,而司徒一传又以传写之讹,沉霾不见,余因就《范书》《姓纂》《通鉴》考见汉宗伯为五官中郎将;子均,司徒;司徒之子条,太子舍人;孙资,汝南太守;元孙慈征拜议郎;司徒之族子意，司隶校尉；孙俱，司空。而光武起自南阳，一时宾客诸部多同郡，更始初年起兵之宗成、骠骑大将军宗佻、车骑将军宗歆、信都太守历、尚书宗广，成与广皆籍南阳，馀亦可推而知。谢书所谓家代为将相名臣，皆有据，其辈行自又在均之上。蜀汉太中大夫玮，关内侯预，预亦南阳安众人，辈行或在慈之下，其世系不啻可考也。至于慈十代孙躬，躬孙琼，唐苏州刺史与岭南节度义仲，则在唐以后。而汉唐之间，明为隋司隶刺史，岌为魏王府记室，与谢偃同修《括地志》者。宋、齐、梁、陈以来，人物尤著，《宋书》有宗悫、宗越、宗炳、宗彧之、宗承南，《齐书》有宗测、宗尚之，《梁书》有宗夬、宗景、宗岳、宗懔，《南史·孝义传》有宗元卿，皆绰有表见，而皆籍南阳。吾家始迁祖通政公，明末自蜀家于金陵，由关内侯预自南阳入蜀，蜀中故有宗氏也。闲中数典不忘其祖，一快也。

《后汉书》列传卷三十一《宗均传》，元明以来传刻误"宗"为"宋"，余既辨之矣，而范书载均事亦尚有简略处。袁宏《后汉纪》于明帝七年载，上好用能吏，卒多暴虐残刻，终皆毁败，均罢朝相与言曰："今选举不得幽隐侧陋，但得见长吏耳。太始时京兆则赵广、尹翁归、萧望之，丞相则魏相、黄霸，此数公者，治皆致平，今二千石殊无此。国家喜文法吏，以足止奸也，然文吏习为欺谩，而廉吏清在一己，无益百姓，流亡盗贼所由而作。均自欲叩头争之，时未可改也，久将自苦之，乃可言耳。"其论吏事可谓透顶。广东新刻之《汉纪》亦误作宋均，《通鉴》引用不误，范书《明帝纪》论曰："钟离意、宗均之徒，亦误作宋。常以察慧为言。"注曰："见本传。"然范书《均传》所叙尚不足见明帝之好察，必合袁《纪》观之乃明。

《忠武堂世乘》载留守公年谱事状，皆言系出南阳，为汝南太守之裔，五代之乱避地江南，居义乌，义乌为留守嫡派。曩余守严州，义乌于严甚近。同治十三年(1874)，有义乌奉祀生宗广接、监生宗朝益等数人来谒云："闻有同姓作郡守，良喜。"携家谱乞余作序，未有以报。当时阅其谱，以留守之子颖为第九世，谓其致政归，卜居二都盘溪古塘村，至今称为宗堂，子孙颇众，今则读书成名者甚少。谱又云，第十一世名淮者，赘镇江马氏，以忠简墓在镇江，遂家焉。十二世为如圭，镇江所刻《世乘》则以颖为一世，如圭为四世，字国珍。义乌裔云，常熟月锄孝廉家谱中载，颖之长子嗣尹，第五子嗣安，嗣安长子淮。义乌谱以嗣尹为十世，淮为十一世，惜不记其九世以上矣。常熟谱又云，镇江有奉祀生藏诰敕遗像宋贤题赞真迹，有二十世孙以德，字聿修，乾隆时曾来常熟访同族，云居处在丹徒，由新丰镇登岸，从小缺至葛村，问坛王杜巷，至宗张巷便是。然《世乘》载留守公祠在郡城儒学尊经阁后，城中必有奉祀生，不知兵后如何矣。丹徒一支亦必有谱。

月锄家谱云，淮之九世孙世臣自润州家常熟。余见《浙江通志》有宗礼，其先常熟人，隶籍于燕，嘉靖中武举，任参将，奉命御寇于浙，战死，赠都督同知，谥忠壮，有祠于崇德县之皂林。又《江苏诗征》：宗观，字民表，号鹤问，江都人，江宁籍，副贡生，官贵池教谕，迁常熟。而《帝里明代人文略》《金陵诗征》则以鹤问为宗缮部名世之元孙，由兴化迁金陵，谓之南宗，与吾祖之居北城为北宗者，其来各异。忠壮有武功，鹤问有诗名，常熟家谱中载否？俟质之月锄。

《陆清献公集》有赠宗冀州诗，又《答宗冀州书》有“郡中获接耿光承赐州志，得观漳滏胜概”语，自是清献公官直隶灵寿县时相遇冀州，不知何名何籍。检《光绪畿辅通志》，冀之升为直隶州在雍正二年，康熙时为散州，《畿辅志·职官门》不载州县官，致无可考。

九月十九日(10月13日)　今年水灾未至以前，湖州、桐乡等处城乡有人亲见地生白毛，前一二年高邮亦有此说，有谓主水灾者，今嘉、湖信灾矣，而高邮尚无之。粤匪既乱时，金陵未遭兵以前，地生毛，余曾亲见，戚党中见之者亦多，色似猪毛，不白也。《常熟县志》康熙七年地生白毛，九年大水，颗粒无收，则白毛为水征，信矣。又载九年积水不消，次年四月不雨至七月。

翁大农言，道光中水灾之前，其太夫人一日在小楼上，见原野一大鸟，翼几满半亩地。今年桐乡人言，未发水以前，邑庙屋上来大鸟，头似猫，翼如车轮，枪击亦不惧。上海电气灯旁，一夕来虫千万，状如飞蛾，灰白色，死灯下，积如阜，臭不可闻，汉阳亦然。

《世说新语·企羡门》："王右军得人以《兰亭集序》方《金谷诗序》，甚有喜色。"注引《临河序》之文，以今帖校之，前五行相同，"列坐其次"之下接"是日也，天朗气清"两句，而无"仰观""俯察"两句，"信可乐也"之下接"虽无丝竹"至"畅叙幽情"三句。帖中"夫人之相与"以下十四行尽去之，遽接"列叙时人，录其所述"，而增"右将军司马太原孙丞公二十六人赋诗如左，前馀姚令会稽谢胜等十五人不能赋诗，罚酒各三斗"，其文理逊帖多矣。应以石本证刊本之讹，不当据此注以疑石本，况注之所引不必全文乎。

泰山秦篆二十九字，旧说万历中从玉女池移置碧霞元君庙，乾隆五年庙灾，石毁于火。严铁桥以为二十九字旧在玉女池旁。明宏治中，按察使佥事滦河许庄移置池上公所。雍乾间，公所倾圮，石亡。嘉庆二十一年，泰安县知县蒋因培字伯生浚池得残石二枚，凡十字，嵌之石壁，与唐《纪太山铭》附近，且筑亭于旁。池去庙远，若石果毁于庙，不应残石出池中，峄山、会稽皆辗转临摹，惟琅琊台及此十字为真迹云。

钱竹汀宫詹《养新录》言，见文文肃公天启二年殿试卷，后列读卷官衔名皆朱字钤印，卷中"太祖""成祖""神祖"列圣字样皆不出格。读卷官于文之佳者，以红圈断句。余于赵次侯家见崇祯十年赵士春字景之，赵文毅用贤孙也，官中允。殿试卷，与竹汀所言之式悉同，惟遇"祖宗"字则出格。策中颇及辽沈与兵食诸事，尚不似近时策之全空。朱书"一甲第三名"五字，殆思陵御笔。今读严氏《铁桥漫稿》，记馀姚王海日尚书华，新建伯守仁之父，成化辛丑对策第一。① 所言政治之名实体用、汉唐宋之得失，瞭如指掌，知新建学问、事功，其来有自。尚书

---

① 原抄本中，"华"至"第一"为正文大字，疑为抄写者之误，今改为小字夹注。

事迹,《明史》在《新建传》。卷式视今策广一寸弱,高一寸强,通卷字数多今策三之一,得宋策之半弱。每行三十字,其提行高写顶格者行三十二字,脱落文字得添注。“祖宗”高二格,“我朝”之“我”、“大有为之君”之“大”、“大对”之“大”俱高一格。余以此知抬写出格,盖崇祯时之式。策文为铁桥赏论如是,岂今之所能。

《养新录》曰:“馀姚邵二云尝有志改修《宋史》,余谓当自南渡始。欣然拟作《南宋事略》,以续王偁《东都事略》,篇目悉依王氏之例,请予酌定《儒学》《文艺》《隐逸》三传目录寄之。二云没后,索其家无遗稿,予于故篋中得所寄目录稿,恨其志不终,姑录其目以待后贤。”是二云之书殆未成也。今春,予在都,会稽李莼客慈铭闻人云,曾文正督两江时,有人以邵之《南宋事略》送书局而未刊,疑在书局前提调洪琴西都转处,都转已逝,托余物色。过津时于督署官厅晤都转之子,询之,其家实无此书。杨见山岘作《臧先生寿恭述》云,臧作《南都事略》若干卷,其体例则钱大昕氏以授邵晋涵氏而未卒业者也。

严铁桥著《说文长编》七种,其《说文翼》十五卷,即长编七种之《钟鼎古籀文秦篆类》十五卷也。《说文翼叙》略曰:“上古结绳而治,后世圣人易之以书契,而文字兴焉。由仓颉、史皇、沮诵以迄夏、殷,文字殊体,莫可殚究。周宣王太史籀乃作《大篆》十五篇,是为籀文,因以前此者为古文,古、籀并行数百年。秦并天下,李斯乃奏同之,使下杜人程邈作小篆,罢其不与秦文合者。然乃隶书踵行,人趋渻便。汉革秦命,变用草书。隶似篆,去其繁重,如秦权、秦斤、秦量是。汉器铭之似篆非篆者皆隶也,东京中叶后,始有秾首微尾之体,而隶又变。草似篆亦似隶,体势迅疾,不求工整,如古器铭之联绵纠结者是。《说文》“汉兴有草书”,即《艺文志》“萧何草律”是也。其实先秦有此体,汉初行用,始定名为草书耳。草书者,稿书也。《阮录》有《乙亥鼎》,其文即薛帖之《晋姜鼎》,是古籀有草书之证。东京章草则草隶也,张芝等乃变而又变者。隶、草皆出于古籀,后来以讹传讹,迷失本根,求能明《仓颉》读者仅矣。古籀废绝二千年,于兹又孰从而极其变也?《说文》所载重文,后人或有增加,真伪参半。郭忠恕《汉简》六篇所辑，皆汉魏六朝唐人手笔，点画失真，诠释寡当，夏竦《四声韵》尤讹谬，于二书中求所为商周遗迹，未有也，有亦未审信也。《说文》言郡国亦往往于山川得鼎彝，其铭即前代之古文，皆自相似，知许君记字，参稽金刻为多。自宋以来，三代法物日出而不穷，其文字矞皇醇茂，倜傥离奇，《说文》不尽有，以形声求之，都可识也。古时字少，以假借通之，不胜用也。今集泉、刀、布、币、钟、鼎、盘、匜、戈、戟等铭，皆手拓本，有不足，则取诸《考古图》、《博古图》、《啸堂集古录》、薛氏《钟鼎款识法帖》、阮氏《积古斋编录》，及坛山、石鼓等石刻，而以秦篆终焉。不收汉篆，惟魏三体石经之古文，或原出竹简，亦附采入。辄依《说文》部居，始一终亥，以类相从，消说其文，详解其字，抉索幽渺，剖析疑似，函盖万有，闿豁众蔽。语许君所未尽语，通经典所不易通，庶几羽翼《说文》，俾后之君子知形声、假借之方焉。"

又曰："《说文》皆本字，经典多假借，且以隶写古籀，而古籀相沿，又多疑文惑体，轶出《说文》外十常二三。然以形声求之，《说文》无不有，非遗漏也。即所假借，亦不离本字远也。唯不知形声，故不知假借。形声者，据形为谊，依声为读，左形右声，右形左声，上形下声，下形上声，随势移易，正向反背，唯变所适。或声兼谊，或但取其声，或省或不省，或取同类为形，或取声近为声，往往一字而十数异体。《说文》仅取其一，一可包十数也。假借者，或取形近，或取声近，或取偏旁半字，望文改读，声随谊转。《说文》列字十数，十数可贯于一也。故会而通之，然后能治经，然后能极古籀之变，而见《说文》之所择者精、所赅者广也。"①

又有《后序》曰："此十五篇，卌部，千五百六十九文，重二千一百

---

① 以上两段文字摘自严可均《说文翼叙》，有删节。（详参《严可均集》，浙江古籍出版2013年版，第162—165页。）下文所引严可均文字，多数均见于《严可均集》，不再一一出注。

六十一,解说凡二百八十九字。[1] 其匽辑者,皆金石文。尚稽殷周,下逮嬴秦,古、大、小篆,错落具陈,形经声纬,类聚群分。识周心小,醇不掩疵,后有作者,余则蒿矢。”《长编》与《说文翼》皆未刻,近人辑《说文古籀补》,惜未知此。

《漫稿》载:金陵倪秀才灏,字小迂,得古兵器,似戈而重大倍之,无胡,有穿孔,下上通,所以入柄。穿外有文曰,转面曰,皆象形“目”字。余沉思之,晓然曰:“两目合文为瞿,此《顾命》下篇所云‘一人冕执瞿’者也。朋即瞿之假借,《正义》引《郑注》云:‘盖即今之三锋矛。’盖者疑词,非由目验。瞿,戈属,非矛属。戈,平头戟也;戟,有枝兵也。瞿,平头,而《孔传》以为戟属,亦非也。”

严铁桥生平见于《漫稿》者。乌程严可均,字景文。其《与姚秋农书》自注癸未水灾。云:“去年九月,选授严州建德县教谕,卧病支离,至今年四月到任。上天降灾,从四月三日雨,至七月不止,我湖州竟为江浙九灾郡之最大。可均只身任所,拥书万卷,独坐穷山,谓送老矣。人苦老不死,而日闻故乡之枕毙于洪涛骇浪之中,此心亦何以自处也。”

《答汤雨生书》云:“官舍在山麓,水不到,而偏僻无楼,多鼠窃。前任皆不居,可均令老妾挈义儿辈居之。而自僦民廛,与老仆寄居。其址亦高,前后楼下水深一二尺至五六尺不等。图书万卷,搬抢上楼,幸免遭厄。而城内外各街坊,水深一二三丈,通郡田庐、人畜、谷麦、坟墓,漂失无算。身非地方官,休戚同之,谁能遣此?为诗有云:‘地接天都非禹迹,人栖鸟穴是尧年。’‘试院支鸱神雀瓦,城头拔橛义乌船。’皆道其实。枕上为诗报谢云:‘将军礼数宽依旧,菩萨轮回劫簇新。赖得二三贤大府,此间实有再生人。’”

《上提学陈硕士同年书》:“可均与古为徒,不干公事,而县学文庙

[1] 严可均原文为“此十四篇,五百卌部……解说凡五万三百八十九字。”(详参《严可均集》,浙江古籍出版2013年版,第165页。)

将倾，分难卸责。三四月间，既购买砖石、大小木材十之七八，奈兴工需费不赀。”

《答徐星伯书》曰：“夫立德、立功难，立言亦大不易。载籍极博，千仅一存，补阙拾遗，毋（裨）［俾］失坠，匪异人任，愿与足下共勉之。可均四十馀年来所撰辑再等身，大率皆千数百年前古人之心血寄存者，搜拾丛残而联比之、整齐之，为《四录堂类集》千二百馀卷。除已刻、借刻外，欲缮写清本，留覆酱瓿，而去日苦多、来日苦少，言之索索气尽。二十年前校辑经佚注、佚子书等数十种，就中郑注《孝经》最完善，曾叙其源委。今夏将刻板，复写为《后叙》，欲削繁就简而未能，足见心力已衰。后此两年，太岁在甲，月建在辰，其大限乎？术家之说，或验或不验，许印林以语足下，乃云限在明年，殆非也。十一月望，可均为缮写清本地，引疾去官，承索鄙著书目，附呈如左，时甲午岁腊月八日也。”按《与姚书》言癸未水灾为道光三年，此书甲午，则道光十四年，铁桥在建德盖十馀年。后列《四录堂类集总目》七十三种，二百五十一卷。已刻者：《辑郑氏注孝经》一卷，《唐石经校文》十卷，《说文声类》二卷，《说文校议》三十卷，《孔子集语》十七卷，《抱朴子内外篇》校勘记各一卷，又《内外篇》佚文各一卷，《校慎子》一卷，《铁桥金石跋》四卷，《铁桥漫稿》八卷。馀多未刊。

又《答庾仲卿书》曰：“仆于天文地理、名物象数、圣贤道法、古今治乱兴衰，虽略究心，顾第望见樊篱，未穷奥窔。然私窃自幸，假令弱冠后早登巍科，入翰苑、跻卿贰，度未必有勋业照人，不过朝华暮落耳。幸长卑贱，敝衣疏食，拥万卷书，居八品官，著述再等身，虚名溢海内，优游太平之世七十七年，以视往古通人挚虞、刘炫饿死填沟壑者，福命过之。因董仲舒、司马迁有《士不遇赋》，未免褊心，仆诚不遇，差堪自慰也。”

欲为铁桥作事状传略者，取《新修湖州府志·人物传》与此数文可以状其生平矣。未刻者：《京氏易》八卷（王保训辑，可均校补），《韩诗》二十一卷（可均辑，附《鲁诗》《齐诗》《汉人诗说》），《仪礼古今文异同说》一卷，《三礼图》一卷(孙星衍同辑),《谥法》三卷(孙同辑),辑郭璞《尔雅图赞》一卷,辑《尔雅一切注音》十卷,《说文长编》七十卷,《说文翼》十五卷,《段氏说文订订》一卷,周处《风土记》一卷,校郭璞《山海经图赞》二卷,《毛氏四书改错改》四卷,嵇康《圣贤高士传》一卷,辑沈充《吴兴山墟名》一卷,辑山谦之《吴兴记》一卷,辑沈怀远《南越志》二卷,范成大《桂海虞衡志》佚文一卷,辑《王孙子》一卷,辑《陆贾新语》二卷,辑桓谭《新论》三卷,辑魏文帝《典论》一卷,辑杜恕《体论》《笃论》各一卷,辑陆景《典语》一卷,辑袁准《正论》《正书》各一卷,辑《鬻子》、辑钟会等注《老子》各一卷,《老子唐本考异》一卷,辑《符子》《苏子》《商子》《申子》各一卷,辑崔实《正论》二卷,辑桓范《世要论》,校刘廙《政论》一卷,辑《阙子》一卷,辑仲长统《昌言》二卷,辑蒋济《万机论》四卷,辑《傅子》四卷,《马总意林校勘记》一卷,校《北堂书钞》五十五卷,校《初学记》三十卷,校《惠松崖笔记》《九曜斋笔记》各三卷,辑崔实《四民月令》一卷,辑《黄帝占》三卷,辑欧阳棐《集古录目》十卷,《古今钱图》三十卷,《钱龙手鉴》二卷,《访碑续录》一卷,《平津馆金石萃编》二十四卷《续编》四卷《再续》二卷《三续》一卷,《全上古三代秦汉三国六朝文》七百四十六卷,校编《司马长卿集》二卷,校编《杨子云集》四卷,校编《蔡中郎集》十四卷、《录》一卷,编《海珊外集》八卷,校《鸢坡先生集》三卷,编《孙渊如外集》五卷。《铁桥诗稿》十四卷,《文稿》十六卷;《全上古三代等文》,湖州新刻其目;《铁桥漫稿》,光绪乙酉长洲蒋氏重刻。

《铁桥漫稿》云:《惜抱轩书录》曩年所未睹者,前有俞理初、李申耆叙文。理初、申耆皆旧好,申耆好学深思,不亚张皋闻。理初于书无所不览,尝在孙源翁德州司漕署为《古天文说》二十卷,彭文勤《新五代史补注》亦理初草创。

《铁桥漫稿·对孙氏问》:孙问曰:"仓颉造字,先有文而后有字,象形、指事为文,会意、谐声为字,转注、假借,文、字兼之。谐声即象声,亦曰形声,居《说文》十之七八。有形兼事又兼声,有省声、转声。社从土声,杏从可省声之属,皆转声也。吾子为《说文校议》三千四百四十条,又为《说文声类》一书,引证最备,而独于文字区别、声转多方无所发明,何也?"对曰:"不然,依类象形谓之文,形声相益谓之字。文者,象物之本,字者,孳乳而生。惟象形为文,其会意、谐声、转注、假借,皆字也。指事,上下是也,上从一,(一)[丶]其上;下从一,(一)

[丶]其下。从一为据形,(形)[丶]其上下为相益。其字也,而属之文,显与《说文》背违。凡字,必两合或三合而成,即君所谓文、字兼也。指事、会意、谐声皆然,而专属之转注、假借,亦与《说文》背违。社祭土,小徐从土声,即君所谓形兼事又兼声也。举世读社近土,惟毗陵人读若柴,上声,君为乡音所误耳,不必转也。杏从可省声,可非声,转亦不近。亡友张皋闻疑从向省声,可即向之烂文。不佞答张云:'六书大例,省不省止是一字。吾子武进人,《说文》进从藺省声,汗简有遖,或当有不省之邁[1],许氏不漫言也。杏从向省,得之矣。或当有不省之啇,惜未见之。'鄙著《说类》上篇《歌类第四》云:'可,疑是向之烂文。'仍张说也。君好古而不治古音,无以知之。至于《校议》,专正大徐之误,象形、指事不误,何俟发明?"孙氏默然久之,曰:"余昔以社从土为转声,及《说文》九千三百五十三字即《史籀》大篆九千字,此说不确。近为仿宋本《说文》序,仍用此说,散布四方,无从追改。凡脱稿径付梓者,后必悔之,愿与吾子交相警也。"

《漫稿·严先生钓台诗序》:范书载耕于富春山,后人名其钓处为严陵濑,则唐以来所称钓台者是也。章怀注引顾野王《舆地志》:"七里濑在东阳江,下与严陵濑相接,有严山。桐庐县南有严子陵渔钓处,今山边有石,上平,可坐十人,临水,名为严陵钓坛。"《文选》谢灵运《七里濑诗》注引《甘字误州记》:"桐庐县有七里濑,濑下数里,至严陵濑。"按,《志》言相接,《记》言数里,知七里濑在今垒柏附近,后世称谓改移。从乌石入隘,行七十馀里,下漏江,总名七里濑矣。建德寿昌界,《水经注》有十二濑,入桐庐界,又十六濑,七里濑第一,故注云第二是严陵濑。濑带山,山下有石室,严子陵所居,故山及濑皆即人姓名之。山下有磐石,周回十数丈,交枕潭际,盖陵所游也。如注所

---

① 据严可均《铁桥漫稿》卷四《对孙氏问》,此字写作"遖"。(详见《铁桥漫稿》光绪十一年长洲蒋氏刻木,卷四第七页。)

云,则《志》之钓坛是临潭一石,可坐而钓者。江底高濑,渐渐平[①],石室及磐石埋没沙土下。后世向慕高风,惜钓坛无故迹,遂指山半双峰耸峙百仞者谓之钓台,盖又千二百年矣。钓台东百许步为严先生祠,祠东有严姓四家,即先生后裔守祠者也。《唐文粹》有补阙梁肃撰碑及罗隐刻石,皆不存,范仲淹记亦非原石。然而濑可平,祠可迁,碑可泐,钓台因山为体,与天地无终极矣。

九月廿八日(10月22日) 江浙水灾,余于九月十七、十九两日记之矣,十九夜即大雨,二十、二十一、二十二日常熟又连雨三日。上海则廿一夜有月,廿二晴。重九日,苏州雨,常熟不雨,扬州爽晴,数百里中,晴雨各判。曩谓梅夏有之耳,不意深秋亦如是。常熟廿三四不雨,廿五出日,廿六爽晴而躁,人欲御袷,识者知必有大雨。入夜,雷电以风,檐溜铮鸣,雨时行时止,有一时许。廿七,东北风甚凉,闻起西风,有放晴意,东风又倏遏之,雨仍闻之,计望后之雨迥不似望前之甚也。然河水有长无落,《新闻报》云十七夜扬州河水大涨,黄色,非长江涨发水无去路之证乎?常、昭之田,向惟东南乡畏水,东而偏北之梅里塘、西门外沼河一带,皆所谓水旱无虞,田价每亩廿四五千者,今皆为水浸低区可知。然天不放晴,虽高田早禾,不能刈稻。九月发水,乡农云,虽六十馀岁人,未之见也。

无锡余莲村茂才治,毕生矻矻,以人心风俗为忧,恒以化愚顽为己任。尝谓今之戏剧犹古之乐歌,而乃诲盗诲淫,与淫书小说为教化两大敌。尝作《庶几堂今乐府》,取世俗戏曲删改点缀,诱以迁善改过,选优伶别领一班,其词虽粗,其意则精。余尝拟请封疆大吏派员同莲村设令乐公所,取通省戏曲改削刊行,不经改削者严禁演唱。以无故事,不果行。莲村殁后,庶几堂新戏无演之者矣。今阅《茶香室三钞》,载乾隆间奉旨于扬州设局修改曲剧,其时总校黄文旸著《曲

---

① 《严可均集》作"江底渐高,濑渐平",疑抄者之误。(孙宝点校《严可均集》,浙江古籍出版社2013年版,第31页。)

海》二十卷，则当时明旨必载《曲海》之首，安得有心人援此例以修庶几堂之坠？

光绪十五年十月

十月初四日（1889年10月27日） 九月廿七日，风。廿八，雨一日。廿九，雨一日夜。十月初一二，晴。初三，申酉之间雨，夜雨。初四，昼夜雨。自是，凡常熟南乡称极腴之产、北乡耿泾塘之向不患水者，皆为水浸。西门外两岸之田，皆浸水一二尺矣，与道光九年之水相去无几。

十月初五日（10月28日） 十月初五日，晴，西风渐劲。自是，连日皆晴。初九日未、申之间，空中忽见丝絮飘舞，白而有质，众不知其何物。予疑阴湿之气不复能作雨，为西风所凝，致有此异。晚检《一斑录》，东乡张墅人郑光祖所著。道光十一年七八月大雨，九月廿一日未、申刻，常昭城晴日中，游丝从空四堕，飘飘如帜，以纸包之，少时启视，已粘气湿。

昭文郑光祖《一斑录》载，嘉庆九年五月大雨水涨，低田皆筑圩岸。六月初，晴霁。十三夜，风雨又大作，圩岸尽决，民居水中五十馀日。道光三年之水，较前更高一尺，自五月至七月皆雨。低区人居水中一百馀日，城内低处亦水，东高乡如张墅等处皆水。是岁米价贵（只）[至]四千二三百文。林文忠公时以苏臬兼藩司，力主荒政。江西、湖广丰收，米过浒关，不纳税、不停留，自八月至十月底，外来之米过关已六十二万，为民间办灾至八九万分，银、米一概蠲缓，民得更生。道光二十八年，江淮骤涨，江北各州县与江南沙洲皆被水，雨湖亦水。道光二十九年，自四月下旬大雨，闰四月、五月至六月初始晴，较道光三年之水更高八寸。西城内九万圩水深数尺，米一石价五千，麱麦四千，小麦三千，稻草五百。十二月，米价至六千，民相率以豆饼黄豆打去油而成饼、御麦子玉蜀黍、豇豆、赤豆、绿豆、番瓜充饥。高粱不能舂白，性涩，为粮下品，若米糠、豆渣、麦麸，则不堪矣。浙省之杭、嘉、湖,灾与苏同。

十月十一日(11月3日) 低田被水有"打竹签"之说,以竹架稻,初疑稻卧水中,扶之使直也。十月十一日西郊展墓,见田与水连,见水不见岸,稻出水,高者才尺许,低者不及尺。男、妇皆赤脚在田割水稻,塘以北近山有高处可晾,塘以南一片汪洋,率以三竹为架,亦有以树枝为之者,摸割水中之稻成把,取稻草略束之,晾于架上,以趁风日,使之渐燥。屋中与场上皆水,无地可晾,且堆积必霉烂,惟分置架上为宜。闻八人一日不能尽一亩,水没及股,亦良苦矣。

常熟之白茆港雍正四年分县后,境属昭文。自宋迄元明,言水利者莫不以白茆港为重。景祐、淳熙、至正、永乐、宏治、隆万,大役凡八举,而旋通旋塞。谓海口淤[①]沙横亘,非人力所能畅达,内水弱,不足以刷沙,《常熟县志》之言如此。自范文正守乡郡浚沦之后,明固屡浚,而予考本朝每遇淫潦,必治白茆。盖江南泽国,水必以海为归。吴江震泽迤下暨浙西之水,向由吴淞、黄浦入海,而苏、常二府中如长洲、元和、昆山、无锡、金匮、江阴、太仓所受太湖之水,则自白茆入海。故康熙十九年大水,二十年大开白茆。巡抚慕公天颜役七县人夫九十九万馀工,用帑银四万馀两,邑人蒋伊为作《浚白茆记》。雍正四年水,五年治白茆。用帑银六万一千馀两,王柳南云,见邑志。乾隆三十四年水,三十五年治白茆。广以十二丈为率,而底半之。借帑以治,合常、昭、长、元、江、锡、金七邑征还。见邑人邵渊耀《道光中浚白茆记》。道光十三年水,十四年大浚白茆。用银八万馀两,就地劝捐,林文忠抚苏,力主其事。收工时,林文忠与江督陶文毅皆至。其详见《一斑录》杂述卷二。道光二十九年大水,是年十二月又治白茆。亦见《一斑录》卷八。邑人王柳南应奎作议,颇以浚之为有害,谓不宜大浚,但浚宽二丈至丈五,深四五尺至六尺,既浚之后,当筑坝海口,不言闸也。议言辛未,殆作于乾隆十六年,然三十五年仍大浚而折除旧坝,至道光十四年则开宽八丈,底四丈,深一丈二尺,

---

① 浮签:阴。

是久不徇柳南一隅之见矣。康熙二十年之工，其闸仅因旧增修。见慕公天颜疏。乾隆二十八年甫建新闸，两潮即坍，改作滚水坝。亦见《一斑录》。三十五年，挖去坝底乱石，砌两裹头。似即邑人吴卓信所说粮道，某公折去旧坝，不二年即淤也。道光十四年之工，建闸于海塘，内十丈。至咸丰二年，又折除之，另建新闸。《一斑录》所载如是，道光二十三年，邵渊耀记文则云，道光十四年建闸于坝之内，地相距仅二十馀丈。后七年秋涨，启坝泄水，水势湍悍，闸坏岸崩。壬寅春，徐市徐春泉移筑土坝旧基内，长十丈，面广三丈五尺，底倍之，自水底垒土，高出于岸，塍二尺。河之浚已十稔，而深通如故，后之讲求者苟保土坝弗坏，则永无壅塞之虞。及同治七年，丁中丞日昌发帑大治，承其事者又废旧闸，而移新闸于内港，曰南新闸，距海塘头远至七百二十一丈。闸外筑坝，距海塘亦六百八十六丈，不但闸为虚设，而闸坝之外视为欧脱，二十年来积沙成阜，长五里馀，至光绪十五年淫潦月馀，内水抬高五六尺。土人群思开坝泄潦，而阻沙不得出。予为移书昭文县请勘，赵惠甫病中以余书稿寄黄子寿方伯委员勘办，不知能兴大工否。大抵港身长而曲，最易积沙，内不可无滚水坝以拒浑潮，外不可无闸以时启闭，以荡涤积沙，毋任其淤断也。邑志久不修，当觅乾隆、嘉庆之志，以证余说。详说在后。

赵君坚实持赠《康熙御制文》二、三两集各五十卷。《二集》总目之后列康熙五十年十一月十四日奉旨开载编录诸臣衔名：大学士兼户部尚书张玉书，大学士兼礼部尚书张英，大学士兼吏部尚书陈廷敬，户部尚书王鸿绪，刑部尚书王士祯，礼部尚书高士奇，刑部右侍郎励杜讷。《三集》总目之后列奉旨开载编录诸臣衔名：大学士兼户部尚书张玉书、大学士兼吏部尚书陈廷敬、大学士兼礼部尚书王掞。而每卷之后皆有"巡抚山东臣蒋陈锡、翰林院编修臣蒋涟谨校刊"字样，簿面皆黄绫团龙，白绫面签，每叶六行，行十六字，精整非常，惜无《初集》。

十月十八日(11月10日)　余自四月引见，吏部给照到浙，限四十二日。偃卧虞山麓，今半年馀矣。十月十八日四点钟，自常熟登舟,风帆顺利。是晚泊吴塔。

十月十九日(11月11日) 次日巳正至阊门,入城拜客。在陆存斋济泰典中晤费屺怀庶常,知浙之灾,翁叔平、潘伯寅两尚书已达宸听。奉旨江浙两省各拨银十万两济放急赈,吴中当道徘徊,尚未闻详奏也。

十月二十日(11月12日) 二十日,函借统领太湖水师李镇军新燕炮船一只护行。午后解缆。是夕乘风泊吴江之八斥。

十月廿一日(11月13日) 二十一日,过嘉兴,泊双桥镇,沿途傍驿塘以视陇亩。常熟与长、元、吴之水小于江、震,江、震之水又小于秀水。水深者皆黄,禾没浪,青塚浮波,桑园亦多浸水中。至于驿塘以内高下情形若何,则未之稔也。

途中阅《邸抄》,伊犁将军色楞额奏:伊犁地方自精河、大河(沼)[沿]西来,向以果子沟为孔道,两山夹束,一径中通,险峻如关,林木茂密,岭洼涌泉多处,益以雪水,汇为沟流。广仁、绥定一带地亩资其灌溉,百馀年来获利匪浅,兵燹后建木桥二十六道。去年冬,雪极大,果子沟尝深至丈馀,内山外山壁削,俨若列屏。积雪一厚,辄自崩摧,长至百数十丈不等,多年老树,随雪涌倒。今年春,雪尤甚,继以连日大雨,雪融水涨,五月初六、十三等日破沟而出,桥梁尽毁,遂成巨壑,车马不通,徒步亦无可绕越。询诸父老,为旷世未有之险。又奏:六月十五日寅初,地震声自西北来,连震三次,为时甚久,目睹所住衙署暨附近房间均有推裂坍塌之状。各处文武禀报,绥定城、惠远新城、塔尔奇城、广仁城、瞻德城、拱宸城,及颓败之熙春、惠宁、宁远三城,无不摧烈塌坏,裂缝有宽至一丈五六尺者。九城俱震,为百馀年所未有,而瞻德、拱宸为尤重者,以其偏处西北也。衙署庙宇、兵民房屋,无不摧损。

十月廿二日(11月14日) 十月二十二,泊临平。

十月廿三日(11月15日) 二十三日,午至杭。自石门至杭,驿塘两岸皆高,多种桑,不复见水矣。二十三日抵杭,五弟适在寓,忆及去年聚首，又隔一年矣，日月真易迈也。

自抵杭后，谒中丞，拜司、道、府、县在任与候补各官。出门则拜客，返舍则会客，纷扰十馀日尚未定。

《新闻报》言，都门九月二十四日以前暖如暮春，夜忽雷电交作，次日大雨。二十六日侵晨似乎有雪，顷刻而止。至十月初十日，阴雨天暗，夜间即雪。至次日暮，积雪至六寸许，九衢冰冻，车马难行，山僻处雪高至丈许。小春之令，得雪如此，闻所未闻。

光绪十五年十一月

十一月十五日(1889年12月7日)　杭垣十月下旬甚暖，至十一月初三日忽转北风，更馀骤雪，高阜积雪如银。自此奇冷，初六、七大雨两昼一夜，檐溜之声如春夏。至十一月望，寒又渐解。

本年江浙同灾，而浙又重于江。七月间十一郡同时发蛟，伤人数千，馀可类推。九月至十月，淫霖四十日。自奉特旨颁帑发急赈，而灾事起，崧镇青中丞骏奏留禾人直隶候补道金苕人观察福曾驻省，会同司道劝捐筹振。余初至杭，即有湖绅公函致抚藩，谓余两次守湖，吏畏民怀，湖州赈务非余不可。苕人又谓禾中许某有书来，谓余守禾多善政，濒行尚开斜桥堰救旱，禾事必赖余；又同众推余，谓宁波劝捐非余不可。余皆谢不敏，而明州劝捐，余尤不愿。明亦同被水灾，以有海口，退水较速，然闻慈镇之山北一带灾伤颇重。连年直隶、河南等省劝赈捐，必首及明州，比岁以来，已连捐八次矣。今浙东、西同灾，明之灾民尚未霑泽，而遽欲取明人之赀以赈杭、嘉、湖，其辞不顺。乃请于中丞，往江苏劝浙人仕商于江者。

十一月十六日(12月8日)　奉札后，十六日，自杭解维过坝，出登云桥，夜泊。

十一月十七日(12月9日)　十七日，泊石门之双桥，距石门县三十里。

十一月十八日(12月10日)　十八日，泊桐乡之永新镇。

十一月十九日(12月11日) 十九日,泊嘉兴之王江泾。沿路低田仍一片汪洋,稻穗之浸水者渐褪出,作白色,农民亦不复尽刈之矣,遑言种麦耶!

泄太湖之水,古重吴淞江,自明辟黄浦而吴淞之流日微。其与吴淞、黄浦并重者,自昔推刘河、白茆。道光十四年,林文忠抚吴时浚刘河,自吴家坟港口起至白家厂,又自盐铁老坝基起至吴家坟港口,又老虎湾至红桥湾,及陶家嘴、钱家嘴等处,工长一万五百馀丈,面宽十丈馀至八丈馀不等,底宽三丈,平水浚深九尺。吴家坟等河势曲处取直,省工二千四百馀丈。又于闸外白家厂建滚水石坝一道,坝设涵洞五所,潮大时闭塞,不使浑水漫入,内河水涨,即开洞泄水入海,共工用银十三万馀两。白茆河自昭文县之支塘东胜桥起,至海口止,工长七千八百四十丈,面宽八丈,底宽四丈,深一丈,于海口缩入数段,《一斑录》云,于海塘内十丈建闸。建闸筑坝,原奏谓,遇内河水大,仍可由坝上泻出,亦滚水坝也。其详见于林文忠政书。虽原奏刘河、白茆之工有日,议者谓海口高于内地,潮来旋即淤河,又谓口门现有拦沙。而《验收刘河疏》内,固明言工竣之后,大雨倾盆,太湖附近诸山陡发蛟水,处处盛涨,飞饬将该坝涵洞全启,滔滔东注,两日之内,消水二尺有馀,秋风大潮,仍无倒灌。《验收白茆疏》内亦言,闸、坝并设,蓄、泄咸宜。本年七月,太湖发蛟,幸赖新河通畅,宣泄极灵,连岁被淹之处得免沈灾也。乃近日苏州新刊《续纂江苏水利全案》于《白茆土坝图》后,信雍正初昭文令劳必达之说,谓江水与岸平,高于支塘丈馀,此语本不明晰,亦不甚可解。竟谓白茆港非能泄内境之水以入于江者,似宋以来前人施工皆误,并至近如林文忠之奏亦似抹煞。然其后半又曰,大涝之年,江水低、湖水高,不妨决坝以济之,盖亦不能自坚其说矣。夫白茆之易淤,由于河身曲而长,口外有拦沙之故。劳必达之说,林文忠未必不知,疏中但曰,或谓外高内低,或谓口外有拦沙,而于江水高于支塘丈馀之卮言置而不引,盖不信之也。

同治十一年,水利工程局饬筑大坝,高至一丈七尺,全失滚水坝之意。同治七年，浚白茆，置闸。至十一年，臬司应宝时绾水利诣勘，闸门不闭。又因闸坏，委候补知府崔绳祖于正河筑大坝，并挑越河，又于越河北口，仿河工式筑钳口柴坝，形同草闸，留金门二丈筑土戗，声明后遇水旱，即启草闸金门放水，工省费轻。其已坏之闸，但有估工之禀，而无领款施工之文，盖置而未修也。是年六月坝成，十三年五月被乡民挖开，奉文堵塞。据昭文县赵秉镕详，比值阴雨连旬，内地田间积水俱从坝口泄泻，高下数尺，势如奔马，至十一月始堵合。光绪元年六月，又报乡民二三百人将大坝掘开二丈，口称低区被淹，开坝洩水。水利工程局批，本年入夏，雨水过多，低区农民皆欲启坝泄水，自是事理当然，但应禀官启放，不应擅挖耳。嗣据昭文县禀送大坝应筑不应筑各绅耆禀词，中丞批两司会同水利局议详。水利局于十月详复，执为开坝是口上贸易之人，并非农民，饬县于水涸时复筑，仍言大水、大旱之年，由地方官开放，田事既登，请款复筑，亦何尝谓白茆不能泄内境之水哉！此书名为《续纂水利全案》，意在续道光中陈芝楣中丞之《江南水利全书》，乃以同治十年设水利工程局以后之案牍为断。以致同治二年浚吴淞、五年浚刘河、七年浚白茆三大工，皆一字不载。惟附见同治中刘河、白茆之工，先给官帑，后由民间按得沾水利，各县随粮摊还。而道光二十九年前后施治之工，更不可考，惟于同治十年十月浚吴淞，自黄渡起至新闸止，工长九千二十三丈，用官帑银十一万八千二百馀两。昆、新、华、娄、川、南、青、上、太、镇、嘉、宝十二厅州县协贴钱十一万八千馀串。十一年四月工竟，可以考见耳。官帑不议摊还。

余在浙江官知府二十年，服满，吏部以未到浙时保有升阶，今应以道员赴原省候补，在浙虽谓之未转一官可也，其无优政可知。居忧后迁延五载，不得已而复出，甫出而嘉、湖绅民遂谓赈务非余不可，当道又谓宁波劝捐非余不可，一似余果有无负于民者，且不第绅民也。曩在宁波，奉讳刘仲良中丞秉璋奏留，必欲夺情，到省受吊时，属道府来私宅劝留，且遣杭州府吴春泉世荣来言，调渠首府时本欲以此席属余，盖唯恐余之不留也，卒以不从其夺情而不喜。前此谭文卿中丞钟麟升督陕甘,临行谓其乡人傅少卿太守曰:“能不用幕胥而自决庶事者,惟我与宗某,今之司道,谁能如宗某者?”别后贻予书,以宁波为任大责重。而杨石泉制军督漕运时,亦贻书谓谭公莅甘,石帅受代时,语以浙中惟宗某为非常,今其书皆尚在箧中。前日乡人高与卿司马英来语余曰,卫静澜中丞荣光抚吴时,与卿过谒,卫曰:“前年杭州首府出缺,我作书将贻浙抚,首府非宗某不可,继思刘毋疑宗之求我耶?宗夙自持,岂求人者!书遂未发。双小竹斌大令言,卫公到浙亦述于小竹。汝之居官,何不效宗某,即其辞夺情,亦俯视一时也。”与卿曰:“我无一端如宗某者,若效其自持,早不保此一官矣。”卫亦笑。杨、卫、谭、刘,皆一时君子,其赏誉不可谓不至,事后见重,当时则未尝无忤,此余之所以蹇也。

泰西电报,虽数万里,间日可达。数年以来,中国仿行,十八行省中惟湖南、山西尚未之设,馀则电杆遍立。岂惟中原,东三省亦有之,由奉天接至吉林,直达珲春,复由吉林展至黑龙江接界之区,纵横二千四百馀里,军情文报瞬息可通矣。光绪十六年,复由直至陕,设立商线。是年秋,设至陕西省城,八月,复由陕接设官线至甘肃州,十月工竣。

光绪十五年十二月

十二月十九日(1890年1月9日) 稻生水田,性不畏水,成熟后发水,虽三二尺,但不没穗,稻仍无恙,力且更足。惟无水之年,一人刈一亩而有馀,肉食供一餐。若水中刈稻,浅者亩需三四工,深者八九工,索三餐肉食,加以扶稻竹签,农佃耗费亩至二十外,其荒不在稻,而在工本。业主但知稻之无恙,而不念工本之多耗,仍欲收全租,不稍减折。于是常、昭之东南乡相率不完,苏属亦多类是,有因租召衅者。大吏先亦惑于水中有稻之说,锐意办漕,及见衅端渐起,至十二月十九日颁示苏属之漕尽停,惟征条银,令业主让租,不令免也。乡人见漕米已停,无水之高田亦中途抗租,而业主始苦矣。详识之,以谂后来。

二《南》为风诗之首，所以彰文王之德美也。然其诗第述文王闺门之化，言诸侯夫人、大夫妻之事，初不及文王之政教。即周、召之所以为治，亦未之及而，第反复咏叹乎闺门之内。浅观之似乎肤阔，然夏以妹喜败，商以妲己亡，周以褒姒而王纲坠，汉、唐以来，宫中有艳妻之煽立致覆败，即卿相之家门以内，有妇德者泽必绵远，否或及身而败，或骨未寒而家破，历历不爽，然则诗人之所见远矣。且二《南》为诗之时，正纣宠妲己之日，惩祸患而颂美德，更孰逾乎此者？安得不以齐家为修身之本也哉！

光绪十六年一月

正月十九日(1890 年 2 月 8 日)　《坚瓠集》载，袁可潜《踏实灾行》诗曰："有一老翁如病起，破衲烂毵瘦如鬼。晓来扶向官道旁，哀告行人乞钱米。余时奉檄离江城，邂逅一见怜其贫。倒囊赠与五斗米，试问何故为穷民？老翁答言听我语，我是东乡李福五。我家无本为经商，只种官田三十亩。延祐七年三月初，卖衣买得犁与锄。朝耕暮耘受辛苦，要还私债输官租。谁知六月至七月，雨水全无潮又竭。欲求一点半点水，却似农夫眼中血。滔滔黄浦如沟渠，农家争水如争珠。数车相接接不到，稻田一旦成沙涂。官司八月受灾状，我恐征粮吃官棒。相随邻里去告灾，十石官粮望全放。当年隔岸分吉凶，高田尽荒低田丰。县官不见高田旱，将谓亦与低田同。文书下乡如火速，逼我将田都首伏。只因嗔我不肯首，却把我田批作熟。太平九月开旱仓，立骨贫乏无可偿。男名阿孙女阿惜，逼我价卖赔官粮。阿孙卖与运粮户，即曰不知往何处。可怜阿惜犹未笄，卖向湖州山里去。我今年已七十奇，饥无口食寒无衣。东求西乞度残喘，无因早向黄泉归。旋言旋拭腮边泪，我忽惊惭汗沾背。老翁老翁无复言，我是今年检田吏。……"江浙间水旱之灾，尽有界分一河，此受旱而彼成熟，此伤潦而彼有收。地方官非亲身踏检，虚心察访，鲜有不为书役所高下者。此诗警切明白，为吏者遇俭岁当书座右。诗中言九月开仓，与今制迥异。三十亩之田，征官粮至十石，每亩科三斗馀矣。早年病黄浦如沟渠，则平时仰黄浦为巨浸可知。诗句无误，则苏松浮粮，似不始自明太祖，而黄歇浦亦未必因夏忠靖开之而始大也。

正月二十日(2月9日) 己丑(1889)一冬无雪，庚寅(1890)元宵日立春，咸盼春前得雪，犹禅南亩。乃至十八日，骤暖不可耐，晚起大风。十九日风尤厉。二十早飞雪花数点，二十晨起，屋瓦白矣，风止，雪旋融。傍晚复雪，积约半寸。此常熟情形也，他处不知如何。

楷书《佛说遗教经》，约二千数百言，末一行有"万历乙巳中秋日长洲章氏墨池堂摹勒"字，盖《墨池堂帖》中之一种也。余曩见一本，字较肥大，贾人称宋拓，不记为何本。佛于娑罗双树间将入涅槃时，为诸比邱说法，当净戒，制[①]。五根者，心为主，心之可畏，如毒蛇恶兽、怨贼大火，毋令越逸。昼则修习善法，无令失时；初夜、后夜亦勿有废；中夜诵经，当念无常之火烧诸世间，早求自度，毋睡眠。比邱常当惭耻，无得暂替，若离惭耻，则失诸功德。无愧者，与禽兽无异。能行忍者乃可名为有力大人，不[②]能忍受恶骂之毒，乃名入道智慧人。当知嗔心甚于猛火，常当防护，勿令得入，劫功德贼，无过嗔恚。比邱当自摩顶，以舍饰好，着坏色衣，执持应器，以乞自活。若起骄慢，当疾灭之，无谄曲、无多欲；当知足，求寂静、勤精进；当摄念、摄心，常省察实智慧，不戏论。其论"知足"云："知足之人，虽卧地上犹为安乐；不知足者，虽处天堂亦不称心。不知足者，虽富而贫；知足之人，虽贫而富。"此书传为王右军，《集古录》疑其伪，谓为唐人写经手所书，黄山谷以为小不及《乐毅论》，笔墨精稳，自可师法。楼攻媿以"世民"二字不空笔画，恐非唐人书。董广川曰，此书疏肥令密，密瘦令疏，自得

---

① 据《佛说遗教经》，"制"字后脱"五根"二字。此段文字为《佛说遗教经》之撮录，字句改动较多。

② 据文意，"不"字似为衍文。

古人书意。《佛戒经碑》乃唐建中三年比邱道秀书，与此经一体镌刻，永叔、鲁直不见碑阴，故所评如此，是唐石之阴有道秀书《佛戒经》，著年月也。予曩见之肥本，当即唐石。

光绪十六年三月

三月十二日(1890年4月30日)　自正月十九日吴中有雪后，二十四日复雪，而江北与安、皖、鄂、浙，是日无不有雪。二月多阴少晴，天气甚寒，重裘未解。至闰二月十八日后遽热，欲御夹衣，所谓灰鼠珠皮，皆若褫之矣。二十二三日，细雨顿寒，御棉至二十九。三月朔躁热，虽夹衣亦不能胜，初二日雨，初三日后复御棉，初四日晴，初五又暴热如蒸，初六日雷电大雨，初十复雨，十一、十二重棉且嫌薄矣。

昭文之白茆河，去年冬黄子寿方伯见余书，即委候补县钱维崧会县勘浚，于十一月十三日破土，二十三日开浚。南自旧坝内之支家湾起，北自旧坝外，越过海塘，将近老龙王庙止，工长二千六百十五丈，均面宽八丈，底宽三丈，平水后深五尺，二五收分，共浚土十二万四千八百馀方。每方工钱二百文，与道光十四年同。而老龙王庙上下逼近海口，不能筑坝，水中抢排，约深五尺，工长五百七十七丈者不与焉。工成另筑拦潮大坝于海塘内，距塘里许。同治十一年，旧坝距塘六百八十六丈，盖将四里，今移出三里矣。老龙王庙建自宋时，自闸坝内徙，另建新龙王庙，而老庙日圮，今亦修整。浚河之工，迄于十二月二十八日，自始事以至竣事，不满五十日，为自来未有之速，盖一冬无雨雪之阻也。共用钱二万六千串有奇。江苏巡抚刚中丞毅委苏州府知府魁太守元，于今年正月十五日到工验收，开拦水坝放水后，始于二月十六日筑拦潮大坝。

三月初四五日，浙中大风，自衢之常山至杭之富阳皆雨雹，大如石磴，小亦如卵，神庙、民居当之者糜碎，无寸椽之完。《新闻报》载九江、武昌，初五六等日皆大风，坏船无数，而闰月二十七日，粤之肇庆风雨甚厉，雨雹积至三四寸云。[①]

续修大清会典馆以原书有府图而无县图，亦不计里开方，谓督抚当讲《管子》察环辕之术，因宣力而作绘，视晋裴秀、明米思本详密过之。奏下，各行省别绘计里开方之图，县图方十里，府图方五十里，省图方百里。崧镇青中丞骏委予在采访局设浙江通省舆图局。采访局于同治三年复城后创设，以殉难绅民为之请恤，后移金衙庄之皋园，因设舆图局重新之。

按《东城杂记》：明金中丞学曾，字子鲁，号省吾。于东城土桥畔建别业，擅水木之胜，窈窕明靓，远隔市嚣。有望江楼，极高，风帆沙鸟在(拦)[栏]槛间。国初，严少司农沆，字子餐，号颢亭。[②] 筑皋园，即割金中丞别业之半。中有梧月楼、沧浪书屋、跨溪、小太湖、墨琴堂、绿雪轩、芙蓉城、怡云亭诸胜，修竹一林，平山一篑，蒹葭杨柳，罨岸被涯。引外沙河之流从水门穿堑入园，流经亭阁间，束而为涧，展而为沼，縠纹镜光，随风日波荡。复注篱外长沟，以达于东河。倚杖闲听，潺湲有声，可以见其胜概。园辗转易主，道光中属严朗亭河督□[③]于园之西建宅。同治中，当道以官钱买其宅与园，以宅为忠义祠，园中旧日亭阁多不能有，惟“沧浪书屋”匾吴梅村为颢亭书者，至今尚在。又梁山舟“竹波烟月之间”一额，亦为梁书之至美者。

辨志文会，余守明州时所创设，于鄞之月湖中建辨志精舍未成，以忧去。当时分六斋以课士，曰汉学，曰宋学，曰史学，曰天算，曰舆

---

① 眉批：同治三年，总理各国事务衙门奏请沿海沿边省分绘具开方地图，浙江惟黄蔚亭(炳垕)用天算法测成《馀姚县积里计方图》(每方十里)，广东南海县邹伯奇绘成《南海县境全图》，每方三里有奇。

② 原抄本中“字子餐，号颢亭”六字为正文大字，疑为抄写者之误，今改为小字夹注。

③ 据《清代职官年表》，道光年间严姓河督只有道光元年履任的东河总督严烺，字小农。此处为夹注小字，笔画较为模糊，但可以看出构字部件有“门”，与“烺”字迥异。疑此处记载有误。

地，曰词章。主讲汉学之黄元同以周、主讲天算之黄蔚亭炳垕、主讲舆地之冯梦香一梅三孝廉至今未易也。梦香以舆图之学发问，择有引证数卷示余。

鄞附生陈廷扬曰："《春秋元命包》有《神农地形图》，《太平御览》有《皇帝九州图》，《帝王世纪》有《舜益地图》《禹括帝象图》，至周则有《山川职方图》，其见于《周礼》者，如大司徒以及司书、司险、保章等掌地图之职特详。诚以图学所关甚巨，古人所以左图右史，以非图不足以知山川之险阻、关河之阨塞、郡国之沿革，而区区披览名胜，以供卧游，犹其后焉者也。"

鄞附贡王廷鼎曰："胡氏《禹贡锥指图》载晋司空裴秀以六体绘《禹贡图》十八篇奏之，藏诸秘府，今其序文尚在，惜其图不传。隋宇文恺曰：裴秀之图二寸方千里。六体者，一曰分率，所以辨广轮之度；二曰准望，所以正彼此之体；三曰道里，所以定所由之数；四曰高下，五曰方邪；六曰迂直，所以校夷险之异。胡氏又从而释其理、明其用。"

海宁附生许克勤曰："尝读西人书，有所谓《地理全志》者，始撰于咸丰癸丑，至光绪九年，西人麦家圈、慕维廉重纂行之，其言曰：'中华在亚细亚之东，纬线自赤道北二十度起，至四十一度止，经线北京偏东七度起，偏西十八度止。'盖即裴秀所谓'分率'；其绘图，大者以南北二极及赤道分经纬度，小者以高山为主，盖即秀所谓'准望'；其曰：'昔泰西地理之士至中国，以一百九十二里半为一度，后至者以二百五十里为一度。'西人有《直省舆地全图》十九幅。又曰：'中华长五千里，阔三千六百里，总计五百三十五万里。'即秀所谓'道里'；其曰：'中华北自长城起，至安庆止，冈峦隐见，原隰延袤，濒海之区，低淤卑下。'其志新疆则曰：'地气高燥，与天山相近。'其志东洋群岛则曰：'澎湖共三十六岛，地里下陷。'则秀所谓'高下''方邪''迂直'皆在其中矣。"按《周礼·大司马》疏有云："若据鸟飞直路，以鸟飞准绳言道里，本《管子》。则周之九服亦只五千，若随山川屈曲，则《禹贡》亦万里。"盖亦路有迂直之说也。

又本《校邠庐绘图议》曰:“绘千万里之大图难,绘百十里之小图则尤难,惟审乎偏东、偏西、经度、北极、高下、纬度,而后可以绘大图;且能辨乎罗经三百六十度方位,及弓步丈尺,而后可以绘小图。但绘小图之时,无显然之天度可据,全在辨方正位、量度丈尺,设有差忒,即不能钩心斗角。绘小图之法,李氏兆洛制定,向尺一十八枚,图绘颇准,犹嫌繁重。冯氏桂芬定一简易之法,任取本州县一城门,左旁立一石柱为主柱,即为起数之根。依此作子午、卯酉纵横线,以一里三百六十步为度,各立一柱,令四柱之内为一图。绘图则用约方二尺之纸,十步为一格,纵横为三十六格。则一里内,山水田庐,纤细可毕具。且其简法又有三,一曰人行计步,一曰车行计轮,一曰舟行计橹。三者之中,车行最的,舟行多差,然前二法可知陆路之短长,后一法而驭以算术,亦可知水道之曲折。又制定向尺,造反罗经,居子向午,视针头所指,即知所向为何向,此皆绘小图之要法也。”冯氏说详《校邠庐抗议》,刊于天津广仁堂,上海格致书院亦有售者。

胡聿华曰:“测绘形势重在山川,川流可平绘,而山独否,宜测其基址之大小、短长、曲直,绘诸地面,若仓堆之有底线法。”

鄞附生施仁统曰:“西人论地球之形体,必先明天空之经纬,经纬既止,而地球之广轮以定,即裴氏所谓‘分率’也;考地体之扁圆,必先定子午之中线,中线既准,而地体之彼此可推,即裴氏所谓‘准望’也;绘平面之圆图,必本弦线、切线,以测相距之度,犹裴氏必用道里以定所由之数也;至若规尖、圆锥、带纵、平立诸法,以正盈朒之体,犹裴氏‘高下’‘方邪’‘迂直’三法以校夷险之故也。裴氏有六体,西人亦有六仪。”又曰:“《周礼》司书之职曰‘邦中之版,土地之图’,《小宰》亦曰‘听闾里以版图’,此地图所由昉也。自唐元和中李吉甫撰《唐郡县志》,起京兆府,迄陇右道,凡四十七镇,有四十七图,冠于诸镇之首,自是,志郡县始先以图焉。至宋初,诏诸州贡地图,以闰为限,名闰年图。淳化四年诏,自今再闰一(道)[造],故乐史《太平寰宇记》、王存《元丰九域志》、欧阳忞《舆地广记》等书,皆先绘州郡各图于卷首,复于州郡之下列四至八到之里数。则郡县之有地图，至宋始盛。厥后，明洪武六年，亦命各行省每于闰年绘图以献。故李贤撰《一统志》，亦分绘各府、厅、州、县图，体例虽善，惜编次颇为疏舛。”

古书言方百里者，皆一纵一横各五十里；方千里者，皆一纵一横各五百里。《周礼·职方氏》言千里之国，封爵之数。方千里者，积方二千五百里，故曰为方百里者二十五耳。以方五百里则四公，方四百里则六(候)[侯]，方三百里则七伯，方二百里则二十五子，方百里则百男。以所封里数纵横各半计之，无不符者。惟六侯与七伯之国，计里画方，四侯、六伯之外，各有其二，截长补短，而地皆有馀。“地”似原书无，误字也。郑《注》不以纵横各半计里，而以积方计里，谓方千里为方百里者百，方三百之伯国应十一国有奇，谓原文“七”字有误，“十一”误“七”，亥豕之讹，不应如是。且以积方开方之法言，方则九服，共方四千五百里之疆域，骤倍于禹之五服，真成千古疑案。而《周书·立政》曰：“方行天下，陟禹之迹。”为不可信矣。此一节另见于此下之第□□，须参看。

《褚兰亭》卷前为朱子书“兰亭修禊”四大字，款题“晦翁”，后有宋高宗一敕曰：“朕闻知，会稽县向子固有褚遂良所临《兰亭叙》，后有李麟制图，又有米芾题识，卿可取进来，欲一阅之。(初)[十]四日。付孟庾。”黄纸蓝花边，“付孟庾”三字上压“御书之宝”，其上方有“天历之宝”，后帧成亲王跋曰：“此卷端朱子书是真迹，褚帖未能审定，李画、米跋皆伪，高宗敕真。集是卷首，盖因敕语而以三种实之，又附以文公题字也。余观《兰亭》，笔法甚深古，即未必河南墨宝，元以后似不能办，或宋人作耳。至卷中假托印章，固无足据，不须辨别也。乾隆丁未九月望后。”皇十一子又跋曰：“凡旧时流传卷册，真赝相半者颇多有，不须重装，但审定明白足矣。余尝收王叔明《听雨楼图》，元明人题跋，其间真者不过十之三四，以其系康熙间宋牧仲所装，观者遂不敢摘其伪迹，大率耳鉴附和者众也。然今时装潢好手不可得，古绢素糜朽，每经浆水，定有损伤，毋庸宁仍其旧也。嘉庆丙辰夏又识。”按,卷中所谓李画、米书已不见,盖因成邸审定而削除之。《兰亭》用笔虽古,而举止生疏,必非褚作,其书似唐宋人写经之笔,大抵韵度虽胜,未必是作家也。宋高宗一敕极佳,先为杭州金明斋所得,闻将归光山胡石查。

《图书集成·浙江疆域图》凡江海分界及陆路要隘,多有小地名。湖北刻《一统图》时,似亦以是书之图为底本,惟小地名较多耳。《乾隆府厅州县志》本之《一统志》,其《浙江全省图》仅有府州县之名,大山大溪,略有主名,无小地名。

光绪十六年五月

五月十九日(1890年7月5日)　礼部定例:凡八旗官员兵丁,及文职三品阵亡殉难者,皆入祀京师昭忠祠。又临阵捐躯守土授命之文武诸臣以及偏裨士卒,赤心报国、奋不顾身者,行查籍贯事迹,交翰林院立传入祀。各本籍府城昭忠祠,革职官员在军营效力阵亡、伤亡,随营民壮及弁兵探贼被害、奉差溺毙,乡勇自卫村堡力屈阵亡,水师追捕盗匪溺毙者,并立传入祠。咸丰三年奉旨:从优定拟,得文职三品官、八旗及驻防三品官员阵亡,除例应入祀京师昭忠祠外,再入祀阵亡地方府城昭忠祠;文职五品以下、武职四品以下,亦祀府城昭忠祠;文职四品、武职三品人员,再入祀京师昭忠祠,额外外委及贡监生童,有赠给职衔及照官员例议恤者,均一体入祀阵亡地方府城昭忠祠;未就职之举人、恩、拔、副、岁、优贡、廪生、文武生员从优者,皆得照外委例给云骑尉世职。袭次完时,给予恩骑尉,世袭罔替,不从优者不给恩骑尉。凡被旨议恤者,自一品官至九品官,祭葬银两按品有差,三品以下无祭文。予厕采访忠义局,见礼部文,录之。

光绪十六年四月十四日,吏部奏:肃清日久,采访过宽,铺张事迹,虚报官阶,不可不防其弊。凡死事在十年外者,不得再行奏请。

定例:阵亡人员文职四品以下、未入流以上,议给云骑尉。又阵亡人员袭次完时,给恩骑尉,世袭罔替。从优者再照官阶给赠衔,伤亡者给世职，不给恩骑尉，从优者给赠衔。有地方职守者，守城遇害以阵亡论。殉难及军营病故者，按官阶给予荫赐，惟虚衔顶戴人员，只予赠衔，无庸给荫。殉难人员从优议恤者，亦以阵亡论，惟不给恩骑尉。

例载：被贼戕害之妇女，每县给银三十两，于通衢大路总建一坊，无论大小妇女姓氏，全行镌刻其上，并于节孝祠内设法致祭。又咸丰四年，给事中袁甲三奏准：各属绅民杀贼遇害，各路统兵大臣、各该督抚查明，于州县申详到日即行建坊入祠，随时咨部存案。有合家男、妇同时殉难者，并准自行另建一坊，以示表异。妇女恐被玷辱，捐躯明志者，准祀节孝祠，以慰忠魂。

元道士朱思本有《舆地开方图》，今有目思本为明人者。吾乡汪梅村先生修《上江二县志》，论舆图亦曰“明末思本”。然阮文达《四库未收书目》载《贞一稿》，元朱思本撰，阎百诗《潜邱札记》亦谓思本元人，邵位西批《四库目录本》地理门，书眉之上记《广舆图》，亦著“元朱思本原本，明洪罗先续辑”。余按《贞一稿》原书至治三年欧阳应丙叙，有“壮而自画者，况四十、五十”之语，论思本之好学也。泰定四年吴全节叙曰：“《贞一稿》，思本四十后作。”又书中《舆地图自叙》言：“自登朝以后，博采群言，随地为图，及今二毛，讨论殆遍，盖平生之志，而十年之力。”则《贞一稿》成书时，思本似已五十外，至治、泰定去明祖勘定天下又十馀年，未必思本跻百岁尚为明人也。

坡公八月十七日榜诗“细雨作寒知有意，未教金菊出蒿蓬”，纪文达批云：“尔时新学盛行，去取必不如意，故有金菊、蓬蒿之感。”冯星实《苏诗合注》曰：“似寓讥讽。”余按公《和张安道读杜诗》收句亦有“殷勤理黄菊，未遣没蓬蒿”句，则金菊、蓬蒿必于论文取士故实有关会，乃各家注苏诗皆未详其引用之故，施注但引张仲蔚“所处蓬蒿没人”，恐非作者本意。

古书言方百里者，一纵一横各五十里，言方千里者，一纵一横各五百里。《周礼·职方氏》载：“邦国千里，封爵之数。”自是方千里之国，纵横各五百里。积方二千五百里，为方百里者二十五也。故曰：

以方百里则四公,方四百里则六(候)[侯],方三百里则七伯,方二百里则二十五子,方百里则百男。男国之方百里者,纵横各五十里,故古有五十里之国。《鲁论》曰:"方六七十里,如五六十里。"皆百里之封应纵横各五六十里,而地有奇零,故有赢耳。不然,周制至百里之男而止,乌得有五六十里之国哉。以所封里数纵横各半计之,无不合者。惟方三百里之伯,截长补短,应有十一国,故郑《注》谓"七"字为"十一"字之误,即以每边千里,从而画方亦应十一伯也。崔聘臣尝为予作图以明之。

郡守之职,在政平讼理。余作郡二十年,于词讼必亲问、亲批,问与批之肯綮,在细阅抄案,两造之是非、吏役之直枉,悉寓乎是。抄案愈详,机关愈露,予不肯一字放过,尝自笑如读注疏也。批导其郤窍,推勘以情理,从而开示论断之,往往余批一出,其案即结。故余虽好理民事,而从未行文遣差提人。但俟其来,以问与批了之,一造来可了,两造先后来更可了。其有抄案不完者,一以纸书属县令封送全卷,随到随阅随发,还不待文檄之周折延滞,此予之以意自为,初非有所仿效也。一日,阅汪龙庄先生《病榻梦痕录》,记桂林陈文恭公抚吴,事皆亲办。凡上控之案,皆不批查,先以朱单吊卷,或有未惬,则戒官而训幕,一时吏治果肃然。乃知余之所为,前贤固先我而行之。然文恭为督抚,所理者全省之事,非精力过人,乌能如是。源瀚所理者一郡耳,焉敢望文恭之项背!惟戒官训幕,实获我心。己丑入觐诗所谓"廿载方州倦沫胝"是也。料罪之狱,幕友无不改头换面,修改情节,犯人得从而翻供,牵累无底,余亦以片纸取县卷之法,尝出官吏之不意,得其真情,解其缠结,故属县之幕宾,恒惴惴焉。

《梦痕录》记其在平湖县幕时,乍浦巡检获徐姓等九人在家拜佛,其箧内有《无为教经》一帙。"无为"系邪教名,然经已蠹蚀零碎,后有"万历十七年"字,当堂开荤、焚其经,而案结。予守湖日,乌程县获教匪王德清供有《无为门龙经》在太湖滨人家。余于勘溇港之便,出人不意,命地保取到其经,则系《莲华经》第五十卷。首叶刊有"皇帝万万岁",画龙绕之,卷首题"叹世无为卷"五字,词旨浅近,劝人戒杀信佛耳。王德清亦令开荤而释之。《无为教经》似即此类。

偶检旧诗稿，《甲申守宁波日贺祁子禾学使由少宗伯擢总宪七律》云：“条教千言春共温，新闻丹诏长台垣。家声喜步江阴盛，公父文端公由尚书擢总□[①]，在江阴学署。风采遥同兴县尊。端拱正难枚卜选，澄清未觉海波浑。衡文岁岁惭贤使，每愿风尘许细论。”末句注云：“源瀚入官不以科举，于文字无所知，乃黄恕皆学使赠诗称为文章朋友。张霁亭侍郎试明州童，每以府批首为元，辄置第一，公今年又拔鄞童，批首戴鸿祺以第一名入学，许源瀚为知文。”最增惭惶。祁公今世正人，去年已下世，展之感怆，而戴鸿祺者，则游庠后旋捷乡闱矣。

光绪壬辰(1892)，秦石君在杭州书肆为予买得抄本《肇域志》二[②]本，有绩溪胡氏述礼堂藏书印，盖胡子继为缪武烈公校抄是书时所录存者也。书为德清许周生得之广南，缺北直隶与江西、四川两省。前有亭林自序曰：“此书自崇祯己卯起，先取《一统志》，后取各省府州县志，取《廿一史》参互书之，凡阅志书千馀部，本行不尽，则注之旁，旁又不尽，则别为一集，曰《备录》。年来糊口四方，未遑删订以成一家之书，叹精力之已衰，惧韦编之莫就，后之人有同志者，为续而传之，俾区区二千馀年之苦心不终泯没尔。”

阮文达跋云：“此《肇域志》稿，本未成之书，其志愿所规画者甚大，而《方舆纪要》实能成其志。此帙密行细字，无一笔率略，始叹古人学力过人，志趣远大，世之习科条而无学术，及守章句而无经世之具者，皆未足与于此也。”

胡征士虔跋云：“先生已卯秋闱放后，慨然负经世之志，作《郡国利病书》，凡古今治乱得失之原，民生疾苦乐利之故，厘然毕具。而是书则专记舆地，与《利病书》殊义，然所详者郡县沿革，山川阨塞，兵事成败，以及赋税户口之多寡，官职驿铺之省置，而名胜人物不与焉。

---

① 原抄本此处为空格，据文意当为“宪”字。

② 疑此处脱一“十”字。据后文许宗彦跋，该《肇域志》稿本“存者凡廿册”。

是当与《利病书》相辅以行，非《元和志》以下之仅为地志者可拟也。书之格式与自序所言正合，知此为手稿无疑，《备录》一集，当在此部内，而无从区择之。每本计四十馀页，页三十行，行五十馀字，小如蝇头，雅健无一笔率略，夹缝旁注之字尤精妙。”

姚春木椿跋云：“椿尝收得吴江吴兆宜所辑本朝《一统志案说》，为出亭林稿本。兆宜乡人顾我锜作序，谓徐尚书乾学奉敕著时多采用其说。今按《案说》虽间引用此《志》中语，然甚希略，语意又不类其书，盖不尽本亭林。吴氏题为亭林原本者，误也。或谓亭林经济之学不如经史，其说发自纪河间。经济诚不可以空言议，然天下容有能言而行之未尽善者，未有不能言而所行乃与古合。且谓经济不出于经史，则正昔人所谓歧而二之者也。胡君谓《备录》一集当在此部内。今按首册后所列自山水以下诸子目，疑即所谓《备录》者矣。”

许周生宗彦跋云：“乾隆五十八年得先生手书稿本于粤东李氏，盖李之先自吴门购归者。缺北直隶、江西、四川三省，存者凡廿册，或四十馀翻，或三十馀翻，无卷帙之分。每郡县记沿革形势，先后错见，盖流览诸书，随手札记之初稿也。后来或有所增损，别为定本与否，不可得知。所引书自史传、地志外，文集、说部亦百馀种。蝇头细字，无一误笔，深谨之气，溢于行间，使观者神为之敛。书虽未成，体例略具，大要主于谨严，不矜考据，不泛援引，所详者皆利弊得失之事。”

溧阳缪稚循星遹《钞肇域志记》云：“家大人监司浙西省，有曹葛民、胡次瑶，皆绩学好古士，为家大人请于驾部之文孙季仁。因简书手，始事于四月二十有四日，三阅月告竣，计得百三十馀万言。任校雠者馀姚周白山、绩溪胡子继之力为多。”《亭林遗书汇辑》，朱记荣云：“《肇域记》(误志为记)乾嘉时稿(有)[存]归安许氏。(误德清为归安)道光间归海宁蒋氏，咸丰间为朱久香阁学所有。同治初元，湘乡曾公总制两江，于金陵开书局，假原稿属书局抄副本，将用活字版摆印，未行。今原稿尚存朱氏，副本尚存书局。又合肥蒯氏、松江韩氏皆有抄本。”娄县张锡恭跋：“吾邑韩杨生农部家藏《肇域记》，抄自黄荛圃家，而荛圃疑非原本。”

北征日记

卷一

光绪十五年一月

正月廿五日(1889年2月24日) 巳正自常熟举荐巷出，西门登舟。天雨，行四十八里，泊新阳县境之巴城镇。

正月廿六日(2月25日) 天甫明，舟发，行廿馀里，过昆山。午后，曾君表部郎过舟畅谈，北风大作，雨打篷背声甚粗。余此行有儿子舜年侍行，以去年戊子科乡举功令，新举子定须二月十五日以前到京覆试也。女婿秦秋岳宝琨偕行，亦赴春官者。部郎虽亦计偕，以善医为合肥相国召诊疾，故相约早发。闻相国病中风已渐愈，而饮食减少，平日信西医，其子弟劝服华医之方，鲜有当意者，部郎曾为李氏子弟处方，有效也。部郎记问绝人，谈至曛黑方罢。是夕泊四港口。

正月廿七日(2月26日) 雨止，无日光，北风不已，舟中甚寒。酉正抵上海，舟泊珊记码头。上岸即盆汤巷。始知廿六日太古洋行得电信，大沽冰冻已解，各轮争开。洋行凡头帮之轮，首先入口者有花红银，招商局亦效之。故冰冻初开，各轮争先至津，今花红已减，而争习相仍，将来恐有流弊。招商局先期函定之海晏轮船，官舱称宽适者，已于廿六日开矣。君表先至抱芳阁书庄，约余往。是日，苏松太道龚仰蘧观察照瑗与招商局总办马眉叔建忠、沈子梅能虎二君在天后宫彩觞宴客，先期投柬抱芳阁，邀余与君表，辞之。遣人问马君应来何船，马君云："有海定，廿八日开。"连夜作书龚观察，将行李箱笼开数，请发免税单。而阁主人鲍叔衡廷爵邀君表饮于复兴居，牵率余与秦婿、舜儿同往。此虽酒馆，而高楼复室，列肆连椽。馆为金陵人所设，饮馔颇佳，上海繁盛,于此亦见一斑。饮毕回船,已子初矣。连夜作家书,报廿八日将长征。

正月廿八日(2月27日) 晴。抱芳阁为呼舆至,登岸拜客。先晤驻沪劝办苏皖赈捐之江苏候补道胡芸台观察,云方奉委查办镇江游民烧洋行一案。正月初六日,英领事署红头巡捕印度人殴人几毙,众积不平,遂烧毁领事署及洋行。南洋大臣先电北洋,请(泒)[派]一洋人来镇江会商查办。北洋回电,谓此事不过赔钱拿人而已,兹委胡君办此事。胡君已先期至镇江讲解,其洋行与领事衙门所值,有保险行之价可凭,唯洋人不先言赔,但屡以衙门中文卷被毁关系甚大为词。

旋至招商局晤马眉叔,云局船所装客、货,咸欲早到天津,闻太古之船已开,不容局船不开,即头帮之不泊烟台,亦非尽为争先之花红也。海晏开后已无花红可争,而仍不泊烟台,亦以所装尽是天津之货,无烟台货。始知商船以商货为重,不能不徇商人之意,故眉叔云不能尽由局中做主也。眉叔呼其友许澄之至,云海定今日不开,有新盛轮船,新装房间,船小而灵,可乘新盛。澄之出,未几回云,新盛即刻便开,仍宜海定,海定只留房舱三间。眉叔令澄之至船再腾一间。

余旋至电报局晤经莲珊元善,新关晤文案幕友邓既雨启贤、二洋泾桥裕通恒、报关行叶子晋。又入城,晤龚观察暨其帐房友人徐子静。未晤龚君之先,至求志书院,晤华亭老诸生朱莲生逢甲。莲生年已七十三,极博洽,上海求志书院、宁波辨志文会,每课辄考第一,六斋中惟算学不与课,此外无不操觚角胜也。以余主辨志文会前数年,投柬称弟子,为余作团扇,用白描法画山水人物,极精雅远澹之致,写钟鼎文、镌名印,靡不工。余曾复书曰:"君为吴中宿学,余何敢视君为弟子。当命吾儿舜年拜君为师耳。"去冬,莲生得舜儿行卷,具贺仪,余复书不敢当,谓当命舜儿面呈以当贽。至是,见莲生衣冠出,以曾保光禄寺署正衔,戴白石顶,而冠之梁欹于顶旁,具公服而未挂珠、不着靴,白须庞然,乱而不正,舆人颇诧笑之。趋余前曰:"急于见师,衣冠几不及。”余悯其贫，则曰：“向为书院中副监院，薪水月只六金，儿媳暨两孙赖我以养，不足供饘粥。门弟子之贵者，今两广总督张香涛制军、总理衙门庆郡王，皆曾授读，然某不敢干人，使我干之，人或拒之，我不堪矣。”余问其子，曰：“以某早岁客黔中，香涛制府之父官黔中府道时，莲生入其幕。失于读书，惟通外国语言文字，在制造局司事”。余曰：“能为舌人，今之所宝，此亦入仕之基也。”曰：“中国书未读通，何能做官？”又曰：“近年某得张制军之力，龚观察加薪水，山东登莱青道盛杏荪观察致干脩，不复忧饥矣。”

余曰：“何不罢书院之课，专心著述？”曰：“所作杂文字已有五百卷，有刻铅字者，劝付彼印行，可得价，不但不责某之值，且可畀以润笔。某虑其失我稿，谢之。若不应月课，某遂无所事，终年闭户，不与人接，舍此无可自遣。有二幼孙颇慧，间以所作语之，似能解，故惟以月课诱某之孙，他日手稿付之而已。某虽好为月课，然亦非概应之也。如今之称为某书院者，主讲虽盛自誉，某以非端人不课。虽应求志之课，主某斋者非老成人，亦始终未课此斋也。居沪之人好以议论惑当路，通州迤南之铁路将举，复罢，有作为慨惜之论以耸观听者，约某同作。某思庚申之事未远，天津至京最近，外人曰：‘有事但废其路，咫尺便不能用。’余恐此咫尺者，徒足害我之征调，无以收其效，岂足害能修铁路之外夷乎？某不欲附会其说也。”微叩以上海人物，多否少可，言及中外大局，尤多痛惜之辞。不意陋室老儒有此怀抱，归舟以语舜儿，命明日必往见之。

正月廿九日(2月28日)　晴。是行本拟过烟台，登岸晤盛杏荪与婿夔臣、女恒宜，恒女方半产。以舟不泊烟，只可俟之归途。杏荪欲续《皇朝经世文编》，倩汪子渊洵，原名学瀚。为之编辑，有目录两册寄余。所商者三事：一，征余文，子渊已于《闻过集》中录余《整顿绿营积弊》暨《湖州水利议》，见余《筹河论》三篇，谓亦应收入，而仍请益；一，欲予为搜近人经世之作；一，商订是编体例，以今日应增者洋务，“洋务”二字不经，欲立《通商》《海防》二门，而缀以《总论》《杂说》。

作书答之曰:“余文何足当经世之选,必不得已,有甲申秋在宁波《论法越事宜主战上李合肥》一书,又近年作《江苏减漕始末》,此二文是否可采录去,请裁定。来编中,《吏政》一门宜收林文忠《年终陈司道府考语夹片》,谓察吏必先自察,将各属大小政事逐一求尽于吾心,然后举以验属吏之尽心与否,斯贤否无不察,最为名言。《兵政》一门,近年《论减兵增饷》宜录。同治初年,左文襄奏绿营积弊,初创减兵增饷之议,后来之论奏,皆肇端于此,而此疏为最佳。《浙江奉行章程》最为详备,宜录同治五六年间,闽浙总督《奏定浙省兵制》一疏,兵部一一核准,未驳一语。《洋务军略》一门,宜录两广总督张香涛制军之洞光绪十一年会同钦差彭雪琴玉麐宫保《奏提督冯子材等奋勇驱杀法兵出镇南关克复越南谅山等城》一疏最有声色,为中国与泰西自来未有之血战,可以辟近年众口一词、相戒决不可战之惑。至于洋务,为近时之要略,势不能不添此门。“洋务”二字屡见章疏,将来史册亦不能废,无虑不经。正不必拘于通商、海军、衙门以配六曹,而立通商、海防名目。原编本有海防之名,属诸海洋之巡缉,转嫌无区别也。若夫上海葛士浚新续之编以付石印者,虽亦搜缉不少,然于洋务中多采条约与西人之论说,未可目为皇朝经世之文也。”

作书毕,仆人孙林来言:“海定船尚在江心,未泊岸上货,今日必不能开。”旋有督办淞沪厘捐总局吴广庵观察来,拜谢之,不可从渡船,登舟晤谈良久,余亦登渡船送之。洎邓既雨来谈,言浦江以潮水涨落不常,舟不傍岸,至为不便。惟上海金陵公所在珊记码头之西,相距约里许地,近新闸,为苏、虞来沪舟行必经之所,公所临河,舟可泊岸,无须唤渡云。

午后,舜儿自城中谒朱莲生归,述其言曰:“某少年读书,于《仪礼》未终卷,洎壮读史,于《辽》《金》《元》仅资披玩,未尝读。虽说经论史多自翻阅中来,余不可谓之读书人,只可谓之查书人耳。”又曰:“子知予之何以得光禄寺署正衔乎?乃打战来也。”问:“先生何自而能战?”曰:“卅许时,佐幕黔中,居停张公方守镇远,苗卒一二万人围城。

居停手二百金畀某，曰：‘吾城亡与亡，分也，君无官守，持此早去’。某以谊应共患难，不可。一日游街市，见众偶语苗据城外山上，方掳淫妇女，众切齿，某曰：‘何不纠众出城攻之？’曰：‘无为首领者。’曰：‘某为首可乎？’众欣然。乃请之张公，出府库兵，共得少年子弟九十人，持抬炮兵仗，鼓锐欲出。以城门不可开，缒而下，以恐奸细混迹，各以某之名章印其臂。时方大雾，或谓兵家所忌，某以为此用少者之所宜也。分两路直抵其寨，以抬炮轰之。苗酋于雾气迷漫中，不知我兵多寡，猝然临之，遽惊遁。其党众方四处打粮归，见酋走，遂鸟兽散矣。城围既解，某以徼幸万一之举，无功可居，不欲居停白其事。无何，吴总督文镕侦知之，檄府曰：‘闻有幕客朱某率众攻苗，盍上其功？’居停曰：‘保教官乎？’某曰：‘江南方遍地是贼，得教官何处去做？且某方志在科第，亦不愿为广文官。’居停曰：‘或由请赏举人。’某曰：‘何可觊此旷典，惟乞以不敢仰邀议叙上陈耳。’后为黔臬某公主持，请保光禄寺署正衔。”谈次又语舜儿曰：“某终年不出户，偶对客辄无语，惧舛也。昨日老师来，某以师生无不可言者，遂不觉覼缕，非某之素也。”

是日，余未登岸，龚观察、裴浩亭大令大中邀饮，谢之。电报局经莲珊邀饮，亦谢之。晚膳后邀君表，并挈舜儿与秦婿，至丹桂园观剧，归舟则钟鸣十二点矣。

正月三十日(3月1日)　晴，连日北风，是日方转东南风，有暖意。昨日午后，海定船已泊岸上货，乃戒仆辈晨起收拾行李，用渡船泊至轮船。余于午膳后同秦婿、舜儿至老闸徐园湖州人徐棣山新构。一游。结构颇精好，陈设多竹器，小亭一孔雀正对穿衣大镜，又有妇女观之，雀虽不大，而尾上羽翎开屏正满也。游毕，至抱芳阁小坐，遇桐城萧敬夫茂才，数年前曾至宁波相见，云在制造局广方言馆，已历十数年矣。书锄汝刚与君表又陆续至，纵谈文字，颇乐。邓既雨亦来，与萧君皆言先开之海晏等船值北风，大沽口复冰，不得进口，驳、货船亦不得出，徘徊口外，必受风浪。余等不得乘海晏轮，未始非幸。

鲍叔衡先邀饮海天春馆,已辞之。晚饭后复邀至天仙园观剧,难于再辞,勉赴之。至子初,大雨,叔衡先行,约俟雇玻璃窗马车至,载余等赴海定。迟之未到,乃各乘东洋车行,比至而上衣多沾湿矣。登轮见搭客拥挤,下一层散舱不能容,上一层官舱房间之外,众人行路之所,纵横睡满,君表所住房间外,且有妇人当门而卧。缘招商局本局固售船票,客寓亦代售,搭客之多寡,局中固无查考,登轮之人数如云,而至船中司帐与买办亦无查考也。余乃与君表作书,以妇人当门诸状告之眉叔,计其后此有以整齐之。

忆此数日中屡过洋场,较余二十馀年前过此时,其繁华又增数倍。交衢广陌,大道高楼,车驰马骤之声,日夜不绝于耳,亦既啧啧称盛矣。然而诲淫之具,金字高悬,诱赌之方,美口杜撰。千商习于浮靡,什一之人,不足供其耗销;万人化于骄奢,廉耻之防,不觉尽归乌有。初方侈洋商之炫耀,以日化我华人,继乃致华众之耗亏,亦暗移于洋贾。夫亦谁知之,而谁揭之哉!

光绪十五年二月

二月初一日(1889年3月2日) 卯正开轮。迨余起,则船出吴淞口一时许矣。周视海定船,上下分三层,下一层储客、货,中一层为搭客之散舱。两腮亦有房间,居中为长架,以客一人卧者为一格,上下二格,如是者数十格。间间格格住满之外,无格之空地,无不有人坐卧焉。上一层构屋,共四段,近船首之前一段为洋人饮食之所,谓之大餐间,房旁有洋人住屋,第二段亦洋人卧室,屋皆华美。船虽招商局所置,而驾驶机括,海程水线,全恃洋人,以美室优薪崇奉之。有欲住大餐间者一主一仆,必倍其值,而仍不许仆相随。第三段为厨舱、厕房、帐房,第四段谓之官舱,左右为房间各十,每间宽约五尺,以二尺五为卧具,空其二尺五之地为储客之行李物件,卧具亦分上下二层,上层可坐起,不至触顶板,下层则非俯其背不能出入也。

余住第五间,舜儿第四,秦婿第六。有劝余卧下层,谓上层嫌震荡者，试之，殊不然，仍卧上层，虽觉其高，有边槛可攀，上下亦不甚难，下一层储用物，取携亦便。空处半间，余在沪，命孙林购一方茶几、一小椅，居之亦适。外虽人杂，闭门自静也。海定船价，每人规平[①]银十两八钱，人之上下、舱之上下皆不分。惟客寓代卖船票则反贱于局，局许客寓以九五扣，而客寓亦愿蠲其馀以招徕寓客，致搭客人数之多寡、敷住与否，局员皆不问。据船中茶房云，此次虽拥挤，约二百馀人，此船曾搭四百馀人。上层之上为船顶，瞭台之外无一椽，大风泱泱，八面空旷，凡附轮赴烟台者，辄令居此。傍晚登舵楼，远眺烟水苍茫，眼中无一物，惟海鸥时或掠波而没，时或迎风而翔，三三两两，喜近樯橹。是日所行洋面，水皆黄浊。

二月初(三)[二]日(3月3日)　晴。予卯初起，出视日出。船向直北行，东方太阳甫出水际，惜春初日光尚薄，又有云气罩之，不作异彩，视之亦不甚大。视海水则作淡绿色矣。余居西房，傍晚玻璃窗外视日落甚明，亦如日出之无异彩。然则海天落照，其亦有四时之不同耶？是日戌正后，入黑水洋西岸，远见灯光如船，张友堂大令敬熙在招商津局来往甚数，云此为北佘山灯火，总税务司所立，亦示行船日视浮篙、夜视灯光也。初一、初二两日皆东南风，船行甚利且稳。

二月初三日(3月4日)　晴。辰刻披衣起，则已过烟台成山。成山为登州府荣城县境，水不复黑矣。有作《黑水洋考》者，引《元史》书海运曰："经黑水洋至成山又曰黑水，从东北来，由成山前斜漫于苏门岛之西南，渐小渐没，最西者南北仅数十里，极东者南北盖四五里。"《通鉴辑览》："元海运从太仓之刘家港入海，至崇明之三沙放洋，向东行，入黑水大洋，取成山折而西，至登州沙门岛放大洋，至直沽不过旬日。"沙门岛当即苏门岛。出吴淞以后，船向正北，过烟台则折而西指，登船顶瞭台四望，西岸山左诸山迤逦隐秀。由西渐东，北有大小山五六，断续出于海中者，友堂云是铁山岛。

---

① 原抄本"平"字之右，旁批朱书"元"字。

予按之湖北刊《一统舆图》,登州蓬莱阁迤西有大小黑山岛、庙岛、长山岛,当即此也。晨间,有招商局之普济、怡和之新南陛等四轮已南返,知大沽冰冻已开矣。今日风稍劲,有浪,舜儿微吐,秦婿当饭而辍。余饭后凭窗看海鸟,日日随轮船之尾,轮船每一时可行九十里,此鸟不离舵楼,如往而复,故缓其羽,知其飞翔之捷,远胜飙轮矣。细审其状,雪尾赤爪,其羽阳黑而阴白,腹亦白,飞则尾爪皆敛,将下始露,状甚皎健,余有一律赋之。李小池刺史圭《入都日记》云:"自上海至天津共海程二千八百七十三里,照西人考定水程计之。行三十二时。"是一时可行九十里许也。是日逾亥正至子初,抵大沽口,计比小池所坐新南陛船迟半时。惟停轮处离大沽口门尚有二三十里,远视炮台,隐约可辨。轮舟至此,为拦江沙所阻,不可前矣。闻近十馀年始有此涨沙,前所无也。

二月初四日(3月5日) 晴。风平浪靖,海定船吃水一丈一尺,装载货物又深二尺许。是日用两大剥船将货物起剥一半,船出水二尺,至酉初,拖沙而过,始入口门大沽口之西岸。岸势伸出,东岸短缩,就势筑炮台三座,纯用三合土,坚固修整。东岸土堤,绵亘迤逦,两岸民居亦土室。河势每数里一大曲,七十二湾之说大抵不虚也。闻头帮船到时,冰块尚凝,至三十日始为普济船冲开,至是冰块尚满河,顺流而下。今日已惊蛰节,冰上凝雪尚皎洁,未消块之巨者长尚逾丈,南北地势真不同也。沽河水浅,节节转舵缓行。戌初,停轮待潮。据李小池所记,沽河至紫竹林共二百廿八里也。此行洋面风静浪稳,初三日浪高,仅时许即止,履三千里大洋如平地,群诧为未有。第四日即入口门,尤为顺利。本船帐房苏宝森,慈溪人,供给饭食,亦颇要好。是日君表和余海鸟诗,收句有"尚湖深处烟波好,期汝飞来钓渚旁"之句,予复有《用原韵答虚廓村农》之作。虚廓村农,君表别号也。当未入口时,与君表凭槛远眺,见极西水天杳处,帆樯如织,良久不移其处,或隐或现,中间似夹行人。逾时,云气中忽现楼橹,如见窗牖,岂即所谓海市耶?

二月初五日(3月6日)　晴。黎明启轮缓行。巳初抵紫竹林。昨日剥货之两大船泊马头起货，待其退出海定方泊岸。日已加午，向招商局借肩舆登岸。客栈栈伙登舟揽客，手持招纸，口呼某栈者，纷至沓来。余与君表定中和栈，箱笼什物，悉由栈伙经手，派人挑运。余乘舆至招商局，拜张友堂大令与黄花农观察。局中总办也，出门，未晤。电报与招商同局，遂发到津电报，至苏、达虞，以慰家人。十五字，连"苏州"二字共需洋二元四角。午后至栈，则君表暨秦婿、舜儿已先到矣。住屋二间，仆从一间。每人每日房、饭二百四十文。

饭毕，遣仆送信物至张幼樵处。幼樵自张家口释回后，去年十月，合肥相国爱其才，以其断弦，妻以爱女，方作赘婿于节署也。仆回幼樵待余往谈，遂呼舆往，至已上灯矣。幼樵为载之弟妻舅，年二十五入翰林，逾年大考升侍讲。遂连章言国事、劾大臣，声震朝野，一时号为清流之魁。署副都御史，入总理衙门，实事求是。不数月，法越事起，奉命会办福建海口军务，旋有马江之挫，朝廷仍命兼署船政大臣，而谤言纷起，遂戍军台，年满，奉恩旨释回。余虽屡与通书，而宦辙分驰，曾未面接，迟之又久，始于今日相见，倾谈逾刻归寓。天津轿夫甚昂，惟招商局有长养轿夫，每名用一天，连饭钱共赏四百文，比自雇稍平。

二月初六日(3月7日)　晴。辰初诣通商衙门，谒合肥傅相，坐官厅，逾刻延入。余初见傅相，尚在同治三年冬间，曾文正奉命督师剿捻，傅相署理江督之时。一见即语江宁藩司万篪轩方伯谓宗某非常人，当调其来随我办事。时余方佐万公江北粮台，万公靳之，而傅相自此识余。余官浙后，亦未通竿牍。光绪四年，浙江藩司任筱沅方伯举人才于傅相及余，遂蒙荐举。余官宁波府海口，恒有防务，喜论海防诸事，每上书，傅相未尝不优答。至是进谒，接问殷勤，无所不询，尤问浙江历任上司相待之状，谓余在浙何以不调首府，其真有偏好之意耶？余谓："天下大局赖有曾文正，曾文正赖有公，公不可无人。"傅相喟然曰："我无人，死便已而。"接谈甚久，时傅相方当病风之后，而神识湛然，疏远如余，一二十年中之事，问答娓娓，天秉诚过人哉！

辞出,复入晤幼樵,略谈而归。将访温味秋廉访,以乞病住津。以迁居未得其地。返寓知中和栈代为雇车,初七可开,晚间雇定双套车六辆。每辆六千文,较平日约贵五百文。其包饭钱,每人千文,则仍旧也。遂定明日起行。是日幼樵馈酒席,遂邀君表与余同寓新孝廉上元郑也侨与惠、侯健伯巽、扬州成述周守正晚间同饮。

二月初七日(3月8日) 辰初起大风,扬沙。俟装车齐,六车同发,已辰正后矣。一路风沙眯眼,车箱闭置,不敢启帘。车夫扬鞭遄行,并不午尖。车夫包饭,故图节省。六十里至杨村,已将未正。是日,公车之众发自天津者,计车数十辆,店中住满,烙饼、米饭均可餐。戊子解元桐城姚君永概来谈,乃姚石甫先生之嫡孙,惜抱与端恪之族孙也。余行箧中扁式茶壶,乃廿五年前北上引见时旧物,见此忆旧仆汪喜,口占二诗云:"方壶扁侧插车箱,十丈尘中阆苑浆。记汝殷勤揩睡眼,和烟和雨进茶汤。""当时渴吻饱黄埃,曾说长安不再来。岂意卅年尘梦在,壶边犹有复燃灰。"晚膳毕,天忽雨雪,殊不止。

二月初八日(3月8日) 卯正起,视屋瓦与车顶,积雪寸许。昨日车夫本有四更开车之说,今至黎明方起者,以此车夫包饭,无论四五更、黎明、清晨,皆无可餐。余以饿腹不可冒霜露,令店中煮稀饭,自给钱,正啜稀饭,而数十辆之车纷纷遄发,雪势愈大,劝谕不可止。盖皆为车夫所制,以公车方盛之时趱早到京,可趁后班生意,不第虑老程多餐也。余召各掌包,语之曰:"大雪趱程,人与骡俱苦,万一翻车,所伤更大。吾等俟雪势稍杀再行,今日亦不必赶百里,因此多费饭钱,予当加赏。"各车夫然其言。八点钟车发,行六十里,至河西务已三点钟后,盖雪行颇艰也。至是方餐,饥肠已雷鸣,因念同班早开一时辰未餐粒米者,不知如何饥困也。至晚,雪甫止。

二月初九日(3月10日) 雪止。四点钟时啜稀饭。开车行四十里,过码头镇,又行二十五里,至张家湾皆通州辖境,有通判驻此,张家湾有土城,已损。方午正。午尖后开车,将未正,行二十五里,至于家圩,仍属通州,土人云不数里即属京县。远处西山已烟岚在望矣。宿东升店，店屋数十间，院落极大，屋宇亦整，盖距京只廿五里，为冠盖往来之孔道，宜有此逆旅也。

二月初十日(3月11日)　晴。六点钟起，啜粥后七点钟开车。于家圩至京虽号廿五里，路甚近，九点钟后已抵广宁门。俗呼沙锅门。城门于外来之车，率以上务纳税恐之，刁难需索，惟会试车不然。然或谓一人只准一箱，且须索看咨文，其说不一。余六车中，衣箱虽只三只，竹箱、板箱颇多。隔宿，命仆每车备七十文一串，及抵是稍停片刻，以钱予之，立刻放行，既不看公文，亦不来车询问也。入城至广宁门大街，过蒜市口、猪市口、虎坊桥、骡马市大街、菜市，皆一直向东之路。至菜市稍向南，即烂面胡同，至莲花寺卸车。年前张安圃给谏为余租寺之东院屋五间，朝东三间，朝南二间，厨房一间，月租四金。自起火食，初至，锅灶未齐，寺伙杨姓为在饭馆买菜六椀，至两点钟方午餐。拟至内城武昌郡馆，访礼部主事邹嘉来紫东，寺伙云路有一二十里。而礼部李士瓒玉舟住草厂头条胡同，路甚近，余乃先以行装往拜李玉舟，未晤。以舜儿会试咨文作书，存于其家，托以取结、买卷诸事。顺拜安圃与褚百约、杨正甫两翰林，皆未遇。归寓上灯后，百约、安圃皆来谈许久。

二月十一日(3月12日)　晴。余以忌辰，未出门拜客。舜儿至邹紫东家，遇其弟，紫东乃隽之大令之子，于予家为世好。则紫东因前二日得余天津所发书，已为料理覆试事。新举子覆试不必凭咨文，取同乡官印结一纸，即给凭票，点名时，凭票给卷。紫东为倩新阳王笑山刑部出结，卷已买定，需买卷京钱十二千，出结官车饭钱四千。每京钱一千，约值制钱百馀文，其当十钱一枚，抵制钱二文。每市平银一两，与天津、江南之平相仿。现易京钱十四千四百文上下。是日早间，玉舟已来拜晤，午后作函，告以紫东已为办各事，玉舟旋将咨文送还转交紫东，以备正场之事。是日，徐花农太史来谈许久。

二月十二日(3月13日)　晴。八点钟后出门，拜张安圃、褚百约、同乡梅景韩，名荚，向官刑部主事，戊子科新中北榜。并晤李若农少詹。少詹与余为旧识,兹又为舜儿座师,少詹迎晤称快,倾谈颇久,谓张香涛制军在粤励精办事,少詹,粤人。吾粤毁多誉少,然毁之者,皆非有道理之人。又谓幼樵才识,制军亦推许,幼樵书生,不幸至闽,值何小宋诸事窳弛之后,故无可为。今日观香涛在粤,颇竖立矣,使当时处以闽事,亦岂必能救马江之败!凡成败未尝不系于际会也。少詹于何为同乡,于幼樵非素识,而论事论人如此。余返寓午饭后,少詹来答拜,又谈许久。于相地书极留心,谓惟峦头可凭理气方位,向亦寻讨,后乃知其不足恃。《天玉经》所谓东西一二,即指乾坤阴阳,未尝不合于三合之说,极诋蒋大洪为杜撰。少詹无书不览,虽阴阳术数之说,亦如数家珍,口若悬河,久谈无懈色。送少詹后,秦叔固与李□□来晤少刻。余出门至内城拜邹紫东不遇,归途出正阳门访黄慎之殿撰,谈数刻而归。

二月十三日(3月14日)　晴。巳正出门,拜王可庄殿撰仁堪,未遇,亦舜儿乡举座师也。拜同乡郑芝岩给谏嵩龄、端木子畴内阁埰,亦未值。惟晤徐花农,谈新进士殿试事,谓向来王大臣受卷画押后,其卷仍交礼部、内阁两衙门堂官。卷储内阁,故贡士与两衙门有相识者,仍可至内阁将未完处添足、舛误处刮改。后有人条奏,近年已交之卷不准出中左门,不似前矣。

又晤袁爽秋户部昶,方在总理衙门,颇谈时局。喟然谓汉人有士、农、工、商四业,惟满人只有为官、为兵两途,至今日而江河日下,祖宗时定策之臣计画亦少疏矣。去年郑州黄河决后,有职员孙庆祺等在海军衙门具呈,谓大患莫如黄河,大利莫如铁路,请修铁路,藉以治河,由南而北联贯数省。称有英商巴鲁温美查先行垫办,所获馀利,以四成报效海军,一成作公费,五成归商,如股票收完,十成统归海军,其言甚甘。爽秋作说帖驳之曰:“铁路自铁路,黄河自黄河,不可比而为一,虽三尺童子皆知之。所称浚[1],别置大小轮四艘,豫抚

① 原抄本此处有朱笔添字符,然未添字。

近买小火轮为转运之用，以河槽浅深不等，难以行驶而止。美国之米西悉必河，德国之威似图拉河、而乐贝河、耳爱恩河，法国之苏彝士河、巴尔玛河，或系清水，或系浊流，或系软泥质，或系硬沙质。河性不同，形势互异，其所作机器有挖泥之器，有吸沙之器，有铲泥之器，详见中外文牍。自系相地设施，奏效亦各不同，未必尽可用之中国黄河。且外国之河经流只一二千里，中国黄河原委万里，其湍悍亦当不同。近日山东挖牡砺嘴、铁板沙，参用法国机器船，几经博访详谘而后购买，成效尚不可必。且查光绪十年正月，出使美国大臣郑藻如函，称美国之美西斯比河向来随疏随淤、随堵随决，迄无办理善策，其治河官特来访询中国治黄河之成法。是洋商售机器者炫其利器之长，而彼国河官乃自形其治法之短。孙庆祺等乃盛称宜以西法治河，矛盾可笑。所称铁路由南而北，并未分析由何路起讫，将由通州、景州、齐河、长清、新泰、宿迁，以达于清江乎？则山路崎岖，或应轰药洞穿，或应凿石通道；将由良乡、保定、正定、顺德、彰卫、开封、陈颍、寿州，以达于皖鄂之交乎？裁湾取直，当首尾长四千里，以西洋铁路价计之，约费至千六百万金。计每铁路一里约需费四千金。而中间沁、卫、滱、漳、沛、睢、蔡河、沙河、颍、涡诸水交贯纵横，应如何穴地支柱、穿洞伏行？郑口决后，下游泛滥，如何施工，亦当筹及。其汶上、茌平之中路，地势太洼，万无从此施工之理。所称'此河此路，相为表里'云云，黄河自西而东，铁路自北而南，所谓'表里'者安在？呈内所称'遇有战争，折断二三尺钢条即寸步难行'，查洋人行军，辄携铁架桥及挖土机器，随处可以搭造，我能断之，彼不能续之乎？何言之轻易也！中国招商局、轮船局全取赀于官本，商股毫发不借贷于外人，然且招商局经营已久，弊未尽祛，电报局略分大北、大东公司之利，而恐难持久。近年廿七口通商，洋药百货，浸销浸广，每岁内地银钱漏出外洋数千万，丝茶两项不足抵十之二三，已觉上下焦然，物力艰窘。若再以南北铁路畅销洋货，且招徕洋商股分，受其挟制，恐本息难偿，路价永无收回之日。所以历年各国商人屡次上言，怂恿中国以铁路之利，总署尽置不理,知其以甘言谋我也。夫土耳其,大国也,以借英、德等国金钱一千九百馀兆,仿造火车、铁路,借款不能偿还,日就削弱,遂至奄奄一息。北省如建铁路,土货所出有限,徒使洋货日就畅销,吸取民财,内地必日见衰耗,养路之费无着。火车价昂,搭客稀少,养路修路及五年一折造,皆须巨费。赔垫不赀,转成疣赘,将来设与土耳其一辙,腾笑外人,何以处之?得此议而前呈始寝,其平日致力所得,亦可见一斑矣。余尝谓洋人每构一事,不惜穷物力尽,美备以成之,本重则利薄,故洋俗以银行息皆只一二厘,多则三厘。铁路、火车之利,亦只四厘,其国中不能谋利,故辇致百货,由大西洋而迄地中海数十国,壤地相接。英商等之货,以火车直达欧洲而外,而犹不能获利,始要其君相、苦其兵力,千方百计以通商于中国,中国既如其志矣,而日久亦无多利,遂又千方百计以觊觎中朝之属地。俄之觊伊犁,法之吞越南,英之并缅甸、窥西藏,其始谋皆发自商人。其无孔不入,贪念不止者,皆本重利轻,隐有以迫之,如蝇之趋臭、蚁之慕羶、蛾之扑火,势不能以自止。其祸中于中华,而其机皆肇自洋贾。黄楙材《游历记》中谓'不尽出其君相本意',岂诞言哉!中国为其所逼,炮台、船械不得不师其长技,森峙而御止之,若师其谋利,则恐适师其短耳。不观轮船、招商局乎?二十七船往来江海,人人愿乘之矣,其气势架太古、怡和而上之矣。然一二十年来,利何在乎?电报局亦只官中得消息飞捷之效耳。若贸易,须操奇赢奇,赢须众所未觉者,我独赴之。今某货之价偶起,顷刻间传遍,众樯云集,尚有何奇何赢之可操?故轮船通而华商日穷,电报通而华商愈以穷也。谓华人独拙?不观去年《英京日报》乎?英国购置电线,出本一千八百万元,每百元分息三元,近十五年内,计亏英金四十七万一千八百九十磅矣。谓西洋以机器富国获大利?无论泰西各国,无不国债如山,从未闻某国府库储若千万,姑进考其民间乎?日本报言,去年九月,伦敦国都穷民纠成大会。夫英岛全国仅当中国一行省之大,伦敦国都约当中华一郡耳,乃乞丐有九万一千人,通国无衣无食者凡一百万人,非机器之害,何以至是?

民尽富者乃如是乎？中国从前绝无机轮飚电，而经营之商，如盐商、木商，皆拥厚利，以本计息，何只二三分，拥赀率数百万。百货之商，亦无不拥数十万者，其事其具，皆质而不雕，不似洋商之本重利轻也。百姓足，君孰与不足？故乾隆六十年中，免赋蠲租之诏重累而下，而库储至七千馀万，试问今日泰西各国曾有此乎？人谓华商不如洋商之工于谋，余谓洋商乃以自害者害中国。一孔之流但见来华之西商起居、饮食华美，遂以为泰西无人不如此。譬之游于扬州、汉口经商中，而疑华之人民无不货财山积也。又但侈言伦敦、巴黎斯诸城，如何繁盛华侈，此则盖观上海洋场，何尝不俨然外国。然而淫巧耗财，侈肆废业，流而为丐者日滋，不穷困而投死者时有所闻，岂能如中国他处之质钝未改，尚能乐其有涯之生哉！故惑于西法当国之说者，皆未统前后名实，以观其究竟者也。而铁路之能否获利，可以思矣。”

二月十四日(3月15日)　晴。黄慎之、梅景韩、俞佑莱先后来晤。是日，舜儿当入内城就明日覆试。内城有江宁新会馆，可作小寓，乃六合徐孙麒观察捐金新置者，其地在城东偏曰大羊宜宾胡同，大门之内，一正两厢，屋颇宏敞。其左仍有馀屋，离贡院不足一里，予与秦婿送舜儿等至彼。于酉初登车，归至正阳门，来往之车塞途，不得前，逮出城已戌初，归寓已戌正矣。

二月十五日(3月16日)　晴。天渐回暖。视前此寒意稍杀，复视爽秋所示各稿，即以十三日所记论说，作书答之。晚饭后百约来，谈许久，谓南通州张季直謇孝廉辩论如云，迟日当邀聚会。

二月十六日(3月17日)　晴。初十到京后甚寒，须拥重裘，至十四五，寒始渐减。昨今两日，寒又较重，闻畿南、山东一带大雪一二尺，可异也。午前郑芝岩给谏来谈，午后出门拜王可庄殿撰，谈数刻，甚留心于时事。谒祁子禾总宪，并入内城拜翁韬甫检讨、许子原水部、顾渔溪户部，均不遇。出崇文门拜潘汉封兵部、俞佑莱吏部，亦不值。晚膳后，袁爽秋来谈时许，甚快。余询山东用机器船挖牡砺嘴情形，爽秋云不效。并闻津沽铁路前因力催赶办，曾借洋债百馀万两，始因海岸之绵亘,议设铁路以省兵,旋因铁路经费无出,议办津通之轨以养路。建言者谓,英法诸国与俄人商造铁路,以通商贾,俄恐利为人夺,决意不开。不知英法与俄壤地并不相接,其商货往来,南则由瑞士国铁路,经过奥国铁路,以入于俄;北则由德国铁路,经过已废之波兰国境内铁路,以入于俄。英法与俄,自有铁路可以相通,俄之铁路密如蛛网,四通八达,犹复逐渐推广,何尝有所畏而不敢开?欧罗巴、亚细亚两洲间之国,铁路较少者惟土耳其与波斯云。兹者津通之设铁路,盖因津沽已借之洋债约计无力归还,故欲津通路成,商情踊跃,入股者多,庶可渐清洋债也。

二月十七日(3月18日) 晴。巳刻,许子原水部佑身来谈。子原为曲园之婿,为舜儿内姑丈也。端木子畴与陈孝廉光宇来访,以方午饭又通发,未得延入。陈孝廉字御三,经沪时,由邓既雨处交有常熟家书,二月四日发也。徐花农太史于莲花寺西偏赁室三楹,扫除潢冶,幽静可喜。盆梅为寒所留,尚花香满室也。彼此过谈数刻。

二月十八日(3月19日) 晴。出门谒祁子禾总宪于下斜街四眼井老宅,云自文端相国买此宅,总宪于髫龄居此至今也。又晤张弼臣太史筠,严州建德人,余守严州时识之,浙江京官最多,惟严州一府仅弼臣、爽秋二人而已。拜常州汤泊温比部似瑄、赵仲固户部执诒、江宁潘汉峰兵部敦杰、似山户部敦仁、江阴陈梦陶户部名侃、聘臣太史名珍。是日晨晤吏部俞佑莱,晚晤文选司掌印沈笔香锡晋,皆谈引见事。

二月十九日(3月20日) 晴。午前陈梦陶来谈甚畅。袁爽秋昨日书来,以昨赠范处士的《重书育王寺常住田碑》,暨《逸老堂记》、米南宫《舞鹤赋》刻本,用范的题碑原韵见贻,叠韵答之曰:“文阵夙称雄,劳劳今在公。犹耽常住字,如到育王宫。金石交无上,华洋道贵中。愿陈徙薪意,无忘战旗红。”是日报舜儿覆试取一等廿三名。傍晚复晤佑莱。

二月二十日(3月21日) 晴。袁爽秋饷食品。是日,李若农少詹招饮于粤东新馆。午前过张安圃处,相约同往,至南横街粤馆,则广西巡抚高紫峰中丞崇基、戴青来编修兆春已在座。少顷，江西方伯方佑民汝翼暨蒯礼卿检讨光典、汪柳门少空鸣銮陆续至。少詹谈辩如云，客皆拱听，时少空方自粤东督学归，戴编修则去年典陕西乡试，蒯检讨去年典贵州乡试回也。饭毕，过南半截胡同，晤伯约，谈良久，归寓。晚膳后，梅景韩来谈。

二月二十一日(3 月 22 日)　晴。午初出门，访端木子畴，仍不遇。午正，至宣武门才盛馆，一名财神馆。应郑芝岩给谏之招。是日，钱子密太仆主己酉、庚午同年团拜。太仆己酉拔贡，其子庚午优贡。而给谏亦主戊午乡榜团拜，故于楼上藉戏宴客，座客为新简芜湖道成端甫章观察与扬州张畹九兵部兆兰、顾湘山大令怀仁，其徐乃秋侍御兆丰，则给谏之戚也。晚归，拜子畴，仍不遇。是夕，起大风，少顷止。

二月二十二日(3 月 23 日)　晴。晨起颇暖。至内城灵清宫谒许大司马，不遇。复至东单牌楼二条胡同，谒翁大司农，仍不遇。与韬甫检讨谈许久，检讨时方小病，以余至，倒屣相迎，检讨极喜谈时事，年少之有志者也。拜许子原工部，亦不遇。归寓午餐，已四点钟矣。饭后假寐片时，醒，忽起大风，甚寒。傍晚时，又至俞佑莱处，谈片晌而归。

二月二十三日(3 月 24 日)　早起大雪积寸许，日出旋融。午后应安圃之招，至下斜街畿辅先哲祠聚饮，祠为张香涛制军数年前在京时创建，以祀直隶先哲，自商周以至本朝，立圣贤、孝友、节义诸总位，而另书姓名于板。享堂三楹，额曰“吾有先正”。其前为北学堂，取本朝名臣如魏敏果、杜文端，以及纪文达、翁覃溪诸人墨迹，或悬于壁，或陈于案，每年逢春秋祭享日，陈设一月后收储。又建君子馆，摹君子碑藏焉。其缘胜庵则储赵仲毅铁如意者也。座客为汪柳门侍郎、李若农少詹、陆蔚廷继辉、王莲生懿荣、黄再同国瑾三太史，其许静甫之弟未询其号。则应公车者也。谈宴既毕，日晡，各散。午后又大雪数刻，将晚开霁，而寒意殊甚。

余旧有虎卧老人草书一轴，印二曰“诗宗李杜”“字法钟王”，上款曰“修来见过”。下款无姓名。藏之三十年,留心稽考,不知为谁作。今于先哲祠见有一卷,题曰:“史忠正公自书诗五律十首。”尾署“虎卧老人”,亦不著姓氏,下有二小印曰“史可法”“宪之”。因此,南皮制府当时目为史忠正公墨迹,然史忠正未闻有此别号,诗中有讹字,书法亦不及余轴之佳,黄再同谓,曾见《□□□笔记》言,有乩笔自称虎卧老人,余轴有“修来见过”语,其果为乩笔否耶?

二月二十四日(3月25日) 晴。晨起赴煤市街兴隆店源丰润银号取银,晤号伙周侣芍传炘,云此号系杨鹄山、严小舫合开,司事汪子垣以事赴闽,须秋方回。旋归寓,有六合孙叠波孝廉锡恩来拜,壬午乡榜,其兄及之,癸亥乡举,丙戌庶常,昆仲皆居庶常馆。叠波年未三十,善于语言,吾郡之选也。午饭后,取携来之“四明山心”汉隶二轴,各加题识,备赠翁叔平、潘伯寅两尚书,皆留心金石者也。

二月二十五日(3月26日) 晴。晨起巳初,进宣武门,至灵清宫谒许星叔大司马庚身。与司马不见已廿馀年,欣然道故,云去年得余所寄《筹河论》,即携至枢垣,与政府诸公同观,无不称善,当此需才之际,早应出山,张南皮相国、孙莱山尚书皆应往谒。余告以南皮于同治九年在苏抚任内,擢闽浙总督时未赴任,予方自湖州府交卸,请假赴虞扫墓过苏,曾一晋谒,今隔多年,未必记忆。大司马曰:“南皮尝言知君政声,未必不记忆,吾当再与言之。”忆光绪八九年间,宁绍台道瑞公璋自都引见回宁,谓余曰:“当国恭邸与宝相皆知君名,皆问治状,君已名动当轴矣。”至今徒愧其言。大司马又问浙江候补知府杜冠英,余以同在镇海海口试办钉桩堵口诸事告之,并言乙酉正月十五、十七海口之捷,得力在招宝山炮台巨炮一尊,炮有二万数千斤,弹重百八十磅。连催敌船二,遂不敢再闯口门。此台之筑,与巨炮之安置、炮兵之分设,皆杜某创办之力也。镇海口门虽宽,然中泓水深,可容吃水二丈上下之巨舰,有一线之路往来,仅容一船,不能方舟而进。此一线船路,我两边炮台可以夹持之,弹发无可避,但要我兵敢放炮耳。法人初无窥镇口之意,缘台湾之南洋三兵船,二钢板一木壳,逗留浙洋，瞥见敌船之影，急何能择，闯入镇口，敌船始追踪而至。当正月十五，敌船卒至，警信至郡，众皆失色。源瀚上禀中丞曰："海口形势，我有备御，敌不能入。"却未作添兵调将之仓皇语也。

语良久，辞出，至锡拉胡同。拜王廉生太史懿荣。是日，以□□大婚礼成之案，翰林院衙门襄礼撰文，保奖二十馀员，太史方得侍讲衔，入朝谢恩甫归。太史为莲堂观察之子，同治四年，余以知府入都引见，住杨梅竹斜街西永盛店时，观察方官兵部，各事皆赖其力。今越廿馀年，观察已归道山，而公子跻清班得优衔，亦可无憾，惟余不胜聚散存亡之感耳。太史与香涛制府姻亚，言及六七年前，高阳当国，香涛与幼樵皆官翰林，高阳与香涛有葭莩谊，又甚重幼樵。高阳晨入政府，夕与二人聚谈，当时举措虽亦有得失，而高阳接儒臣、纳清议之风至今可思也。

谈毕，出城归寓。午饭后少憩，至北半截胡同江苏新会馆，应黄慎之殿撰、梅景韩刑部之招，座客为郑芝岩给谏、王少泉大令新选云南楚雄县、谢彦威大使、承小村户部荫，庚辰进士、户部弟承恩，与在座之成述周守正皆有戊子年谊者。给谏言，会试点名，江苏在西边，东西各二门分进，中门不启，惟交卷出场则启中门，东西门皆闭。江苏额中贡士廿五六名，应举人数，约廿名以内可中一名。新会馆之屋，修改未完，屋甚宏美，为通省之馆，惟三品以上者入都可住云。江苏会馆新创，所买老屋多楠木，地近绳匠胡同，向传为丞相胡同，或疑尚是严东楼旧居。

二月二十六日（3月27日）　晴。午后六合孙及之庶常锡弟来谈，甫送客，王莲生太史即至，莲生研穷小学、金石，谈辩如云。谓常相聚首者，绍兴李莼客慈铭、桐庐袁爽秋昶、嘉兴沈子培曾植、江西文芸歌廷式，皆殚见洽闻之士也。傍晚，碑贾过门，所携之《九成宫》《皇甫君碑》皆翻刻恶劣，惟冯展云誉骥所书《毛旭初尚书母夫人墓志》，小方楷纯用欧法，棱角峭厉，笔笔坚劲，绝非时手所能办，以京钱五千买付。舜儿曰，写殿试策者，但得其三二分，何患不弁冕群英。

二月二十七日（3月28日）　晴。巳刻，端木子畴见过，云传闻合肥有调余办洋务之说,恐涉铁路,意欲见阻,余告以无之。又言乡人后起中有李雨人作霖自河南来会试,住穷汉市之大慧寺,其人可取。旋出门至米市胡同,谒潘伯寅尚书,言舜年覆试卷写、作皆佳,并询《华山碑》,言刘燕庭后人甚式微,自叹在苏时,梁敬叔之关中本以贫不能得,服阕,自苏起程入都,才携二百金云。辞出,拜数客,不遇。惟晤扬州徐乃秋侍御兆丰,颇谈时事。

至保安寺街,拜会稽李莼客农部慈铭,倾谈最久。农部文章早负盛名,庚辰中进士,以呈明户部员外,不得入词林。余询其故,曰:"翰林之风日下,余已老,何必再向白面少年称前辈。吾在户部,不数数进署,人以为高蹈朝邑,欲强之出,辞曰:'吾不以簿书跻人前,非高也。'吾未中进士时,以捐资入部曹,世岂有纳捐之高人?相国欲吾出,吾将犹夫众人之为乎?则一吏胥所能耳,何必吾?将径行吾意乎?必为阖署所不容。相国且将终悔,不若仍安吾拙之为得也。"时湖北屠梅君侍御仁守方以言事获谴,莼客言次叹惋曰:"闻此君尚有疏草拟续上,以机事不密,为人所知,又奉开去御史之旨,遂有怀未白也。"余就访辇毂人物,莼客曰:"如某某者,或多闻强识,或志趣不凡,然未必能办事之人。嘉兴沈子培,读书为文之外,处事颇用心。吾尝劝今之号博洽者,有三书不可不读:一,《宋元学案》,能述诸儒造诣之精微;一,《黄氏日抄》,考订甚博,而目光甚巨;一,《朱子文集》,即论文章亦绝伦也。方望溪为文,中多法语,常置案头,可当严师畏友,今人多诋之,其居心必有不可问处。今之为汉学考据者,好诋宋儒,试观朱子,重理学,然不诋汉儒也。"莼老现主讲天津书院,而不乐居之,谓黄漱兰曾欲荐其主讲钟山,倘能得之,乞假而出,并辞户部一官,为最得也。

归寓午餐后,至下斜街应王可庄殿撰之招。座客为高邮杨福臻太史骈卿、孙叔和中书鼎烈、安圃、再同、廉生,其一为河南冯君名汝骙,未询其号,未至者山东王季樵编修锡蕃。酒散后至李玉舟、梅景韩两处,略谈而归。

二月二十八日(3 月 29 日)　晴。巳正出门，至东华门外北池子，谒南皮张相，不遇。旋至无量大胡同，谒前户部尚书董蕴卿恂，年已八十二。曩见其《江北运程》《谒陵笔记》《俪黄妃白》诸书，问近年更著何书，曰著书二字断不敢当，《江北运程》，卞颂臣于身所亲历者多所是正云。至大年而卑以自牧之意，多非少年所能及，然则少年之自是者，非盲人瞎马乎？耳已不聪，不能多谈，胸中所欲白者，已发不出。不但不能坐车，且不能坐轿，宾至不能还白，腰不能伸，即昔者坐轿为轿夫倾跌所致，今日见轿即怕也。临行必欲历数阶槛，送至大门，却之不可，曰曾与客言，他日或有不能送至门之一日，今尚可勉为，不敢欺人也。孙竹堂是其旧友，谆问竹堂之子无恙否，何以先有因病不乡试之说，告以去秋照常应试，始放心。又曰前科曾出房，寄来之文三篇，皆突住，未以单句收煞，恐主试起疑，曾戒之，其眷眷如此。

辞出后拜数客，不遇。至西拴马桩黄再同家，谈良久。满壁琳琅，有长幅二，采笔画花，拍塞满纸，纸厚如钱，边有“文思殿”字，当是元明间物，惜为装手所损。中间悬“福”“寿”二字，轴不用笔，画以杂花，采绘而成，笔极秀润，上有“太上皇帝之宝”，是内府物也。出宣武门，归寓后，傍晚徐花农来谈半晌而去。是日得常熟来书，二十七发。

二月二十九日(3 月 30 日)　晴。未出门，有来拜者，皆谢之。晚间，俞佑来约聚宝堂晚饭。李铁拐斜街。座客江西解饷委员吴景行大令、松江宋养初部郎与其弟守初孝廉为应大挑新留须、其侄德之孝廉，暨邵季英刑部伯英太史之弟。归寓已亥正后矣。

光绪十五年三月

三月初一日(1889 年 3 月 31 日)　晴。午后出门，至阡儿胡同五圣庵，晤濮贤慈云依、贤庆积之两昆仲。积之乃翁文昶，与云依乃翁文暹青士，乡会皆同榜，为一时佳话，积之乃翁榜下，即用发湖北，补随州知州，云依乃翁官刑部，庚申简放南阳府，其祖官四川涪州，故积之昆仲皆生蜀中也。据云，河南自裁剪勇丁流为盗贼，卫辉府衙署被抢二次,尉氏县署寄存饷银,白昼即为盗劫,至今盗风未靖也。又至宜荆会馆晤李荫堂孝廉逢庆,戊子同年,曾授鹤侄读者。馀客多不遇,访袁爽秋亦相左。

晚归作书贻爽秋曰:今日士夫之好学者,务博务精,风气日上,惟尚许郑者必诋程朱,讲浩博者辄薄义理,此风京师为盛,似转胜于乾嘉时,此岂蹇劣所敢议心焉,识之而已。其诋时贤,有笑曾文正不应谈小学,圣哲画象赞不应以文周孔孟相联缀者。不知何以不可相联缀。前日晤李莼客先生独不然,其门下陶子缜编修,余曾延主辨志一斋,擅考据词章之兼长,乃不永年而死。先生独曰:"惜其未读宋儒书。"不图长安道上有不畏深冬絺绤之讥如莼老者,蹇劣以为时局不足忧,人才销歇为可忧,果于泛滥琐屑之中有人焉。和剂转移之,则目前虽乏才,必有奋迅联翩、旋转宙合之一日,天下事犹可为也。此意不敢与他人言,辄欲质之左右云。

三月初二日(4月1日) 黎明大风,未出门。午后安圃来谈许久。四点钟时,偕秋岳至琉璃厂游书画铺书坊数家,买得王少鹤拯所纂《归方评点史记合笔》一部,乃光绪二年四川重刻本,价银一两;王益吾先谦所纂《九朝东华录》,原板王氏携去,书坊已无其本,惟新翻细字本,用黄布套,与《十朝圣训》之式相同。《圣训》四十套,此书廿六套,近有潘君颐福续纂咸丰一朝四套,共成三十套。书贾云,约十数两可买一部。

三月初三日(4月2日) 晨起,无日光。十二点钟出门,诣孙子受少司农处,谈数刻。复谒翁尚书、张相国,仍不遇。出内城至锡金会馆,晤许静山孝廉,静山为出使美国随员,今年甫自外洋归,至家仅三日即由无锡来京会试,与余不相见者将六年。慷慨纵谈,历一时许。静山于二月廿后乘轮至大沽口,阻浅于塘沽,登岸乘新创之铁路火车,行不多里,与天津来车相撞。来车仅载人,车轻,撞于机器,车上煤火激发,与车中泼翻之洋油灯相合,人车同焚,惨死者十数人,受伤垂毙者又多人,铁路亦因之烧断。据静山言,祸起于来往时刻不相应，警钟瞭望未尝施，掉以轻心，以人命为儿戏云。

是日微雨沾濡，尘污尽敛，车中颇忘缁尘之苦。所居莲花寺，头门内院杏花一株，前数日方开，今日将晡归寺，花沾春雨，烂漫清妍。余居院东短墙内，花光窥人，浓艳相接。忆在江南，此时已桃李盈城，今已上巳，杏方作花，南北气候不同若此。然南方气暖，桃杏一经盛开便蔌簌满地，北方开迟，故较经久也。

三月初四日(4月3日) 晴。午前有贵州邓汉清孝廉应潢来拜，云数年前曾在湖州府幕中，见宋人题名太湖石在厅事院中，有余题名，又见爱山台诗刻，曾拓二十纸赠人。前年余在无锡，闻湖人言，太湖石已湮，今始知其无恙也。未正出门，拜数客，后至下斜街长春寺，应袁爽秋之招，座客黄漱兰通政体芳、沈子培刑部、王芾卿枢部，与安圃、再同。其张叔宪兵部，湖州人，闻藏□甚富，且居烂面胡同，与寓舍咫尺，惜未早知。是日，招而未至者王廉生。爽秋云，《续东华录》咸丰一朝，王益吾有稿而未刻，今潘君所纂于己未、庚申洋务，未见专书，所载甚略。洋务专书，总理衙门有《筹办洋务成案》，自道光十六年起，至廿九年止，共八十卷。又有《四国□□》，自道光廿九年起，至咸丰十年止，共一百卷，皆奉敕编纂，以备查核者。其《中西纪事》一书，夏嗛甫纂成时，曾以稿呈之文文忠，文文忠以所载密折有未经抄发之件，应酌删，而夏君书已刊板，遂未印行，以在江西某县任内，亏帑查抄，遂将《中西纪事》刊板一并入官，久沉于江西藩库中。陈伯潜督学江西时，爽秋语之，始取自藩库，印行于世。今翻刻已有大小两板矣。不知者讹传此书为当道毁其板，非也。爽秋极推重汪梅村先生之文，谓可上继容甫，座客亦各咨赏。席间又谈及英占缅甸，谓以抵洋药，许中国税厘并征之利，益及中国，约以不废封贡而已。

三月初五日(4月4日) 晴。巳刻出门，过安圃、百约处各谈数刻。进顺治门，至化石桥孙少农处，应其招，座客为成端甫观察、施子谦太守、名典章，四川成都人，由户部郎中新简陕西榆林府。蒋□□太史、上书房翰林，河南人。其徐某，浙江人，在译署，夏子安刑部则少农之婿也。子谦最善谈,闻前在户部为朝邑相国所赏拔。申初应祁子和总宪之招,至四眼井,座客为高紫峰中丞、李显之方伯、白建侯少司马桓、徐寿衡侍郎树铭、黄通政、安徽孙太守。浙江人,总宪门下,名号未详。席散已戌正,复至保安寺街李莼客户部家。莼老招饮,以已有两局,先缴其柬,曾允如不嫌迟必到也。至是,酒将阑而人未散。座客为潘伯□兵部、陶心云、王子猷孝廉与他客,皆绍兴人。莼老以诗文自隐,而极留心时局,被酒纵谈,词意恳爽,始知上年御史朱蓉生一新劾太监李联英,被明白回奏之旨。莼老凡数往问讯,为之嗟虑者累日,不第于此次违旨渎奏之,御史屠梅君仁守深叹其疏也。是日为清明节。

三月初六日(4月5日) 晴。巳正,花农来谈。是日舜儿与秦婿应移小寓,移午餐为辰餐,雇车入正阳门,东西两旁门出入。秦婿至大牌坊胡同,与薛南溟、沈俪昆诸人同寓。余送舜儿至江宁新会馆,居西院小屋。复率舜儿循贡院西墙至院前,见其规模与外省不同,前后东西围墙相联属,于前围墙相近处,东西各辟一门,谓之砖门,砖门之内,东西两牌楼甚高大,西为"明经取士",东为"为国求贤"四字额。牌坊之内,结席棚为头道点名给签处,过此又于内围墙上朝西、朝东各辟三门,中门不开,分西左、西右、东左、东右各二门。过此则为朝南,正向辟五门,中门一,东西门各二,此为正向头门,二门亦如之。是日,头门开中门,总裁与分考及执事官,陆续由中门进。头门阶下西偏,二御史设公案,凡总裁分考各官,何时入院开单,以朱笔登记,满汉都御史亦在头门外稽查。定例以未刻为限,逾此不到,督察院即具疏纠之矣。

是科,奉朱笔遣李鸿藻为正考官,昆冈潘祖荫、廖寿恒为副考官。这同考官,着朱光黻、熙麟、钟家彦、邵松年、倪恩龄、王濂、黄福楙、吴树芬、王培佑、刘宗标、曾树椿、周云章、曹贻孙、刘纶襄、刘心源、张预、曹寯瀛、张嘉禄去。内帘监试,着桂年、洪良品去。内场监试,着阿克顿、荣陛、荣山、庆祥、张元普、刘恩溥、徐兆丰、杨晨去。收掌试卷等所官,着齐肇敏、李坦、邓福初、彭惟庸、姜子珍、王步瀛、闵荷生、陈季芳、凌福添、维纶、袁楚藩、梁旭培、阎锡龄、张丕基、王文毓、张登瀛、杨文春、张履喆、陈浏、范泽廉、谭国恩、秦树声、赖清键去。这场内督理稽查，着左翼副都统英信、右翼副都统承绶去。寻奉谕：承绶已调补江宁副都统，着改派明秀。兵部前请简派题本内，未将承绶衔名扣除，承办司员着交部议处，堂官着交部察议。钦此。

江苏点名，向以苏、松、常、镇四府由东左，江、淮、扬、通、海、太六府州由西右。须临点之时，看给签字样及名牌次第方知，故东西易舛。虽有前一日晾牌之说，不若江南乡试有一定刊章，可一览而知也。进场日，中门不开，惟开东西各二门，出场则惟开中门，东西各二门不复启矣。

三月初七日(4月6日)　晴，风甚厉。昨日颇暖，今日又不然。同宗月锄孝廉初五日申刻始赶到京，仅有昭文县给印照一纸，未起咨文。事前托曹小卿代为取印结、投卷，而小卿忘之，昨日小卿亲到礼部值，有十馀人尚未投结，遂得通融，送结、投卷。不然，六十老翁不远数千里而来，竟不得入场矣。余往常昭会馆，就询家中平安无事，又连得两书，稍慰。午后取携来之赵千里《洞庭春眺图》，以旧作题跋书之卷中。下半日风渐息，自到京师，恒晨起大风，未、申之间息风。而月锄云，三月三日天津雪甚大，去年九月有秋雪，今年二三月春雪又数次，而去冬雨雪则颇嫌少云。

三月初八日(4月7日)　黎明即起，稍进食，坐车赴贡院。出门时六点钟，及到羊仪宾胡同会馆，已七点一刻。遇承小村户部荫，江宁驻防。云，其弟承恩戊子同年。已点入。舜儿等正偕同人早餐，余略坐，先上车至西砖门外，途遇张安圃，询知安圃之子伯讷允言，亦戊子同年。亦已点入。盖八旗与直隶皆首先开点也。乃偕安圃进头道砖门，至牌楼上，见西右方点至十二牌，旋入二道砖门，为头道搜检之处，白侍郎等坐于门下长凳上。过此门至天开、文运朝南大牌楼之侧为西右门，士子入场甬道，望见上西右门两旁长炕二道，搜检王大臣在焉。过此门至二门下，点名御史亦分西左西右，各以席片围绕士子,缴签、呈验卷,票吏接过,在席栏内查对发卷,再由中门入。会试人数不及乡试之半,又由四路分进,绝不拥挤矣。候至十点钟后,舜儿方领签到手,仆人将一篮一包裹送于舜儿肩上,迤逦入西右门,至席栏下接卷。余立牌楼石脚下,远视之,颇了了也。旋回会馆。晨餐毕,再由东围墙至东砖门,将送秦婿至东牌楼下,见悬三十五牌,秦婿名在第一行,知已领签,入至大牌楼东侧,则秦婿已入,惟叔固、俪坤尚在,逾时亦入。常州人送考者汤泊温、赵仲固、陈聘臣皆在焉。安圃亦在此,旋邀至其子小寓,与聘臣偕谈半时许,方出城。归寓稍憩息,傍晚至花农处闲谈。

三月初九日(4月8日) 晴,无风。午前端木子畴来谈,云已移居内城西交民巷矣。午餐后出门,拜张叔宪度,堂悬《传辟经》,堂额自书自跋。谈良久,叔宪善诙谐,谓崇信洋人者是服其药,如某方伯本夙识,自使俄回,得任苏松太道,曾诣其署,谈际谓今时无论何方皆不适意,惟居外国最适,非药移其神智乎?余笑曰:"非真有药,情输于其靡,心摄于其夸也。"叔宪此外尚颇有讥谤,余未亲见,不欲书之。访李若农少詹,谒许筠庵少宗伯应骙、徐寿蘅少司空树铭,皆不遇。至郑芝岩处谈最久,芝岩癸亥为河南正考官时,解元袁某之卷,虽拟入彀,而另定元卷,不欲以袁领解。夜间卷箱中,如有鼠状,甚至作裂帛声,以语副考官,副考极许袁某卷者,曰速以袁某定元当可寂然,已而果然。殆果有所谓天榜者欤?袁某至今尚计偕也。

旋至爽秋处,见其所藏《刁惠公墓志》,虽较余本多驳蚀,然是真拓,精神亦好,且有碑阴,《金石萃编》无碑阴。载其子及妻家官阀,与向来碑阴不同。余欲爽秋为我临碑阴于藏册中,未知许我否。又见李莼老亦至,莼老言闻朝邑相国将请归里,去年请病时,奉旨留京调理。有咨叹之意。又谈上书房卿贰翰林,向只授王子诸人读,其书画题诗写字,专属南书房翰林,自同光以来,上书房亦与焉。皇太后几暇染翰,绘事尤多,日命两斋题咏,上斋如童薇研侍郎等,不但诗不工,其行草亦落笔多讹云。

三月初十日(4月9日)　晴,无风。是日晤吏部考功司经承郭明斋,将浙抚、吏部吏科咨文皆交投渠,云曾任实缺知府,卓异引见,无印结等项。枝节惟先在考功司验到,候示期带领引见耳。所需之费先经梅景韩与议,需索尚不甚重。

旋至贡院,则见外场弹压之正黄旗副都统文秀,于头道砖门外扎一帐房,率协领、参领等将官拦阻接考人众。早间砖门未启时,接考之人直拥至砖门,挤塞不开。文公督将官兵役,以鞭指挥,令诸人分两边跕开,在前者蹲下,俾在后者得以望其主之出否,不至一拥上前,致群无立脚处,即出场,举子亦得从人丛中有路走出。另有戴大帽、悬腰牌百十人,在天开、文运牌楼下伺候。举子一出头门,若辈即代肩考篮、衣包,送出砖门,如无仆人来接,即令渠送至小寓。文公必率其部从,声令举子挽代肩人之辫发,以免疏失。送考与接考不同,送考时,各举子知有牌分先后,陆续而来,又通场不过六七千人,故甚疏通。若接考,则各举之厮役仆从,其早迟皆无分晓,一拥而至,虽分东西两边,而势甚纷扰。当拥挤夹杂时,虽以鞭指挥,而不肯伤人。有一当众抢钱者,当场枷号示众,至午后即令兵役疏枷,俾其餐饭,而文公则实未尝饭也。公约五旬外,据其部下云,早间圣驾由南海进宫,文公跕门后。即至贡院,以人众,督众指挥弹压,未尝入帐房憩息,其部从则乘隙轮憩者多矣。余既至其帐房前徘徊,少顷,公邀余至帐房坐,特入寒暄,询知其旧从富治安将军明阿从征江北者也。因就询富将军之子,云已入海军衙门当差,一名寿永,一名寿山,暇时当访之。将军在扬时,余为座上客,相待极优也。至申刻,文公又谓余,不妨入砖门,至头门外,惟不可入龙门云。余乃率二仆入,见中门敞开,弁兵分立门外两旁,举子之自内甬道出者,立牌楼下望之,颇了了。先见曾君表出,至五点钟后,舜儿始出,云号军不准出号,其代收拾考囊,仅能送至号门口,即须自肩篮与包至[1],至公堂交卷,以无考囊不肯收卷也。肩至龙

① 疑此“至”字为衍文。

门,亦并无水夫人等可以代肩,非出头门外不能释此重负也。二场知贡举孙变臣少宗伯,知士子自负考篮交卷甚苦,准水夫至各号门代负至头门槛内,止自负出头门,外别有人夫代负。余送至会馆而回,出前门时已曛黑,将八点钟矣。

三月十一日(4月10日) 晴,无风。未出门。傍晚时,百约来谈,携余《鲁季氏作舍中军说》而去。

三月十二日(4月11日) 黎明时雨颇大,晨起,所居阶除下已积水矣。午前,石子元祖芬自河南差次来京引见,候签掣省分,言郑工合龙情形甚详。子元云,郑工去春先就老堤圈出,作挑水坝,旋因料物不足,改挑水坝作大坝,未完者三十馀丈,至冬接筑,因无挑水坝,引河淤塞,故建议添筑挑水坝。又从绍藩司缄所筑大坝五十馀丈之上,另行圈接挑水坝,乃坝基因老坝之上,两次圈接,势成坐湾,添做之挑水坝,甫进数占,而河溜于坝根坐湾处猛刷,致大坝四十丈上下蛰陷过水。吴河督大澂不得已,乃有罢筑挑坝之奏,一意接筑大坝也。毕竟郑州地势高坚,接筑至腊月望后,金门水深不逾十丈,而冰凌自上游淌下者,遇新筑挑水坝基,积滞成五六丈高,俨成挑溜之势。河流渐归故道,得以合龙,新浚之引河,以无挑水坝之故,并未汕刷深通,幸河流涌入旧日河身,不必借新开引河始能复,故论者以为有神助焉。

午后出门,应邹子东之招,至宝德堂。座客为新简颍州府凤韵笙、刑部主事孙君,寿州人,燮臣侍郎之侄。苏州曹根葆,则丙戌进士来补殿试者也。饭毕,至钱子密处谈少顷,旋至李少詹处,遇安圃清谈,少詹留晚餐方归。

卷二

光绪十五年三月

三月十三日(1889年4月12日) 晴。早餐后出门,甫上车而翁大司农至。大农以余数往未遇,故再临,必欲入谈。倾叙许时,谦抑之意溢于词色。位至崇阶,望隆师傅,而所乘之车,无异常人,坐垫不设红色,蓝布已损。每日至毓庆,午正方出,旋至户都判事,自云非申正后不能归也。送大农后登车入前门,拜端木子畴。子畴自少喜读《楚辞》,曾于咸丰十一年刊一巾箱本,录屈原之文二十五篇。前录太史公屈原本传,及沈亚之《外传》、刘勰《辨骚》、朱子《楚词集注序》,后附陈玚《屈子生卒年月考》,而不取王逸、洪兴祖之注,自作《启蒙》一篇缀于后。其后跋之文遒美幽秀,置之《汪容甫文集》中,几不可辨。曩曾寄明州,今日见其案头一本,举以付余,曰:"此近年手批本,多所独见,虽朱子之说不尽从。"子畴无妻子,年已七十,独居京师,犹日从事于会典馆,勤于其职,与俗寡谐,盖狷介之士也。

至东长安门外菜厂胡同聚丰堂,应王廉生太史之招,座客黄漱兰、王可庄、江韵涛编修,其曹彝卿大令廷杰,则新测绘《东三省地图》刊布而希将军元出名者也。期而未至者盛百熙祭酒昱、黄观察遵宪,座中二客未询名者,一为廉生族人,庶常来散馆者,一不知何人,俟见廉生询之。饭毕三点钟过矣,至贡院,甫进头门而舜年已出,送归寓。复至大牌坊胡同,视秦婿与月锄,皆尚未出。少坐,已将曛,遂登车,过观象台,下车远望,仍出前门回寓。

按《宸垣识略》,观象台在城东南隅堞堵上,元至元十六年建,中为紫微殿,内有御书联扁,旧有郭守敬所制浑天仪、简仪、铜毬、量天尺诸器。本朝康熙十二年,以旧仪年久,多不可用,御制新仪凡六,曰天体仪,曰赤道仪,曰黄道仪,曰地平经仪,曰地平纬仪,曰纪限仪,陈于台上,至今遵用。其旧仪移藏台下。五十四年又制地平经纬仪,乾隆九年又制玑衡抚辰仪,并陈台上。徐花农言,曾登台逾垣而观之,台下旧仪已为茅草所鞠云。

三月十四日(4 月 13 日)　夜,有微雨,晨起无阳光,亦无风。孙林自贡院归,云舜儿于十点钟时入场。是日未出门,午前嘉兴沈子培来谈,云藏有《刁遵碑》旧拓,为装工损数字,余本当为最初之拓,凡旧拓皆无碑阴云。傍晚徐花农来谈。

三月十五日(4 月 14 日)　晨起,无阳光,亦无风,似有酿雨之意,午后则日光照灼矣。将二点钟出门,至王芾卿农部处少谈,谈及越南之事,误在徐晓瀛中丞不知兵。佛卿云在湖北时,知徐公由广西知县起家,吏治颇可称也。入内城,至王廉生处,痛谈高阳当国时,二张之先离后合,先合后离,三五少年或见或伏,隐持朝局,又未尝不挟疆吏以为时重,卒之相爱反成相恶,而朝局因之卒翻。南皮制军不矜弹劾,不急功名,而成就特以最显,未来之事恶可逆睹哉!旋至翁尚书处,又不遇,与韬甫坐谈良久而归。至寓已曛黑矣。

三月十六日(4 月 15 日)　晨起,无阳光。早餐后,于十一点钟出门,赴吏部衙门验到。咨文交郭吏投,先期长班来知会,是日验到。入前门棋盘街向东,先过户部、礼部,而至吏部考功司,署在西,长班引至署旁。侧屋内有河南候补知府冯君叔惠、常州人,冯伯绅之胞弟,因罣误开复。山东候补直隶州何君少谷广州人先在。徐颂阁侍郎郙因孙燮臣少宰家鼐奉派知贡举入闱,徐署侍郎于是日到任。初六日奉旨派署,不知何以至今日始到任。余至而孙已行,少顷,长班持书吏代缮红手板至,所载官衔及简明履历,与外间之式无二。所叙官阶保举俱简,惟详叙光绪十年二月闻讣丁忧,浙抚片奏宗某练达有为,办事精细,在任年久,绅民爱戴,法犯镇海,筹办防务颇有条理,军事吃紧,请给假二十日治丧，假满仍留宁波办事，奉旨照准。具禀吁求终制，批饬暂准扶柩回籍，俟百日满后赴浙。回籍后又以军事已定，再求留籍营葬终制。奉札以才识俱优，实资倚任，惟一再陈情，词意恳至，应准留籍终制一段。

旋至考功司，见满汉司官同一署，中列数案，与文选司之满汉分前后廨者不同。余先至东案，向上一恭，满掌印荫君离案答揖，而西案汉掌印郝君亦已离案相向，遂又一揖。始悟满汉两员各离其案，向中间虚处并立，可向中间一揖而毕也。退出又至侧屋，坐至二点钟后，许筠庵少宰应骙至，长班又引余等至藤花厅院中立待，而天津道万君培因亦至，闻系服满候简，来吏部验到也。“藤花厅”三字篆额乃蒋文恪溥书。少宰方阅文判稿。待至刻许，书吏持册唱名，先冯、后余、后万，不知是何次序。每唱名则本员一人入，向中案三恭，少宰于旁案离席相待，旋退出。是日为崇上皇太后归政徽号朝贺之日，在三日花衣期内，余本备带花衣补褂，而长班言堂司各官向来至署，虽花衣期内，亦只长服，外官验到者只须常服挂珠。至署，见冯、何两君皆补褂，余亦换补褂，万君后至，则花衣补褂，而许少宰与各司官皆常服不挂珠。外官道府以下至吏部，虽司署亦用手板履历。皆书办代办，司堂各一分，本员非索看不之知也。上堂打恭，司官只离席答揖，堂官或离席，或不离席不答揖，盖用庭参礼，而不迎不送，又加抗焉。乃堂、司各官皆不具公服，于是新到参见之外官亦只常服进谒，不知是定制如此否。

至于堂官判稿，向来多在私宅，近年因有人参奏，遂各到署画稿。然于厅事公案上，司官立而相待，堂官亦立而判之，取决于俄顷之间，与外官之不看案卷、不悉原委画黑稿者无异。夫庶务丛杂，紧要关键往往寓于寻常文牍之中，谓之日行公事。而任意画黑稿，虽州县下吏，必酿舞文害人之弊，况大部综天下之巨细，而天官冢宰又进退百司，钧衡铨量所系至重者耶。昔李文饶于家构筹思亭，官书文字之要者，必于亭中独构，故能冠绝一时，今六部堂官皆于公堂上，少则数刻,多则时许,判数日之积数百件之多稿,何怪书吏舞文,不可究诘耶!

出吏部后,至裱褙胡同,拜盛百熙祭酒昱,与寿眉峰副郎山,皆未晤,旋至贡院接场,迨舜年出,已将六点钟,偕至会馆稍坐后,出崇文门,至三里河薛抚屏副宪宅中,拜叔耘廉访,云已于昨日迁至内城沙土园关帝庙,备陛见矣。

三月十七日(4月16日)　晴,无风。方午,至黑窑厂南之陶然亭,应张叔宪之招也。亭在慈悲庵之西偏,康熙乙亥工部郎中江藻建,有诗刻石壁间,云取白乐天诗"更待菊黄家酝熟,与君一醉一陶然"之意名亭,后人亦谓之"江亭"。亭西窗槛之外,西山绵亘天际,芙蓉烟岚可挹,亭下新柳数株,柔条作态。江南此时柳已成阴,而燕京甫作眉妩,南北天气不同如此。柳外水滩一片,蒲苇初萌,烟树迷离,颇有江南意象。庵之前门,城阴田陇,旷远可思,无怪名流恒集于此。乾隆中,杭堇浦诗已有"六月陶然亭子上,葛衣先借早秋寒"之句也。

座客有袁爽秋、张安圃与湖州朱藿生太史,又丁某未询名号,其汪辅臣则善将军幕客,□□□观察,神机营文案,已保道员,而兹仍入闱会试。馀多公车,如濮云依、积之昆仲,暨宝应刘君,又宁国江君古□,则丙戌殿试后因病未朝考,今来补朝考者。馀客多未能一一询姓字矣。众客散后,余与安圃谈至五点钟后始返,过绳匠胡同,拜江韵涛太史,未遇而归。

三月十八日(4月17日)　晴,无风。午后曾君表过谈。未几,李莼客来,畅谈许久而去。将晚,驱车至梅景韩处,不遇。旋至褚百约处,践邀饮之约。座客沈子培,畅谈金石古籍。子培在刑部,言相传今之命盗案题本中,供招款式字眼、秋审格式,皆定于刘文正公统勋,以较乾隆以前刑名公牍颇有不同,较前明则更不同云。馀客为杭州姚菊仙庶常丙然,其徐奎伯则震泽孝廉也。饮毕归寓,已逾二更。

三月十九日(4月18日)　晴,无风。午前张安圃来谈许久,午后黄仲弢编修绍箕来谈。仲陶[1]在京有文名，人亦温粟，爽秋云其心术甚厚也。邹子东嘉来亦来谈。傍晚出寺，觅曾君表不遇，遂至常昭会馆，晤月锄并蒋、曹二孝廉。谈少许归寓，路咫尺耳，然风卷污尘，眯目塞鼻，甚以为苦。

三月二十日(4 月 19 日)　晴，大风。午前，袁爽秋来谈。是日本拟出门，因风大而止。日前晡，风稍息，至三里河晤薛叔耘廉访，历言浙江提督欧阳健飞利见近诬闽督劾镇海炮台管带炮兵参将吴杰之枉。吴杰者，带招宝山炮台炮兵，操练后膛钢炮有年，施放有准，乙酉(1885)，法犯镇海，督兵奋勇开炮，连坏敌船，保全地方者也。欧阳提督，长江炮船炮手出身，知放百斤内外小炮铁弹，未谙大敌，用烂泥自筑炮台，烟无出路，台旋筑旋坏，吴杰讽阻，结怨。法犯镇海时，刘仲良中丞多用淮军驻前敌，以欧阳器局小，不之重。余在明州，与薛公颇护持之，敌至时，欧阳虽驻金鸡山顶，与未尝见敌无异，敌退，赏头品顶戴。余先以忧去，欧渐修怨于旧日将弁，前两年即欲撤吴杰，薛公展转瓦全。去年新台成，应添炮兵，薛公请悉归吴杰管带训练，而欧欲分其半与他将，薛公言于新旧中丞，方作调停之计，不意薛未去位，时升湘臬。而欧以吴杰巧诈谩骂之虚词，函致闽督下公劾之，褫职矣。薛公言次，叹惋久之，并言见政府诸公甚难，前两日居沙滩关帝庙，离南皮相居宅数十武，然去数次始得于申后见面云。

三月二十一日(4 月 20 日)　晴，风不大。十点钟入内城，至锡拉胡同阎故相宅。初，相知余名前数年，曾询生平于许静山。月之初五日晤静山时，劝余往谒，余以夙无一面，缓之。昨日薛廉访言，朝邑相国谈及君，尚记忆，宜一往，至是谒之。

朝邑拄杖而出，面皙，两眼略有大小，髯白而短，年已七十四，谈论如云。谓余曰："夙知君政事才。"余自谓一无所能。朝邑曰："为政只在至公能明，而将之以忠信，不在奇才异能。吾与曾文正同年，文

[1] 前文"仲陶"已用朱笔改为"仲弢"，此处疑为漏改。

正亦岂有奇异,惟宏毅,毅字做到二十四分耳。吾自东抚乞病归十数年,张香涛至晋,传朝旨,强吾出山,数年来无裨于国,惟日为朝廷计出入。当乾隆盛时,岁入亦不过四千万,今民穷财尽国贫之时,而岁入至七八千万,然海关税一千数百万厘,捐二千数百万,而地丁正赋则反缺一千馀万。吾不得已,乃创立征信册,欲州县征之于下,解之于上,必晓然昭示于众,岁有丰俭。故征数有蠲缓,欲其缓则真缓于民,蠲则真蠲于民耳。今各省以此詈我,不知我之心。因民穷财尽之时,征榷烦苛,东南之民犹尽力畎亩,西北各省多弃田地,而不愿为农。吾欲藉征信册,使正供之中饱者稍稍还之于官。但能十八省增正供三四百万,吾将为国家办四大事:一、尽免五谷之厘;一、尽免织布之厘;一、尽免木棉之厘;一、尽免丁男、红女自做自用诸物之厘。馀仍榷税如故。计天下所免亦不过数百万,而畎亩之男女尽戴朝廷衣之食之之德耳。"

余曰:"任法不如任人。"公曰:"然。吾抚山东,初至时,有米捐,有亩捐,而地丁正供顾甚缺。吾毅然免米、亩二捐,藩司曰:'有米亩捐尚不敷用,何以遽免?'吾曰:'免杂派而劝正供,何不可?姑尽免之,俟乏用再议。'藩司曰:'万一朝罢夕复,岂非笑话?'吾曰:'官场笑话甚多,亦不系此。'于是,毅然停之,唯一意厘正供、清交盘。甫三年馀,而库储裕矣。不意近年藩司崇某在任,十年诸事不问,库储大亏。前年因征信册之设,须载蠲缓,竟请咨部欲换造数年来达部奏销之册,非因销册内蠲缓不实之故乎?吾见之,勃然语司官,即具疏劾之,如诸堂不愿,具吾一人之衔可也。君家居,曾见吾去年因二李被劾上疏之事乎?"余曰:"当时此事草野传播,闻菊圃方伯清绝一尘。"菊圃者,陕西方伯李公用清,前贵州藩司护巡检。

朝邑曰:"'清'是其末节,此人有胆识,能办大事。贵州用部印执照,委员劝捐几遍,天下名器,滥至扫地。吾欲停捐,黔抚某谓,停捐则无以养兵,将有叛变。李君署黔抚,毅然停捐,始知向日劝捐委员岁馈当道各万金,故力护之。国家岁入虽倍常供,而靡帑之事浩繁,即以养勇而论，各省岁耗银二千数百万，李君尽裁黔勇，以勇补兵。故今日各行省中，不养勇者，惟有贵州。所入各省协饷，以其节省者，岁畜十馀万，以备协饷有不至之时。贵州之正赋，夙有插花之名，诡计飞洒，不可究诘，菊圃甫办铜仁一府，而被召入都，吾上疏谓李某实能为国肩重大难举之事，所不放心者，不知其带兵打仗如何耳，若办地方事，其才实可倚任。朝廷旋授以陕西藩司，不意又为人龄龁去位也。”余曰：“打仗亦惟忠信人胜之，果忠信矣，何不胜之有？”朝邑曰：“君饶识解，昔周小棠通政尝极称君才，惜君遂以忧去官，不然早擢用矣。”又曰：“吾今日具折乞恩放回原籍，原折留中未有旨。”盖朝邑去年屡乞假未准，最后请开缺留京，方邀俞允，今又请归里也。

谈至时许之久方辞出，旋至纱帽胡同，晤许子原工部祐身。又至黄兽医胡同，晤富将军之子寿眉峰副郎山、寿松岩侍卫永。两公子皆将军晚年所出，眉峰年三十，现充海军衙门文案；松岩年廿二，赏三等侍卫，以清苦，请假回黑龙江，今日方束装，能见一面，亦非偶然。出城至聚宝堂，应承啸村户部荫之招。啸村，金陵驻防，向随其父官湖北，中庚辰进士，分户部，今已补主事矣。座客同乡惟王寿芸孝廉，其谭孝廉芝芸则叙初中丞之三公子，新自云南计偕而来，黄晓农刑部则新简江苏常镇道，黄幼农之弟文子，和工部冲则魁将军之子，以孝廉用主事，新补虞衡司，一则曹彝卿也。席散，至安圃处谈许时，归途过常昭会馆，回拜徐少逵孝廉兆玮，略谈回寓。

三月二十二日(4月21日)　晴，风不大。十点钟后出门，至西四牌楼桂文圃京堂处晤谈。文圃曩由刑部军机章京简放湖州府，知余守湖之政，尝向人称说，且曰宗某操守好。及调署杭州府，因事与护抚德馨、署藩司瑞璋不合，即日上乞病书，十馀日即束装回京。其办事明决，浏亮一时，无出其右。余与文圃未曾谋面，兹特访其住址而拜之，始知其年只四十三，双亲尚在，谢府事回旗后，用礼部郎中，兹已保开缺，以五品京堂候补矣。

谈少时，旋至灵清宫，应许大司马之招，座客为薛叔耘廉访、万观察培因、沈絜斋观察守廉、冯叔惠太守光元，其一为孙公，未询官阀。酒半，大司马谈昔年主试贵州，值大乱甫平之后，由鄂之归州，为鄂蜀交界处所，岭路崎岖。夜行山岩中，大雨如注，坐木板山轿内，衣履尽湿，危崖之下，即为大江，令人胆破也。又谈生平屡得奇梦，尝于乙巳年梦出试榜九十五名为许扩身，醒而异之，其堂兄次三者闻之，即改名扩身，逾十年乙卯，果中而名居九十五。又尝梦出榜第七名为许某身，中一字模糊，但见一撇一掠，其八十四名为毛夔，醒忆族兄中有楙身者，"楙"字有撇掠，或符此兆。及乡试榜发，而第七名乃嘉兴许君景澄，其时名癸身，盖天榜为原名癸字也。毛夔者，本素识，场前见其文佳，谓之曰，如中必八十四名，毛笑其妄，榜发，果如其言。

又言丁卯家居时，闻吴和甫学使言，今年浙闱，有某生头场文中有"宗庙邱墟"句，谓之曰："此语不佳，今年恐落孙山。"榜发而某生中，填榜时见其卷"宗庙邱墟"句一大点，而头场三艺，主试亦未加墨，惟二场《易经》文用骚体，主试加密圈。榜发，询之内帘监试王清如观察，始知副主考张香涛编修是年在闱，颇病阅文不快，属监试语房官曰："浙中为人文著盛之地，文字何平平，如有光怪陆离之卷，可补荐。"某房官曰："光则无之，怪陆离却有一卷。"乃以某生三场之文进，以为必不入格，以塞编修之意而已。编修得之，先阅二场，见《易经》文，加圈批中，而头场固未阅也。酒次，乌云四塞，日顿无光，将散而雨，登车，雨渐大。车夫既未携天棚，又仅纱门帘，车中渐沾湿。归寓，傍晚天始霁。春来京中，久无透雨，今日雨之来势甚重，猛雷二声，雨气遂散。

三月二十三日(4月22日)　晴，寺中颇饶花木，二门内院中杏树之旁，有两海棠，前数日蕊已绽，昨得雨，遂开。晨起，至花下徘徊许时。又至正殿后院，有老海棠一株，高与广轮三丈外，丛根甚巨，枝干盘郁，南中所未有也。树顶懒枝作花如锦，惜胸中缁尘储满，虽久立花下，不能为名花作一歌也。赏花而归，坐西窗下，静展得宝斋送来之《滋蕙堂帖》初拓本，与董思翁书《内景黄庭经》，又乾隆甲申陈句山等和皇五子哈密瓜诗二卷，展玩许时。诗卷先是边、须韵七律二首，后则五排三十六韵，酬唱计有二十馀人。首倡边、须之韵者香雪，似即皇五子，和者陈兆仑、张泰开、金(牲)[甡]、汪廷玙、李中简、卢文弨、谢墉、倪承宽，又弟琪、兄堪、侄恩。汪永锡其作五排卅六韵，奉宽卷中目为补亭少宰，又宜园卷中目为硕庭参知，和者皇四子、皇十一子、筠亭、陈兆仑，又侄德、侄恩也。

午餐后假寐片时，四点钟后出门，至内城得见南皮相国，年已七十九①，较同治辛未(1871)吴门见面时面色稍腴，惟不似从前之敛肃矣。便服小冠，语言坦易，自谓："养亲事毕复出，不料朝局骤更，以我充位，值此归政之初，不敢言退耳。"颇询镇海统带炮兵参将吴杰被劾事，云："闻许星翁言吴杰甚好，盖昨日在钱塘尚书座中，余与叔耘廉访皆言吴杰击法有功，被劾颇枉也。"又询杜冠英生平，不知其号，余告之。云得之于张汉仙观察汝梅之口。余以征三太守筑炮台、练炮兵，及与余同谋堵塞海口诸事详对之。又谓余曰："我昔抚豫，捻势正张，不得不就地募勇。僧王曰，君所带之勇，饥疲如乞丐。吾曰，无饷是以如乞丐，请问于王，何等兵始可破捻？王曰，君之勇敌长发贼不足，敌捻差可。楚军击发贼有馀，击捻不足，地势情形异也。后果有成大吉之败鄂抚，曾沅浦之军亦屡挫，而豫军果亦立功焉。"

三月二十四日(4月23日)　晴，无风。十点钟后出门，至南半截胡同山会会馆东屋，晤陶心云孝廉浚宣，又至醋章胡同，拜江宁驻防秉懿斋户部。彝，壬午举人，丙戌进士。旋入宣武门，至西拴马椿应黄再同编修国瑾之招，座客左丰生通侯、冯梦华探花煦、龚辛原礼部、叶菊裳孝廉昌炽、钱念劬茂才恂，又傅君为再同之戚，未询名字。再同屋内有古海棠二株，对立于其堂门之前，一独本，一侧出，一干树高三丈，与莲花寺后殿之树相等，而繁花密缀，开满枝头，竞艳争奇，游蜂醉饱。海棠之在江南方者，靡曼不胜意，都中所见乃俊爽倜傥，如见

① 张之洞生于道光十七年(1837)，光绪十五年(1889)时当为五十三岁，此云七十九岁，文字或有误。

翠秀朱家、红妆郭解,真奇绝也。再同好书画,酒次,出所藏各种《兰亭》、宋拓《九成宫》、旧拓《庙堂碑》、北宋刻《百缘经》残本。又《东画合璧》一册,则高丽人之画,亦二三百年前物,中有绢花丛竹一片,用笔颇似坡老,又人物一片,须动裾扬,是吴道子法也。酒毕,出城,过琉璃厂得宝斋,见《三希堂帖》,尚是佳拓,惜缺七本。又《戏鸿堂帖》,似是旧本,属送寓中细观。旋过锡金会馆,晤许静山,谈许时而归。

三月二十五日(4月24日)　晴,无风,天气骤热。十点钟出门,过徐花农家,见其轩墀亦有海棠两株,于老干之旁别起新柯,枝条秀曼。右一株着花已满,左株半开,大有拂袖牵裾之态,与莲花寺之孤耸者固不同,与再同编修宅之老干婆娑者亦异。信京师之宜海棠,满城皆是矣。花农是日邀饮,而翁叔平大司农亦同日相招,与花农约先入城至大司农处。进前门至史家胡同,拜冯叔惠太守、邓汉清孝廉,又至晾谷厂,拜文小坡孝廉。

及至大农处,则徐颂阁侍郎、费屺怀孝廉、家月锄与曾君表已在座,惟陆凤石殿撰、李若农少詹后到,大农出所藏王石谷长卷,乃仿燕文贵《长江图》,自跋谓略参王叔明诸家,阅七月而成,与常熟张鹿樵旧藏《长江无尽图》归翁玉父中丞者大农云,此卷现在吉卿处。同一浅着色,而此卷比《无尽图》更长。大农自题匣盖云:"长江之图若有神,翁子得之亡其贫。典屋买画世鲜有,不令出门客弗嗔。"又石谷仿古册十二帧,除仿高尚书数叶外,无不着色者。其中仿赵大年、赵文敏二叶,如时花美女,姚冶倾城,始知恽南田以山水绝业甘让石谷者,非无故也。此大抵石谷早年笔册,为烟客而作,后尾一叶为烟客自作,亦饶色泽,盖欲以阿婆与三五争妍也。大农又出《娄寿碑》,甫开册,见何子贞、潘伯寅诸公题纸满粘。未展翠帙,而客至入座,帖旋收去。大农言酒毕再观,而予以有花农之约,酒行大半即辞出,未知与此碑一见之缘再结于何日,为之惆怅不已。

四点钟驱车至烂面胡同花农家,座客为徐小云侍郎用仪、钱子密太仆应溥、沈絜斋、石子元,及钱鸣伯驾部。早间观海棠在宅西,今置酒在宅东，院落甚大，海棠较娇小，花光亦满院。院中白丁香及入门小院中紫丁香，皆扶疏灿烂，若可图画。酒阑人散，甫五六点钟，而墨云遮日，尘沙满空，似作雨势，而不果雨。

三月二十六日(4月25日)　晴，无风。午饭后二点钟出门，过曾君表寓略谈。君表得常熟家信，常熟人因垦荒，客民陆续至，有惧而迁居者，曾太夫人不能无戒心，君表发电报止迁。昨日在翁大农家，见护抚黄方伯来电言，客民者，鄂、豫两省人，近由浙江入苏境，在昆、新者有数百，在昭文者有百馀，在常熟境者十馀人，无军器，有农器，方伯已派委员分赴各处遣散。虞人胆小，疑为匪类，余于廿四日得家书，不言此事，盖不以为意也。旋赴南横街应钱子密之招，座客薛叔耘廉访到最后，先到者余与薛诚伯、钱念劬、刘胜吉蓉生之少君，谈甚畅。子密太仆是夜应入直，皇上自归政以来未明求衣，政府诸臣寅初即须入直，太仆居宣南，至西苑门路甚遥，遇直班之期，丑正即须往也。席散已在上灯后，主人将寝，不能不送客矣。

三月二十七日(4月26日)　晴，大风。是日未出门，作家书。未晡时，许静山来谈中外时局，无所不言。言前年拟来华开银行之米建威，俄人而居美者，积猾也。初与驻美星使譒译某交结，求星使张樵野观察予一书，来华谒合肥相国，欲附中国电线办德律风。盖米建威识美国富商，拟出赀本来华觅利也。至华而电报局不允，米建威因此事先已大有所耗，至是进退维谷。有马建常者，饴之曰："既有巨资，何不办大事？开银行是也。"米建威即以开银行之说干合肥，初不谐，后为某观察所知，为之居间，有成说。拟条款，将立合同，中金甚巨，某与某有相争意。某也者，遂与米建威偕赴美，乞合肥致书美外部照料。外部来星使，署曰此事不能作回书，既不便阻，亦不便劝，复不愿与闻也。某与米建威说美商将立合同，合同之居间者，泰西例只一人画押，某与星使无相让意，星使托故赴纽约，某遂一人画押。商亦勒中金，须事成方付，而事已腾播新闻纸，京朝官有疏谏者，朝廷不知，降旨查询，且不准行事，始得寝云。又闻法越事殷时，李星使凤苞曾在法外部乞求弗攻天津,传者凿凿,甚至谓有文函至今存法部,李星使被劾后已故,虚实已无从质之矣。谈至二鼓方散,驻西星使惟所携譒译通语言文字,其参赞随员不识语言文字者,舍譒译无从与泰西官民相往还,虽在使署,甚寥寂。惟譒译得与西人相结识,惜多轻薄,所识西女多于西男云。

三月二十八日(4 月 27 日)　晴,无风。午后君表过谈一时许。天骤热,晡时露坐,所居后院中,杂树枝叶渐茂,紫丁香甚烂漫矣。来时众卉尽秃,未两月,寺内外枝柯菀然,时序迁流,可慨也。

三月二十九日(4 月 28 日)　晴,有风而轻。十点钟后出门,晤殷厚培给谏、冯梦华探花。旋赴安徽会馆,应同乡吴璞斋之招。璞斋延江宁一府公车,暨各京官,座客在十席外,予同席者亦不尽识,惟知顾渔溪之太翁,与梅景韩、顾席珍赐儒二三人。渔溪太翁向游河南,渔溪遂入籍中进士,据云大房尚有坟墓、房屋在江宁,终不能弃绝云。皖馆后院有地数弓,叠石浚池,构亭二三,杂莳花树,白丁香作花尚繁,紫荆初柯,发花颇稌,对之如有感触。

徘徊半晌方出,至打磨厂拜数客。旋过李仲约少詹家,有费屺怀、太仓沈子克嘉澍在座。看少詹所藏明拓《泰山》廿九字、有洪武时许某跋。马氏玲珑馆本《华山碑》,是碑同治十三年少詹曾携至余严州署中,录其旧人题跋。今覆视,毡蜡浥润,较商邱本秀削矣。少詹谈及,日来南斋中潘大空在棘闱,徐颂阁宗伯郙在假,上命拟翁大农六十赏寿扁联。扁曰"辅德延禧",联曰"绿图启沃资耆硕,绛县康强勖弼谐",写、作皆少詹手笔云。归途过安圃,不遇。又过百约家,谈少时。晚间又起大风,不雨而恒风,可虑也。

三月三十日(4 月 29 日)　晴,风。十点钟出门,至内城台吉厂,为曾劼刚通侯谢步。旋至苏州胡同,拜徐颂阁宗伯。顺至四眼井拜费屺怀,不遇。遂至锡拉胡同,晤王廉生编修。座中有徐继孺字友之者,山东孝廉。廉生云,癸酉年友之甫十馀岁,遂得拔贡,就教职,去年盛百熙祭酒主试山左,甫得入彀,书法绝佳,可冀问鼎者也。廉生四壁图书兼富,碑帖插架几满,出示宋拓《九成宫》,余观之,与再同编修所藏不甚异。又《岳麓寺碑》字数之多，似与曩见赵惠甫所藏相埒，而赵拓之旧又过之。旧拓小欧阳《道因碑》，虽铓杀具备，而气象温古，不似新拓，有剑佩雄冠赳赳之气。又宋拓《云麾将军碑》，王弇州旧藏，有自跋，翁覃溪有跋，李若农少詹跋云："所见《云麾碑》字数之多、拓手之工，无如此者。"最后见宋拓《圣教序》，纸墨古润，精神宛然，"道"字上画亦断。董元宰书签，又有跋云："此拓最佳，有'何以纠纷'及'内出'字者，皆不可恃。人或目为唐拓，可笑也。"王觉斯后跋亦极推重廉生，云崇雨舲所藏之唐拓尚在其家，广东何某示人崇氏收藏唐拓，虽有香南居士自题，恐非庐山真面云。

是日，许子原水部祐身招赴西交民巷碾儿胡同刘家花园，匆匆不及细观，遂别去。至刘园，则主人与陆伯葵编修、汪子渊孝廉俱至。刘园布置颇佳，书房套互周折之妙，南方鲜能解此。北方园亭假山，断无太湖石之色泽，故望之有一种尘沙气。惟此园假山，前后左右以花树映带之，能救山石之短。旋有陈冠生殿撰冕与王可庄、徐花农、张畹九相继至，肴馔精美，至晡方散。

光绪十五年四月

四月初一日（1889 年 4 月 30 日）　晨起雨，郁蒸数日，迄未降雨，今日之雨甚佳，惜未半时即止，旋日出。次日为吏部带领引见之期，圣上现奉皇太后驻跸南海。长班为觅得西苑门外内务府都虞司侧屋，暂赁一宿。皇上自本年归政以来，未明求衣，办事甚早，政府诸臣每夜丑正即入直引见，各官亦早，如自西城外当夜前往，恐有后时之虑也。三点钟时登车，率孙、徐二仆入前门，向东进长安门，又入景山左门，过神武门。神武门后即景山，《宸垣识略》谓景山有五峰，上各有亭，俱供佛像。车过山下，由山左里门一带绕山而过，望山下各亭，巍然森峙。过此折而西，循紫禁护城河，迤逦近西苑门，至都虞司。有直隶知县丁崇雅、俸满山西稷山县教谕武光昌，与山阴县曾寿麟先后,[1]颇可口。予与丁君出,徘徊于西苑门外,南花园门前。南花园者,杂植花树,凡苏杭所进盆景,多付浇灌培植,又于煖室烘芍药牡丹,每岁元夕送大内陈设者也。是夕,和衣假寐以待。

四月初二日(5月1日) 丑正起。寅初,至西苑门外新建六项公所即六部堂官上朝与司官办事小憩之所。小坐,候至卯正,齐至西苑门外鹄立。是日吏部引见十一排,首为汉月官,次为月选笔帖式,又詹事、满庶子、太庙五品官、内阁中书、盛京将军、礼部笔帖式各缺。又截取御史二员、工部司务、中书科中书各一员,又次为降补官、保举官,又次为卓异官,余与山阴曾大令二员。后为病痊官一员、开复官五员,共为十一排,卓异在第九排。文选、考功两司掌印司员,时持手折来向各员查点,盖惟恐其紊班次也。正徘徊间,旭日初升,与浓云相映,云边如画家钩金,然五云深处,信非人间可比。

少顷,引入苑门,向南行,过一门,即见太液池,迤逦渡桥,两畔红栏照水。过桥向西南,入一随墙门,又立一小苑中,古树四人合抱。其中小屋大抵御前大臣、内务府等各朝房,遥见徐、汪两侍郎在焉。立少许,又过一小门,转出为勤政殿院落,殿北向,直匾“勤政”二字在檐下。殿上有御前大臣等立于左,吏部六堂官捧绿头签,各跪于御案之右,三人进签,三人接签。皇上据御案,盘膝坐,黄缎褥,阅签,听奏履历。至第九排,考功司掖予袖,跪阶下之左,曾大令跪于右。予先口奏:“宗源瀚,江苏监生,年五十六岁,浙江候补道,前宁波府知府。”曾大令接奏讫,遂各起身,仍由原路而出。

过板桥,见两岸莲茎矗露,想见六七月间万柄风荷,不啻莲花世界。将至来时向南之门,见彼岸一小舟,如江村渡船然。中坐二人,舟子荡桨而至,登岸即视,乃徐荫轩冢宰、徐颂阁侍郎。至门则趋而入者翁叔平师傅,时将辰初,圣上办事将毕,故师傅趋入,将至书房侍读。小舟已舣岸以待,旋见登舟径渡矣。予等出此向南之门,始知西

---

① 此处文意不通,抄本此处有朱笔增字符,然未增字。

苑门内，尚有向北一门，乃与勤政殿相直之正门，即德昌门。皇上出入西苑由此门，侍卫等亦于此内之门侍直焉。还至都虞司，略食粥点，收拾行李，登车入城。

午后至张安圃家道喜，安圃之女适王廉生之子。初三吉期，是日为发妆奁之日，都中多于是日延宾客也。少坐遂出，至财盛馆。是日为江苏同乡京官团拜，具柬延予为客，中座之客为张南皮相国、曾劼刚通侯，余在东座。观戏数出，惟花面发科、打诨诸戏，尚有意趣，袍笏粉面唱二黄调诸戏，无理取闹，予辄欲呕，未终席而归。

四月初三日(5月2日)　晴，无风。午前，钱太仆遣军机处苏拉李姓，送代办谢恩奏折及履历片。用黄绫折匣装储，匣长八九寸，宽三四寸，高约五分许，匣面黄签，顶格书“奏”字。另缮录头牌，白粉轻油，与引见之签无异，上书“花翎二品衔浙江候补道前宁波府知府宗源瀚”，凡宫门请安递缮牌者，亦即此也。苏拉云：“此折与牌，夜间十一点钟时，即递交外奏事官，内务府人员转交内奏事太监。留牌召见，即有纸写一单，书某官某起，分起入，故谓之‘叫起’。阅毕，仍交代递。”

三点钟后出门，至琉璃德宝斋，观廉生所质《皇甫君碑》。文虽较全，然字画细瘦，不及常熟赵惠甫所得肥而具锋势者之惊心动魄，前后亦无印记题识，而廉生出价二百五十金，无怪琉璃厂肆书画碑帖动索千金，令人骇绝也。肆中云有寄卖三件，一为王石谷《长江图》，长逾四丈；一为恽南田册；一为赵子固卷。恽册共十幅，首画鹅四，浮于水草间，题曰“鹅群，仿沈石田”；次画兰，红苞乍放，幽香满幅；次为古木寒鸦；次为红白牡丹；次为急涧乔柯；次为红荷；次仿赵松雪晚霞秋树，馀绮缤纷，自题谓“不觉秋色满纸”；次画宿雨初收，晓烟未泮，谓“以米元晖之语，题方方壶之画”；次为红白各菊花，亦极嫣润；次仿董北苑《溪山行旅》半幅，无年月，无上款，疑非完本，开册副叶有“太上皇帝之宝”“淳化轩宝”两方玺，每幅多有“石渠宝笈”等七玺，押缝皆有纯庙御题七绝，小行书，精工无上，瞻仰动容，此册疑亦圆明园中物也。赵子固卷画水仙白描，一丛双枝，花叶幽秀静细，下缀水草细劲，左方细字题曰："步机无尘静淡妆，凌波意态恼人肠。求仙只吸三清露，金玉肌肤骨节芳。"卷后子固行草书自诗七首，皆七古，笔意纵逸。

阅毕入前门，循昨日旧路，仍至都虞司。此司为内务府三院七司之一，掌升补武职，咨行俸饷，及供应畋渔等事。署门照壁之后，院落之右，有世祖禁抑中官铁牌，下有石座，牌以铁铸成，其形长方，厚寸许，高约四尺，宽三尺许，清书、汉字合璧。予以前日曾恭读其文，今再读之文曰："皇帝敕谕：中官之设，自古不废，然任使失宜，遂贻祸乱。近如明朝王振、汪直、曹吉祥、刘瑾、魏忠贤等，专擅威权，干预朝政、开厂缉事，枉杀无辜，出镇典兵，流毒边境。甚至谋为不轨，残害忠良，煽引党类，称功颂德，以致国事日非，覆败相寻，足为鉴戒。今朕[1]裁定内官衙门及员数职掌，法制甚明，以后但有犯法干政、窃权纳贿、嘱托内外衙门、结交满汉官员、越分擅奏外事、上言官吏贤否者，即予凌迟处死，定不姑贷。特立铁牌，世世遵守。顺治十二年六月廿八日。"开国宏谟，计深虑远，超越千古矣。

四月初四日(5月3日) 丑正起，俄细雨不止。整衣束带后，披雨衣，家丁持伞，长班与苏拉携灯，自司署步出，至西苑门外南朝房。见出使美国大臣崔惠人国英、新选江宁盐运道冯介眉应寿、截取知府福建道御史丁立瀛、江西道御史何崇阶、河南候补知府冯光元，先后皆以谢恩至，惟开复江苏试用道朱麟成在东屋，未见。崔大臣是日请训，作行装，有觉之者曰："凡奉差及入觐，自外至者谒上用行装，请训必袍褂。"崔始知误，假褂与珠，脱马褂，其缺襟袍，谓有外褂罩之，不及易矣。寅正后有苏拉传言，叫起者惟崔、丁、何三员，馀者牌子皆已下矣。盖召见者留牌子，不召见者牌子发下也。少选，李苏拉捧牌至，则予与冯观察牌子上，皆传旨标明"明日递牌子"，惟朱麟成、冯光元牌下不召见。予与冯遂各散，予冒雨还都虞司。

---

① 据《清实录》顺治朝卷九十二，此处为"朕今"。

圣驾以初七日常雩祭天坛，初四即斋戒之期。今日办事召见后，大驾还宫，明日伺候召见，须至乾清宫，商之长班诸人。都虞司在西华门外，路已非便。长班云，此间伺候兵部司官诸人，皆迁至东华门内，神机营公所仍可借用。俟雨止，遂遣人挑行李入西华门，至公所，予仍乘车绕景山，出前门，归莲花寺少憩。至是，雨始止。二点钟后，至前门外会元堂，应富将军之子寿眉峰部郎之招也，座客惟椿寿臣工部为旧识。酒半辞出，入前门，进东安门，过东安街，至大栅栏外下车，步入东华门。至神机营公所，天已晡矣。晚饭后和衣假寐，恒闻警，夜有声，盖前明禁城夜巡，皆振铜铃，本朝易为传筹，其声正传筹之声，合于唐人诗所谓“绛绩鸡人报晓筹”也。

四月初五日(5月4日)　丑正起，略进餐，服补挂、蓝袍，内廷平日皆常服挂珠，逢五、十方补挂。挂珠，佩忠孝带。以微雨，披雨衣，家丁持伞，步至景运门，家丁止于外朝房廊下，屏伞，去雨衣，入门。门五楹，过此门即为乾清门大院。乾清门五楹，中三门，前陛三出，各九级，陛前列金狮二，左旁为内左门，右旁为内右门。内左门之东、内右门之西，周卢各十二楹，东为文武大臣奏事待漏之所，西为侍卫房及内务府军机处直舍，皆南向。其相对周庐，为宗室王公待漏之所。苏拉先导至九卿朝房少坐，旋导入内务府朝房，与军机直舍相邻。凡伺候召见，向于军机大臣入直时，趋其前照面也。三点钟前，礼邸、张相、额相、许大司马由隆宗门入，惟孙大司寇以新迁南城外，由景运门入。入乾清门大院，向不持灯，隆宗门外有执玻璃灯罩者，远照礼邸等四人先后入。既入隆宗门，距直房咫尺，直房内燃灯，不难向其光以行。若景运门则偏于东，距直房甚远。三点钟时，一人风帽雨衣，自持伞行黯中，向直房而前者，孙大司寇也。而予与冯观察介眉转得苏拉照应，携小玻璃灯导行。外官初入，不谙路径，若无此灯，不知所向矣。四点钟后天渐明，见乾清门正对保和殿后陛，陛三成三出，北向，殿左右各一门，左曰后左，右曰后右，皆三间，亦前后出陛。其前为中和殿，又前为太和殿矣。

逾刻，有持叫起单来者传旨："冯应寿第一起，宗源瀚第二起。"冯君与余遂至大院，仰瞻乾清宫，广九楹，深五楹，世宗书"正大光明"额在此。入院，有内监导余二人向西行，途中遇李少詹文田等，自月华门出，盖南书房下直也。内监导余等至一小房，中有炕，炕上有竹纸书叫起单，首冯，次宗，次军机。内监五品顶带衣补挂者一人向予等曰："少停，至西暖阁。中有跪垫，跪于垫之东，弗过西。"又有人似内监侍者捧茶至。待少时，见窗外军机大臣礼邸等四人亦至隔壁屋中待传呼，张相稍后至，有一内监扶掖之，殆以乾清宫阶陛登降非八旬人所堪也。

俄一人至，曰叫余，即随之至乾清宫西阶，导者止。余升阶，见檐下立内监二人，又一人立西暖阁门前，门向东。门宽五六尺，悬竹丝帘，缘边甚厚。太监启帘，向内略望，遂开帘令予入。敬瞻御容，于南窗坑上向北坐，近前一御案，案前一毡垫，白边红心正方。钱子密太仆常云，此为一品垫，非尚书等官至一品者不敢跪垫上，其军机大臣非一垫所能容，随时另设。遂于垫下离二尺许，略偏东跪下，免冠叩头，口奏："臣宗源瀚叩谢天恩。"有翎者免冠置地，以翎向前。取冠复戴起，上前三二步，跪于一品垫西角下，敬聆圣训。

上问曰："汝向在浙江？"谨奏对曰："在浙几廿年。"问："宁波是沿海？"对："府城距海口五十里，平日轮船直抵城下。"问："民情如何？"对："安静，虽有洋人，向来相习不甚生事。"问："法人曾犯镇海？"对："光绪十一年正月十五日黎明，法船到，午后遂向炮台开炮。彼炮击，我不尽开花。我炮却能击彼。"问："彼是开花炮，何以炮弹不开花？"对："此是皇上洪福，彼炮弹有数尺高，而击来不开花。我兵正月十五、十七，两次开炮拒敌，彼船皆受伤。两战之后，彼遂不敢闯口门，或十数船，或数船，退泊于口门数里之外。"问："近来年景如何？"对问[1]："近来年岁亦尚好。"问："汝丁何忧？"对："丁父忧，光绪十三年

① "问"字疑为衍文。

五月服满。”问：“汝是江苏人？”对：“是。”问：“多少年纪？”对：“臣今年五十六岁。”问：“江苏情形如何？”对：“尚安静。”问：“去年天旱？”对：“高田被旱，是偏灾。”问：“去年黄水曾到江苏？”对：“黄水到洪泽湖，却因天旱之故，梅雨无多，底水甚小，不为灾。不然，淮扬必成巨灾。”上颔之，遂起。

退数步，出暖阁门，自启帘，轻缓放下。此时殿上内监，寂无一人，始知祖宗法制，宣室前席之时，外吏小臣皆许独对，暖阁外之内侍亦尽屏退，无一人敢私立帘外也。出殿，仍下西阶，至大院，始有内监以手指西右门示予出。行至西右门内陛，甫上阶，见四团龙补服王大臣等数人自西而至，予稍肃，来者以手示予。出行至西右门，一人立门前，门已合，予至方启。出门复下西阶，苏拉等迎至。袁爽秋遣人传语，邀至景运门旁总理衙门朝房，庆邸兼御前大臣，每日必入直。问召对状。

语毕，仍出景运门，而乾清门苏拉三人随来索赏，至小寓，相嬲不已，见其苦，赏以六千文。其在内务府朝房时，亦赏查房四千文。在小寓略坐，遂至会典馆，访黄再同，适李少詹与王可庄殿撰皆在。谈良久，出东华门外。登车，仍绕景山至西安门外礼邸、额相两处，具名柬请安。又至灵清宫许大司马宅，访许静山不遇。出前门至绳匠胡同孙大司寇家，亦具名柬请安。回莲花寺休憩，饭后曾君表来谈多时。晚饭后补写前两日日记数行而寝。

四月初六日(5月5日)　晴。晨起作杭州、常熟两处家书。午后登车进前门，至北池子张南皮处，具名柬请安。旋至王廉生处，不遇，与其长子谈少时。至二条胡同翁大司农处，值燕客入，与韬甫谈甚久。出崇文门，至草厂五条胡同宝庆会馆，拜曾星槎，不遇。又至三里河薛廉访处谈少时，天已暮，至南横街过钱子密家，不值而归。

四月初七日(5月6日)　晴。午后出门，至湖南会馆，应徐寿衡侍郎之招也，侍郎是日演戏宴客。会馆新建，内祀曾文正、左文襄两公。戏台轩敞，其上厢楼高大，为都中各馆之冠，楼上集女客，楼下聚簪裾焉。座客相识者,薛叔耘、冯介眉、钱子密、俞阶青、黄研芳、与左丰生小侯、黄再同编修数人而已。酒一二巡遂出,至绳匠胡同汤泊温刑部似瑄家,应伯温与赵仲固农部执诒之招,座客为杨子英大令、陈养原观察。饮毕,日未晡,至虎坊桥拜汪子渊孝廉洵诸人,不遇。回至南横街,晤钱子密少常,谈片时,又过俞佑莱家少谈。归寺已上灯后矣。

四月初八日(5月7日) 晴。午后出门,至张安圃处谈少时,即至北半截胡同江苏会馆,应李玉洲礼部士瓒之招。座客为新简山东泰安府康君敉、石子元司马、殷厚培侍御暨予,主宾五人。酒次,起大风,尘沙卷地而起,席散。将晡,访袁爽秋不遇而归。

四月初九日(5月8日) 晴,无风。十一点钟出门,至粉坊琉璃街,拜冯介眉观察。又进前门至兵部洼石贝儿胡同,拜椿寿臣郎中枝,不遇。旋驱车至鸿胪寺,是日为月选官、分发官谢恩之期也。鸿胪寺谢恩,向望龙亭三跪九叩首,道咸以来,人多不到。后定章程,到寺谢恩者,当堂画押,本寺卿临之给小票,为到寺之据。盖月选分发官引见后,奉旨铨补分发,照例用官,非道府向不具折谢恩,或虽具折而不召见者,未伸叩谢之忱,应赴鸿胪寺望阙叩首,礼所宜然。第寺中之奉行有可异者,向望龙亭行礼,今亭前建一门,门不启,诸吏于门外草莱中草草行礼。每次辄数十人,班次先后,无人监之,遂都舛紊,或衣补褂,或衣常服,尤不一式。寺卿二人,不以一人立于此,而皆立堂上,监其画押,重其所轻,轻其所重矣。

礼毕,画押领票而出,出城过曾君表处,邀与俱游法源寺。俞阶青、舜儿皆至。寺为唐之悯忠寺,千馀年古刹,殿宇杂屋三二百间,寺僧数十人。二门以内甬道、院落甚大,古柏参天,干多合抱,特立孤耸,左右分排,俨有袍笏拱立之态。后为大雄宝殿,院中丁香甚多,枝干虬伟,为南中所绝无。尤奇者,白皮古松二株,左右分峙,独干繁柯,树顶广至数十围,枝叶无一不茂。盖其根株已深,得气已全,一切燥湿、阴晴、寒暑,俱不足以累之矣,真伟观也。方丈院中牡丹甚多,甫入院,香气扑人,花多桃红色,白者无几。墙阴一丛作花数十朵,霞光绚烂，令人神夺意移也。

会试明日发榜，今日闱中填写。每填十人即有人传报，又有人于报役手中买其名单，在琉璃厂坊肆内揭以示人，入者必给以一二千文，谓之“看红录”。看花回时，报者已多。君表早负文名，将五十，未免毷氉；阶青以乃祖望之甚切，亦觉闷损。至二更无一捷报，知皆报罢矣。

四月初十日(5月9日)　晴，无风。十点钟入内城，至阶青处谈少许。旋至曾劼刚通侯处答拜。得见，余曰：“风尘之吏，别无可以见通侯者，惟生平服膺文正之书，夙仰通侯负一时之望，愿得一见颜色。方今天下大局，似安而实危，我之外藩为泰西削夺殆尽，高丽国弱君闇，危如累卵，蒙古积弱，闻东三省练兵有名无实，黑龙江等处将吏积为俄人所轻藐。侯为乔木世臣，得毋有时局之忧乎？”侯曰：“西人云，蒙古王公多言，中国恩赐今多成具文。而理藩院尤索贿无艺，闻皆书吏所为，有贿者支子亦可袭，无贿者宗子亦不得袭。以此，外蒙古颇为俄人所煽诱，有外向意。俄之东来铁路，中间有数处以轮船间之，闻限三年成功。铁路一接海参崴，则征兵调饷，由其国都十五日可至，三五年后恐有祸变。译署向来见事办事，无见微知著之意，总理与海军两署，吾如不在衙门，可以上疏建言，今身在局中，知其事非一二人能专己见。而公判之稿，又非有必不可行可以不判者，其如之何？前月皇上问及文馆有无人才，奏近来渐废弛。问何不整顿？奏七八人公办之事，一二人难以独异。虽旋奉管同文馆之恩旨，然已招怨矣。”

侯言朝邑在户部时，聚外府之财于内库，而未能为民生财，生财须讲求商务。又言各省养防勇，恐多费无益，须于沿海屯大枝劲旅，故铁路不可不办。余曰：“铁路非集公司不能办，中国股票败坏，公司不可复集，恐不能办。”侯亦嘿然。谈次，报喜者踵至，侯之侄广钧中进士也。归寓后将晚，爽秋至，谈至夜分而归。

四月十一日(5月10日)　晴，无风。十一点钟出门，至安圃处，贺其子允言字伯讷中进士之喜。又至保安寺街李莼客处，谈一时许。莼客最熟掌故，不第谈近事如数家珍，即国初习闻传疑数事，莼客亦能一一指说，盖多问而强识者也。

四月十二日(5月11日)　晴，无风，未出门。晨起，有同乡怡昌公缎号吴璞斋源淇来谈。云咸丰癸丑以前，京师缎以李东兴为最，癸丑以后，东兴歇业，璞斋始创。怡昌公今只有三四家，而贸易迥不如前云。午后取黄再同处携来《兰亭册》展玩，首为东阳本，次颍井本，次国学本，皆尚可观，而非其至者。第四本与余所藏三种《兰亭》中之河朔起草本尽同，"癸"字下截小撇不断，"崇"字山下有横点，"峻"字山旁构于"厶"之顶上，"咏"字画兼浓淡，其飘逸之致宛然。《圣教》"僧"字，人旁作钩磔状，人旁下画过右边"日"字甚远。"若合一契"，"合"字撇掠皆有停蓄，"一"字收处反锋颇重。"嗟悼"，"嗟"字右边下撇与上竖相连，"齐"字中腹似草书"足"字，而右旁仅一掠，其下"二"上多一长点。纸墨陈润，不似木刻，颇胜予本。再同目此为集《圣教序》字，余为引证河朔本之说，作长跋归之。

四月十四日(5月13日)　晴，无风。午后至琉璃厂德宝斋，见《圣教序》一本，有"晋王书画"之印，无断痕。至奎文堂、文蔚堂两书坊，买杂书数种。

四月十五日(5月14日)　晴，无风。未出门，取《袁爽秋文稿》及所纂《参军蛮语》，择其语之精而有用者，摘录于后。

《送张副都叙》：井臼之利，圣人知其不如机舂、龙骨也，以之养民而民生赡；弧矢之威，圣人知其不如旝车发石也，以之毒天下而天下从。朴有馀而巧不足，则民澹于嗜欲攻取而向义，故乱萌易平；巧有馀而朴不足，则相率背义而向利。人心之防，蚁溃衡决，世变将穷无复之。《阴符》之言曰："人发杀机，天地反复。"利事与杀机相倚，大秦诸岛国皆是也。饮鸩酒以疗疾，而疾弥甚；服礜石以益生，而生弥促。

《天津新设武备学堂厅壁记》：佛者，忍忍者，西方金气也。其术常主尊我，尊我者尊心，尊心者尚诚，是故坚凝智巧而含杀机。释迦生世六百年，而尔撒教兴，尔撒六百年而穆罕默德教兴，更起迭嬗，互相衰王。地水火风之说变而为四原行，四原行又变而为六十原质，于是制造机轮，推步仪器，五材相生相制之学出焉，凡可以利用之器，莫不备兴，此岂人力为之哉！抑气化之趋于自然也。然而泰西格物之学，中土亦尝略具椎轮矣。天员地员之说，出于《管子》及《大戴礼》曾子语；天球、地动、北极、四游、诸仪出于张衡；重学、光学、化学、兵阵之学，《墨子·经说》上下篇、《管子》《淮南》及杜氏《通典》略引其端；测地之学具于《周髀》及裴秀遗法；机轮之法始于连机，水碓则杜征南为之也；炮学始于《孙子》及《通典》所载《五火》篇，曹公读贾逵《左传注》而作是器，初以石，后以金，近益变化尽利矣；轮车仿于诸葛公木牛流马之制；水师沿于古者苍兕习流之义；矿务兴于《周礼》卝人之掌；炼五金之法源于《参同》；工师世其学，源于仓庾氏官轮与分职；至若计里之鼓、指南之车，更璅细不足科矣。盖中国之学未尝不引伸相资持，士大夫习为空疏蔓延无实之说，勿之深考耳。

《答阎成叔仪部书》曰：名者，所以饰实，然有时实见于此而名系于彼，实不可不严而名不得不予，则斟酌乎名与实之间而权生焉。权者何？礼穷而度于义，苟不尽其词，名又恶得而正邪！尊崇之礼，历代议者林立，其不悖于经而犹断断未定者，大要不出二端。其曰应称皇伯考、某国太王者，司马温公、伊川程子主之，实则发端于魏明帝太和三年之诏，皆据《公羊传》"为人后者为之子"一语推勘立论也。霍光奏议、谢弼封事，皆引"《礼》曰'为人后者为之子'"。汉人于《易·十翼》《论语》《公》《谷》皆称传，此引《礼》不称传者，知系《逸礼》三十九篇中之文，所谓"愈于推士礼而致于天子"之说者，推此知《公羊》十五年传亦引《礼》也。跻僖公之为逆祀，三传皆讥之。僖公者，以兄继弟者也，而《左氏传》曰："子虽齐圣，不先父食。"《公羊》曰："其逆祀，先祢而后祖。"《谷梁》曰："先亲而后(主)[祖]，逆祀也，逆祀则是无昭穆。"虽《公》《谷》注家谓以臣先君，犹以子先父，然三传之文明言父子祖祢，未尝引君臣之喻，非第于仲婴齐，《公羊》始明著"为人后者为之子"之说也。其曰应称皇考者，始于汉孝宣帝、光武帝，而欧阳公、韩魏公主之,皆据《仪礼》“为人后者为其父母报”一语推勘立论者也。

夫议礼之辞,明是非难矣,而别嫌疑之难乃尤甚。何以言之?《礼经·丧服》“斩衰三年”,其五曰“为人后者”,传曰:“何以三年也?受重者必以尊服服之。”今上于穆宗盖行之矣。何以止曰“为人后者”,而不毕其词曰“为所后之父母也”?曰:“所后其人不定。戴氏震引申先儒雷氏议。或后祖若汉宣之于昭帝,或后兄若明世宗之宜祖孝宗而称武宗,段氏玉裁说。或后弟若鲁僖公之于闵公。仅举三事,其义类则未尽。故曰‘为人后者’,而不曰‘为所后之父母也’。”礼服,诸侯为天子、如濮王、兴献王曾居宋仁宗、明武宗朝诸侯王之列,则知兴献升附称宗之重悖虺谬,不臣之罪大矣。臣为君,即如宋英宗、明世宗,其在仁宗、武宗朝,亦从臣列者也,应服三年丧者也,则知嘉靖于武宗称皇兄之谬,宋太宗称皇太弟亦谬矣。皆斩衰三年,此曰为之子者何?臣子一例也。《公羊传》义。案《后汉》张纯议引《礼》云:“既事大宗,则降其私亲。”其曰应称皇伯考者,明受重大宗而私亲则降,可谓别嫌矣。然服可降,而私亲之名不可没也。欲议者之毋疑,得乎?父曰皇考,上下通称,如屈原《离骚》“朕皇考曰伯庸”是也。后人临文,若李翱、欧阳公称述其先亦尚有曰皇祖皇考者,第魏相议云:“上尊号曰皇考。”既曰尊号,自与古之通称迥别,然与后来孝德皇、孝崇皇、孝仁皇之单称一字曰皇者,仍大有径庭也。王者尊本祖而重正统,故为所后服斩衰三年,而降其父母期。师丹议。《仪礼·丧服传》曰:“为其父母报。”服期是也,然定以降服之实,仍系以本生之名,故孝宣考史皇孙、光武考南顿君别立私亲庙于旁郡国,而礼家不以为非,是皇考之称无失经指,与哀帝追尊定陶、安帝追尊清河之僭称皇、明世宗追尊之兼称皇帝同为非礼之甚、难逃万世诟病者绝不相蒙,可以无疑矣。而大儒若程子、代彭思永上疏。司马温公以为不称皇伯则涉于两统贰父,是议者以为犹有嫌也。然则嫌疑之间,究何所折衷乎?曰:惟圣尽伦,惟王尽制。尽制者,裁以义;尽伦者,推以恩。自当以尽者为法,而不当以不尽者为准。礼服以降期为词,尽乎制也;不敢没本生之亲之称,尽乎伦也。《春秋》闵元年《谷梁传》曰："不言即位，正也。亲之非父也，子般为闵兄。尊之非君也。未踰年。继之如君父也者，受国焉尔。"受国者何以旁支而受大统之重也？受国于先君，则不敢兄之而父之也。继统即继嗣也，父之者何？斩衰三年也。祭则称嗣君某，敢昭告于先君也。王者则当自称曰孝皇帝某，于庙主称谥曰某宗某帝。此谓闵公为子般后之礼也。以古证今，此条近之，宋明人议礼皆未见及此。右光绪元年闻之《谷梁》大师柳先生兴宗说。僖元年《公羊传》曰："臣子一例也。"僖公未即位以前，固闵公之臣也，以臣继君，犹以子继父，其服皆斩衰。故《传》曰："臣子一例也。"僖不敢弟闵也，故跻僖主于闵主之上，谓之逆祀，《春秋》以为讥。此谓僖公为闵公后之礼也。魏明帝太和三年诏曰："由诸侯入奉大统，则当明为人后之义，毋敢妄建非正之号，谓考为皇、妣为后。"此皆尽制之词，宜然也。汉宣尊本生为皇考，而未敢不后元帝。或曰：持重于大宗，降其小宗，此非天子诸侯礼。天子诸侯盖绝期，毛氏奇龄说。而不知天子他期可绝，报服之期不可绝，以未改乎父母之名故也。惠氏士奇说，期服禫后仍持心丧三年。他若私亲庙之制，则虞舜实始之矣。秦氏蕙田说。

盖圣人制礼之指，若曰降其私亲可矣，未闻绝其私亲也，此又尽伦之义，宜然也。苟明乎兼进之道，而尊崇所生之仪文，称谓庶可得，而嫌疑既析，是非瞭然矣乎。夫礼穷而权以义，实穷而权乎名，名穷而权乎词，词不慎则名不正。稽之往史，皇考追称皆施之既殁，若夫生存之义，可得准此而推，如降旨命廷臣集议，与议者应遍考历代，追崇得失，返而证之经义，比例求合，审所折衷于欧阳、程子之疏，存其两是，于定陶、兴献之议，决其两非。议既上，恭候裁定。如是而有不合于义者，殆希乎。且立乎本朝而议礼，宜奉本朝圣训以为权衡。高宗纯皇帝《御批通鉴辑览》，辨古今之是非，正名百物，至精至当，一则系词于宋濮王议，再则系词于明兴献王议矣。曰："以本生之亲改称伯父，固非所安，而加皇于伯，名亦不正。"《御批》以欧阳之说为得之。谨按，《孟子》曰"为天子父，尊之至也"，天子父之称与皇考、皇父之称，有以异乎？

无以异也。然则孟子固未尝以舜后尧之故，而改本生之称曰为天子伯父也。曰：“以毛里至亲，改称叔父，实亦情所不安，使嘉靖集议之初，即早定本生名号，加以徽称。谓若既殁则宜称曰本生皇考某王，生存则宜称曰本生皇父某王。徽称二字之意，犹魏相疏中所云尊号。则张璁等亦无由伺隙陈言，转可隐全大义。”大哉圣言！非万世伦制兼尽名实两权之极则乎！然则揆诸《礼》无加爵之文，则宋儒改封大国之说实不可从，求诸《孟子》学养兼至之义，则筑宫奉养、一月数朝诸仪亦宜预定，先朝藩爵分定，不敢有所加，本生私亲名存，不敢有所假，如是而庶几仁之至、义之尽乎？而膺尊崇之典者，德盛礼恭，洎乎无为，于以确守先朝肺附之荣？仰惟纯庙定名之训，稽经立教，万世瞻印，垂诸史册，不亦庥哉！

《代边海镜筌序》：峄函于秦，玉门、马邑于汉，祁山于魏，大岘于燕，碻磝于宋，玉璧于宇文周，此边险之与时变迁者也。楼船、戈船，自汉元鼎中始；沪渎垒，自晋隆安中始；烽火、日南、浯(澳)[屿]三塞，自明洪武中始；铜山、小埕二塞，自景泰中始，此海险之与时变迁者也。古无而今有，或古制而今革，或古为极冲、次冲，而今则腹地，或古为要服、荒服，而今则岩疆。曩者持节秦陇，而知安西南北路之为河西屏蔽，天山南北路又为安西屏蔽；衔使牂柯，而知腾越州与印度鸟道相值，富良江上游为径达滇、黔之路。《明史》述西班牙之误七椿园，述控噶尔之误魏舍人，述嗹国、瑞颠国各歧而为三之误，昔人侈为海国异闻者也，今则贾胡皆知，能言道里之数矣。夫求不死之药，而方士麇集；索汗血之马，而凿空踵兴。风气所开，宜乎趋之若(骛)[鹜]，然而欲求真能为安期生、张博望者，千百不一二觏，何者？上以实求，下以名应故也。谚曰“学医者人费”，若学洋务者之费国命也，不倍蓰于医乎？今海内搤掔而谈洋务，若户知之，或皆不免类燕士之献秘方、汉使者之贪假节与？合江蒋君《边海镜筌》之作则异是。近人所著，语北防者莫详于《朔方备乘》，胪海国者莫简于《四裔年表》，议火器者莫奥于《五火位机》，核欧亚沿革者莫晰于《汉西域图考》，括剿抚本末者莫备于《中西纪事》，足以羽翼邵阳魏氏、五台徐氏二书。

《答唐微卿书》曰：近日，英人经营茶桑之利，于逼近后藏之大吉岭[①]，又占据缅国。自漾贡阿瓦上驶蛮暮新街，皆设有轮船埔市，其上游即雅鲁藏布江之源。自蛮暮折而东至腾越，则由缅入滇之襟喉也。

《海军衙门议覆知府赵尔巽条陈劝办护商兵轮一疏》云：自海禁大开以来，闽、粤人稠田少，觅食维艰，遂倚海为衣食，趋之若（骛）[鹜]，或贸易南洋各埔，或佣工新、旧金山，甚或至古巴诱拐华民佃作。大约觅食各国者以新加坡、槟榔屿、孟加拉、旧金山等埔为最，英属之新金山、日本之长崎海滨次之，然大半受制西商，服习异教，非有能雄长一方、崛起号召、自为部落风气者。坐贾多占籍各埔，行商仅依附西船，大率营作射利，岂有远图。此时我于各国属埔内并无自立口岸之权利，将来商务兴旺、众志成城，庶可酌派兵轮，令商出赀费，以兵卫商，以商养兵，渐立自强经久之基。

《致出使曾大臣》云：希赞臣将军奏请会商俄国，于海参崴、海兰泡二处设立中国领事官。以华民在东悉毕尔等处贸易营生者为数不下五六万，远隔殊域，别无官吏保护，种种受人苛虐欺凌。查海兰泡该处系阿穆尔省城，可以通黑龙江各城之謦欬；海参崴乃东海□省要埔，可以达宁古塔、三姓等处之襟喉。诚得各设领事官一员，可（籍）[藉]以保护华民生计，免致卧榻之间诸多隔膜。查咸丰十年和约第八条，原有听中国择便在俄京或别处设立领事之议，曾侯面云，英外部先以中国齿于野人各地之间，自镇南关挫法并克谅山之后，始序于各国之列。光绪七年新约又准俄人展设肃州、吐鲁番两处领事官，两国便宜，计可均沾互抵。后曾侯复以俄外部不允别国于该处设领事官，然日本则于海参崴设有领事矣。

《议覆同文馆总教习丁韪良条陈》：天文算术，中术长于积算，西术长于实测，实测非仪器不为功。

---

① 原抄本如此，疑有脱讹。

《考订藏图说帖》:前藏布达拉南境,至布鲁克巴部北界之听纳山而止,计北距藏治九站。后藏扎什伦布南境,经帕克里至哲孟雄部北界之支母山、普庆山、栋巴雅山、桑领昔山、拉堆山,以上诸山皆藏之极边,直北距藏治约皆十一站左右。其热纳宗之隆图山,《藏志》及新旧图不载,其为在孟哲雄部境内之地,似无疑义。近年藏中营制:哲部之北,当藏边夺宗地方有一营官寨,直距藏治十一站,又帕克里地方有一营官寨,直距藏治十站。此外,后藏迤西绒辖尔地方有一营官寨,斜距偏东迤北藏治十九站,其地已在廓尔喀部之北,去哲部已远。此外,极南边地近哲部处,别无营官寨。然则现在热纳宗隆图山之兵卡,旧无今有,其为去年拓入哲境新设之卡可知。此次文大臣所据该代办商上第穆胡土克图新绘之图,图说不符,似有朦混。取《西招图略》等书及今日采访所得,引申考订,知图中黄色处有强指哲部地为藏地之误。

《总理衙门光绪□年议复陈宝琛条陈并目前规画事宜折子》:各省关岁供京饷八百万,不准丝毫蒂欠。就闽台一隅言之,岁入地丁、盐课垂二百万,厘金二百廿馀万,洋税三百五十馀万,共七百七十馀万而赢,内计台湾、台北二郡一岁所入已及百数十万。藉使大吏力加整顿,则以闽养闽,以台赡台,力自有馀。又如吉林练饷,吴大澂一军已岁糜部帑百五万矣,乃东山省边防复岁索各省协饷九十馀万。夫奉天、吉林世世复除,绝无江浙丁漕输挽之苦,三省士民渥被无涯之泽。该将军、都统等,量兴榷盐、科亩、杂课之例不为苛,且正宜及时完缮自立,以纾东南已竭之民力、大农有限之帑储,无政事则财用不足,岂贫弱之足患哉!

德之兵力,仅敷自卫。美国养兵之籍甚微,虽亲我而去我绝远,事急不足倚以为援。俄与日本壤连势逼,虽猜我而亟当联络其情,以伐敌人交煽之隐。

腹地宜屯大枝劲旅,以固形势;海疆宜任知兵道府,以结民心。宜裁上供不急之浮费,以裕饷源;宜汰泛兵无用之额粮,以筹军火。

守成之朝，用法宜繁而曲，非繁曲无以收居轻驭重之权；拨乱之世，用法宜简而直，非简直曷以作同仇敌忾之气。公家积牍二百馀年，禁令由疏廓而周详，例案由简易而烦密，驯至百司庶职避处分之不暇，何暇图功。岂无人官物曲、材力心思、忠谋硕画，乃卒因循□漏，隳坏于冥冥之中，皆由此太周、太密之故。泰西，岛国也，故以商战为立国之本，惟其立法简易，上下并立一心，广商埔以养兵，治兵舰以卫商，用是艺术精强，得以恣睢于海上；我，陆海之国也，自宜删并禁令，以农战为立国之本，尽革虚浮之积习，广求忠朴之真材，而务上下一心，从事于劝课水利农桑，经营畜牧茶矿，日讨国人而申儆武备，以维世变之穷。彼力术虽强，终绌于义术而自败。敌国外患之乘，乃吾发愤修政之药石也。

原奏请募洋员，据称英属印度之水陆兵官退任家居者极多，但优于月俸招之，如愿入华籍，彼国不禁等语。查订雇西弁教习，历经疆吏奏咨办理，至襄司兵事之大员。同治初，洋将助剿案内，虽曾收其驰驱效命之功，而桀骜难制，贪婪无厌，如李泰国比者，流弊亦多，且并有通贼阴济军火者。夫国初推步台官擢用西术者，文员耳。武员则性粗气浮，假以权势，易为反复。今仓卒召募，未知能否得力。占籍入伍，又虞常例，俸薄未必甘受羁縻。原奏请于水师学堂出身之兵官中，酌任水陆分统、总统，前沈葆桢、丁日昌历保将才，请以总兵吴奇勋为统领，而以学生之技优者张成、吕济、刘步蟾、林泰曾、蒋超英等副之，俾资历练，并声称该学生于战阵之事尚欠实历。兹该学士奏保，惟北洋学生之方伯谦、伯谦后为北洋海军右翼总兵。甲午（1894）八月日本占高丽，中日于鸭绿江海战，伯谦先于六月护济师兵船时已退逃一次，至是又先逃，奉旨正法。严宗光、萨镇冰系初次列保，其南洋管驾之兵官蒋超英屡登荐牍，闽省管驾之兵官张成昨已缘案革职留营效力矣。

考测算家言，凡声光并见之物，无风时率七秒而行五里，风有逆顺，则时有加减，欲知加减定率，先携尺码量地之远近，用枪炮于风逆、风顺及无风时屡测之，即可得其斜行曲线由疾而迟之差数矣。

德国克虏卜厂所造之后膛螺丝钢炮精而贵,英国商厂之乌理治、瓦瓦司、回特活司前膛炸炮大而廉。各国枪式,英以马梯尼为良,德以毛瑟为精美,以哈乞开司为新式,俄以俾尔达啾为上品。

《拟致刘毅斋中丞书》云:国朝大征伐,军需蒇事至多不踰二千万,乃西师自出玉门以来,耗帑至八千万而赢,七借洋债,屡縻部垫,逋欠累累,后难为继。在历任重臣,公忠体国,断不肯疲中原之力以填蒲昌。往者已付逝湍,必思有以善持其后,规一久而不竭之谋,无已,则惟有拓复营田之制,以渐纾饷力乎?查车帅屯田,西域水利,宜禾、效谷,嘉名有自,远则可仿汉唐遗规,近亦当守阿文成、舒文襄、松文清、林文忠诸公之成法。承平时岁饷只三百馀万,而北路伊塔等处有旗屯、商屯,南路阿克苏等处多兵屯、回屯,开垦不下数万顷,岁入可抵额饷十之四。今北路人少,准、回叛绝,各产清厘荒占,可授垦之地必多,闻连年招徕垦户,大抵遣撤勇丁居其大半,果能因势利导,仿用前抚刘蓉办理营田成法行之,不出五年,必有裨益。且陕西一隅犹获营田十馀万顷之多,况乌孙、疏勒幅员万里,戈壁硗区十而去四,尚可得其六七,因地制利,使羸壤化为沃区,史策书之,不亦美乎?回部纳赋之制。查《皇朝通典·田制门》载:"自种之地,十分取一;承种官地者,平分入官。"前者季高中堂奏报,光绪四、五两年,南北路共征各色京斗粮五十一万五千馀石。六年分阁下奏报,征三十四万七千馀石。而乌什、英吉沙尔、和阗、库车、阿克苏,第就此五城计之,已得十七八万石,其甫办丈量之叶尔羌、喀什噶尔,尚不在此数。目前郡县新造,南路人多,征收粮石逐岁加赢,例应酌定科则常额。此外若金沙、玉卝、吉贝、绒布、药物、皮张,百产愤盈,虽新约有暂缓纳税之说,而自然之美利,招商贩运,亦应妥筹。哈萨克、布鲁特、土尔扈特游牧各部,向为伊、喀屏障,而土尔扈特,乾隆中畏俄人虐使,自拔来归,尤为我不侵不叛之臣。今各部虽衰微,而其众尚多,抚之得宜,则喜于去虎口而投慈母;弃而勿恤,则虑其安异域而逐彝腥。长驾远驭,属部强则我之门户固,使之为彼树敌,效我扞掫。昔日耶律晋卿建牙岭北拊，循回部之遗规，将属望于执事。现在规画界务之事，有亟应更正者。竹珊、鹤亭、振亭诸君与俄使勘界，寄来各地图但列牌博名色，而于经纬度限、山川形势、道里远近、中外译音、四至八到，概未详求。曾阅俄图，伊、喀界外有哝哩吐、嗯威呢二炮台，彼己情形宜加熟审，而今图无之。振亭勘喀界舍帖列克而立线于依尔克池他木，朗斋争之甚力，而两处所寄图说，道里至到仍未明晰。至喀城界图，尤属纰漏，将来斥堠行军，事事不得要领，望谆戒各路帮办及分界大臣，毋再草率了事。

《测绘舆图事宜》：测地开方，沿用勾股弧三角法，近日泰西人最精，其实源出中国《周髀》，西人谓之东来法，特为彼所窃取耳。《周髀算经》曰："偃矩以望高，覆矩以测深，弘矩以知远。"矩者，即中法开平方、立方，及西法用点线面体、三角八线之祖也。得此而极高、极深、极远，皆可测识矣。地舆以东西为经，南北为纬，与天度相应。乾隆中，内府十三排地图，及近胡文忠所刻《一统舆图》用之，为测地不易之良法。现行中西新法，凡欲测经度，须先定一处为正度中线，中线亦可随地创立，如中国以京师为中线，英国以伦敦为中线是也。中线一定，则经度之偏东、偏西可辨矣。欲测纬度，以仪器测北极高度，较求赤道法为便捷；欲测北极出地度数，以先测附近之勾陈大星为最准。得北极出地之数，则纬度之迤南、迤北可定矣。经纬每一度皆以二百里计。假如人向南直行二百里，则北极低一度，人向北直行二百里，则北极高一度。若遇重峦叠嶂，则以中峰主线测鸟道里数，乃《周髀》测高法也。遇海滨洋面，则以海岛直表测斜距里数，乃《周髀》测远法也。无论开方、立方，每方以百里或二百里或四百里为率，由此按中西成法比较求之，则山川脉络凹凸阔狭之势、道里远近、四至八到之数，殆可广轮毕现，地无遁形矣。至其法之曲折繁重，详载英人所著《行军测绘》《测地绘图》《绘地法原》三书，及金华张作楠《揣籥小识》、馀姚黄炳垕《测地志要》。嘉庆中，南丰刘衡有《勾股尺测量新法》一书，凡山谷高深、田野平远，一测可得，不烦布算，尤为便捷。

《钦定西域图志》定新疆凡四路,曰安西南路、安西北路、天山北路、天山南路。其台跕里数,及米勒都斯、由伊犁那喇特卡伦通喀喇沙尔之路。木素尔岭、由伊犁帖克斯川,踰冰岭通阿克苏之路。贡古鲁克由伊通乌什之路诸处,南北可以相通。大小径路,据官私沿用各图,俱以蓝线朱线界画远近,注解明白。第腹地已极周详,而边线尚虞阔略,此次新立牌博及安设卡伦之处,应于图上逐细签注贴说,由某界碑至某若干里,由某卡伦至某若干里。其俄国牌卡道里,彼所用泰西迈数,每一迈谓一迈,又曰一米。计中国三里三分,亦应附考明确,以备巡哨、驲递及刻计行军限期之用。

边事所以茫昧舛误,坐失机宜,大半由不详审互译地名,以致毫厘万里。辽宋争分水岭之界,彼此欺诳;道光中,驻藏大臣不识廓尔喀汗表称里底之名;咸丰中,黑龙江将军奕山弃赫哲费雅喀数千里之地,贻误全局,罪不容诛。近日黑顶子、珠伦河之界聚讼未决,皆由定界时未经校准译音,阶之厉也。欲考地名,先求定译,名从中国,地从主人。凡幖志一地,首列国语,用名从中国之义也;次列方音,用地从主人之义也;又次分注各部异名,所以决重译互殊、转音歧异也。如国语称山为阿林,蒙古则曰鄂拉,回语则曰塔克;国语称水曰穆珂,蒙古语曰乌苏,西番语则曰楚,是一名而数译也。又如库尔、喀喇、乌苏,准部人语谓黑为库尔,回部人谓黑为喀喇,水则皆曰乌苏,是一地而两名也。《钦定同文韵统》《西域同文志》《三史国语解》《皇朝七音略》诸书均详载蒙古语、准语、回部、唐古忒语,惟俄文尚待讲明。今西路语译地名,似先以募通俄文者譒译中俄各地名,为筹边第一要义,庶不致展转传讹,所失滋大。

山川脉络、水草肥硗之数,必须目验。山分阴阳向背,阳则物产多而畜牧饶,阴则多不毛之地而人民瘠;水分经流、枝流,经流可以为天堑守险之资,枝流可以收凿渠灌溉之益,其枝干脉络,不可不详辨已。姑以科塔北界论之,馀则可资隅反。如阿尔泰山之主峰北干连乌拉岭,宰桑淖尔溢出之,额尔齐斯河入于北海,此大山大川脉络之应详考者也。扣里木图河一带为乌梁海，蒙部夏季游牧，乌隆古河诸处为冬季游牧；奎峒山为哈萨克夏季游牧，大彦淖尔为冬季游牧；喀巴一河，两国均挹灌溉之利。此小山、小川脉络之应详考者也。据此例类推，伊、喀各路可矣。

古今边情异，宜视乎其地之丰耗盈虚与其部落之盛衰强弱为转移。如汉割(凶)[匈]奴，则结乌孙为右臂，今伊犁。元征印度，则辟葱岭以建牙。地无常险，要在察古衡今，审势觇敌，而得夫守围抚番之长策。我朝绥奠西陲，尉侯万里，内资满、蒙、索伦劲旅，棋布星罗，分守要隘，外资东西布鲁特、左右哈萨克、土尔扈特诸种人，以为屏蔽。今各部落或折入俄境，或安堵穷边，皆应讲求绥辑之方，操国家所以收犄角依唇之效。

《议赵尔巽请译道光中俄进各书》：查道光廿五年，俄国君主表言《丹珠尔经》乃佛教所重，奏求颁赐，宣宗命发雍和宫藏本八百馀册赐之。越数月，其君王因肄业换班学生进京，乃缮其国图书三百馀种，计七百馀册来献，奉旨交理藩院收存。咸丰八年，蒙文宗御笔圈出四十一种，皆舆地之书，当时进呈乙览，其馀遂移存方略馆。同治八年，复由总理衙门奏准，将前项书籍移存总理衙门书库。兹复据御史赵尔巽奏请交同文馆繙译，饬据同文馆洋教习禀称，单内天文、地理、格物、医学诸书，或六十年前，或百馀年前所载，不如新书之详备；且俄书之立论大抵逊于英德各国，故俄人常从各国译书，而各国译诸俄人者甚鲜等语。臣等窃维，近日西学支离蔓延，异说百出，勿庸再为推波助浪，以淆天下之观听。其中惟天算、地舆、制器、造船、炼兵、布阵各法，有裨今日军政海防者，为不可少之书，而彼土所称农耕医药，与中国成法绝异，多不可施行，无庸更译。惟是西艺新法，风气开自泰西诸国，其书已由上海制造局译出五六十种，天津机器等局又译出兵阵、火器等廿馀种，臣衙门同文馆先后译出各国史略、西艺方术近廿种，皆新出推勘较密之书。俄国偏居北徼，风气较晚，且道光中所称彼土属部地形，与现在开拓形势迥然不同，彼时金山以南，机洼、浩罕以西,呼兰、伯力以东,犹未属彼辖境,安得如该御史所云"帖克斯川、塔城北境,如能译出彼图,即可瞭如指掌"乎?惟查近日西人刻有洋文沿海地图甚精,其图说已由沪局译刻,惟地名尚未译准,德国炮学书曾譒刻,而炼钢之说未著,新式燐铜鱼雷制法亦未谙习。凡此类裨益实用之书,请饬下南北洋大臣、各国出使大臣随时密访择译,以备制器测地之用。

光绪十一年六月十八日,钦奉皇太后懿旨:东三省边防事宜,着军机大臣、总理各国事务衙门会同神机营王大臣妥议具奏。钦此。奏曰:窃维防边之要,首在审地势、察敌情,形势既得,选将为先,将得其人,军储宜亟,而练兵、制器、招垦、兴屯,则其节目也。东三省统辖至广,盛京十四城,为边门者二十馀,吉林八城,为边门者四,黑龙江六城,旧设卡伦之区七十一。承平时,东际大海,北限混同,榛狉之民,多我属部,历朝奉敕编入八旗。凡居近吉林之巴尔呼人、锡伯人,居近伯都讷之卦勒察人,居近珲春之库尔喀人,居近额尔古讷河之索伦部、达呼尔部,其最远者为鄂伦春部,皆审户比丁,隶入军伍,擢彼材勇,效我扞掫。而八旗猛将、吉林丹兵[①],常率诸部四出征剿,以精锐闻天下。其时中俄立界于尼布楚,开市于恰克图,斥堠之设多在中路北徼,而东方则晏然无事也。自咸丰以来,中原多事,东三省精兵征调四方,腹内虚耗,饷减差繁,势成积弱。参、佐领以下又不恤兵丁,层层剋扣,以致生计日蹙,土地日荒,风气日敝。彼时国家方治内盗,无暇东略,溃一隙之堤,成数世之患。牧圉之吏,任非其人,遂使邻国摘隙蹈瑕,蚕食东徼,侵踞我黑龙江以北,乌苏里江、兴凯湖以东数千里之地。于是吉、江二省遂无师船出海之口,腹背受敌,如处瓮中,而边事因之日亟矣!今虽明订条约,暂事羁縻,然边情反覆,理难久恃。疆场之权,以公法论,亦彼此各自主之。

查江省与俄之阿穆尔省一江之隔,其省城在海兰泡,与我黑龙江

---

① "丹兵"当为"兵丹"之倒文。

副都统所治之城相望，沿江上下皆夷屯也。昔日跨江为守，今则江流之险与我共之，额设水师船只，又皆槽朽狭小，不足以资战守。吉省与彼之东海滨省毗连，其新设酋长驻海参崴双城子，又别屯兵于岩杵河、摩阔崴诸处，而以驻扎伯力之重酋联络其间。其两省额兵通计不过万人，常招徕屯垦客户编为民兵，以辅其不足，又收买麦粮、煮罕奇之盐贩入内地，以为储蓄之资。近且逼珲春为垒，开通图们江东岸，以窥朝鲜北境，行船松花江，以窥三姓上游，势亟亟矣。彼处处通海，便于转输，我陆运回远，易致疲敝，似彼常处其逸，而我常处其劳。然以天时、地势揆之，冬春二时，江海冰坚，船不能驶，彼若深入，接济维艰。彼挽饷虽利，然(蒙)[宁]古塔以东，即无人之地六百里，群山纠纷，溪涧深淖，为之阨塞；三姓迤东至黑河口八百里，江路多涵，陆路多潦，天然险阻，可以限长驱之足。然则我固不可漫然布置，致备多力分也。

吉省所最要者珲春一城，与彼逼壤，其西南接连朝鲜之庆源、庆兴两府，一苇可航，前无障隔，后可包抄。三姓一城水路上距伯都讷之三岔口一千馀里，中间历阿勒楚喀、①林诸城。其三岔口西南陆路，则由蒙古郭尔罗斯界，径从草地直抵奉天之法库边门，才八百九十里，最为便捷。俄人地图惟于此数处画一曲线，他处则否，其久蓄窥伺之心，已有明验。然则该两处最宜注意，一以保护朝鲜北境，一以屏蔽我松花江上游伯都讷腹地。此吉省大略情形也。

江省为吉林唇辅，上游有内兴安岭一带为之阻隔，设防宜在下游，旧设卡伦，今存四十七处，多在呼伦贝尔以西。夫昔日之界在尼布楚，故卡伦在西，今日画江为界，江北旗屯沦入异域，则卡伦宜改设东北。又将军远驻齐齐哈尔，北距黑龙江城尚八百里，今昔异宜，控

---

① 据《遵议东三省边务大略情形疏》，“林”前有一“拉”字。该疏载于《皇清道咸同光奏议》卷五十二上兵政类防务上，署名王大臣。

制非便,似宜借行□[①]为名,时至沿江巡阅,以壮声威。邻柝相闻,而我犹晏然寝于室中,可乎?此江省大略情形也。

奉、吉二省皆界朝鲜,吉以图们江为界,奉以鸭绿江为界。辽阳迤东仅设凤凰、叆阳、□[②]厂、旺清四边门,为扼要之地。今水路则趋重旅顺口、大连湾一带,陆路则自同治六年奏明勘荒开垦以后,边门而外,耕廛栉比,设官置戍,直抵鸭绿西岸。非厚集兵力,水路犄角,不足以顾根本而护藩邦,而腹地防营似可酌量并省,以节饷力。此奉省大略情形也。

臣等查光绪六年经户部、总理衙门奏定,请饬下各省每年协拨东北边防经费二百万两,虽往往解不足额,然部垫、部拨之款数实相当。今试以东三省兵数计之,历据该将军等先后奏报,奉天经制额兵二万二千八百馀名,练军马步队及缉捕勇丁又一万三千一百馀名。而雷正绾、宋庆等军之食江浙、河南饷者,犹不与焉。吉林额兵,现据册报一万一千馀名,乌拉牲丁四千馀名,铭安、吴大澂等新练巩、卫、绥、安四军,又靖边防军二十营零三哨,除绥字等营由吴大澂挑选奉调移防滦乐外,尚有万六千人。黑龙江额兵,现据册报一万零九百馀名外,马步练军四千五百馀名。以三省通计之,共有土、客兵籍几及九万人,兵力不可谓尚单。以饷数计之,奉省地丁、地租、货厘、洋税、船规,岁入银一百三十一万四千馀两,吉省岁入之款约银四十五万六千馀两,江省岁入之款约银三十六万六千一百馀两,三省通计共有入款银二百一十三万六千馀两,尽充俸饷之用。外由部库每年拨银一百四十八万两,又外省协拨六十八万九千馀两,实解到银二十七八万两不等。是东三省岁需饷银三百七十三万,客军之费犹不在内,较之承平时新疆岁饷之数已有过之,饷力不可谓不厚。当此艰难支拄之秋,任兵事者自宜加意撙节,兵归实用,饷戒虚靡。若犹防务废弛,营伍

---

① 原抄本此处留空不书,据《遵议东三省边务大略情形疏》,此处为“围”字。

② 原抄本此处留空不书,据《遵议东三省边务大略情形疏》,此处为“碱”字。

空虚，无事则虚报冒销，有事则情见势绌，岂该将军等所宜出此乎？

又查总理衙门上年正月间行文通查外省练军火器，先后据盛京将军咨报：捷胜、长胜等营练军及调驻客军，计练习前后膛洋枪者四千馀名；吉林将军咨报：册开边防马步各营练洋枪、洋炮者共五千三百馀员名，练军马步各营则练洋枪者约三千人；黑龙江将军咨报：所有练军、西丹，前经奏调洋枪、洋炮教习常川操演五千名。是三省大吏于近日操演要义，风气日开，不至拘守成法。惟是三方布置固建，率然之势，首击尾应，使之互相掎角。然不思所以联络其气脉，整齐其规制，恐将来局势散漫，彼此不相策应。臣等酌度情形，思所以通变持久之方，相应请旨。特简知兵大员，会同三省将军，筹议训练章程大要。首筹大枝劲旅，合兵万人，驻扎要害，为东西策应、游击雕剿之师。现在议设电线，如有警报，相机因应，呼吸可通。次则每省练精兵五千，为分防之用，以佐汛地额兵之不足。凡锡伯、索伦、鄂伦春诸部，择其材勇者，一体编入。又次则练闲散旗丁作养育兵，以备随时拔补，汰弱留强。三者相辅而行，饷有差等，一律操演新法，冀收实效。其每年练饷加拨若干，需用火器、子药应由天津机器等局拨解若干，应归督兵大臣酌核定章，奏明办理，再请饬下户部、北洋大臣筹拨。此外，若招客民屯垦，则可就近买粮，以充军实；兴畜牧之利，则可收其饶课，以助边储；招商开矿，则驱淘金之徒，编集而为矿丁；伐木通道，则开商贩之路，量榷以益厘税。且奉省沿海产盐，市价最贱，诚能远采金元时征收肇州、辽阳盐课之法，近用各省盐斤加价之例，官为收买，量加课厘，就场征银，以鬻于商，使转贩于关东诸路、蒙古各盟，亦筹饷之一端也。又，从前伊犁养兵之费半资屯田，其法以旗、汉兵每年分拨，四成屯田、六成差操，更番为之，故可持久。吉林及呼兰一带荒地极多，借使于经制兵内，仿伊犁成法，抽调若干成，授地垦荒，凿渠灌溉，以资生计，双城堡非其明验耶？凡此皆边务之要图也。同一土地，敌人所至则为兴利之腴区，自我处之即为耗财之瘠土，有是理乎？夫为将之道，日讨其部曲而申儆之，非家谕而户晓也，贵精神折冲耳。果能发愤有为,则羸者可变而为强,若仍委靡因循,则强者亦日趋于弱。宋臣李纲有言:"精气变痰,痰变精气,非二物,视乎元气之强弱耳。"国朝二百年来,良将劲卒多出东三省,边臣果得其人,岂有终于骫骳不振者哉!所有一切事宜,臣等第能略引其端,至详细章程,应候简派大臣会同该将军等因地制宜,与时通变,破除积习,求力[①]整顿,察酌情势,然后奏请次第开办,务使三方隐然树长城之势,以伐敌国之谋。及今为之,犹可表里经营,完缮自立。谨将臣等遵议缘由,合词恭折覆陈。

再,总理衙门以朝鲜防军既撤,朝人颇有戒心,当密商李鸿章,以筹备之策。旋接函称:奉天边门仅有东边道防军两营,未堪大敌,可否请旨饬雷正绾马步九营,就近移扎鸭绿江西岸,择要布置,以备朝、俄有事,进据平壤,与北洋水陆各营互为声援云。查俄人经营海参崴、摩阔崴诸处水师,该处与朝之元山津一带一水可杭,将来衅端一开,此一路必先吃紧,我欲以师船阻之,则绕越济州重洋,力固不逮,欲以陆师援之,势常不及,此不可不知也。至平壤为朝鲜旧都,地居该国适中,在今汉江都城之北,贡道由义州径达凤凰边门。现海道有丁汝昌等水师,与金州、宋庆一军互相掎角,兵船不时往巡仁川、江华一带,以壮声势,而陆路尚嫌单薄。日前海氛已息,营口、滦州、乐亭等军似可移防,应请旨饬下北洋大臣会商。奉省将军酌调雷正绾等军移驻边门,以扼形势,而保藩属。至珲春,地处极边,屏蔽朝鲜北境,极为冲要,依克唐阿一军训练多年,应著成效。并请饬吉林将军确查珲春近日情形,应否添扎劲旅,务即不动声色,密筹布置,并将沿边情形、敌中要害究探确凿,绘图贴说。

奏闻俄之国势,重在波罗的海以西,不重在乌拉大岭以东,故亦就我羁縻,从不与我构衅。黑龙江以西索伦五千里之地,本非我有,自康熙二十九年定界额里古纳河以后,而尼布楚、雅克萨以东之地入

---

① 据《遵议东三省边务大略情形疏》,"求力"当为"力求"。

我版图。是时，俄国政教粗立，不与我争地；康熙十五年、二十五年，两由俄商及荷兰贡使贻书俄汗。仁庙远略，外以羁縻俄汗，而内以断准噶尔逆贼噶尔丹之接沸外援，是俄有大益于我，不与我争利；乾隆三十六年，俄属部土尔扈特十馀万众畔俄而投我，我纳其降而俄不问，不与我争民。人有德于我三。即咸同之间，弃黑龙江以西地数千里，乃奕山办理不善，赫哲、费雅喀诸部落、库页一岛，为俄所开辟经营，绕出吉林、兴京之背，而我东三省大吏置若罔闻，譬之子弟不肖，而责言强邻，其谁惮之？而乃不揣国势、不谴边臣，聚诽易夸诞之文士，盈庭交哄，未见敌而神王，将见敌而转怯。大臣不请旨力加申饬痛戒，而耳目为之眩，心志为之夺，仓卒颓怒，不可终日。如酒人指迹狂詈，比稍醒而知劲敌将至，则又却避，嗒然若死灰。向之助哄者，亦寂然不振，徒为四裔窃笑，以为仍不脱科目文士窠臼耳。何人才不竞至此！

卷三

光绪十五年四月

四月十六日(1889年5月15日) 晴,无风。以十九将南还,两月中所来往之宾客,虽不能一一作别,其中之往还较多者,不可不一[①]走别。午前入城,至西城,多不遇。至黄再同处久谭,出所藏旧拓《阁帖》,首行某卷之下有“臣王著摹”四字,瘦而有神理,不知何本。午后又出门,先至上斜街徐继和宗丞致祥处,宗丞前一日具柬,定廿一日招饮,亲缴柬谢之。宗丞癸酉(1873)主试浙江时,余方权守嘉兴,曾一见面,至是已十六七年矣。以屡上封事,由侍郎降官卿寺,今转宗丞。喜谈内外事,谓予曰:“尝闻浙人道君之官声,今之督抚亦不喜任贤才也。”论大臣,余推朝邑,阅历深,有任事之气,宗丞则□□。曾劼刚侍郎以次至他处,多不遇。最后访百约、安圃,亦不遇而归。

四月十七日(5月16日) 晴,无风。前一日,皇上降旨,是日诣大高殿祈雨,盖京师久不得透雨矣。午后入城,至翁大农处,不遇。大农是月二十七日六十寿,余以先期出京,无以为寿,撰一联曰:“耆耇应中兴,一德明谟崇坐论;阿衡光继世,三朝盛业重交修。”自书投赠。又至寿眉峰部郎处,赠十金为别。又诣数处,出城至百约处坐片时。归以五十金送江苏会馆,交黄子中户部,元文,如皋人。为通省团拜费;以五十金交黄慎之殿撰、梅景韩刑部,为江宁郡馆团拜费。

四月十八日(5月17日) 晴,云气往来,日光甚薄。侵晨,翁韬

---

① “一”字之后疑脱“一”字。

甫至，曰："叔祖昨晚归，始见公所贻寿联。今日昧爽起，即命某亲诣谢，且怪奴子昨日言之不早也。比来乞叔祖书者，纸积数箱，无暇作字，惟公所请书者已濡染，尚未书款，公所请题《褚河南临张芝书卷》尚未题。某曰：'宗公将行，如不暇题，或为书一签归之。'叔祖时将趋朝，犹展卷涵泳，云今日必遣人送来。"又深谈时局良久，曰："忠诚悱恻，惟朝邑相国一人，其在政府，于上前恒越次言事、言人，致政府不能容。其在户部，事多独断。一日，叔祖曰：'吾尝可司官之请，判一先行稿。'部稿须六堂齐画乃行，有紧要事，一堂先画即行，谓之先行稿。朝邑以为误，深责司官胡不相谋。吾在旁颇不堪，谓司官曰：'吾在他部，亦尝画先行稿，不虞今在户部有此失，速毁之。'朝邑向吾谢过不已，然惟吾深知朝邑之贤云。故朝邑在部，亦举曹不能容，其坚不复起，殆非无故。数日前，某为朝邑送别，朝邑曰：'前日见宗某，可谓独明外事者。'某曰：'相国但知其明于政事，未知其优于文事也。'"

是日来送行者纷纷，皆谢之，惟黄再同来，延入谈少时。再同为吾题《唐摹兰亭册》《赵千里画卷》，亲送还，其于书画有笃嗜焉。未晡，翁大农遣送所书匾额至，并致谢。札曰："赠联奖语不敢承，惟尊书乃足珍弆耳。"大农之书名天下，其门下翰詹如林，无不以书进身，余乃于人海中书联以赠，不可不谓妄，而大农顾许之耶？其题褚卷引惜抱轩《阁帖跋》谓："《知汝殊愁》等帖，为大令书，语有左验，觉余之断断辨论，都成词费。"其跋语中且推余文事、吏治浙中第一，弥致愧矣。晚饭后，褚百约、袁爽秋来，谈至二鼓后方别。是日收检行装，而时有客至，踝躞甚倦。

四月十九日(5 月 18 日)　黎明起，车夫来，督视诸仆运行箧。早餐后，十点钟登车，出东便门，由莲花寺至东便门外约十里而弱。由东便门外至双桥廿里，入店稍憩，餐烙饼。又行廿里，至通州东门外河埠，入恒泰店。恒泰店者，源丰润银号周侣芍先期为作书，托其为予雇船者也。店东韩姓，掌柜吴姓，其店生意大宗在花客。花客者，广东人，海道贩茉莉花，岁十数万株至京，为茶叶店薰茶、鼻烟店薰烟之用,士夫家盆玩亦及焉。买者、卖者皆住恒泰,而店为之主交易,取行用焉。至是为雇卫侉子船三只。即所谓北侉,闽南侉甚小。其船有三舱,中舱大而深,予等行李与秋岳同乡沈俪坤行李,共装十一车,由京至通,皆单套车,不及双套车之能容物。一船已足以容之,遂用李姓一船。馀二船恒泰已代付定钱各一千,余认之。命奴子等卸行李入船。余挈秋岳、舜年同俪坤,至恒泰拂尘洗面,店伙在饭馆叫菜。五小碗,一蘑菇汤,大钱九百五十文,甚贵。饱餐至晡登舟。

四月二十日(5月19日) 晴,无风。黎明开船,将晡,东南风大作,不复能行,泊于砖河。舟子云,已行百六十里矣。河道缭曲,致多迂折,沿途高粱虽已生发,尚无芃芃之象,望泽颇殷矣。北方树木沿村蔚然,绵密迤逦,胜于江南,其土厚水深之故乎?

四月二十一日(5月20日) 晴。黎明开行,转西南风,舟子扬帆甚乐。西风下水,船如奔马。午后日影满舟,颇觉薰灼。至五点钟后,已抵天津,栈中接客者纷至。由紫竹林登岸,仍往中和栈泊舟。后乘东洋车至栈,日尚未曛。是日亦行百六十里。

四月二十二日(5月21日) 晴。晨起,由招商局代雇舆夫四名、轿一乘至。入城谒合肥相国,谈亦甚久。旋晤幼樵,畅谈。出署,大风忽卷地起,惊沙眯眼。京津自春至今,皆多风如此。拜津海关道刘献夫汝翼观察,不遇;拜津河道胡芸楣观察燏芬,谈少时,回寓。少憩,风略止,至河东兴隆街,拜温味秋廉访忠翰。廉访由浙江温处道擢湖北按察使,入觐至津,以病请开缺,留津养疴者数年。云气虚,多服滋阴之药。余劝以改服阳药,方冀精神复振。归途至招商津局,拜黄花农观察建筦、张友堂大令,皆不遇而归。

四月二十三日(5月22日) 晴,风止。晨起,张子实大令阜成来。子实,鄞县人,余守明州时,执贽门下,壬午举人,丙戌进士,以即用知县分发直隶。闻余至,来见,云经津河道留津当差,仍以阅书院课卷为事,询问刘艺兰病殁事甚悉。艺兰,鄞之廪贡生,文行兼美,读书淹贯,尤熟宋元诸儒之书。余开辨志文会,延为宋学斋主讲。艺兰旋中乙酉乡举。薛叔耘为宁绍台道时，创崇实书院，亦延为山长。今春，以会试乘轮船过黑水洋，五更起看日出，中寒，骤病，至天津易小舟时病甚。子实闻之，趋舟相视，犹能言，延医往诊，以卧处甚暗，约明晨来诊。夜间，舟人见疾不可为，遽举至医院，及子实与医来，已汗出不可救，逾时而逝。幸得子实与同乡诸人为视殡(敛)[殓]，发电召其子其云至，已于前月舁柩而归。其云初应童子试，甫十馀龄，余曾拔以第九名，今已廿许，闻尚未入泮云。

子实辞去，余旋至东局水师学堂，拜吕庭芷观察耀斗。东局者，天津机器局，在河之东，由招商局马头迤下渡河，迤逦十里许方至局，而水师学堂附焉。未至局数里，穿新筑之火车铁路而过。停轿谛审，始知铁路者，占地宽约六七尺，而旁范铁条二，以为车之轨，轨辙皆凹，以受车轮之凸，而此独凸，以受轮边之凹，其两旁又凹之，以受轮旁之凸焉。牝牡相衔，车轮驾其上，滑利如飞，而不虞颠覆。车重可万斤，而两铁轨承之，故架铁必以厚板，间二尺许，筑板地中，地必以碎石块坚筑，车重易欹陷，故板隙处，与轨之两旁，满储碎石，一有欹陷，立即填补，间段设守护焉。此处盖下通大沽，上达开平者也。

将至局，筑大道宽二三丈，两旁杨树成林，浓荫蔽日，想见渭城灞岸、大道瑯琊如是也。局占地九里，规模阔大，土城陂陀，环隄亦植柳树。局门如城门然，入门后各屋星列，中有河道可以通舟，惜只造枪炮弹子，而不能铸枪炮，火药亦造于此，不别为局，似未尽善行。至最后始为水师学堂，另辟一门。与庭芷不见将廿年，握手道故，留午餐，谈数时之久，不厌不倦，并及拆铁桥事。铁桥者，铁路公司所造，将以通铁路，运津之百货者也。其制惟中洞能通船，其旁之两段，仅容舴艋，而铁柱纵横，粮艘抵津，剥船千百，不能方舟而进，有旷时羁日之虞，病一；盐舟亦为所滞，病二；下游大沽为泄水要道，铁柱挂淤，水道渐病，病三。津关、津河二道，先据众舟子之禀，言桥之不利于当道。当道怒詈之，然已心动，后江浙粮道又言之，而江粮道景君尤擅词辩，当道遂有拆桥之命，人心大欢。逾日，铁路公司又邀江浙粮道与长芦运司额勒精额议变通之法。两粮道引避，额公独遗书谓："盐、漕、河三者，天下之巨政，今三者皆病，无可覆议。议拆桥，某必至；议复桥，某不来也。"馀事倾谈甚多，多慷慨唏嘘之意，不能悉记也。京津两处皆望雨甚切，沿途所经田野，高粱、麦苗多不长发。当此时势，年岁关系大命，比来南北旱潦叠见，山东之登、青二府，去冬至今不雨，野无青草，民不聊生，京津等处，又望雨迫切，能无杞人之忧？是日，津海关道刘献夫汝翼与胡芸楣、黄花农皆来拜。

四月二十四日(5月23日)　晴，有风。湖州人张戟臣太守振荣来谈。戟臣，三品衔，直隶候补府，云由直隶州县进身，曾历数县。直隶上等缺，如宣化府属各县者，约有二十缺，岁可赢万馀金，次等数千金，其最下者数缺而已。并言天津一带今年雨太少，麦收已无望，在田青葱者皆高粱，其收割在七八月，若即得雨，高粱勃发尚可有秋成之望，否则不可思议云。温味秋廉访亦来谈。不逾时，吕庭芷至，谈少顷，去拜客，俄复来，留午餐。方子咏亦去而复来，聚谈至四点钟方去。午前尚有浙江海运委员杨小斋大令钟俊、吴县丞喜孙来谈；其县丞用候补府照磨韩铨字子衡，为王海珊之姻亲；候补巡检汤声清字叔英，则汤同人之子也；又沧州刺史袁敬生名遂，苏州人。昨日遇于庭芷局中，今日来拜，以有客在座，未延入。

四月二十五日(5月24日)　晴，无风。直隶候补道新署清河道朱伯华观察福荣来谈。伯华为曲园门弟子，绍兴人，在津年久，今甫得署道缺。据云，铁路之事，前数日有廷寄，以前据海军衙门奏言，津通铁路不可不办，当饬沿江沿海各督抚悉心核议。旋据先后奏覆，除闽督卞宝第、楚督裕禄、鄂抚奎斌佥言不可外，台抚刘铭传、护苏抚黄彭年所议尚可采。而两广总督张之洞，独言津通造铁路有五宜慎，汉口通铁路有八利，谓宜自芦沟起造铁路，以通汉口，其言尤为详尽，令海军衙门与北洋大臣再行妥议云云。现在傅相之意，津通铁路拟即不办，汉口之路张督原奏请分四段，每段经费四百万，共一千六百万，由各省督抚岁筹银二百万两，分八年办成。傅相云，四段即须四总办，现在可充公司总办者，无此四人，我亦年老，无此综核之精力矣。

午后出门，至城内答拜朱伯华、张戟臣、张子实，戟臣、子实皆未遇。旋至商署，与幼樵畅谈，遣人以手版于傅相前禀辞，仍请见。谈吴杰事，谓："浙抚崧镇帅书来，甚嗛此事，我复书言先据薛叔耘说此事，后又询之宗湘文，佥言此人于炮台暨守口有功，何不奏请更正，不知肯为此奏否？闽督以为据提督之函参一候补参将耳，岂知有关系如此。"俄，浙江杭嘉湖道丰公申泰禀见，延入，始知其亦以俸满卓异，并案入都引见也。谈少时，辞出，至海运分局拜杨、吴、韩、汤四君，又至招商局拜黄、张二君，皆不遇。

回寓，知江苏候补知县张少渠豫立来拜，适予已出，与舜年谈少时。少渠于曲园有姻连，自云先伯兄歙县君曩在浙时，与有苔岑之旧。少渠，禾人，其先人有《西斋读书图》卷子，昨日送来乞余题诗，已为题二绝句，即时书就，由舜儿交去。海定轮船，今早已至大沽口。

四月二十六日（5月25日）　晴，无风。海定船不见进口。海定船身吃水较深，大沽口外拦门沙水浅，虽货已酌量起驳，然岂能驳尽。水浅潮小时，闻拦门沙上水深不及丈，而海定必丈馀之水始能浮，故待潮，且待大潮。同行之镇东船较轻，于今日四点钟后已进口，海定尚在口外。张友堂遣人来问："镇东明日可出口，改乘镇东否？"余以所请海关免税单上海免税单由道署径用印单送税务司办洋字免单，加税务司印。天津则津海关道先用印单载箱笼行李数目交来，须自遣人送税务司处，换洋字印单。载明"海定"字样，今改船，名固须更换；且镇东不泊烟台，余二月来时，既以头帮船不泊烟，过门未入，今又趁一不泊烟台之船，似非人情。只得勉候紫竹林，绝无可以游览之处，惟在寓坐守。

薙发者，津人也，语余曰：紫竹林一带房屋，尽是洋人所造。每小屋一间，岁须屋租四五十千。每月又抽捐半元或一元，虽支一天篷，亦必抽捐。界内之人，大半教民，教民与洋人同一负势欺人，人人怨恨。二十年前，焚烧教堂、杀法领事丰大业一案，后来凶手骈诛十八人，一刀而已。洋人被杀皆甚惨，一洋妇缄口矗立，受数十刀，状尤不堪,皆平时衔恨已深之故云云。民情如此,终是隐忧。

四月二十七日(5月26日) 晨起,孙林来报,海定船已进口,丰顺廿四自上海开者,亦追踪而至,一同进口矣。口门外虽无电线,而船之到口与进口,皆用德律风通报,故局中悉知之。自口门至紫竹林,尚有二百廿馀里,缓轮而行,亦须历四五时方能泊岸也。至五点钟后,海定与高升方至,高升者,怡和洋行之船,吕庭芷极言其船之可坐、舱口之宽。是晚皆泊河中,以待潮至,夜半后始泊岸。

四月二十八日(5月27日) 晴,甚热。晨起,报海定已泊岸,家丁先运箱笼什物一起。余与舜儿、秦婿、沈俪坤于十一点钟午餐后,同第二起行李并发。先至招商局,晤张少渠、张友堂,坐憩。其厅事之右间壁悬德律风一挂,亦藉电线以传语,极远不能过二百里。下储电线,药水中为电机盒。所谓“德律风”者,一长一圆,挂于电机之旁。每有传话,必先鸣电钟,俟彼处有人接应,则此处电钟亦必自鸣。然后以二德律风置于左右两耳门,而以口齿就电器盒板,相距约二三寸发问,遂相问答。语毕,仍鸣电钟而散。坐至三点钟后登舟,至五点钟后方觉潮足,船身之欹者已正。初开时仍先北向,至水势较宽处转舵,方利行约二三十里,以水浅,遂泊舟。中有曾劼刚侍郎之戚余氏子病喉,掉小舟赴天津求药。

四月二十九日(5月28日) 晴。天明开船,而舵尾哭声作。余氏子甫九岁,随其母兄于去年十月至京,为劼侯祝五十寿。本月出京,由水道赴津,候海定多日,登轮弟兄皆病喉,兄愈而弟殆矣。逾时,遂不起。午后至大沽口,略候潮,复行出口约二三十里,于拦江沙前少泊。余氏遣人登岸购衣棺,约五点钟为期,至十一点钟不到,轮船以搭客人众,不复能待矣。饭后至帐房苏宝森处闲谈。据云,此船走北洋,每岁守冻两月外,可行十月。船身之灵捷者,每月往返三次,岁行可三十次。海定身长舱深,岁行可二十七八次。船中开销,用洋人为船主一名,月给二百元,大副百二十元,二副七十元,机器房洋人,月亦二百元,又两名,一九十元,一五十元。每船洋人大率六名。华人则帐房买办为重，月九十元。合之水手、火舱等众，大抵用华洋人共需二千两。每往返一次计行六日，共用煤一百二十吨，每月约需银三千馀两。每年开销，以应提存本官利并计，总计六万两上下，所得运脚以漕米、洋布各货为大宗。搭客，虽每名取十馀两，巨于闽、广，而约计不过百货水脚十分之二。每行一次共可收运脚四千两上下，每年可得十一二万两。故招商局营趁以北洋为最，宁波、长江次之。

四月三十日(5月29日)　晴。船行甚平。余氏买棺人不至，遂用轮船所储太平棺棺上以白粉书"太平棺"三字。殓之。买办苏宝森云，大沽至烟台须行九时，约四点钟可至。至四点钟，但见莱州诸山盘纡，海际如可挹接，直至六点钟始抵烟台。烟台似即之罘岛，登州府福山县境。余心甚焦灼，恐天晚不及登岸也。烟台地势，于两山之间缩入数里，天然海岸。海定正欲下舢板，而海关划子至，杏荪已遣张姓弁来迎，云已有二舆在岸相候，遂挈舜年乘划船约二里弱。抵岸乘肩舆，夔臣婿迎于途，至登莱青道行署亦有二三里，道署规模甚小，闻旧是巡检署，改为自立海关，始移道员于此也。与杏荪亲家接谈，坚欲留宿，辞之。周贡甫大令适在署，相晤谈数刻，偕夔臣至内室，恒女亦欲强留，语以年来家中率以午节行夏祭礼，二月春祭尚有鹤侄摄行，今鹤年又赴江宁郡试，故必欲赶回，此次乘海定，已节节阻延，不可再留矣。两外孙女喜宝、盼宝皆壮实。移时至厅，事晚膳至十一点钟，仍乘关划返海定。夔臣必欲相送，而杏荪亦踵至作别，沈俪坤与秦婿出相见，坐大餐房茗叙，少顷，送至扶梯而别。至一点钟始开轮。

光绪十五年五月

五月初一日(1889年5月30日)　晴。晨起，舟入黑水洋，见两岸远山仍迤逦不绝，舟人云是登州荣城、文登一带群山。石岛亦文登县境，向为沙船聚泊之所，自开烟台，而石岛渐落寞矣。今日微有雾，舟行常放气筒以警。逾时，日出风起，雾渐散。同舟余氏又有弱女辈喉痛，其病根大抵生于京中。京城去冬无雪，不寒而暖，春间病喉者多暴死,故余氏弟妹间尚有传染。贡甫春间在杭,见杭人有是症,医局配药治之辄效,遂依方为之,行箧有此,与服。逾时,云喉中起泡,痛渐解。余语贡夫,俟至杭,录方贻余也。舟中有福州孙幼谷昆仲,湖南孙方伯之子,与戊子年家子沈子克,来问烟台道署曾见殿试通榜甲第否,据贡甫云,道署亦未见也。

晚膳后与贡夫至帐房闲坐,有湖南长沙人杨慎初者,出使英法大臣崔惠人宫赞国因新辟为参赞者也。谈及出京时曾侯劼刚曾语一事曰:曩使西时,一日法之君主大宴客,国中贵臣夫妇偕至。宴必以夜华灯千盏、绮褥百端,西妇率华妆至,袒其胸臂。其坐次必男女相间,间坐之男,例必善事其并坐之妇,非夫妇也。行则为之扶掖,索茶必奉之,索果饵必奉入其口。其外部贵臣某之妇最贵盛,以属中国钦差,而劼侯未行其例,贵妇甚不悦。食半起舞,他妇皆有人扶掖,而此妇独无之。贵臣以为大辱,厥后公事多龃龉。谓宜语崔星使识之,即参赞诸人与宴,亦宜识此云。

五月初二日(5月31日) 晴。晨起日光不明,有雾,风略大。自南而北,多货载重,自北而南,少货载轻,故舟颇荡动,且来往北洋之船最怕东风。东风来自大东洋,长风万里,一无遮蔽,故遇正东风船,未有不震撼也。晨起,则黑水洋已过矣。周贡甫过谈云,在福州船政局曾见鱼雷船者,船底有门,其雷如鱼,藏于船底之下,用雷则开门放之。放时距敌船不能过远,须测准相距里数,对准敌船,以电机送雷于敌船之底,发电轰之。其船亦有烟筒,敌船见之必击,故非多备不可,而非有敢死之士领之,亦不可也。又谈福建前于光绪十一年法事方殷时,借洋债四百万两,分十年偿还。外洋多用金钱,每金钱一磅,约值中国洋六元上下。至应偿时,须买外国金钱偿之。即所谓买先零。买磅须外国洋行,而原立合同内约明,须买福建汇丰银行之磅,故颇受其挟制。磅价朝夕不同,银行不止汇丰一家,彼此价不必尽同,福州银行之价与他省尤不能无高下之别也。是日,镇日有雾,船行较缓,至六点钟,天已曛黑,行过佘山,渐有浅沙,遂停轮过夜。

佘山惟灯光可远见，山则不能见也。船停而雾亦渐散。

五月初三日(6月1日)　五点钟后始开轮，风平无雾。十点钟过崇明，其沙迤逦，约长百馀里。对岸为川沙。十一点钟过宝山，逾时至吴淞。吴淞口炮台，当江海口门交汇之区，炮台迤逦颇长，东南面约有炮门十馀处，台之两段各有小台，似皆露天，炮有盖板遮覆，外有三合土墙绕之，与台相联属，则营垒土墙也。

在帐房厅，鄞人苏宝森谈西人捉鲸鱼事云：闻之美国人云，洋烛以鲸鱼油制者为佳。鲸鱼之巨，长不可以寻丈计，其在海面如大山然，远望之，树木森蔚者，其鳞甲张也。每食鱼虾，辄以其身盘数围，阑鱼虾于围中，恣食之。食之快，辄嗅其鼻，海水遂起而绾飞空中，渔人望而知为鲸之所在，急驾舟往。伺鲸伸以行，数十人各携巨竹签二，耸身入海，签穿以绳，绳之端系舟中，举号齐发，各以竹签分插鲸身之中段，鲸之鳞甲厚，若不知者然，数十人跃还舟。签各有药，甚毒，须臾毒发，鲸怒，负签绝驰，舟中人猛持绳之端，以舟傍鲸中段，与之俱驰。毒渐深，鲸之首尾震撼，波浪横飞，然中段已僵，不可动。首尾距舟甚遥，舟仍无恙，如是相驰逐于海中者七日夜而鲸死，以舟拽近海滩，取其油焉。其骨甚巨，类象牙，可制器，世目为鼍骨即此。

又云：潘蔚如中丞自言，任登莱青道时，曾见海虾竖其须如危樯，排队而过，乃海龙王经过也。贡甫亦云，曩随马端敏赴京乘轮时，曾见洋面舟樯如丛，西人以远镜窥之，云亦虾竖须也。又闻北洋有二巨蟒，身如山翘，其尾如峰之卓立。一日，有海舟载牛马数百，蟒忽翘尾追之，舟子謷绝，幸尾疾而风生，愈追，舟行亦愈速。舟人有智者谓，此欲食牛马也，沉牛马数头，始止。

苏宝森又云：北洋最平稳，南洋多怪，恒有巨鱼现海面，疑为山岛，迫视始知其非。招商局怀远船前年以触礁而败，乃其先一年亦触此礁，船首忽不动，船主竭力打倒轮，泰西谓掌舵者为船主，谓退行为打倒轮。竟得出险，急驰回沪，入船坞修船。始知有巨石嵌入船底，赖此而水不得入，船以全。二次又触礁，船主方谓无恐，而舟败矣。初之幸免，全人命无数，二次丧人甚多，祸福其有数乎？

正谈间，舟已入口，抵金利源马头。方泊，又以载漕米故，移泊下海埠。时已未初，遣孙林雇内河船，思假小轮船驰回虞，举午节之祭，而小轮不可得。四点钟，孙林回，觅得无锡快船，仍在二月所泊之观音阁马头，与珊记码头相邻。俪坤、石君别雇一舟，则泊珊记，行李用剥船自轮舟载来。安排粗定，已酉、戌间矣。开船利于潮涨之时，潮涨在三更，而黑夜过新闸，闸不宽且低，又当急流，甚险，故舟子老到者率于未黑时过闸，再停候潮。余舟之榜人杨姓，愿于二更前过闸径行，邀俪坤等舟同发。夜过周太仆庙。

五月初四日(6月2日)　晴，微风，不顺，背纤行。石君等舟相并，仍过船午饭。在京时，得《钦定宗室王公功绩表传》一册，阅《睿亲王多尔衮传》，语俪坤曰：睿亲王，人人知为国初摄政王，事迹相传，多齐东野人好事之言。今阅本传，乾隆四十三年谕曰："王当开国时，首先统众人入关，扫荡贼氛，肃清宫禁，分遣诸王，追歼流寇，抚定疆陲。旋即奉迎世祖车驾入都，定国开基，以成一统之业，厥功最著。顾以摄政有年，威福不无专擅，诸王大臣未免畏而忌之，遂至殁后为苏克萨哈等所构，授款于其族人，首告诬以谋逆，经诸王定罪除封。其时世祖章皇帝实尚在冲龄，未尝亲政也。夫睿亲王果萌异志，则方兵权在握，何事不可为，且吴三桂之所迎，胜国旧臣之所奉，止知有摄政王耳，其势更无难号召，乃不于彼时因利乘便，直至身后以(敛)[殓]服潜用明黄龙衮，指为觊觎之证，有是理乎？《实录》载，诸王贝勒子公大臣等遣人传语曰：'今观诸王贝勒大臣等，但知谄媚于予，未见有尊崇皇上者，予岂能容此！昔太宗升遐，嗣君未立，英王、豫王跪请予即尊位，予曰，若必如此言，予即当自刎，誓死不从，遂奉皇上，缵成大统。似此危疑之日，以予为君，予尚不可，今乃不敬皇上而媚予，予何能容？自今以后，有尽忠皇上者，予用之爱之；其不尽忠不敬事皇上者，予不尔宥也。'且云：'太宗恩育予躬，所以特异于诸子弟者，盖深信诸子之成立，惟予能成立之。'每览《实录》至此，未尝不为之堕泪，则王之立心行事，深明君臣大义，尤为史册所罕见。乃令王之身后，久抱不白之冤于泉壤，心甚悯焉。昨于乾隆三十八年，因其茔域久荒，特敕量为缮葺，并准其近支祭扫。然以王之生平，尽心王室尚不足以慰彼成劳，朕以为应加恩，复还睿亲王封号，追谥曰'忠'，补入《玉牒》，并令补继袭封，照亲王园寝制度修其茔墓，仍令太常寺春秋致祭。其原传有未曾详叙者，并交国史馆，恭照《实录》所载，敬谨辑录，增补宗室王公功绩传，用昭彰阐宗勋至意。"于是睿亲王追复旧封，配享太庙，其睿亲王爵，世袭罔替，入祀盛京贤王祠。

传中详叙王之功迹，至于顺治六年十二月，王妃博尔济吉特氏薨，七年正月纳肃亲王妃，博尔济吉特氏王寻以悼妃故有疾，十二月薨于喀喇河屯，亦载之不讳也。十二年诏：内外大小官，直言时政，吏科副理事官彭长庚、一等子许尔安，各上疏颂睿亲王元功。当其初薨，尚无异议，为时无几，朝论纷起，论罪削爵，毁灭过甚。又言肃亲王妃渎乱一事，愆尤莫掩，然功多罪少，应存议亲、议故之条，下王大臣议。郑亲王济尔哈朗等奏，驳言多尔衮将肃亲王无因戕害，收其元妃，又以一妃私与其兄英亲王，此罪尚云轻小，何罪为大？济尔哈朗者，世祖即位之初，王大臣议以郑亲王与睿亲王同辅政，郑王集内院六部诸大臣，凡政事先白睿王，书衔名亦先之，而王旋独膺，特简授奉命大将军印，给御用纛盖，便宜行事，率师征明。入关后，特赐册宝，封叔父摄政王，议定仪制，视诸王有加礼，群臣见王皆跪。顺治四年，郑王以造第踰制，罢辅政。洎睿王薨后，而郑亲王济尔哈朗即率众首发王罪矣。肃王豪格者，太宗文皇帝第一子，崇德元年封和硕肃亲王，掌户部事，寻坐党岳讬，且漏上言，有怨心，降贝勒。又以都统鄂莫克图欲胁娶蒙古台吉博洛女，媚豪格，豪格不治鄂莫图罪，议罢部任，罚锾，叙功复原封。而当顺治元年四月，睿亲王授钺之初，语侵睿王，为都统和洛辉等所讦，削爵。睿亲王曾集众，语以前之不立肃亲王者非予一人意，诸大臣皆曰，若立肃亲王，我等皆无生理，是以不立。元年十月，大封诸王，念豪格从定中原有功，仍复原封。五年三月，睿亲王以其徇隐随征护军参领希尔根冒功事，又欲擢用罪人扬善之弟吉赛，议罪削爵，系之卒于狱者也。是日晡时，泊陆家浜新阳县界。

五月初五日(6月3日)　晴。五鼓开船，间可扯半帆风，风亦微。午后过昆山，其山至城为楼橹所遮，转不见，惟数里外远窥甚了了。单椒特立，似无来龙去脉之可寻，其拔地耸起一具体而微之虞山也。取道东塘市大黄泾港，二鼓后抵虞。到家始知，鹤年侄府试一场即回，今日午节之祭已敬谨举行。

颐情馆笔记[1]

余家命名排行

余弟兄之名，皆命自先王父，以“得”字冠之，惟余于应童试之后改名“源瀚”。光绪丁亥(1887)，彭年以塾名来请，乃本先王父与先公之意，拈十字曰“得年惟大德，积善有馀庆”，使子孙他日递排以名。

虞山买屋

余家自咸丰六年丙辰(1856)，以避寇来虞山，于南门外，接官厅赁屋而居。王父暨吾母刘太夫人，先后下世。至庚申闰四月，常、苏皆陷，虞地势不可居。吾父觅地于西门外东经堂上山麓，浅葬两柩，遂挈余兄弟，从太仓旋渡江北。迨克复后，先公来虞展视，以阅时久，恐不可动，遂培成高冢，自此乃决计为虞人矣。光绪三年(1877)，余再署湖州府，卸事后来虞省墓，月锄孝廉导视举荐巷归氏之屋，买得之。屋之东为市中心街，有市房九间，月有屋租，又先买田二百亩，岁有田息，遂以为修屋之赀，托丁葵臣经理。其屋只楼房前后两所，大门向东，以其近市而嚣也，闭其东面，迁其屋为南北向。南邻贡、范、瞿三姓之屋，有界墙，不可为门，故辟大门于北，而以西偏旧有之假山池塘，各建楼屋、平屋，楼以储书，凡历九年而屋始粗完。其正厅之扁，倩赵惠甫书“念修堂”三字，吾家老堂名也。花厅面池者，迄未有

---

[1] 《颐情馆笔记》内容悉摘自《自有馀斋日记》及《北征日记》，然略有删改。原抄本各条目即有标题，今照录。

扁名,忆韩昌黎《示儿篇》云:“始我来京师,止携一束书。辛勤三十年,以有此屋庐。此屋岂为华,于我自有馀。”与余屋情事适合,自丙辰来虞,至今适三十年也,遂扁厅事之面池者曰“自有馀斋”。

虚廓村居及静圃

曾君表部郎于城西九万圩买低田,浚池植荷,构桥架屋,名之曰“虚廓村居”。虞峰西麓,如在几案,颇饶清旷之致。池与屋皆于平地创为之,初浚池时,于地中得旧蜡烛二枝,及未开菡萏数柄,最为奇事。《县志》明侍御钱岱有小辋川园,在邑城之西、山塘泾南,池沼最多,栽荷可三亩。钱又多蓄声伎,读屠隆《小辋川记》,知其占地甚广。君表之虚廓村居,与其西邻赵惠甫之静圃,疑皆小辋川遗址。绛蜡残荷,岂尚有三百年前影事在乎?丙戌(1886)六月,荷开最盛,赵价人宗德户部为看花之约。今年五月廿二日,姚芝生福堃又招饮于此。积雨之后,荷蕊较稀,即席为一律,曰:“湿云镇月压苍葭,昨日峰头晚作霞。醮碧五桥通渌水,闹红三度看荷花。村居佳处仍依郭,山色苍然欲满家。割取城西半河水,余杯常不隔邻笆。”末句即指惠甫静圃。两家园林之盛,皆在城西,且相咫尺也。静圃旧名水吴园,为吴督部熊光家别墅,池水通河,极烟波荡漾之美,兵燹后,已无一椽。惠甫于二十年前买其地,积年修筑,今已有修廊长桥,书楼层台矣。余赠惠甫楹帖云:“尽楼台池馆,比蕃锦争春,谁办此千帙传家,万言倚马;视将相王侯,如飘风过眼,才消得四围烟水,一榻云山。”惠翁以余联悬于曾文正、李合肥联语之间。惠甫早岁受文正之知,其官易州时,合肥亦破格相待,而惠甫拂袖径归也。

曾君表善医

己丑正月,曾君表部郎以善医,为合肥相国召诊疾,并计偕,故相约早发。闻相国病中风已渐愈,而饮食减少,平日信西医,其子弟劝服华医之方,鲜有当意者。部郎曾为李氏子弟处方,有效也。部郎记问绝人，谈至曛黑方罢。

辰州符

惠甫谈，曩在军中，有能画辰州符者，已保至副将，有病痛求之，作法甚恭，亦不尽效。一日，有勇丁相斗，撞于石，颅裂，脑髓与血交流如注，已扑地将毙矣。舟中一舵工出视曰：“是尚可为。”口有所诵，取线香寸断，于脑髓流出[①]遍围之，髓与血忽反卷入颅。次日人愈，惠甫亲见之，舵工一椎鲁人也，云即副将之师。惠甫曰：“一切术家皆有传授，其作法时，必默诵所师者之状貌，或传授秘语，心一凝，神即通之。”

禁称同社同盟

明自东林、复社以来，书札称谓多称“盟弟”“社弟”，简牍之流传于今者，尚多有之。国朝顺治十七年，给事中杨雍建请禁士子不得妄立社名，投刺往来不许用“同社”“同盟”字样，而此风遂息矣。

王复斋钟鼎款识

晚泊无锡，晤沈旭庭，老病不复作画，惟考石鼓，定为成王时物。见余至，不暇作寒暄，遽起谓余曰：“今又得一确证，壬鼓之‘日惟丙申，天子永宁’[②]，宋王复斋《钟鼎款识·周师旦鼎》‘五月’，阮文达定为周公鼎。据焦里堂之言，鼎作于居摄之七年，是为成王即位之元年，《书》‘王来自奄’，蔡《传》谓‘王即位之明年’，《左传》‘成有岐阳之搜’，搜必在春，以元年五月丁亥，推至明年三月二十九日为丙申云。”王氏《钟鼎款识》，余有积古斋覆刻本，今见旭庭藏本为叶东卿刻，始知文达藏宋刊原本与覆刻本，均于道光癸卯(1843)毁于火。其后，东

① “出”疑为“处”，或“出”后脱一“处”字。

② 《石鼓文》第十鼓此句为“天子永宁，日惟丙申”。

卿过扬，文达嘱其重刊，故东卿于道光二十七年，以阮刻本覆刊于广州督署，今叶本亦不多见，阮本更稀如星凤矣。

非昔轩藏书画

赵次侯招惠甫与余，至所居北郊非昔轩，出所藏《宋太宗实录》十二卷，宋纸宋写，黄荛圃旧藏。钱竹汀跋谓前代《实录》流传甚少，盖异代修史时，必据为底本，史既成，实录遂为废纸也。又《阁帖》一卷、五卷、八九十卷，匮纸蝉翼拓，惠甫长跋，评为贾秋壑所刻原本；《麻姑仙坛记》未断本，字画极细；元僧世殊写《楞伽经》，有石室主人清珙跋，亦元僧，常熟人，次侯云即主方塔寺崇教兴福寺者。翁叔平大司农每卷有跋，谓为乔勤恪公得此不全本，倩人补足，大农得之以寄次侯，将付虞山寺僧守护之者。又八大山人墨笔花鸟册，杨濠叟题签云八叶，为张雨生割去二叶，用笔极灵妙，视余所藏尤佳。

小三元

儿子舜年，光绪壬午(1882)以府试第一、院试第一入泮。今夏赴金陵应科试，学使王益吾祭酒拔置第一，诗题为《状元雨》。余向不作五言八韵诗，七月十一日夜坐取凉，戏赋一首寄之曰："云汉昭回日，神功说状元。风声动台阁，雨气满郊原。举子槐应湿，尚书杏欲翻。殿中初唱急，头上百花繁。物被无双泽，人铭第一恩。崇朝天下播，志喜士林喧。泥滑千金马，波添万里鲲。作霖原素志，调鼎待金门。"

洞房金榜

舜儿自秦氏妇逝后，今年六月，续聘俞曲园孙女。秋榜既捷，余有志喜二律，曲园已和之矣。十二月十三日入赘，曲园制"洞房花烛，金榜题名"八金字，悬于乐知堂东西壁，又迭前韵二律。二十六日，曲园送舜儿夫妇双归。前一夕，舟抵西门，余依前韵作二诗迎之，其第二首云："老去尚书赫有声，爰从娶妇看春生。为披黄袄催花烛，亲向青庐识姓名。拂座繁枝真欲笑，满堂香气未销英。前驱况负材官弩，见说吴门道路惊。”衡阳彭雪琴尚书，与曲园亦儿女姻，是时已病矣，舆疾来吴门，合卺日，衣黄袍马褂坐堂上看花烛。又于舜儿入门之时，遣其材官盛服乘马为先驱，此诗纪实也。

瓶斋藏麓台《富春山图》

王麓台仿大痴《富春山图》，长三丈馀，自题云：“古人长卷，自摩诘《辋川图》始立南宗楷则，余未之见。偶阅画稿，方知右丞之用意深远，行间墨里，配搭无纤毫罅漏，真有化工之妙，不知其笔墨之运用又何如耳。十年前见北苑《夏景山口待渡图》，乃知唐宋大家，理同此心，心同此理，渊源相绍续，无少差别。北苑如是，右丞亦如是也。元季长卷见大痴《富春山》，笔墨奔宕超逸，脱尽唐宋成法，真变化于规矩之外，神明于规矩之中，画至此神矣、圣矣！余自幼学画，每侍先奉常，窃闻讲论，必以痴翁为准的，痴翁笔墨尤以《富春》为首魁，及一见之，辄有不可思议之叹。此图约略仿其大意，若谓能得古人堂奥，则吾岂敢。康熙辛卯春日，画成漫题于谷诒堂。娄东王原祁。”司农画至此，开阖变化，焕若神明，叹观止矣！先为常熟张鹿樵观察物，李竹朋于《书画鉴影》中载之，翁叔平大司农得之。光绪十五年七月，大司农请假省墓，奉旨给假两月，假满驰驿回京，箧中携此卷，余得于北门外赵次侯非昔轩中纵观之，是日次侯燕大农，余在座也。八月十三日。

江苏会馆

京师江苏会馆，在北半截胡同，新创屋甚宏美，惟三品以上者入都可住。所买老屋多楠木，地近绳匠胡同，向传为丞相胡同，或疑尚是严东楼旧居。

瓶庐谈侍读之仪

大农谈侍读之仪，知上坐御炕，从前宏德殿于御炕之旁，别设一小炕,入直者命作焉。今由毓庆宫迁西苑,御坐之下,对面列椅子,椅子、兀子,见《老学庵笔记》。入直者随宜坐椅子,上免冠,入直者亦免冠。礼数极宽,皆非故事所有也。大农为户部尚书,每日到部,当堂画稿。故事,司官衣冠奉文牍,如雁鹜以进,堂上官必衣冠判之。大农尝笑曰:“余在上前许免冠,惟到衙门见司员必冠也。”余赠大农四律,第一首云:“万乘躬修弟子仪,汉犹无几况唐时。西清世泽甘盘旧,东海流风尚父师。政本动关天下故,时艰端赖重臣为。迩英延义寻常事,端冕承书日影移。”大农得诗,飞一小笺曰:“赠诗无一敢承,然笔力出入苏黄矣。”他日又面言:“君诗佳,然题为赠我,不切,须易题。”余笑曰:“易题便不切耳。”

记瓶庐语

大农至余斋,见张月霄《诒经堂图》,慨然语余曰:“月霄先生,吾乡素封,其家号藏书,见宋本,必倩人广抄。吾母许太夫人工小楷,尝为张家抄宋本书,取其值,不足以助有无,故又勤女红。帽肆瓜皮冠上针线三十六行,又瓶袋即锁口袋,又曰抄袋。皆恒手制之,以资朝夕。然此犹非吾家极贫时也。”大农极有清操,所乘之车,无异常人,坐垫不设红色,蓝布已损。每日至毓庆宫,午正方出,旋至户部判事,自云非申正后不能归也。其归乡,乘蓝布帷小轿,每出北门省墓,督其犹子辈步行,曰:“吾以警若辈之骄惰也。”

瓶庐赠联

翁大农于金石书画,皆具元鉴,一见能别真赝,亦喜为跋识。在都时,为余跋褚临张芝草书,推余文学、政事浙中第一。兹归,为余题《华岳碑》曰:“三本中此为魁,湘文今之第一流。此碑得所主矣。”大农书名满天下,倦于毫楮,京寓积纸至数箱。未归时,先贻书其家,一不赴宴,二不写字,独为余书一小联、四矮屏,联曰:“鞅掌久不决,容膝真有馀。”矮屏书《蟋蟀》诗之第三章,跋云:“余假满北归,湘文亦将赴浙，赋诗以赠。”思深哉！联与屏是余新得之高丽发笺，书时嫌不佳，又别取四纸临颜书见贻焉。

大鸟

翁大农言，道光中水灾之前，其太夫人一日在小楼上，望见原野一大鸟，翼几满半亩地。今年桐乡人言，未发水以前，邑庙屋上来大鸟，头似猫，翼如车轮，枪击亦不惧。上海电气灯旁，一夕来虫千万，状如飞蛾，灰白色，死灯下，积如阜，臭不可闻，汉阳亦然。

瓶庐藏石谷仿古册

瓶庐藏石谷仿古册十二帧，除仿高尚书数页外，馀皆设色。仿赵大年、赵文敏二页，如时花美女，姚冶倾城。册为烟客而作，后尾一页为烟客自作，亦饶色泽。

瓶庐六十赐寿

常熟六十赐寿，扁曰“辅德延禧”，联曰“绿图启沃资耆硕，绛县康强勖弼谐”。余撰一联赠之曰：“耆耇应中兴，一德明谟崇坐论；阿衡光继世，三朝盛业重交修。”

陶然亭

陶然亭在慈悲庵之西偏，康熙乙亥工部郎中江藻建。有诗刻石壁间，云取白乐天诗“更待菊黄家酝熟，与君一醉一陶然”之意，亦谓之“江亭”。

端木子畴

端木子畴埰自少喜读《楚辞》，曾于咸丰十一年刊一巾箱本，录屈原文二十五篇，前录太史公屈原本传，及沈亚之《外传》、刘勰《辨骚》、朱子《楚辞集注序》,后附陈玚《屈子生卒年月考》,而不取王逸、洪兴祖之注。自作《启蒙》一篇缀于后,其后跋之文遒美幽秀,置之《汪容甫文集》中,几不可辨。子畴无妻子,年已七十,独居京师,犹日从事于会典馆,与俗寡谐,盖狷介之士也。

张香涛阅文

许星叔大司马庚身谈,丁卯家居闻吴和甫学使云,今年浙闱,某生头场文中有"宗庙邱墟"句,谓之曰:"此语不佳,今年恐落孙山。"榜发而某生中。填榜时,见其卷"宗庙邱墟"句一大点,而头场三艺,主试亦未加墨,惟二场《易经》文用骚体,主试加密圈。榜发,询之内帘监试王清如观察,始知副主考张香涛编修是年在闱,颇病阅文不快,嘱监试语房官曰:"浙中为人文之地,文字何平平,如有光怪陆离之卷,可补荐。"某房官曰:"光则无之,怪陆离却有一卷。"乃以某生三场之文进,以为必不入格,以塞编修之意而已。编修得之,先阅二场,见《易经》文,加圈批中,而头场固未阅也。

明殿试卷

钱竹汀《养新录》言,见文文肃公天启二年殿试卷,后列读卷官衔名,皆朱字钤印,卷中"太祖""成祖""神祖"列圣字样,皆不出格。读卷官于文之佳者,以红圈断句。余于赵次侯家见崇祯十年赵士春字景之,文毅用贤孙也,官中允。殿试卷,与竹汀所言之式悉同,惟遇"祖宗"字则出格。策中颇及辽沈与兵食诸事,尚不似近时策之全空。朱书"一甲第三名"五字,殆思陵御笔。今读严氏《铁桥漫(记)[稿]》,馀姚王海日尚书华,新建伯守仁之父,成化辛丑对策第一。[1] 所言政治之名实体用、汉唐宋之得失,瞭如指掌,知新建学问、事功,其来有自。尚

---

① 原抄本中,"华"至"第一"为正文大字,疑为抄写者之误,今改为小字夹注。

书事迹,《明史》在《新建传》。卷式视今策广一寸弱,高一寸强,通卷字数多今策三之一,得宋策之半弱。每行三十字,其提行高写顶格者,行三十二字,脱落文字得添注,“祖宗”高二格,“我朝”之“我”,“大有为之君”之“大”,“大对”之“大”,俱高一格。余以此知抬写出格,盖崇祯时之式。

金菊蓬蒿

东坡八月十七日榜闱诗“细雨作寒知有意,未教金菊出蒿蓬”,纪文达批云:“尔时新学盛行,去取必不如意,故有金菊、蓬蒿之感。”冯星实《苏诗合注》曰:“似寓讥讽。”余按公《和张安道读杜》收句有“殷勤理黄菊,未遣没蓬蒿”句,则金菊、蓬蒿,必于论文取士故实有关。乃各家注苏诗皆未详其引用之故,施注但引张仲尉“所处蓬蒿没人”,恐非作者本意。

抱芳阁

抱芳阁书庄主人鲍叔衡廷爵邀君表饮于复兴居,牵率余同往。此虽酒馆,而高楼复室,列肆连椽,馆为金陵人所设,饮馔颇佳。上海繁盛,于此亦见一斑。饮毕回船,已子初矣。

李莼客语

至保安寺街,拜会李莼客农部。彼云朝邑欲强之出,辞曰:“吾不以簿书跻人前,非高也。吾未中进士时,以捐资入部曹,世岂有纳捐之高人乎？相国欲吾出,吾将犹夫众人之为？则一吏胥所能耳,何必吾？将径行吾意乎？必为阘署所不容。相国且将终悔,不若仍安吾拙之为得也。”

钱太仆谈入直

赴南横街应钱子密太仆之招,子密是夜应入直。皇上自归政以来未明求衣,政府诸臣寅初即须入直。太仆居宣南,至西苑门路甚遥,遇直班之期,丑正即须往也。

己丑引见

四月初二日为吏部带领引见之期,长班为觅得西苑门外内务府都虞司侧屋,暂赁一宿。圣上现奉皇太后驻跸南海。下午三点钟时登车,入前门,向东进东长安门,又入景山左门,过神武门,循护城河近西苑门,至都虞司。是夕,和衣假寐以待。丑正起,寅初至西苑门外六项公所,即六部堂官上朝与司官办事小憩之所。小坐候至卯正,齐至西苑门外鹄立。是日吏部引见十一排,首为汉月官,次为月选笔帖式,又詹事、满庶子、太庙五品官、内阁中书、盛京将军、礼部笔帖式各缺。又截取御史二员、工部司务、中书科中书各一员,又次为降补官、保举官,又次为卓异官,余与山阴曾大令二员。后为病痊官一员,开复官五员,共为十一排,卓异在第九排。文选、考功两司掌印司员,时时持手折来,向各员查点,盖恐其紊班次也。

少顷,引入苑门,向南行,过一门,即见太液池。过桥向西南,入一随墙门,又立一小苑中,古树四人合抱,其中小屋大抵御前大臣、内务府等各朝房,遥见徐、汪两侍郎在焉。立少许,又过一小门,转出为勤政殿院落,殿北向,直匾"勤政"二字在檐下。殿上有御前大臣等立于左,吏部六堂官捧绿头签,各跪于御案之右。三人进签,三人接签。皇上据御案,盘膝坐皇缎褥,阅签,听奏履历。至第九排,考功司掖予袖,跪阶下之左,曾大令跪于右。余先口奏:"宗源瀚,江苏监生,年五十六岁,浙江候补道,前宁波府知府。"曾大令接奏讫,遂各起身,仍由原路而出。将至来时向南之门,见彼岸一小舟,如江村渡船。中坐二人,舟子荡桨而至,乃徐荫轩冢宰、徐颂阁侍郎。至门则趋而入者,翁叔平师傅,时将辰初,皇上办事将毕,故师傅趋入,将至书房侍读。小舟已舣岸以待,旋见登舟径渡矣。余等出此向南之门,始知西苑门内,尚有向北一门,乃与勤政殿相直之正门,即德昌门,皇上出入西苑由此门，侍卫等亦于此内之门侍直焉。还至都虞司，略食粥点，收拾行李，登车入城。

召见恭纪

四月初三日，钱子密遣军机处苏拉李姓，送代办谢恩奏折及履历片。另缮录头牌，白粉轻油，与引见之签无异，上书“花翎二品衔浙江候补道前宁波府知府宗源瀚”，凡宫门请安递缮牌者，亦即此也。苏拉云：“此折与牌，夜间十一点钟时，即递交外奏事官，内务府人员转交内奏事太监。留牌召见，即有纸写一单，书某官某起，分起而入，谓之叫起。阅毕，仍交代递。”三点钟出门，入前门，循昨日旧路，仍至都虞司。此司为内务府三院七司之一，掌升补武职，咨行俸饷，及供应畋渔等事。

初四日丑正起，长班与苏拉携灯，自司署步出，至西苑门外南朝房，见出使美国大臣崔惠人国英。崔大臣是日请训作行装，有觉之者曰：“凡奉差及入觐自外至者，谒上用行装，请训必袍褂。”崔始知误，假褂与珠，脱马褂，其缺襟袍，谓有外褂罩之，不及易矣。寅正后，有苏拉传言，叫起者惟崔、丁、何三员，馀者牌子皆已下矣。盖召见者留牌子，不召见者牌子发下也。少选，李苏拉捧牌至，则余与冯观察牌子上，皆传旨标明“明日递牌子”，遂散。

初五日丑正起，服补挂、蓝袍，内廷平日皆常服挂珠，逢五十方补挂。挂珠，佩忠孝带，步至景运门。入门，门五楹，过此门即为乾清门大院。乾清门五楹，中三门，前陛三三出①，各九级，陛前列金狮二，左旁为内左门，右旁为内右门。内左门之东、内右门之西，周庐各十二楹，东为文武大臣奏事待漏之所，西为侍卫房及内务府军机处直舍，皆南向。其相对周庐，为宗室王公待漏之所。苏拉先导至九卿朝房少坐，旋导入内务府朝房，与军机直舍相邻。凡伺候召见，向于军机

---

① 《自有馀斋日记》中为“前陛三出”，此处衍一“三”字。

大臣入直时，趋其前照面也。三点钟前，礼邸、张相、额相、许大司马由隆宗门入，惟孙大司寇以新迁南城外，由景运门入。入乾清门大院，向不持灯，隆宗门外有执玻璃灯罩者，远照礼邸等四人先后入。既入隆宗门，距直房咫尺，直房内燃灯，不难向其光以行，若景运门则偏于东，距直房甚远。三点钟时，一人风帽雨衣，自持伞行暗中，向直房而前者，孙大司寇也。而余得苏拉照应，携小玻璃灯导行，外官初入，不谙路径，若无此灯，不知所向矣。四点钟后天渐明，见乾清门正对保和殿后陛，其前为中和殿，又前为太和殿矣。

逾刻，有持叫起单来者传旨："冯应寿第一起，宗源瀚第二起。"冯君与余遂至大院，仰瞻乾清宫，广九楹，深五楹，世宗书"正大光明"额在此。入院，有内监导余二人向西行，途中遇李少詹文田等，自月华门出，盖南书房下直也。内监导余等至一小房，中有(坑)[炕]，(坑)[炕]上有竹纸书叫起单，首冯，次宗，次军机。内监五品顶带衣补挂者一人向余等曰："少停，至西暖阁。中有跪垫，跪于垫之东，弗过西。"又有人似内监侍者捧茶至。待少时，见窗外军机大臣礼邸等四人亦至隔壁屋中待传呼，张相稍后至，有一内监扶掖之，殆以乾清宫阶陛登降非八旬人所堪也。

俄，一人至曰："叫。"冯观察即随之去。约一点钟许，又一人至曰："叫。"余即随之至乾清宫西阶，导者止。余升阶，见檐下立内监二人，又一人立西暖阁门前，门向东。门宽五六尺，悬竹丝帘，缘边甚厚。太监启帘，向内略望，遂开帘，令余入。敬瞻御容，于南窗坑上向北坐，近前一御案，案前一毡垫，白边红心正方。钱子密太仆云，此一品垫，非尚书等官至一品者不敢跪垫上，其军机大臣非一垫所能容，随时另设。遂于垫下离二尺许略偏东跪下，免冠叩头，口奏："臣宗源瀚叩谢天恩。"有翎者免冠置地，以翎向前。取冠复戴起，上前三二步，跪于一品垫西角下，敬聆圣训。

上问曰："汝向在浙江?"对："在浙将二十年。"问："宁波是沿海?"对："府城距海口五十里，平日轮船直抵城下。"问："民情如何?"对：

“安静，虽有洋人，向来相习不甚生事。”问：“法人曾犯镇海？”对：“光绪十一年正月十五日黎明，法船到，午后遂向炮台开炮。彼炮击，我不尽开花。我炮却能击彼。”问：“彼是开花炮，何以炮弹不开花？”对：“彼炮弹有数尺高，而击来不开花。我兵正月十五、十七，两次开炮拒敌，彼船皆受伤，两战之后，彼遂不敢闯口门，或十数船，或数船，退泊于口门数里之外。”问：“近来年岁如何？”对：“近来年岁尚好。”问：“汝丁何忧？”对：“丁父忧，光绪十三年五月服满。”问：“汝是江苏人？”对：“是。”问：“多少年纪？”对：“五十六岁。”问：“江苏情形如何？”对：“尚安静。”问：“去年天旱？”对：“高田被旱，是偏灾。”问：“去年黄水曾到江苏？”对：“黄水到洪泽湖，却因天旱之故，梅雨无多，底水甚小，不为灾。不然，淮扬必成巨灾。”上颔之，遂起。

退数步，出暖阁门，自启帘，轻缓放下。此时殿上内监，寂无一人，始知祖宗法制，宣室前席之时，外吏小臣皆许独对，暖阁外之内侍亦尽屏退，无一人敢私立帘外也。出殿，仍下西阶，至大院，始有内监以手指西右门示余出。行至西右门内陛，甫上阶，见四团龙补服王大臣等数人自西而至，余稍肃待，来者以手示余。出行至西右门，一人立门前，门已合，余至方启。出门复下西阶，苏拉等迎至，袁爽秋遣人传语，邀至景运门旁总理衙门朝房，庆邸兼御前大臣，每日必入直。问召对状。语毕，仍出景运门，而乾清门苏拉三人随来索赏，至小寓，见其苦，赏以六千文。在内务府朝房时，亦赏查房四千文。

法源寺

寺为唐之悯忠寺，千馀年古刹，殿宇杂屋二三百间，寺僧数十人。二门以内甬道、院落甚大，古柏参天，干多合抱，特立孤耸，左右分排，俨有袍笏拱立之态。后为大雄殿，院中丁香甚多，枝干虬伟，为南中所绝无。尤奇者，白皮古松二株，左右分峙，独干繁柯，树顶广至数十围，枝叶无一不茂。盖其根株已深，得气已全，一切燥湿、阴晴、寒暑，俱不足以累之矣，真伟观也。方丈院中牡丹甚多，甫入院，香气扑人，花多桃红色,白者无几。墙阴一丛作花数十朵,霞光绚烂,令人神夺意移也。

看红录

会试明日发榜,今日闱中填写。每填十人即有人传报,又有人于报役手中买其名单,在琉璃厂坊肆内揭以示人。入者必给一二千文,谓之"看红录"。至二更无一捷报,知皆报罢矣。

曾劼刚管同文馆

至曾劼刚通侯处答拜,侯曰:"前月皇上问及同文馆有无人才,奏近来渐废驰。问何不整顿,奏七八人公办之事,一二人难以独异。旋奉管同文馆之恩旨,然已招怨矣。"

花客

至通州,入恒泰店,周侣芍源丰润银号为作书托,其为余雇船者也。店东韩姓,其店生意,大宗在花客。花客者,广东人,海道贩茉莉花,岁十数万株至京,为茶叶店熏茶、鼻烟店熏烟之用,士夫家盆玩亦及焉。买者、卖者皆住恒泰,而店为之主交易,取行用焉。

灰椁之法

灰椁之法见于《朱子家语》与《读礼通考》中,《通考》尤详,以鸾樟汁为贵。五弟先期于杭州雇得用樟汁熟手一僧、一工人,携樟叶器具,于登穴后监视五昼夜,筑灰椁始成。金井开深六尺四寸,为虞人少有之事。

天津外案

剃发者,津人也,语余曰:紫竹林一带房屋,尽是洋人所造。每小屋一间,岁须屋租四五十千。每月又抽捐半元或一元,虽支一天篷,亦必抽捐。界内之人，大半教民，与洋人同一负势欺人，人人怨恨。二十年前焚烧教堂杀法领事丰大业一案，后来凶手骈诛十八人，一刀而已。而洋人被杀皆甚惨，一洋妇缄口矗立，受数十刀，状尤不堪，皆平时衔恨已深之故云云。

曾劼刚谈外宴事

海定船上，遇湖南长沙人杨慎初者，出使英法大臣崔惠人宫赞新辟为参赞者也。谈及出京时曾侯语一事云：曩使西时，一日法之君主大宴客国中贵臣，夫妇偕至，宴必以夜。华灯千盏，绮褥百端，西妇皆华妆至，袒其胸臂。其坐次必男女相间，间坐之男，例必善事其并坐之妇，非夫妇也。行则为之扶掖，索茶必奉之，索果饵必奉入其口。其外部贵臣某之妇最贵盛，以属中国钦差，而劼侯未行其例，贵妇甚不悦。食半起舞，他妇皆有人扶掖，而此妇独无之。贵臣以为大辱，厥后公事多龃龉。谓宜语崔星使识之。

国朝右文掌录

自　序

自德进之法不能行于后世，而取人不得以言德进，且多末流之失，而世顾于言扬之法，或多苛论，亦未深窥夫立法之本意也。我朝取士，虽沿明制，然累朝以来，祖宗以精意经纬之，振弊起衰，人材遂以蔚起，今之儒生数典或忘。爰就见闻所及，取《皇朝文献通考》《皇朝通志》《学政全书》《科场条例》，以及近人文集，一一详考，分条纪录。

先之以本朝学额及童试、童试怀刑、取佾生、革社名、[出题割裂、]校士等第，从其朔也；继之以恩岁优拔副贡、三场题制、题目不拘忌讳、厘正文体、翻绎科举、殿试对策、进呈十卷，凡贡举之制度、进身之梯阶，于以详焉；其纪宪庙待士、进士举人不由考试、优待忠裔、巡幸召试、开恩榜优老生、各省书院、鸿博经学，纪特恩也。

附缀以议开特科之说，而归重于累朝崇圣典礼。其正神位、讳圣名、优执事、饰庙貌、颁祭器、备乐舞、御笔碑匾、各省释奠、江浙圣迹，则皆典礼中所有事，而终之以教士典谟。

庶几穷流以溯源，计三十三条，而皇朝典章灿焉略备矣。名之曰《国朝右文掌录》，以备家塾观览，其有未备，以俟辑补。光绪十三年秋自有馀斋识。

（《国朝右文掌录》正文内容见《自有馀斋日记》卷一之七月二十三日至卷二）

整理者按:《国朝右文掌录》一卷,宗源瀚辑,此为宗氏《自有馀斋日记》部分内容裁出单行之著。该著仅有光绪十四年戊子(1888)刻本,藏南京图书馆、北京大学图书馆等处,迄未影印出版。原刻本一册,四十二筒子页,白口,单鱼尾,半页十一行,行二十五字。卷前有宗源瀚自序,尾署光绪十三年秋。根据封面所题"光绪戊子开雕",可知该书在抄入日记的次年便已单独刊行。笔者对照日记摘抄本与单行刻本,发现二者正文内容几乎完全相同,只是刻本多一篇自序,故仅将序文迻录于此,以省篇幅。此外,刻本自序未提"出题割裂",但其正文中却有该篇内容,当为无心之失,今据《自有馀斋日记》卷二末尾小结文字补入该目。

附　录

附一　命校日记便笺二[①]

宗嘉谟　撰

其一

命校日记，已悉心校勘一过，自大婚仪物以前，均有原本可对。以后则无由考订，不过以意为之。计前后凡签出者，都一十有四条，明晚须入试院，特行呈缴。

赐读文祠楹帖，已与伯蕃兄各录一分，以资博览矣。谨上三伯大人尊前，侄嘉谟叩头。外附《日记》稿本、誊清各一册。

其二

命校日记，已将第一册覆校一过，增十馀条。统前计之，约三十条。第二册校过后，约得廿馀条，俱一一签出缴上。“御笔匾”条下，自睿庙至今上凡五匾，均未载入。侄于此五匾尚约略记得，似道光夹批：嘉庆。朝为“德齐帱载”，夹批：又似咸丰朝。道光朝为“圣协时中”，咸丰朝为“圣集大成”，同治朝“圣神天纵”，光绪朝为“斯文在兹”。惟何匾究为何朝所悬，记忆未真，不能指定耳，似可饬礼科一查案卷也。县志《学校门》不载，已查过矣。侄嘉谟敬上。附上原稿、誊清各二册。

---

① 此二纸夹于《自有馀斋日记》抄本第一册中。标题为整理者所加。

附二　宗源瀚传铭五种

诰授通奉大夫赏戴花翎二品衔署浙江温处兵备道上元宗公行状[1]

秦宝玑

公姓宗氏，讳源瀚，字湘文。其先为四川宜宾县人，系出南阳宋忠简公讳泽。明季有讳敦一者，以侍御督学江南，遂占籍上元。督学后，子姓微矣，既崇既殖，克昌于公。曾祖讳炳堂，祖讳润，考讳学梁，封赠如公官。昆弟五人，公叔子也。幼神锋疑立，出就外傅读，奇颖。师尝入后堂，出闻声哯呕，从屏隙窥，则一童子执卷南面坐，手指口画，诸童阛听憨笑，审之，公也。命为文，援毫立就，乃谓然曰："吾闻其先有隐德，此子殆不可量也。"

寻应试，取佾生。而粤匪难作矣，公固落落有大志，遭时多故，益忾然思奋于功名，入仪征令都君幕。判牍无害，见者惊为老吏。精于文法，天性然也，自是常为诸侯上宾。岁辛酉，金按察安清筹馕给大江南北军，延公佐之，月数十万。或构蜚语，上闻事，下漕督按验，遣使者将吏卒百馀人逮治之，露刃恐猲，搜索无所得，刑其奴。忌者且謈言将归狱于公，时僚友皆窜伏，按察亦敕公勿面，公独攘袂庭叱使

---

① 此行状及谭献所撰墓志铭附于《颐情馆笔记》抄本之末，原本谭文在前，秦文在后，今依撰文之次序，移行状于首，置墓铭于后。原抄本未分段，有朱笔简单句读，但不尽无误，今参酌标点，自行分段。

者曰:“监司大官,安有罪状未明而劫持楚辱?汝曹匈匈胡为者?吾虽不司出纳,然知要领者莫吾若,请物楬而书之,不具,罪未晚。”使者气敚,或见公发言琅琅,咸汗缩,虑蹈不测。而公从容句校成籍,事竟由此白,按察为作《海陵义友记》以传公也。

当咸丰、同治间,东南用兵驿骚,公久赞储胥。至是,乔勤恪公都转输尤倾心倚公,富将军明阿治军江北,亦辟典章奏。会勤恪擢皖抚,疏调六人,意注公,其一杨某,细人也,故辩给而阴为奸,公徘徊不遽赴,勤恪屡书趣公曰:“吾虚雄职迟君,勿使为魏其侯望武安君也。”富将军固疏止公,旨并可之,二公争之亟。公是时已积阶至知府,年三十一矣,乃请之官浙江,曰:“吾为二公解围。”论者谓勤恪于公有国士之知,苟委蛇其间,且骎骎腾踔,而顾舍彼去此,或亦有说欤?不知薰莸不同器,此乃公所以国士报之也,其不屑枉道求合,凡此类也。

公莅浙二十馀年,其为知府也,尝摄衢、摄湖、摄禾,后历守严、宁,任久而施泽尤厚,上官最其循良,举卓异者三,而官不迁。公假中牟故事,戏刓“三异太守”印以自赞也。然公之治,固不以五日京兆异。摄衢则埤孔庙祭田,复赵清献祠裔,掩骼万馀;摄湖则浚碧浪湖溇港,禁火葬,创育婴,广书院,修府志,犁然焕然,期月已可。其治禾放此,而尤以判陆清献祠产事著称,盖讼八年矣。严为浙瘠壤,郡治居辄不祥,相诫僦民舍,公下车,疏城隍,毅然居之,人为公危,卒无恙。郡土、客错处,而客皆温、台人,以伐薪、造纸、垦土受顾,稂莠蜂午,白昼攻剽,往岁有篝火郡中者,至是尚一昔数惊。公廉得乡长主客民者,喻以利害,乡长悟,归散其乡数百人,而从之散者六千人也,自此枹鼓不鸣者,终公之任。初,岁屡不登,严邑万山中,俯瞰新安江,春夏雨后飞泉,百道奔壑,城庳坏不浸者三版。故有东西湖以资畜泄,中为城河,自西湖湮而城亦湮,田亦恶,山泽之气不通,水旱疾疫,于焉大作。公发卒穿渠,广袤凡百数十亩,田以之溉者无算矣。方春劝农,(笴)[简]从一奴,巡郊野山川之美,春旗杨柳,映带若画,吡犊与布谷声相答也。见三老力田者,辄慰劳羊酒,询以播种树艺,米盐琐屑,姁姁笑语,几忘其为贤使君也。又于其间务蚕桑,缮楼橹,社仓义塾,以次贯行,民和年丰,治平为浙中第一。上官贤其才,徙治宁波,而公之治严阅五载矣,其去也,有泣下者。

严民野而朴,宁则负山傅海,商贾走集互市来,豪猾间作。戈鲲化者,为英领事治文书,谲觚锋出,奸利山积,官莫敢迕。谒公,严绝之,戈度无可奈,作飞书肆谣诼,富人某约公输财而阴悔,戈又嗾之走都中贵人螯其事,而某抚军方以长兴狱过公,浮言胥动,令多格。公怒曰:"事不可为矣,吾能为木偶人耶!"牍南北洋大臣、督抚,言其状,请去戈,不则去官。戈诇知,惊曰:"此公何咄咄逼人,吾不可以恋此。"乘夜挈妻子浮海去。江督侯官沈文肃公览牍击节曰:"好风骨能如是乎!"然颇有诧为多事者矣。年馀,领事饮公酒,出一小象,公谁何,领事笑曰:"公不识耶? 逐客耳,久为美利坚人矣,倘许其归乎?"公笑不答。时郡中震栗,令行流水,首创辨志文会,分六斋以振朴学,他治如严,而恢张之。

甲申筹法防,抚军刘公秉璋器公,军事一以委之,公亦锐自任,搜兵缮械,沉舟揵口,规战守甚设。乙酉春,警报狎至,公益激厉意气,人思效命。元宵方会宾僚,忽巨霆震天,盖敌乘烟月窅冥之际,遽以铁舰阑入,为我军所击伤也。事未定,而公以父忧去,抚军疏请夺情,公剴义固争。款议亦旋定,当事者且膺懋赏,公则事平身退,曾不尸赫赫之名。然公一知府耳,非有阃寄专责,而提道将领坐镇岩疆相望也,顾必恃公为长城,何耶? 呜呼! 此可以知之矣。

长兴狱者,公任湖州事也,防勇何云锦盗杀人,狱具,营将虑得罪,赂某抚军亲信,执游民锻炼代之。公力争,不听,事主以枉法讼刑部覆按。何恃援诋谰,言官劾之再,抚军疑公为,乃檄宁波召公,至则命毋刑求,监以亲信,条其问答,公钩距诘难者数昼夜,何辞穷,乃大呼曰:"杀人者我也!"时堂上下观者数百人,皆抚掌欢呶,司道亦同声叹曰:"老吏! 老吏!"而公归,喑不能言者数日。公故勤听断,善亭疑法，尝曰："吾以汉学治讼牒，爬罗剔抉，物无遁情。"其用心良苦，而精气半耗此矣。是狱也，抚军终嗛公，将中伤之，布政任公道镕持不可，乃已。溯莅宁之始，龉龁百端，而公不挠不逃，卒不为动，自非强力，罕有不败。

甲午，日本事起，浙抚廖公寿丰闻公守甬名，檄视军海上，以瓯围未固，又檄摄温处道。先是，公服阕，转分巡，摄杭道，而会典馆方征郡国图，抚军以浙图属公。殚精三载，图成而发白矣。然闻警义不辞，忼慨就道，经画如甬，而军需人才俱竭，艰苦百倍之，款议成，始一意治内。温既偏，寡积聚，而隙栝苍之材，簰海而北，上写江淮，岁千万章，实绾于温。山县多植茶，填崖弥谷，输海内外者岁巨万。有司征敛急，民謷謷惧厌覆，公逆其烦苛者而摧廓之，所取咸有省，积痛大苏。郡徐氏，族居枫林，定鳌者，教民也，强胥宗人宇为礼堂，宗人聚而呺，公下符摍定鳌曰："徙礼堂乃释。"领事数请不应，腾危言荧公使，译署用公使言电抚军曰："宗道毋为国累，公知其出必为患，姑令受约束而去。"定鳌出，遽大言曰："朝廷莫吾罪，官何能为？"不徙，且益横。公曰："枫民悍，昔恃吾不遽逞，今则祸不远。"麾骑挟之归，电抚军曰："畏罪以殃民，毋宁为民而得罪，某在此，必不容虎兕出柙矣，请斥某以谢领事。"抚军色动，为争之译署，卒令他徙始已。

公莅温三年，貌日瘠，屡移病，不报。然且焦神竭能，擒盗渠十馀斩之，奸宄跳匿，以养以教，粲乎隐隐，邦人士贺于室、抃于衢。而公疾不可为矣，以光绪二十三年七月乙卯卒于任，得年六十有四。

公临财廉，于温裁公私奇羡以万计，他治亦然。守甬时，某令馈二千金，却之，既馈如初，乃进某自责曰："木腐则虫生，吾殆有遗行与？不然，何遽以不肖待吾也？不反金，吾且自劾。"某愧谢久之，然公长者终不言，其家人私言之。宗公居官，不以上之喜怒为猗违，持义之坚，虽贲育不能夺，其驭下，面折不容人过，而无城府，与百姓语，温温如家人，以是所至有声，去而民益思也。上之贤者，以公名高，争引重，亦颇有惮其峭直，阳称道而阴忌之者。故名在禁中而不擢，假兵备者再而不真。然即其所施者观之,固已远矣。公内行粹美,事亲以肫,处昆弟以友,抚孤侄如子,交友接物,则悬乎其至也。自御甚约,无姬妾之奉、服食之嗜。治家严肃,有万石君风。燕闲之际,颇喜与儿婿辈纵谈古今,商榷成败,沛然若江河之决,或意所可否,往往击案叱咤,不知者辄惊曰:“是詈谁耶?”间亦作谐语、为笑乐也。盖俨而实温,威而不文,卑幼亦畏而亲之。平生不好逸豫,官书无巨细,皆手属草。居忧,潜研群籍,细书旁斜,积数巨帙。丁亥秋,河决郑州,南北流各持异议,公取古今治河诸书,深观时变,成《筹河论》三篇万数千言。上篇策郑口必合而储料宜豫,中篇言南流必不可复而东省宜有专官,下篇言淮当出海而下河不如监河及灌河三口可用,皆凿凿可施行,相国合肥李公尤叹异之。暇以金石书画自娱,杜门五载,而述作斐然矣。著有颐情馆诗古文词若干卷,金石书画题跋若干卷,辑有《国朝名臣碑传录》若干卷,皆待校刻。已刻者《闻过集》十二卷,《右文掌录》一卷。

配汤氏,封夫人。子一,舜年,光绪十四年举人,郎中衔候选内阁中书。女四,长巽宜,适宝琛,举人,分部郎中;次恒宜,适武进举人候选知府盛昌颐;三咸宜,适仪征附生时宝贤;四晋宜,未字。孙一,惟恭。宝琛无似,辱公知之深,一日因论古及身世事甚悉,且怃然曰:“子好为文,吾身后文属子矣。”宝琛悚立莫敢答。呜呼!曾几何时,而公墓宿草矣!虽不文,其何敢辞!舜年方辑公年谱,谨著其大者于篇,以谂当世之畜道德而能文章者,必有取焉。无锡秦宝琛谨状。

清故通奉大夫赏戴花翎二品衔浙江候补道署温处兵备道宗公墓志铭[①]

谭　献

通奉公姓宗氏，讳源翰，字湘文。宋代远祖忠简公泽后人，自南阳迁四川宜宾。逮明，有督学江南侍御史敦一之子姓，著籍上元，稍微矣。崇殖于通奉公，时危康济，载绩临民，以监司终于浙水一隅，位不副德，而表见已焯然，颂声不啻口出。

公特出英奇，幼而锋异，少即读有用书，文实岸然，不沾沾于章句，师友推敬。粤寇方起，居恒叱咤，默思自奋，出为诸侯上宾，通知时事，才识甲千人，持变守正，处为出基矣。嘉善金按察安清方筹大江军糈，道义交契，公佐佑巨细，不以劳勚辞，时时有所匡勖。比按察中蜚语被逮，漕督使者钩稽恐猲，群僚匿影，公独诣来使抗辩，文簿出入，要领具在，使无以难。按察事徐解，乃撰《海陵义友记》，以识怀感，闻风者欢慕，公一笑置之。

同治以来，物望所归，将帅倾心，至有交章征引，惟恐不赴。公已积膺荐剡，阶知府，乃谢群公，之官浙江，于是亲民、民亲二十馀年，威惠皆在人口。权守衢州，敦礼崇贤，曾益孔庙田，请复赵清献祠裔；移湖州，书院府志，考究文物，浚碧浪湖，水利聿兴；移嘉兴，景仰先哲，平陆清献祠田八年之讼；补官严州，瘠郡，客作皆温、台穷氓，蜂午攻剽，公犹不忍遽摄以威，廉主名，喻利害，散归者六千人。再三移任，先后莅严五载，呕煦山民若父子，穿渠灌田，引东西湖以泄新安江之

---

① 此文附于《颐情馆笔记》抄本后，原抄本未分段，有朱笔简单句读，但亦不尽无误，今参酌标点，自行分段。此墓志铭另见于谭献《复堂文续》卷五（浙江古籍出版社 2012 年版《复堂集》，第 321—323 页）、《新中国出土墓志 · 江苏 1 常熟下》（文物出版社 2006 年版，第 251—253 页）。

奔怒,既剂旱潦,疾疫亦不作。方春时和,简从行田,柳旗掩映,下车与力穑父老相慰勉,儿童忭笑于旁,忘其为长官。

治课第一,乃徙宁波据要,负山面海,通商交涉。豪猾戈鲲化,影附英吉利领事主文,积奸利病民。公杜干谒,乃布流言,啮螫当轴。公屹不动,牍上督抚、南北洋大臣,戈愕哈不敢抗,挈孥浮海去,西人目之为逐客。初,长兴有防勇杀人,郡守阅实未竟,徙官,凶人何云锦恃营将援庇,卸染游氓,组织成狱。于是冤达刑部,下疆臣。抚部蓄疑,檄原谳官自宁波至,戒以刑求。公治狱有古风,钩距之智如见。至是坐堂皇,连数昼夜宛转诘难,凶人辞穷,始大呼曰:“杀人者我也!”堂下欢动若雷。老吏归来,声喑数日,亦劳矣。顾抚部尚嗛公,得总藩任公调护之,方事掎摭,公毅然不挠,故于戈鲲化仍以去就争也。历官五郡,三举卓异,人有“三异太守”之目。

已陟道班,署杭嘉湖分巡。光绪甲午,日本事起,海上震惊,廖巡抚寿丰倚公守圉,奉温处兵备道之檄。公积劳发白,稍稍衰矣,殚厥智略,慎固应变,持廉养正,不可以私干,教养就理如故。疆隅小定,体貌日瘁,移疾辄不报。其间擒盗渠,伏法者十馀人。又以枫林教堂徐定鳌耸领事挟总理衙门,抗有司,槛之不服,释槛尤放言。公夙志坚定,视官如敝屣,始终以诚动巡抚,争之总署,徙教堂舍宇,还徐氏宗人矣。

治温处三年,疴恙日笃,得请受代,未谢事,竟卒于官。光绪二十三年七月,年六十四告终。

公用世矣,而未竟其用。少壮澄清之志,未试于军旅。中年以来,与子若婿闲居坐论,纵横史事,偻指安危,时或大呼惊童仆。临民岁月,所至威惠并施。纪实有不尽,足以矜式方来。文学闳深有本末,究精地理,上会典馆《浙江舆图》,公经营之。遗著有《颐情馆集》《金石书画题跋》《缉名贤碑传录》。已刻者为《闻过集》十二卷,《右文掌录》一卷。元配汤夫人。子舜年,光绪十四年举人,郎中衔内阁中书。孙惟恭。

次年葬公于虞山北麓玉蟹泉下毛家地。舜年以献三十年来于公雅故，之杭州以志墓之文请。公婿无锡秦部郎宝岷，撰状密栗，要删如右。乃为铭曰：

贞干在岩，修鳞在水。乔松游龙，我思君子。君子世出，曰宗大夫。性成学成，旷古同符。兵革之运，韫奇勿闳。民物之故，缠绵匈次。知或不知，愿为其难。获上徐徐，获下胥安。朝廷之官，不疚不惕。令则有禁，无懈作息。五马骎寻，分巡式寮。昔者结友，同此久要。耿耿心精，病于恒用。郁郁佳城，循吏碑颂。

通奉大夫二品衔署浙江温处兵备道上元宗公墓志铭庚子十月[1]

孙 雄

公讳源瀚,字湘文,江宁府上元县人也。西蜀旧阀,南阳德门,承忠简之义声、侍御之遗泽。曾祖炳堂,祖润,考学梁,并蓄道德,诞生俊英,皆以公贵,赠如其官。公在文葆,即表歧嶷。芝兰挺于髫龀,俎豆习于儿嬉。头角崭然,诵弦莞尔。塾师刮目,惊此子之异才;慈母免怀,卜吾宗之将大。

已而灵虬纵壑,焦明耀文,厌薄科名,恢张经济。学万人敌,匪炎炎之大言;作百夫防,具落落之伟志。郤生入幕,退之行军。裹粮而星运夷庚,判牍而风清令甲。张汤磔鼠,老吏争呼;士元展骥,宏材暂絷。翩翩书记万言,骞逸藻之芬;磊磊丰规千丈,峙劲松之操。军需克济,干略允申;汗马均劬,嗷鸿噤响。辛酉之岁,金按察安清被劾,按验者声势汹汹,祸几及公。公赴义若渴,素丝不渝;出言如山,白刃可蹈。落阱下石,羞七尺之顽躯;攘袂叱庭,洒一腔之热血。治官书于淮右,句校从容;传义友于海陵,情文斐亹。身受者感其侠,耳闻者叹其贤,足维友道之凌迟,具见平生之风义。乔勤恪公、富将军明阿,交章以辟,虚左相期,公俱不赴,而请之官浙江。冲襟玉朗,能解两贤之围;雅操金坚,耻与哙等为伍。

莅浙以后,历署衢、湖、禾三府。萌黎遍德,佐史仰流。消雀鼠于蟭螟,格鸱枭为鸾凤。张纲胆勇,寒朗宽平,一尘不蒙,两美能合,亭疑法密,钩距辞穷。照东海之覆盆,清西曹之贯索。循声蔚起,波澄碧浪之湖;治谱精刊,碑耸紫微之岭。三府而外,任严、宁二府最久。

---

[1] 孙雄《郑斋类稿》不分卷,苏州大学图书馆藏光绪间石印本,第14—16页。

严州地接西安，城名东睦。梅岭素称瘠壤，桐江代产隐沦。山水清绝，尚存子陵之风；土客错居，屡构虞芮之讼。狐鸣篝火，鸮集丛林。芟莠锄奸，待肃银刀之队；解纷释怼，谁宣金布之条。公掌运经纶，心涵慈谅。口讲指画，振萧育之锋棱；草偃风从，化中山之桀骜。鳣潜鳞而赴澥，虎帖耳而渡江。吏惊风貌之清严，民息睚眦之愤怒。由是穿渠发卒，巡亩劭农。媲政绩于龚、黄，导泉流于郑、白。春旗带雨，氓歌杜母之来；秋稼连云，户咏曾孙之庆。田夫笑语，不知太守为谁；里耇欢迎，竞说使君活我。阖郡洽神明之誉，上官褒循吏之能。宓子贱民，不忍欺虚堂悬镜；龚颖川众，思复借遮道攀辕。

迨移官四明之山，眺远十洲之阁。弱强宗而拔薤，培本业而植桑。李及冒雪以清谈，崔篆班春以行政。离经辨志，教广鳣堂；翘秀储英，规依鹿洞。分黄堂之馀俸，惠青领之诸生。延解经重席之师，虹虹岳岳；仿太学十斋之体，雍雍彬彬。桃李蹊成，芷兰馨发。谢山讲学，集编鲒埼之亭；甬水多材，秀毓鸡鸣之浦。又复投刀削记，柱后弹冠。诘奸党之谲觚，靖宵人之谣诼。衣绣杖斧，疾恶如风。凭社烧城，阴谋毕露。魏绛戮扬干之仆，贵戚致威；董宣格湖阳之奴，豪强缚手。矧彼斗筲小吏，只工鞮译方言，敢不避罪移家，逃名浮海。草间偷活，甘居象寄之邦；釜底游魂，且泛鸱夷之舸。无何，法越生衅，海防戒严。公捧檄视师，整军经武，矛头淅米，盾鼻挥毫，秘算云回，宏猷霜照。大帅倚如使臂，敌人利在攻心。陆腾张乐，虏笑无谋；项羽沉舟，士期必死。夺昆仑于元夜，倏忽擒渠；弃楼橹于江中，纡徐制胜。雷霆砰磕，吐火施鞭；烟月迷茫，流星中镝。同僚服其胆识，彼族震其威名。

法事未定，而公以父忧去官。抚军疏请夺情，公守义弗挠，酬德罔极。郁瓶罍鲜民之痛，郤金革毋避之谭。远宗尼父，恨事父之未能；近愧江陵，信后生之可畏。大德不踰，斯之谓矣。读《礼》杜门，耽《书》谢客。卜宅兆以从事，怀杯棬而怆神。充充皇皇，惸惸掇掇。迄练祥之徐届，犹缃素之潜研。铿铿说经，若断疑狱；亹亹论史，不矜偲闻。悬河之辨难穷，洪钟之叩斯应。条《贾让治河》之策，沿流溯源；校《华山神庙》之铭，涂诗窜典。《右文别录》，匹瓯北之纪《武功》；《碑传辑存》，胜次青之编《事略》。觥觥大集，矻矻穷年。斧之藻之，美矣备矣。

公既服阕，转分巡摄杭嘉湖道。其时朝廷开会典之馆，长吏征郡国之图。公学通贾躭，思综裴秀。旁行斜上，师《汉表》之体裁；赤紧要冲，列《唐书》之沿革。王景之图《禹贡》，缕析条分；道元之注《水经》，纵经横纬。

甲午日本之役，浙抚廖中丞寿丰知公敏达之材，克任贤劳之责，始洽军于海上，旋巡役于瓯强。公积偫仓储，饱扬士气。乌苏十八策，王忠嗣因垒为城；虎卫三百人，贺若弼疑兵遍野。转饷则辘轳不绝，鱼頳鸟畸；求贤则旌币旁招，蛟腾凤起。慨慷就道，急如叱驭之王遵；称娖从戎，勇似增灶之虞诩。知行、知能、知意，审备、审物、审声，抉管、列之精心，运良、平之伟略。厥后款议初定，民痛待苏，涤烦蠲苛，嘘枯植朽。春阳秋肃，乐郊之害马永除；纲举网疏，内囿之池鱼何惜。养林材而成梁栋，上写江淮；平茶税而释桁杨，旁输欧美。中牟驯雉，刓三异之印章；公在浙三举卓异，自刊印曰“三异太守”。渤海买牛，负千畦之锄耒。盗魁手刃，警彼跳踉；奸猾心荧，绝其侜幻。虎兕出槛，敢抗郅都之威棱；獬豸触邪，无惭广汉之治状。公因教民徐定鳌事，以去就力争，电抚军曰：“畏罪以殃民，毋宁为民而得罪。”勇哉气矜之隆，卓尔治平之冠。所谓当官而行，莫敢犯也。夫质直者，构忤之阶；挺特者，恬祸之饵。以公之埋轮抗节，破柱惩奸，勋烈炳乎旗常，气概凌乎霄汉。允宜骋骏足之飞步，一岁九迁；鼓鸿毛之顺风，十旬四职。乃释之不调，李广无功，大参未拜真除，中禁徒夸注记。岂非因劲折府怨，摩天之鹰隼无朋；清刚忤权，当道之豺狼终忌。

公虽竭诚悃悃，接物谦谦，洁清而酌廉泉，静退而怀乡井。方诵遂初之赋，宁期越次之迁。而竿牍敝精，剧烦损寿。冯勤尽忠而称职，寝抱文书；祭遵忧国而奉公，劳逾台仆。班条理务，遑辞沐雨栉风;千绪万端,兼综竹头木屑。孔明尽瘁,自誓鞠躬;烛武精亡,难期益算。德星竞朗,忽闻蒿里之骊歌;智火犀然,倏灭棘林之萤耀。以光绪二十三年七月乙卯,卒于温处道任所,年六十有四。

呜呼哀哉!公于同治初年,移居吾邑。爱虞山之胜景,作吴郡之寓公。开阁聚书,凿楹课子。令嗣戊子举人、内阁中书舜年,振藻艺圃,姚声京师,宏肯堂之业,蕴治国之器。奉公柩归吾邑,卜葬于北门外之某原。公婿秦宝珉纂辑行状,仁和谭复堂先生撰志铭幽,并称文雄,足补献翼。小子精庐肄业,夙荷陶镕,高山景行,允资典宪。缘悭觌面,恨迟雁荡之游;涕洒招魂,惨应鱼符之梦。词原近费,义在酬知;敬染丹毫,待镌乐石。式吴公无双之治,请续班书;纪仲弓第二之碑,有惭韩笔。铭曰:

豫章千寻,干将万灌。桓桓宝臣,扶质立干。起家幕府,不竞不𫄨。孔璋才笔,简舆运筹。竹使分符,治方卓茂。所去民思,所居民富。历守五郡,浙人大欢。公心瘁矣,发白心丹。桴鼓不鸣,金汤永固。张镫饮宾,惊霆赫怒。匪霆之怒,舰焚敌逃。懋赏弗及,公不言劳。东海波扬,兵事再起。瓯实岩疆,长城谁倚?手为天马,掌运地图。温峤燃烛,信陵合符。纬武经文,焦神殚力。以奇用兵,以政治国。我用我法,公望公才。徙堂惩慝,颂声殷雷。柔亦不茹,刚亦不吐。王之荩臣,若周方虎。邦国殄瘁,哲人云亡。栋隆摧折,沾襟浪浪。积薪燎原,覆我公悚。公灵有知,九京痛哭。桑田沧海,华屋山邱。吴山郁愤,越水咽流。贾琮行部,墨吏解绶。惇史有光,政声不朽。佳城矻矻,神草猗猗。千秋万代,视此丰碑。

国史循吏宗源瀚传[①]

叶昌炽

宗源瀚，江苏上元人，由监生授筹饷，例捐同知，累佐戎幕，荐保知府。俟补缺后，以道员用，并赏戴花翎。漕运总督乔松年调补安徽巡抚，江宁将军富明阿治军江北，交章奏辟，皆不赴。同治四年，分发浙江候补。六年七月，代办杭州府知府。七年八月，委署衢州府知府。衢州文庙自宋靖康以后，圣裔南迁，秩祀跻于阙里。其后置五经博士，旧有祭田，失其籍。源瀚拨闲田补之，并重修宋臣赵抃祠，祀典赖以不坠。九年六月，调署湖州府知府，湖郡蚕桑之利甲天下，新丝上市，商民云集，奸宄龙断牟利。郡城滨临太湖，为私枭出没之区。棚民错处，主客互哄，号难治。源瀚清查保甲，雇募巡船会营，水陆严缉，有犯必惩。严禁溺女、火葬诸恶习，推广育婴、恤嫠诸善举，弊革利兴，纲纪肃然。会奉旨补授严州府知府。十二年三月，调署嘉兴府知府。十一月回严州任，在嘉兴仅八阅月，治绩烂然，不以传舍视其官。平湖有儒臣陆陇其祠，后裔讼田，逾年不得直，源瀚为履勘经界，持平判断，讼始平。

严州虽据浙上游，地瘠民贫，土著稀少，温、台客民以伐薪、造纸、垦土受雇，稂莠蜂午，白昼攻剽，闾阎一昔数惊。源瀚廉得主名，召其渠，喻以利害，皆受约束，愿解散，一日而归其乡者数千人。郡城处万山中，俯瞰新安江，春夏潜蛟起蛰，飞泉百道奔壑，城庳坏不浸者三版。源瀚颁陈宏谋《伐蛟说》于四乡，悬赏购掘，蛟患以息。城外故有东、西湖，以资蓄泄，中为城河，自西湖湮，而城河亦随塞，田益恶，山泽之气不通，水旱疫疠于焉大作。源瀚发卒穿渠，广袤凡百数十亩，

---

① 叶昌炽《奇觚庼文集》卷下，《清代诗文集汇编》第766册，第802—804页。

溉田无算。又于其闲，务蚕桑，缮楼橹、社仓、义塾，百废具举。又以郡之得名本于汉严子陵，建子陵祠，以崇报飨，与七里泷钓台并峙。先后在任五年，威惠著闻。

光绪三年大计，荐举卓异，正月再署湖州府知府，七月调补宁波府知府。四年正月到任，五年十二月以劝办山西赈捐，奉旨赏加三品衔。七年闰七月，又以直隶赈案，奏保候补道员后加二品衔。在任六年，两次考绩皆课最。

宁郡负山傅海，五洲互市，豪猾窟穴把持，滋为奸利。自源瀚至，皆闻风敛迹。首创辨志精舍，分六斋课士，曰汉学，曰宋学，曰史学兼掌故，曰舆地，曰天文算学，曰词章，延方闻之士课之。由是诸生争自濯磨，始知讲求经世之学。劝谕城乡绅士，建立社仓，积谷逾十万石。九年秋，沿海风灾，慈溪、镇海两县沙田场灶，荡析无遗。源瀚一面劝捐筹款，一面拨动仓谷，核实散放。邻境饿殍载道，而慈、镇两县之民，无一失所。其兴修水利，一如在严州时，开浚城河，制石椟三百馀，以纳畚秽。工竣，复胪列病河七事，勒石永禁。又以镇海为浙洋门户，屡上条议，创设火药、水雷、军装诸局，并参酌《美利坚防海新论》，创海口沉船钉桩之议。风涛汹涌之中，扁舟相度，不辞劳瘁。又以防营废弛，创议化兵为勇，简练军实，以湘、淮营制部勒之，辟垒严整，一矫窳惰之习。法越之役，法船至口外游弋，知有备，不敢犯。会丁父忧，浙江巡抚刘秉璋以海防吃紧，该员办有条理，绅民爱戴，奏请留任，奉旨俞允。法人旋受款，源瀚禀请开缺，回籍终制。

十四年十一月，服阕到省，十五年正月赴部引见，蒙召见一次。十一月回省，以道员候补。十八年四月，委署杭嘉湖道。二十年十一月，委署温处道，甫下车即整顿海防。温防饷械，旧由甬上转输，源瀚虑海道为梗，遂设局自制药弹。又以防勇散处沿海，无复纪律，筑营挖濠，以时训练。郡与台州接壤，匪徒出没，以永嘉之楠溪为窟宅，掳人勒赎，纵横无忌。源瀚添募亲军，广授将弁方略。巨匪王长人、张道地等,皆以次就擒。徐定鳌者,教民也,族居枫林,强夺宗人宇,民聚而号。源瀚擒治之,领事数请不应,腾危言挟制万端,源瀚不为动,卒申其法而后已。然于平阳焚堂之案,及松阳教案,曲在民者,立即驰往解散,责成地方官实力保护,故中外无闲言。温土产以植茶为大宗,填厓弥谷,岁输海内外巨万。前此征敛急,商民交困,源瀚详访利病,蠲其烦苛之税。处州木捐、温州货捐,皆为承造金州战船而设。源瀚曰,船厂停罢久矣,犹可以此厉民邪?尽革除之。

二十三年七月卒。浙江巡抚刘树堂与闽浙总督许应骙合疏奏称,前署温处道宗源瀚,服官所至,以兴利除弊为已任,清厘庶狱,省释滞囚,裁革陋规,体恤商贾,整躬率属,吏畏民怀。兹据大挑教职陈寿宽等,以该故员历任遗爱在人,未任听其湮没,合无仰恳天恩,俯准将已故前浙江候补道署温处道宗源瀚生平政绩宣付国史馆立传,以彰循绩而风有位。奉旨:着照所请。钦此。

宗源瀚传[①]

宗源瀚，字湘文，江苏上元人。少佐幕，荐保至知府。光绪初，官浙江，历署衢州、湖州、嘉兴府事，敏于吏事，判牍辄千言。在湖州浚碧浪湖，兴水利。时太湖溇港淤塞，前守杨荣绪疏浚无功，会有疏陈治法者，下郡，源瀚乃议大兴工役，所规画甚备。荣绪回任，卒成之。补严州，兵后凋敝，多温、台客民寄垦，习于剽劫，廉治其魁，遣散归者六千人。治严五载，煦呕山民，穿渠灌田，引东、西湖以泄新安江之暴涨，旱潦不害。每巡行田野，劝民力穑。调宁波，通商事繁。有戈鲲[②]者，素豪猾，为英国领事主文牍，积为奸利病民。源瀚发其罪状，牒上大吏及南、北洋大臣，逐鲲海外。法国兵船犯浙洋，源瀚从宁绍台道薛福成筹海防，多所赞画，数有功。晋道员，署杭嘉湖道。二十年，日本构兵，调温处道，沿海戒严，处以镇静，清内匪，捕诛盗渠十余人，疆圉晏然。又三年，卒于官。

源瀚优文学，尤精舆地，所绘《浙江舆图》，世称之。

---

① 见赵尔巽等撰《清史稿》卷四五二，列传二三九，中华书局 1977 年版，第 41 册，总第 12578 页。

② 此处脱一"化"字，后文亦然。戈鲲化（1838—1882），字砚畇，一字彦员，安徽休宁人。1879 年受聘至美国哈佛大学教授中文。

附三 《申报》宗源瀚史料辑录

《申报》是中国近代第一大报，其中涉及宗源瀚的报道文章约计二百篇以上，大部分集中在1878—1897的二十年间。本附录主要辑录与宗源瀚日记中所述经历有关的内容，如创设辨志文会、宁波劝捐、镇海保卫战，及其任宁波知府期间施行的举措引发的批评讨论文章。至于对宗源瀚施政措施的报道，因数量较多，仅择篇幅较短者迻录若干。

《申报》原文为繁体字，无标点，不分段，本附录改为简体字，加标点、分段。标题均为《申报》原有，标题下日期为公历。所录内容虽经逐字核对，仍难保证全无讹误，如需引用，请核查原文献。[1]

宁波官报

1878年2月20日　第1784号　第2版

新任宁波府宗湘文太守，于十六日辰刻到郡，巳刻入城。因前任李小翰太守尚未出署，故暂假校士馆为行辕，择于十七日辰时接印。

宁郡查赌

1878年3月4日　第1794号　第1版

新任宁波府宗湘文太守，下车伊始，首严赌博之禁。正月二十四日黄昏时，亲至察院前，拿获赌棍十馀名，即就察院大堂，各责三百板，并谆谆告戒，当即释放。想以后赌风或可稍戢也。

---

① 《申报 影印本》(全400册)，上海书店出版社1983年版。

楹联示意

1878年3月19日 第1807号 第2版

宁波宗湘文太守下车伊始，闻自撰一联，悬于头门云："此是公门，裹足莫干三尺法；我无私谒，盟心常懔一条冰。"是则太守诚情见乎辞欤?

宁事杂录

1878年7月5日 第1900号 第2版

天一阁藏书，在海内首屈一指，自匪扰后，多半散轶，且无人经理，未免狼藉可惜。月前，宗湘文太守前往阅书，(当)[尝]命范氏后裔悉心检理，查照《天一阁书目》，如有缺页、缺本，即须补买，无可购者，亦当借抄，务使不至残缺。至膏火薪水，自当设法集款发给。故现在范氏十馀人均在内整理，但恐无从购借者居多，且时日亦不能预期，则费用将如何设措耶?

论办理闹捐案之失

1878年9月20日 第1966号 第1版

凡事之偾，每由临时无主，仓皇失措。若一事未定，一事又来，则愈无镇定之神，而于彼于此，皆失其宜。宗湘文太守之治宁也，民情颇称翕然，与前任边公无大轩轾，而瑞观察分守海邦数年于兹，又深得抚驭之道。是两君者，虽无善政、善教卓越寻常，而道府之职，本在持大体而不亲细务，如此器度识力，亦未始非司牧之良矣。乃于七月间突出衡山、奉化二事，几使其才穷智尽、掣肘万分者，殊属不可解也。夫衢山之事，由于司马之轻举妄动，擅请发兵，至不可收拾之际，郡中各宪皇急无地，遽以治叛乱者治之，入山剿办，惨杀多人，为首之犯，讯供未实，即行正法。事虽为国家示威，使不靖之民知所儆畏，然究不免操切之嫌。……要而言之，则二公之胆略未有过人也。

太守施医

1878 年 9 月 26 日　第 1971 号　第 2 版

宁波宗太守特自捐廉,设立官医局于火神庙,已列前报。近因庙内设坛禳投,局故移至水陆财神殿内。初立时,来诊者尚少,今则人数日增,竟有多至百馀号者。医士应接不暇,太守乃另延四医,以黄布为旗,上书“宁波府施医贫病”七字,着分赴四乡,以免病人来局诊视云。

人言可畏

1878 年 10 月 2 日　第 1976 号　第 2 版

本月初一日,传得宁波城中遍张无名揭帖,谓宗太守挑去府署前东首土山,青龙一空如洗,而西首裁缝、红木等铺,民屋栉比,白虎峥嵘,当主一郡不安。夫始则剥削民膏,饬挑土山,以致酿成疫病。及瘟疫大行,乃设局施药,含混出示,仅写“宁波府施医”字样,捐百姓之公资,沽一己之美誉,实为名教罪人云云。是日,适宗太守在牙厘总局,拜彭讷生太守回署。至半途,傔从揭得三纸呈阅。太守便往谒边太守,乞其到省见上台时,代为求准另委别员,我当一面上详,求请交卸。边公答以阁下到宁以来,循声大噪,百废俱举,兹若交卸,其如苍生何?宗闻之,益气填胸臆,立刻回署。甫至大堂,即出轿对天长跪,立誓不再在宁波做官,号啕大哭而入。并闻业已出文,特未知确否耳。

论宁郡匿名揭帖事

1878 年 10 月 5 日　第 1979 号　第 1 版

古者顺民情以出治,而民亦率以顺命,初无悖逆讪谤之端,所谓上下相安而政成民听也。降至后世,不能恪守先圣之矩矱,遇事纷更,于是乎民心不顺而谤讟兴焉。遏之不能,防之不可,即有严酷之法,令行禁止,使道路以目,敢怒而不敢言,卒至大决所犯,其伤实多。

故曰“防民之口，甚于防川”，善治民者，所以博采舆情，而不敢逞其私智也。虽然，为上者固不可违民以逞志，为下者亦不可谤上以成风。如上之所为，或有不满于心，而遂肆行无忌，遍布谣言，是又王法所必诛，而清议所不容者矣。

宁波宗湘文太守，莅任之初，颇能励精图治，地方庶务尚属留心。而近来以奉化闹捐、拆毁河工局之事，人言藉藉，咸归咎于太守，甚至匿名揭帖遍帖通衢，至太守痛哭流涕，誓不再仕于甬。窃以为，是则过矣。粤稽宗太守一权杭篆，再权禾篆，皆以五日京兆，为时无几，未克有所作为。守严州五年，亦尚无不协舆情之举。即其在宁兴办河工，清理街道，现以瘟疫盛行，设局施医，凡其所行，亦为有志民务，初非阘茸龌龊者比。宁城河道本多淤塞，筹款挑掘，实以便民。所失者，既设河工局之后，不先挑河而挑府署前后之土山，遂使民有所借口耳。如以为东首土山挑尽，青龙一空如洗，而西首民屋栉比，即为白虎峥嵘，虽其说本于堪舆之家，实则无稽之谈也。故谓挑土山无与于河工则可，谓去土山足以召瘟疫则不可。至医局之设，虽曰小惠未遍，然因疫气流行，设法拯济，则其尚有民生于其心，以视绸被放衙之辈，微有间矣。

大抵宁人亦本无定见，当宗守到任之初，甬人有来沪者，谈及新任太守，皆啧啧称道弗衰，以为有胆有识。至奉化事起，鄞人乘势拆毁河工局，则无不众口一词，谓太守之好名多事者。平心而论，好名固有之，然三代以下，士惟患不好名，能好名者犹属有志之士。扩而充之，清廉忠节，未始非好名之一念所结而成也，则好名不足为宗首罪也；多事亦有之，然近来之为官者，往往置政务于不问，旅进旅退，俯仰随时。一票牒出，若或忘之，摄牒者入手未盈，不令消见官之票，承行者润笔不饱，即断无送稿之时。朦胧颟顸，动经岁月，则多忘事者之贻害苍生也。一事之来，彷徨无措，不论命盗重案，但求可以私和，则即为销案。无论积久各弊，但求可以省事，则一听因循。悠忽蹉跎，绝无振作，则求无事者之膜视闾阎也。乃宗太守不避嫌怨，亟欲振兴,当其初至之时,诚有如边太守所云百废俱举者,是亦足以为当今之守土而无所事事、虚糜禄糈者劝。何宁人之肆其病诋,至于如此之极也!

奉化闹捐之事,虽曰宗守亦有难辞之咎,然其事究因方委员浮收所致,况总办厘局者尚有彭公,宗守不过与参末议,实非一人所能主政,即使办理不善,亦不得专归罪于宗守一人。惟河工设局而河道仍未开浚,清道有捐而街衢尚无洁净,捐资既集,先行动工挑掘署前土山,此则授人以口实。而遽以为剥削民膏、酿成疠疫,捐百姓之公资,沽一己之美誉,任情毁谤,曲意诋诽,则人言之可畏者,实民心之叵测矣。

官之臧否,惟凭口碑,而匿名揭帖,本于禁例。当奉化人在府闹捐之时,鄞人乘机怂恿拆毁河局,安知无不肖棍徒幸灾乐祸,藉是以为攘夺之计。即是推之,则此时之无头榜,亦安知非若辈不能遂欲,而私相煽动也。边太守冷语冰人,虽亦出于一时牢骚之意,触而即发,究亦失同官为僚之谊。试反己思之,民间既有污蔑之言,同寅又有此讥讽之语,而谓能堪也乎?

吾于是而恍然于世变矣,在不能有为之官,则欺之蒙之,侮弄而狎玩之,以为忠厚乃无用之别名,是亦不足畏也;稍有作为之官,则谤之毁之,苛求而过责之,以为纷更皆沽名之巧计,是又不能从也。然则为官者将何如而后可哉?求其无为而治,渺不可得,而偶有所作动,辄取诋于人,是独非世道之忧乎哉?

顾宗太守,亦未可遂以是故而遽灰其心也。抚心自问,苟所兴作之事,果无私意而有便于民,虽谤言日至,而亦不足为疚。传曰:“礼仪不愆,何恤乎人言?”子产为政一年而来“孰杀”之谤,至三年而有“谁继”之诵,又岂以一时之毁誉而为荣辱哉?余不知宗太守之为政,果能返躬无愧与否,第念匿名谤上,此风断不可长,因泚笔论之如此。

宁波府示

1878 年 10 月 12 日 第 1985 号 第 2 版

宁波府正堂宗示：照得府署后墙临河，紧对学宫，并无土山，万目共睹。所谓土山者，在署中后园，载在志书，至今巍然，万无挑理。至于照墙东边，瓦屑高堆，紧贴渠河，有碍居民汲用。河工局曾于本府自发二百元内动款挑去二三分，与民捐毫无干涉，早经榜示通衢，为绅商士民所共悉，并无议论。唯一二被访之徒，因别无可说，常以此事寄信远处，以欺人闻。尔商民颇以本府受谤为不平，不知本府颇尝学问，不以毁誉动心，事非地方利害，受谤何伤？如有关民生或风俗人心之害，自为查办毋违。特示。

前传得宁人遍张匿名帖，致宗太守阅之恨极，立誓辞官云云，昨悉实无此事。即前报登宁海人冒挑军火，及官军纵火烧房、岙人迎拒半被官军杀戮等语，亦系宁地谣传。本馆语不厌详，既知传者失实，亟为更正，诚不欲以先入之言为主也。本馆附识。

论知府一官兼及宁波事

1878 年 10 月 21 日 第 1992 号 第 1 版

今使天下之有民者，皆肯任劳任怨，则事无巨细，无不毕举，尸位旷职之诮，由何而兴哉？盖民事不可不勤，虽鞠躬尽瘁而不敢告劳，民情不能遽得，虽大公无私而好恶由人，故劳与怨皆居官者分内之事。而惟不惮劳，乃多所怨，但观民情之有所怨与否，而其事之废不废可知矣。然设官以为民事也，安有无所事事之官哉？人谓州、县为地方，亲民之官，催科抚字，二者兼施，钱谷刑名，终朝碌碌。其在外郡边邑，但求无负于国，无负于民而已；若一郡之首领，省会之冲繁，则上司耳目所易及，各项差使所宜派，则尤不易经营。苟才具短绌，类多畏首畏尾之状，一或不周，谴罚随之，故凡性不耐劳，与夫初释书卷之官，辄不敢为。州、县有登甲榜点即用，而旋入资为同、通者。盖同、通闲曹，无地方之责，由此以上皆总理其成者，察属员之贤否，课其绩以达于上,斯已矣。是以知府一官,正途者每优为之,所谓宣上德、抒下情者也,非设官初意,何轻于州、县乎?

今之知府,即古之太守,领一郡之繁,其权得以达朝廷,与今督抚无以异。乃自后世,官制太纷,于知府之上分设巡守之道员,以稽察二三府,而知府乃有所顾虑。更于巡守之外设藩司,以总汇一省之钱漕,设臬司以专察一省之刑案,于是郡统数州县者,变而为省统府州县,而州县径达于两司。凡钱刑各案不遇循例,申详其可否,听之省宪,而府中亦勿过问焉。两司之上,又有督抚外省者,政由是始达于朝,如此则知府无权矣。膺其任者,恪守清廉,优闲展望,以待循例升调而已。虽于任内存任劳任怨之心,则同官且笑其多事矣。然亦有矫世厉俗者,事事亲裁,见地方弊习,力为湔除,遇民间利事,力为整顿,勤听讼案,以理枉纵,布置细务,以兴废弛。虽州、县应为之事,亦且为之,即州、县所不屑为之事,亦乐为之,百废俱举,积习尽除,民之赖之,亦如州、县之交颂民父母也。然则人亦善自为耳,顾名思义,虽古今风尚不同,而尽心民事,大吏亦将贤之。

然余观宁波宗太守而有异矣。当奉化闹捐之际,事与太守无干,乃道路口碑,咸以为太守平日之事所致,争相怨之。考其莅任后,兴办各事,处处关心,无非为民,即偶有不检,而心实无他也。何以宁郡之谤言四起,推其心将使太守不安于任,弃官以去而后已耶?同是知府也,领苏郡之谭守、钱守,独非承上起下之官?乃谭公治苏,如禁小钱、查烟馆,博收词讼,严拿地棍,亦州、县分所应为之事,而太守不惮为之,且谭公既去,钱守又从而继之。一时苏人颂之者半、怨之者半,以为勤民求治者半、以为舍大图小者半,独未闻激民之怒、速民之谤至于如此,而宁人之性情胡为大相反耶?

昨与宁友偶论及此,友曰:“是不能使人无疑也。”然所以致此者,由来渐矣!边守之在宁也,以镇静为能事,善与士类相交,礼遇绅衿,于书院较课之日,极为认真,此外则优容大度,一委诸县。凡刑钱各案,申详到府,为之转达而已,莅任以至去官,从未准一词、提一案,而地方公事，无论巨细，皆不侵县中之权。与绅士接见，谈诗文，不及他事，以故士论翕然。盖宁郡绅衿之在乡者，惟举人为多。举人者，矫然于庠序，中人不与并齿，以之处馆，非富室厚修，不敢延以之坐书院，则举人实繁有徒，即志局之差、各业之公行先生，亦不敢尽其人，止月应两课于孝廉堂，得两馀膏火，何以展举人之才？故不得不与县署往来。而边守乃一一听之，若罔闻知。一旦继其后者，若欲事事亲裁，使县中无徇情于绅士、无结交于县中之隙，则有不强怒言、弱怒色哉？

夫府与县同为官衙，守与令犹是官长，向令绅士得以施于县者施之于府，固未尝不可弭谤也。然而位益尊、体益严矣，怀刺而谒之门者，通报请见于厅事，苟有所私，未敢即言，拱手啜茶，能不逡巡告退？此所以异于县也，异于县而绅士干谒之路绝矣。彼乡愚之民安有识见？惟绅士之好恶是从，绅曰否否，民亦曰否否，于是怨声作矣。虽然，以绅士之故，而为太守者，必如边公之清净无为，以尊黄堂体统，而不可如宗公之尽心民事，以启乡校讥弹，亦岂通论哉？

国家设官，各有事事，虽督抚、监司临之于上，州县行之于下，似可自乐清闲，而一任其下百弊丛生，亦谁执其咎耶？且必如是，而知府一官可以裁汰矣。省中大宪能不以一时之毁誉定属吏之贤愚，俾久于其任，即终为怨府而不辞，无亦深知宁人之性情风俗与宗公之所以受谤欤？

甬守晋省

1878 年 11 月 13 日　第 2012 号　第 2 版

宁波府宗太守，于十五日起行晋省，闻将面禀公事，并求交卸云。

宁波派捐

1879 年 1 月 8 日　第 2060 号　第 2 版

甬上蔡、杨、屠三姓，并称富足。刻下宗太守欲兴办社仓、河工及重修府志等事，需款甚巨，知蔡殷实，派捐洋三万元。蔡再三恳减至一万元,刻已缴清完结。至杨氏,前为郭姓控案,议捐三万元,嗣奉李中堂饬,将此项改归上海,解由直隶听候拨用,所有宁波毋庸再捐。兹又因本郡经费需银,是以仍欲劝其捐助,但不须如前之多也,并闻俟杨氏捐后,再捐屠氏云。

讳盗续闻

1879 年 2 月 17 日　第 2089 号　第 2 版

镇海大溪头抢当一案,兹闻又经宁波府宗太守传该当四邻讯问,佥云委系放火抢劫。太守仍不之理,独传李某趋前,力劝改为失火,俾得保全父母官等语。李某知太守意不可回,势难望共勒缉,遂艴然曰:"太守命予保全父母官,独不知子民之受累乎?"拂袖而出,立具禀于道辕。经瑞观察派委员曾君前往大溪头详加察访,然后会同于明府商办。正不识所商者何事?所办者何人也?

宁波府示

1879 年 2 月 17 日　第 2089 号　第 2 版

宁波府正堂宗为出示晓谕事:照得郡城设立感存公所,专恤儒门孤寡,法至善也。原定章程,凡孤寡子弟设塾授读,乃因经费不敷,致未举行。本府现以感存公所屋旁之定香庵修为义塾,由府力筹经费,延经蒙二师教读,以期教养,并施扶持士类。合亟出示晓谕,为此示仰。儒门孤寡,凡无力读书之子弟,速尽正月内赴感存公所绅董处报明姓名、年岁、籍贯并父兄仕履,由公所开抄呈府,以便择期开塾。仍妥立章程,晓示遵守。切切!特示。光绪五年正月十九日给。

增设辨志文会示

1879 年 2 月 18 日　第 2090 号　第 2 版

浙江补用道宁波府正堂加三级记录三次宗为出示晓谕事:照得通经所以致用,服古乃可入官,原国家养士之本意,必须敦崇实学。

除孝廉堂、月湖书院仍循旧月课时艺外，本府特增辨志文会，自本年二月起，发题于郡城暨外县各儒学。凡各属各县之人，皆可与课，已刊列章程，散给照办，合先开列示谕，为此示仰各县举、贡、生、监人等遵照。凡愿与课之人，自本年二月初一日起，在郡城附近者，即各赴孝廉堂、月湖书院领题。在外县者，即就近赴各学领题，按照定章，自备课卷，依期呈缴，逾限不收。切切！特示。

计缘起章程：国家万几百度，博通人而理天下，人心风俗以士类为归。朝廷养士以储用，士之卓然有所表见者，其根抵必在学术。出为公辅，处为儒生，一也。学必视其所志，姚惜抱之论学，分考据、义理、词章三途，曾文正益以经济，以配孔门四科。近日，上海求志书院分经、史、掌故、算法、舆地、词章以课士。为学之途虽不一，而范围曲成，不外乎是。功令虽以时艺取士，而五经策问非淹贯者，不能夺席。自末流务趋便捷，遂若四书文外，可以束书不观者。我朝硕辅魁儒，大半出自科目，其进身未尝不以时艺。而其所以称物望而垂不朽者，必别有安身立命之地。非然者，朝荣夕悴，泯没无闻，白发苍颜，阴悔不学，始自伤其与草木同腐，盖已晚矣！

四明为文献渊薮，通才硕彦，彪炳前代，程畏斋之《读书分年日程》、王伯厚之《困学纪闻》，导引来哲，纲举目张。流风所被，国朝鄞县万氏一门经学，全氏博闻兼综，后来徐柳泉亦渊雅赅博。镇海之刘氏、乐氏，慈溪之姜氏、裘氏，象山之姜氏，定海之黄氏，皆通经训、能文章，彬彬焉不愧儒林之选。而议者乃谓今之甬士不能如昔，吾观甬士之掇科第、能文章者，岂少也哉？其切劘睥睨，亦岂有所自画而不欲大过乎人哉？而卒似未尽称造物生才之意，餍国家求才之心，毋亦守土之责乎？

今于孝廉堂书院月课时艺之外，取《学记》“辨志”之语，别为辨志文会。分六斋，仿考据、义理为汉学、为宋学，取经济致用之意为史学兼掌故，为舆地，为算法，而华之以词章焉。夫此数门者，由粗求精，推本极末，举非空文衍说所能穷其微妙。况所谓宋学者，研求性道，尤重躬行,岂区区文字所能蹈袭。顾非文无以为课,非课无以见志。亭林顾氏好古敏求,而其精神所注,则在行己有耻。吾党之士由博返约,必有确乎其不可拔之操,而后有泛应无不至当之学,矫世励俗,皭然不滓。庆历五先生、淳熙四君子之流风馀韵,不又当于吾甬求之耶?

源瀚谫劣,蚤岁以糊口而废学,洎乎从军速化,又终日困于案牍,此生殆无复仕优而学之时,自愧无以为诸贤引伸。六斋斋长必访求近地通博有守之人,以相观摩,俾知吾甬自有师贵,亦庶乎取行不速之意。昔河南吴公得一贾生,遂为治引第一。他日四明群哲踵起,出处皆有以自立,不肖如源瀚,且将附诸贤而彰焉,岂非厚幸与!

辨志文会章程:

一、文会分六斋。曰汉学,曰宋学,曰史学兼掌故,曰算法,曰舆地,曰词章。每斋延专精是学者为斋长,校阅课卷。每斋每课三题,仅作一题者不录。

一、文会无论举、贡、生、监,俱准与试。与试者各习一斋,尽其所长,不必求多。鸿才博学能兼各斋者,听其兼作,但卷须每斋一本,不得并写。

一、每年课朔、二、三、四、五、七、八、九、十一月,闰月如之,逢岁科试、乡会试酌停。每月朔日发题,郡城即贴于孝廉堂、月湖书院,外县均邮寄各学,交教官收掌,题到即饬门斗将题纸粘贴儒学头门并各城门。远乡僻壤,当时分送,每课一次,每学门斗给工食钱一千文。

一、课卷各人自备,用白折纸六行二十格。卷面自书肄业某斋某县、举人某生、年几岁。略似乡试卷面式。

一、每课、每斋俱分三等。超等十名,第一名花红六元,第二三名各四元,第四五六名各三元,七八九至第十名各二元;特等十名,每名各一元;一等不拘名数,不给花红。俟斋室造成,经费充裕,住斋肄业,再议膏火。

一、每月限二十五日缴卷,郡城即缴孝廉堂、月湖书院二处监院，外县均缴儒学，定限二十五日申刻收齐，次日邮寄至府署，逾限不收。收卷时各给收票一纸，票式附后，由各学照式刊刷填用。

一、出案除贴府照墙外，各学仍各发一纸，同花红并发，即贴儒学门首，与试者持卷票领取花红并课卷。

一、每课佳作各斋选数篇刊刻，以备观摩，斋长即于题首印“选刻”二字。作者于领卷后即誊一通，次期与课卷一并交学汇送，违者花红扣给。

一、各学寄至府署，饬礼房将卷面姓名弥封、钤印，分送各斋长阅定甲乙，送府拆封、填案。

一、屡列前茅、行已有耻者，当岁时延见聆议，论察志趣，期得学行兼优之儒，访明乡里，远以论荐大府，近亦备斋长之选。

催捐馀闻

1879 年 2 月 26 日　第 2097 号　第 2 版

宁波宗太守着杨宝镕捐银不缴，委葛存愿巡检坐催。嗣经某孝廉出为调处，屠、蔡两姓各捐一万元，杨宝镕业已助赈四万两，此次恳减至五千元，惟屠姓不愿出名，情愿并归杨姓户下，统分三期呈缴，当经太守允许，即将委员撤回。此已详列正月初九日报内。

兹闻宗太守又嘱某孝廉转着杨宝镕亲具认捐一万五千元之禀，限于正月底递进。杨宝镕恐禀词递后，屠姓或有延宕，势必仍归杨姓专认，故只肯禀具五千之数。太守不允，往复商议。杨宝镕谓，如须全数具禀，必屠氏先将一万元交来，方可遵谕。但屠姓又执定三、六、九月之期限未到，岂能将万元先交杨姓，故杨宝镕终不具禀。

正月三十日，宗太守遂仍札原委员葛存愿再往严催。如杨宝镕不具万五千元禀词，需勒令照札内原认之三万元呈缴，不准再少丝毫。如委员催缴不力，听候参处。同日又出票一纸，派差二十名前往立提，称欲押追。次日为二月朔，又加差十六名，并称若不赶紧认缴，并须将其族人杨臣全控案断输，切勿后悔等语。当派差加差之际，途

人见之,有疑为掩捕大盗者,及询知细情,皆以为小题大做云。府札附登如左:

浙江补用道特调宁波府正堂宗札鄞江巡检葛存愿知悉:照得候选郎中杨葆镛,前据具禀认捐社仓洋一万元、府志洋一万元、书院水利洋一万元,业经本府报明抚、藩宪有案。十月间,本府在省奉抚、藩宪面谕,以社仓积谷钦奉谕旨办理,府志、水利更关地方要务,该职家资殷富,业已具禀认捐,不得观望不缴等因。查前捐款迄今未据缴到分文,自应委员守催,将前项认捐之款,即日如数缴府,不得延误。如该委员承催不力,定干参咎。凛之,切切! 此札。

太守劝捐

1879 年 3 月 15 日　第 2112 号　第 3 版

宁波府宗太守,前委葛存愿巡检守催杨宝镕捐项,复先后票差三十六名催缴,闻须照原议三万元捐助,不准短少,是以杨宝镕更难应允。随又加差在杨家日夕吵闹,十三日午后竟将宝镕逮案,其在途之狼狈情形,真与捉获重犯无异。

少顷,太守升堂,先拍案大骂抗捐,嗣又善言慰藉,谓汝之前程正未可量,郎中放外任,不失为道府云云。复因宝镕不允,又连呼责打手心,旋再许以捐银不缴足,当将其族人杨臣全照颂棍惩办等语,而宝镕总呐呐不能言,惟有"郎中捐不起"五字答之。太守又大怒,将传粮厅管押。其时太守之忽而恫吓,忽而勉励,几如东坡文章,嬉笑怒骂皆备矣。

宝镕自午后跪至二更,实生平未经受如此苦楚,不胜其累,只得允定一人愿捐一万五千员,分三、六、九月缴清,并不与屠姓纠葛,所有屠姓捐款由太守另办。太守又令当堂具有"宝镕自愿捐助并非勒捐"字样甘结存案,然后准其取保释。然杨臣全之控案,太守究如何办理,刻仍未可知也。

劝捐说

1879 年 3 月 22 日 第 2118 号 第 1 版

有无相通，古义也，富有仓箱，而目击时艰，不肯解囊以济公事，此守钱虏之所为，而人所深恶也。于此有人焉，为之反复开导，俾之减太仓之一粟，拔九牛之一毛，以佐义举，是岂不足为能员哉？然而矫枉焉而过乎正，则又不能无议也。何则？捐输之事，总在人之乐从与否，不得硬派勒索，盖以贫富之数本自不同，富者之不可使之贫，犹贫者之不能使之富。如必执一偏之见，以为彼固富人，不妨令其毁家以纾难，是又非情理之平矣。

宁郡宗湘文太守，劝杨宝镕捐洋一万七千元一事，本报屡为登录。闻者以杨宝镕藉父馀荫，坐享丰厚，今以太守之威，俾立破悭囊，不敢吝惜，颇以为快。然以情理论之，太守似有稍觉过分者。

泰西之法，凡有富家巨族，国家必为之竭力保护，盖以国有富家，国家之荣，亦国家之福，上能体恤而爱护之，则此人之富为我国之富也。如不加抚恤，苛派而虐遇之，则所畏在此，所乐在彼，将有徒而之他国者。诗云："此邦之人，不我肯穀，逝将去汝，适彼乐国。"西人深知其意，故凡富商有事，官必曲意维持之，非势利之见，其所虑者远，而所持者大也。中国富人，虽或为官府苛索，而眷恋故国，从无迁徙他国之事。然彼既稍有蓄积，惴惴焉日患官府之凌逼，亦或有改之他省者。一省之中，或改之他府，一府之中，或改之他县。则是使富民必不能安居乐业，而生斯土者，且以贫贱为乐，而以富贵为忧也。

夫西人之保护富人，岂偏心袒护之谓哉！如富者而有罪，未尝不予以刑罚，第安分守业之富人，则无有不委曲周旋之，以奠以居，而安其心者。今使杨宝镕果有可罚之罪，太守因而重罚之，谁曰不宜？而宝镕之罪，初无可指也。如以为乃父所得之财，或多不义，此时不妨稍夺之，然当其不义而取之时，胡不闻有人阻而禁之，而顾于其子乎？泄愤耶？

凡事苟在情理之中，旁观者亦不必为此不平之鸣。乃观于李伯相之批,如彼宗太守之劝如此,凡在情理中人,皆愤不能平,有不能关之口而夺之气者。虽以太守之声威,亦不能禁此道路之口碑、舆情之公论也。且太守之所以专意于杨氏者,以其富也,亦以其懦耳。设使有富者,于此声气广通,势焰煊赫,日拥其珠玉锦绣,以征逐于酒食歌舞之场,太守其奈之何?若而人者,其财之进路无由知也,其财之出路不能强也,即或为地方公事,各家劝捐,而彼独甘为铁公鸡之一毛不拔,不过人之唾骂之,究无应得之罪也。

昔明祖定鼎初年,往往访江南富厚之家,籍其产以佐军饷,识者非之,然其所籍没者,亦必实系张王之党,或访其为富不仁之真迹,而后可以入其罪而籍其家,非无故而查抄之也。而其时江南富家,闻其风者,无不纷纷他徙,太祖亦寻悔之。乃杨宝镕本无可指之罪,而勒捐巨款至于万馀,犹以为未足,并分其控追之欠项之半,是何说哉?

昔汉武帝时,卜式上书,愿破家以充车饷,武帝欲官之,平津侯立阻其议,后世论者谓其能识大体,盖正恐上之习见乎此,而将夺民之产也。今宗太守之所为,不亦大异乎平津哉?李伯相所批,本有免其晋豫赈项及社仓、水利、书院、府志等款,稍示体恤之语。而宝镕于直赈四万两之外,仍认捐宁波经费洋五千元,似亦可谓慷慨好施者矣。而宗太守必欲令其加捐,又令其具"并非勒捐"切结。噫!如此而犹曰非勒,必如何而后为勒耶?太守之敢于为此者,只以宝镕懦弱不敢故违,而孰知道路之口有不可止者,虽太守情愿为地方公事受过,而"公允"两字究安在乎!

太守回署

1879 年 5 月 28 日　第 2180 号　第 2 版

宁波府宗湘文太守,于本月初三日由省回署。是日拦舆递呈者约有数十起,缘太守公出日久,致案牍重叠,愈觉劳形也。

书宁守劝诫农民示后

1879 年 10 月 8 日　第 2313 号　第 1 版

今官宪之有示谕，犹古者之读法也，新官到任之禁条，犹条教也。只因示谕、禁条千手雷同，遂若虚设。此事令民视为具文，某时应悬某示，某事宜申某禁，由承行书吏检拾旧稿，送判签行，徒费笔墨而已。惟至事非照例，不逐任逐年必有此示者，则由经书拟稿，送幕改正而出，而民间亦以为郑重，街头墙角，驻足围观，以见官府之居心行事，或公或私，或猛或宽，而生众人爱戴之念，畏服之诚矣。

然而民之见此示也，城内之人又不若乡人之切，何也？城内耳目较近衙署堂皇之地，加以绅耆出入有所传闻，不待悬示而民能遍知之，第以示为征信之具而已。若乡间，则去城较远，与官长疏逖，寂无见闻，闾市上新贴一示，众曰具瞻，其事之无成、案无旧稿者，则且互相告语，传为新闻，而其中官之贤否与民之怀畏，均于是系之。故示谕之颁，非可以苟焉已也。示谕而颁于各乡，尤不可以率焉已也。然今之牧民者，谁则知之？非以威加民，即以术愚民，求其以实心实理与吾民相见者，鲜有其人。盖一邑一郡之中，业农之民最多，乡人则不识字者尤多。非语语真挚，不足以取信，非字字俚俗，不足以动心也。

前因宁郡求雨，乡民请龙入城，要官祈拜，经宗湘文太守剀切劝谕，纯用俚言，虽童妪都能解得，而且条分缕析，不惮烦词，此其爱民之念，有流露于言前意表者。昨又录述教戒农民告示一道，意仍前示，而语加恳至，且为持久之防。宁郡乡民苟深味太守之言，因此类推，则正人心、革风俗，民皆务本、户尽安良，岂非经贤太守熏陶培植之功，而风气可以返朴还纯乎？

今世视知府一官，以为承上起下之官，责任之轻，等于丞倅及诸闲曹。盖从古二千石为郡县之极尊，迨郡县之制变置，道路于是有统属。太守者，其权既不得直达于上，而其事则仍止总成于下，上所令于地方官者，知府为转饬行之，下所禀于大吏者，知府为之申详之。

无论刑名钱谷、民间讼案、地方公事，知府实不操其权。故有才不胜地方而百计营干，或保或捐，过班而为知府者，其视知府一官，岂不以为赘疣而委蛇养望、绝无关系乎？殊不知，按之品级则为表率之上司，而论其名称仍是地方之父母。惟属吏之所已治者，我董其成，不谓之耽逸；属吏之不及治者，我行其令，亦不谓之亵尊。岂曰此地方官事，府衙门从无此办法耶？

夫知府者，知一府之事也，知县及属厅州所得行者，一属之事，而知府则兼各属之事。各属不知几许应兴应革之要务，府而不知，徒恃属吏，则人生聪明才具或有所限，而曰彼固尝为之矣，且我以为应为者，彼亦尽为之矣，能保其无废弛怠玩乎？故属吏而既行，府赞其成，为尽府之职；属吏而未行，府弥其缺，亦未始不称府之名。使谓分道路、置院司以后，府实无足重轻，何以朝廷不废此官，而且简放其人，与道并尊，必求诸御史、给谏、六部郎官中凡京察之考最者哉？

宗太守洵可谓弗负厥任矣。且就劝阻抬龙一事论之，乃知事虽细微，关系不小，在他人，轻心掉过即曰好事，一之已甚，必不肯反复推详，谆谆忘倦也。太守之初莅宁也，承边公宽和之后，每有举动，辄形棘手。盖边公优闲养望，地方公事悉听属吏、绅士为之，莫不如所拟画诺，事无巨细，概不亲裁。故绅士乐为延誉，愚民无知，随声附和，佥谓边公贤。而宗太守方亲庶务，不惮劳琐，属县因有不便宜处，而绅士更不得交通，遂致谤言日起，此亦积重难返之故也。乃今观此示，而后知其躬亲琐屑者，亦惟欲尽心民事而已。吾知宁民此时将兴谁词之歌矣。

要之，今世之官能实心为民即为好官，令天下郡守皆如宗公，亦安见地方有废弛之事哉？

宁波府试

1880年2月19日　第2441号　第2版

新正初六日，宁波府宗太守考试鄞县文童。正场四鼓点名，大门外先由教官开点，每人给一竹签，再由九曲文栏到二门缴签给卷，无签者不得闯入，鱼贯而进，并不拥挤。迨封门出题，众童见题纸上“滕”字缺写一点，遂即喧哗。太守不得已，乃易纸重书，众童始归号。作文云：首题《今滕》，次题《然则子非食志也》，诗题《赋得人日题诗寄草堂》五言六韵。并悉初八日考慈、奉、镇三县文童。

论苛求官长之非

1880年2月23日 第2445号 第1版

前阅宁郡宗湘文太守临场出示《严禁考寓聚赌》，其言确中时弊，窃叹其留心时事者，殊为劝敏。继又闻宁郡考童，因题纸“滕”字少书一点，哄然纷闹一事，则不禁深为叹息。

呜呼，何宁郡之士习其坏如此也！失考试之题纸，系本官草书，一系吏胥照誊，然后请本官过目加朱，始糊于牌上，荷以示众。吏胥或有笔误，本官当即为更改，或饬吏另书，今太守于过朱之时不加细阅，遽命发出，致遭诸童指摘，其疏忽之咎固有难辞，且吏胥既属照誊，安知非太守书题时误缺一笔，致贻口实。然则诸童之哄闹，亦非尽属诸童之罪也。虽然，此等误笔无论其为有心无心，而其失甚微，诸童即因是而翘其过，是诚所谓吹毛求疵。而其藐视官长，习于浮嚣，讵不为士习之累哉！今夫诸童入场作文，欲求获隽而，或者构思极精，措词极妙，而誊真之际偶有精神不足，不尽合乎《洪武正韵》，鲁鱼亥豕，帝虎乌焉，亦间有之。而衡文者不顾其文义之优长，但因其偏旁缺笔，遂置不取，则其人必将愤然作色，痛骂试官。何则？以其苛也。反己而思，不亦可平心以恕乎？

昔有北人而宦于南者，北音读“惟”作“为”，因县试初覆，出《尚书》题“民惟邦本”句，误书“民为邦本”，诸童大哄，及二覆论题，则忘书“论”字，诸童又哄。该县忿甚，俟学宪按临而诉之，学宪廉得其情，置不理焉。盖彼之误由自取，且窜易经文与不书“论”字，而人不知其命意所在，关系皆大，无怪诸童之啧啧也。

今宗太守以“滕”字缺写一点，而亦遭此，岂不亦无谓乎？“滕”字之缺笔，不知系属何处，以意揣之，想系末处“水”字与“心”字之分，然“恭”字宜作“心”，而或误为“水”，“泰”字宜作“水”，而或误为“心”，此类正多，何能悉数。此等笔误，惟幼稚在学书时，于默经抄文时偶有所讹，为之师者必摘出而另书以示之。迨稍长，以文就质，其师即不甚留意于此，稍差一二笔，或亦略而过之，盖其所凝神注意者在文义，不在笔画也。惟师之精细而不客气者，或亦偶有摘出。夫书法一道，名为小学，读书识字原当先从小学入手，然近来之讲究小学者有几人哉？诸童之哄闹者，未必皆精于小学者也。一行作吏，即经史子籍亦多遗忘，何论小学，况过朱时，虽有精疏之失，而其误究在吏胥，不得专责本官也。

近来士习愈趋愈下，各处皆然，接卷时则争先抢夺，拥挤喧哗，入场后则群聚笑谈，往来扰拥，场外则恃众横行，挟持官长，场内则抢冒传递，串通胥役，凡此种种，其患实深。故吾谓此次诸童之指瑕索垢，摘及细微，不但不足见太守之短，反足显太守之严。盖大守先期出示《严禁考寓聚赌》，正犯诸童之忌，故欲借以玷太守之名，而声其谤也。时际新正，即非赴考之时，诸童亦莫不萦情于五木，况乘此众人聚会，正可藉此以逞其所欲也。而忽焉先期严禁，未免败兴，于是乎怀忿未泄，遂假此点画之讹，以为挟制之具，此其用心之险狡为何如哉！此等弊俗，所当从严惩办一二人，方足以示儆，而地方官往往畏其势众，又虑有碍于自己之考成，因而隐忍不言，甘受其侮，而若辈遂习为故常，罔知忌惮。士习如此，人才安望其有所造就乎？

人言太守之为守也，多近于沽名，非尽由于实意，然三代而下，苟有好名之人，已足为世所程法。若宗守者，宁郡士民所当敬爱之不暇，而顾以细微之事遽加指摘，则宁郡之风气抑亦可知也已。

论宗太守办理流民事

1882年6月29日 第3289号 第1版

客有问于余者曰:“今日报中所载宁郡尊宗湘文太守办理流民一节,君以为何如?”余曰:“甚善。”客曰:“在该流民假逃荒为名,横行乡间,鱼肉平民,动辄强攫财物,逞其凶横之性,实与盗贼无异。官府严拿惩办,驱逐出境,俾闾阎得以高枕而卧,雷厉风行,无少姑息,其办理固不可谓不善矣。然通饬各属,以为凡遇此等流民,概当照前驱逐,递解回籍,其毋乃过于严刻乎?”

余曰:“是何以故?”客曰:“天下之人,万有不齐,往往因有一二匪徒,致阻人为善之心,救灾恤邻,不分畛域,政之善经也。设他处果有水旱偏灾,小民不能忍饿于乡土,因而流离转徙,扶老携幼,轻弃故乡,奔走于外府外县以谋口食,形容枯槁,面目黧黑,衣服蓝缕,饥肠辘轳,或结侣携群,在乡间求食,若是者亦往往而有。设有仁人君子,见而生怜,则予以一瓯之粥,数文之钱,而彼人口众多,不能遍给,于是乎嗷嗷哀鸿,望门号泣。乡人谓其欲壑之难盈也,亦指为强抢假冒之流,而执以送官。既有此次通饬之例可援,则必照例惩办,递籍驱逐,彼果系逃荒者,不亦抱冤抑而无从告诉乎?本为乐土之适,翻增异地之悲,留故里则谋食无方,至他乡则官法可畏,不亦进退维谷耶?是宗太守此举以之治假冒流民则可,以之治真正流民或未见其尽可也。譬诸近来哀党所谓告地状者,书苦状于纸,摊之地上,一二妇女携有幼孩坐于纸旁,类多面壁蒙头,哀哀啼哭,或背负纸状,膝行于途,见之者未尝无恻然动念,忽发其慷慨解囊之志。而旁观有窃笑者,以为此哀党之故技,彼特受其欺耳,此党人日则作此苦肉之计,夜间则仍复相聚,饱食淫逸,无所不为。于是前之慷慨者,闻此言而意兴为之索然矣。然彼哀党者流,岂竟无真实无妄者哉?因噎而废食,惩羹而吹齑,因恶而害善,是亦精刻之过也。宗太守之为此举也,将毋同?”

余曰:“否,不然。子之所言亦仁者之心,但近来人心险诈,机变百出,官府执三尺法,痛以惩之,犹不足生其畏惮之意。即如此等假充流民,恃众攫取民间财物,此其心不大可诛哉?天下疑似之事固亦不乏,然果系真正逃荒而出,无论某处灾荒必有所闻,即曰初无闻知,然以逃荒而来,亦断不敢逞其凶横之志。观其色不过饥寒憔悴之色,听其言无非乞怜哀告之言,人数虽或众多,必非男多而女少,且必有老弱之辈搀入其间,即其行为亦不过志在得食,决不敢有硬索强取之事,此则其情之真写者也。反此则非真矣,此中固无难细辨也。今此鄞县乡间之流民,则必非真正逃荒可知,苟不严以惩之,其流毒将伊于胡底?忆昔越地连年大水,岁比不登,乡间或议发粟赈饥,而突有无赖辈哄动饥民,创为抢粮之举,聚集多人,或乘舟,或步行,手持棍棒,沿家打门劫掠,富家囤积,搬取一空。办赈者无从措手,凶焰益炽。后有人禀官存案,设立团防,守望相助,并请官宪示谕,张贴各村,凡遇此等抢粮之辈,获即捆送地方官惩办,然犹未遽敛迹也。既而获到一匪,立正典刑,传首滋抢之地示众,而后此风遂绝。是诚所谓治乱国用重典,杀一以警百,未始非仁者之用心也。今宗太守深知,此等流民其中不无真伪之分,然办理不严,则假冒者益见其多,而闾阎更难期安谧,与其姑息以贻患,不若严办以杜奸。通饬各属明定章程,凡遇此辈,无论护照真伪,概予驱逐递解,并饬各属谕禁书吏等不得蒙混过印盖戳,庶几匪徒有所顾忌,无可贪图,或可稍敛其横行之迹。犹得谓为过刻乎哉?至于真正饥民,流离转徙,则自当有以资助之,勿以一偏之见,致坐视流亡而不加恤也。”

客乃避席而起,逡巡而退。

蛟川军信

1885 年 3 月 3 日　第 4266 号　第 1 版

本馆昨接宁波电音云:十五日寅时,有法船四艘游奕口外,炮台防兵亟为严备,吴征三统领亦率三轮泊于桩边。至未刻,法船驶近,彼此各开数百炮,炮台上炮弹如雨,击伤法船一艘,法兵即时败退。

我船阵亡二人，伤一人，馀无恙。电音简略，未知其详，事关甬上军务，特发传单，俾众周知，并录本日报上。

旋又得电，谓法船洞穿一孔，又有一船搁浅，急难驶出云。至其细情，容俟续闻再录。

甬江战事汇述

1885年3月4日　第4267号　第1版

昨晨江表轮船到埠，述及镇海战事。据称江表由沪至宁，见有法兵船四艘，一系孤拔坐船，名巴夏尔，一系德利用芳，一系答拉克，一系纽回利。江表船仍行驶进，其时见海关上轮船载有食物辛资等件，前赴塔灯散放，因稍有雾气，尚未知有法船。及见法船，急急回轮去报。华官立即命石船堵塞甬江两边，南琛、南瑞、开济三兵船，亦即泊于桩边。江表因亦下锚，将搭客由舢板驳送上岸，惟妇女仍留船上，时则十五早七点钟也。

至八点半钟，法船进逼镇海，江表见此情形，遂展轮开出。法船皆泊于隐僻处，炮台之炮所不及，而法船亦不能遥击。至十点钟，巴夏尔放小艇，令引港英人密蠟至江表船，致孤拔之意，谓尔船何以进而复出，倘船上有失，可为相助，是殆藉此查验之意。江表船婉辞谢之，小艇遂去。炮台上开炮，向小艇遥击，弹虽逼近，危而未伤。孤拔换坐纽回利，进攻至二点半钟，纽回利驶近炮台六里之遥，两炮台及三华兵船开炮击之，纽回利亦立即还炮，其炮弹有飞入城内者，有轰坏塔顶者，有打入桩内者。德利用芳、巴夏尔、答拉克三法船则皆未开炮。彼此开炮约三刻许，纽回利停炮驶出，据云未伤。六点钟，法船皆退出，至芦港下碇。中国之保胜船载石横截口子，预备势急则凿沉以堵口。江表开行时，该船尚未沉下。

十六早，纽回利开出，九点钟时，江表船尚于中途见其向南而驶，拖有小船，疑系水雷船。华官不准民船驶进，十五六两日内抵口者，均挥使退出。法人炮弹之打入镇海城内者，居民恐不免受伤。华军之炮则亦精于轰击,但未坏法船耳。

十五日,威利轮船由石浦开赴镇海,途遇孤拔之船,挂旗令其停轮,威利不从。纽回利开一炮,从其船头擦过,威利乃停轮,听其查搜,旋即释之去。江表来时,威利尚泊在方山下也。

又据船上人称,江表船于十五日早七点钟时驶至宁波相近虎城山洋面,即见法船四艘往来游弋,渐次逼近炮台,揆度情形,似将开仗。江表船不敢前驶,即在该处停轮,所有搭客均雇杉板船,载送进口,而货物则不能起岸,尚有妇女两人因无男子伴送,只好暂留船中,于时江表船仍在此处停轮。候至午后二点钟时,见法兵船一艘直逼炮台,燃放巨炮。中国兵船及炮台上各还炮相击,弹雨横飞,火云乱迸。江表船不敢在此停轮,退开七里,远远观战,但见中国兵船之炮与炮台之炮,循环迭放,声若连珠,较法船所放之炮为多。相持至三点钟时,法船不支,稍稍退下,至其有无伤损,则以相离尚远,无从辨别。海口本有八船,以备塞港之用。当开仗时,八船依然不动,江表船随于五点钟时展轮回沪,以后甬江封口与否,不得而知之矣。以上又系船上人所述观战情形,虽大致仿佛,合并照登。

甬战馀闻

1885 年 3 月 4 日　第 4267 号　第 2 版

传闻镇海之战,法船纽回利被炮台轰坏船尾,即时驶至普陀山洋面下碇。各兵当即各登杉板上岸云。

镇海消息

1885 年 3 月 4 日　第 4267 号　第 2 版

昨晚又闻:十六日午后,法用雷船屡次来犯,俱为我炮击退。战后军心甚壮,勇于用命。十五日之役,法国纽回利船,实为开济击中一炮,且在水线以下,故急急退逃也。

再犯甬防

1885 年 3 月 4 日 第 4267 号 第 2 版

昨晚本埠官场又接甬江电信，云十七日早九点钟，法船又来攻我炮台，我南琛、南瑞、开济三船及炮台上，均然炮相拒，有数炮连中法船后梢，法船即退避山后云云。未知以后胜负如何也。

太守丁艰

1885 年 3 月 30 日 第 4293 号 第 1 版

宁波府宗湘文太守刻丁外艰，所遗之缺，经薛叔耘观察委牙厘局陈总办代理，已于初八日未时接印任事。按宗太守恩威并济，卓著循声，今兹奉讳言旋，甬海商民倍切去思矣。

西泠碎录

1885 年 5 月 12 日 第 4336 号 第 2 版

杭城上皮市街之洋灵芝巷内，有某宦巨第一所，系原任宁波府宗湘文太守之公馆也。太守官宁多年，而瀛眷皆住杭城，今岁封翁仙逝，亦在此馆内。三月廿一日开吊，廿二日举殡扶柩回里。

是日殡仪极盛，倾城往观。兼值日暖风清，仪仗一律斩新，先有四人舁铭旌亭一座，高约三丈，红旌金字，上覆华盖。次则銮驾半副，杂以诸般武艺，旗牌伞扇，一色杏黄。兼有黄亭一座，供奉敕书诰命，然后官衔执事数十对，清道旗旛，沿途鼓吹，门枪列戟，并马联骑，不下数十对。后则三班牙皂，拖杖执鞭，净锣一声，长吹迭接，一时长旛宝盖，提檀香庐，缭绕烟云，旃檀扑鼻，盖八角流苏之香亭一座也。亭后则弥陀片成堂破璃灯，全副白绸扎成。彩球及白缎伞扇等后，则五彩绣亭一座，悬挂神像、神亭，过后马道亦联辔而来。凡执殳拥铎之伦，击鼓吹鞭之士，扬镳并辔，按部就班，次则羽葆辉丽，刀矛森列。后随家人数十名，白袍素帽，一色随行。然后金顶绿呢大轿，四人舁之而行，即俗所谓魂轿是也。最后则太守昆玉三人，麻衣草履，低头扶杖,各以两仆相掖而行。尾随孝孙四人,亦皆齐衰徒步。其白衣冠相送者,不下数十人。最后则五角流苏九窗玻璃金顶大绿呢龙头高槓棺罩一具,以三十二人舁之缓行。

是日,灵舆由大街出武林门,由下码头登舟。初至湖南会馆,设香路祭,为各司道公祭之所;次至贯桥法轮寺前,为嘉湖道宋、保甲督办祁、即用道盛三观察所设路祭;次则武林门之江西会馆,为各宦僚及同、通等众人公祭,故灵舆出城时已十一点钟矣。至码头,送殡之船舳舻相接,其他大小兵船、各营炮船、大小轮船,更属指不胜屈。

范梅孙方伯亦于是日出殡,丧仪亦称极盛,然较之封翁,终觉稍逊一筹。方伯灵车,系出钱塘门,至德生庵停绋,故相送者皆自城门而返。

天一阁观书记

1886 年 6 月 5 日　第 4718 号　第 12 版

宁郡范氏天一阁藏书,举宇内罕与(京)[竞]者,以其多古书秘本,而历年又最久也。……光绪二年,督学黄少宗伯倬校士浙东,登阁观书,深慨惜焉。明年春,吾乡宗湘文先生源瀚来守是郡,出阁藏《兰亭》旧本摹刻售资,延文学士登阁检校,就其所存,重为编目,分注存佚。与其事者,吾乡金亚匏外翰和、毗陵杨蕉隐明府晋藩、慈水何徕青明经松,而阁主人梅史孝廉率子弟辈数人与焉,阅四月乃蒇事。

是年五月既望,余偕亚匏、乔梓经君养田往观,践亚匏之约也。十月十日,复偕海关司榷杜君往观,为宗太守约,而款待者,郡参军楚中周君雪香也。既而亚匏长君是珠茂才假余书目,因摘录之,遂并记所见焉。太守勤于吏事,外此泊然,独于古书碑帖,一见恒颠倒不厌。今即藉其阁旧物,为重编其目,是固读书嗜古,所喜为要,亦嗟往者、勖后来意也。

呜呼!溯范氏所藏亦三百年,两姓共逾七百年,竟以粤寇之难,阙佚若此,然而古今藏书家,孰有久远如是者?范氏今犹能以幸存之馀，复归于阁，亦可谓能世其守矣。吾独惜夫后之学者，欲求向之古书秘本而读之，或不得见其全，是又不仅范氏之不幸也已。江宁李圭著。

辨志文会改章

1887 年 3 月 3 日　第 4982 号　第 2 版

宁郡辨志文会，经前任宗太守创设，已八年矣。每年课期定于二、三、四、五、七、八、九、十、十一月。兹闻所存经费，去岁被人倒去，今岁不能遵照旧章，拟将改为春、夏、秋、冬四期，而各斋花红亦须酌减。故与课诸君，大半赴杭省各书院肄业矣。

珠联璧合

1889 年 1 月 18 日　第 5660 号　第 2 版

俞曲园太史之孙女公子，许嫁宗湘文观察之子舜年字子戴。本月十三日，宗公子入赘于太史。著书之庐，自中丞以下，无不往贺。太史制大金字八，悬于听事之东西两序，曰“金榜题名”“洞房花烛”，盖宗公子今科新捷秋闱也。一时盛传，以为佳话。

温州官场纪事

1895 年 1 月 20 日　第 7815 号　第 4 版

新任温处道宗湘文观察源瀚，已于初十日巳刻乘坐招商局普济轮船抵瓯下椗。朔门马道各炮台炮艇，均各燃炮致敬，温标、练军、弁兵，以及防营勇丁，俱站队江干，燃放排枪，如贯珠之累累。文自徐乃秋太尊，武自刘吉园镇军以下，印委员弁皆齐集马头，恭迎宪节。宗观察登岸，在洋广局官厅少憩片时，随乘绿呢太轿由东门进城，先在考棚行台暂驻襜帷，筮吉十三辰刻接印任事云。

十八湾红叶

1895 年 11 月 18 日　第 8112 号　第 1 版

温州医学失传,庸医杀人,贻害不浅。本年时疫流行,传染者莫可救药。宗湘文观察有鉴于斯,自捐鹤俸,倡设利济医院在道署西辕门外徐宅内,延乐清孝廉陈君次珊为院长,住院施诊。并赁曾氏花园为学徒诵习之所,招致聪颖成童在院学习医道。议立规条,筹画经费。仰见宗观察婆心济世,不靳廉泉,想从此岐黄一术不数年间定能出救世妙手,侔于救时良相。刻簸九月二十四日开局,并闻将来施药、施医二者并举云。

永宁谈屑

1895 年 12 月 10 日　第 8134 号　第 2 版

温处海道宗湘文观察,因海盗不靖,劫案时有所闻,疑是驾驶杉板之人与盗通同一气。特饬陈典史镜仁,督率洋捕,传集杉板船户,点名造册。每船给以号褂一领、腰牌一面,俾易于辨认,是亦除暴安良之一道也。

瓯海寒涛

1896 年 1 月 27 日　第 8182 号　第 2 版

温处道宗湘文观察,抵任以来,无利不兴,无弊不革,于批断词讼,尤细心体察,无殊虚堂悬镜。现乘冬涸,倡办浚河,并不派民捐输,只就筹防款内提成开用,此尤体恤民艰之至意也。现闻将朔门、陡门先行修固,以御江潮,免被浊流涨入,淤塞内河,此又见观察深明水利,竟委穷源,能先其所急,而使事半功倍者。论者谓,此次浚河,实事求是,水利所关即地方兴败攸系,然非观察乌能一矫从前之积习哉!

温州官场纪事

1896 年 3 月 31 日 第 8242 号 第 3 版

据访事人函称，宗湘文观察前因政躬稍有不豫，请假调养，刻闻请恙已痊，惟精神尚未复原耳。

瓯郡官场纪事

1896 年 4 月 9 日 第 8251 号 第 2 版

温州采访友人云，温处道宗湘文观察，政体违和，因于开篆之初即请假一月，现在精神尚未复旧也。

温郡官场纪事

1896 年 5 月 2 日 第 8274 号 第 2 版

温处道宗湘文观察，前因政躬不豫，请假调养，兹占勿药，已于初八日放告视事矣。

温郡琐记

1896 年 7 月 3 日 第 8336 号 第 2 版

温处道宗湘文观察，以振兴文教为先务。一切书院膏火、山长束修，均自捐鹤俸以津贴之。本年聘请黄漱兰大银台来郡，主讲中山书院。每月官师两课，俱用弥封，其所取超等，大半为名下士，凭文拔权，一秉至公。

卧树楼逭暑

1896 年 7 月 13 日 第 8346 号 第 2 版

上月二十六日，为温处道宗湘文观察岳降良辰，文武各员皆趋辕祝嘏，观察坚不肯抗庭称觞，仅就内署设筵宴客，属下为演戏一昼夜。

宗湘文观察因瓯郡地瘠民贫，小民往往乏本经纪，生计维艰。兹拟创设借钱局，放借小本营生之辈。凡有家室者，准其免保，赴局告贷,自五百文起,至二千文止。出入一律足串制钱,不取分文利息,惟每日拔还钱十文,如借五百者,以五十日为率,一律清偿,定期逢一挂号,逢六放钱。惟僧道、妇人、兵勇、烟馆等十项不借。现已详列章程,出示晓谕,闻议先筹一千贯,交某董事开局试办。后此赤手贫民不虞枵腹,未始非观察之法良意美有以致之也。

蜃江双鲤

1896年8月16日　第8380号　第2版

温处道宗湘文观察,悯民间往往因细故轻生,吞服洋烟自尽,乃自捐廉,设立救烟局,延请同乡某医士备药灌救。其术甚神,每遇吞烟之家,赴局求救,不论风雨深夜,随报随到,裨益民间不浅。上月二十日,鱼更四跃后,朔门内永宁巷某甲,因负债被逼,欲避无台,潜于是日申刻购阿芙蓉膏,和酒吞服。迨经家人觉察,毒已深入,指甲俱黑。因念夜阑人静,乏术返魂,有人教其速投救烟局。该医士一请即来,用药本从腕筋灌入,得庆更生。诚莫大功德也。

瓯海涛声

1896年10月3日　第8428号　第2版

温州采访友人云:温处道宗湘文观察创设借钱局,周恤穷民,俾若辈得以小本经营,免致流为匪类,诚善政也。

城厢内外,烟馆密若繁星。宗湘文观察恶其藏垢纳污,严饬保甲局员,连各客栈,一律编查,由永嘉县给发印单,悬钉门首,填记馆主、栈主名姓,以示区别,而免混淆。

瓯宦鸿泥

1896年11月28日　第8484号　第3版

温处道宗湘文观察,因郡城屡有种火之匪,现届冬防严紧,饬派分府各委员,分段梭巡。并拨亲兵、勇丁、捕快多名,每晚到局挂号,达旦又赴局销号。城内街巷栅门，定于二更关锁，每地保看令，添雇副役三人，帮守栅门，以便启闭。击柝之声，沿途相接，更阑人静之馀，民间赖以安枕。冬防章程周密如此，可见观察之留心民事，无微不至。

东瓯春浪

1897 年 2 月 8 日　第 8551 号　第 2 版

温州访事友人来函云：温处道宗湘文观察，久拟创设西文学堂，培植聪颖子弟，因经费不敷而止。去冬适招商局总办谢益斋司马之故人子来依，熟谙英国语言文字，司马笃情故旧，虑其荒废，使之设帐授徒，以资砥砺。宗观察觇其塾规，工课井井有条，即就其所订而勉成之，如无力之家，有志受业者，悉由观察捐廉，代致修脯。今年拟设法扩充，以开风气，亦造就人材之至意也。

宗湘文观察因永清门内被火之家，大半系寒苦小民，露宿风餐，无衣无食，饬地保查开被灾各户，分别极贫、次贫，捐廉抚恤。于去腊二十八日，按户散给，每口洋三元，并各给棉衣一袭，俾可御冬。是日共分给三十八口，计银蚨一百十四枚。观察亦可谓好行其德矣。

瓯海官场纪事

1897 年 5 月 9 日　第 8641 号　第 2 版

温州采访友人云：温处道宗湘文观察，以振兴文教为急务，筹添中山书院膏火，认真课试。复择住院肄业之寒儒十人，月给食米三斗，月朔由监院按名散给。杜陵广厦、白傅大裘，不图于今日见之，宜乎八百孤寒同声颂德也。

鹿城夏谚

1897 年 6 月 25 日　第 8688 号　第 3 版

温处道宗湘文观察，因湖北饥荒待振孔亟，捐廉拨款，派员采办蕃荠丝等项杂粮,运解鄂省,振济饥民。观察之痌瘝在抱,畛域不分,于斯可见一斑。

瓯江逭暑录

1897年8月3日　第8727号　第2版

温处道宗湘文观察之冢媳仙逝后,筮期六月十七日,召集缁流在九山禅寺唪经一昼夜。二十日发引,由北门外官马头登招商局普济轮船,遄回珂里。

吹笙台延秋记

1897年8月16日　第8740号　第2版

温处道宗湘文观察莅任以来,察吏安民,政声卓著,士民中畏威怀德,倚若长城。乃近阅《邸抄》,正任之袁尉廷观察已膺直隶按察使之命,温处道员缺另简放陈观察允颐。棠荫方浓,骤歌将赋,彼受泽之小民颇觉难乎为情也。

观察骑箕

1897年9月2日　第8757号　第2版

署温处道宗湘文观察源瀚,年逾花甲,精力就衰,自莅任以来,勤政爱民,日无暇晷,以致积劳成疾。迭请改委,无如上游器重,一再给假调理。兹虽省宪牌示,另委王心斋观察署理,不日可以瓜代,惟宗观察病势日深,上月十九日忽患厥逆不醒,(证)[症]似中风,延医诊治,百药无效。其少君适扶妻柩回籍,得信后即于廿七晚,附永靖小轮船抵温。时观察已残喘如丝,奄奄一息,延至廿八日未时,骑箕西去。阖郡文武各员,均于翌晨诣道辕送殓。温州府王太守遵例,将温处道关防敬谨监封,赍存府署,俟新任到时祗领,一面备文专差,赴省禀报。

监司遗爱

1897 年 9 月 12 日 第 8767 号 第 2 版

前署温处道宗湘文观察，莅瓯两载，善政多端，积劳成疾，遽尔西归。都人士感其德政，咸拟恭立长生禄位在郡庙后进，报以馨香，永昭钦慕。兹闻宗公子簉期于本月十八日开吊，廿二日发引扶榇回籍。

生荣死哀

1897 年 9 月 23 日 第 8778 号 第 2 版

前署温处道宗湘文观察殁于任所，本报已略纪之。兹悉于月之十八日在署开吊，新署道王心斋观察、温州府王雪庐太尊、永嘉县叶泳霓大令，均往吊奠。武自刘吉泉军门，以及参、游、都、守各将弁，咸趋赴铃辕叩奠，一时白马素车，殊形热闹。嗣于二十二日申刻扶榇出辕，搭趁招商局普济轮船赴申，再由申换船，直抵珂乡，簉期安葬。温属之绅耆士庶，咸设路祭恭送。盖因观察之德政在民，故能生荣死哀如此也。

行查善政

1899 年 4 月 8 日 第 9330 号 第 2 版

宁波采访友人云，本月某日，府署接奉藩宪公文，饬查前任宗湘文太守源瀚在宁波府任内政绩，其文曰：

为札饬事。据温州府详据温处绅士大挑教职陈寿宽等称：前任温处道宗，在任三年，整顿地方，不遗余力，士民爱戴，众口一词。其政绩最著者，曰简军实，曰缉巨匪，曰苏商困，曰清讼牍，曰结教案，曰倡实学，曰禁漏规，曰恤穷黎，三年之中，善政殊难悉数。其守严州、调宁波、署衢州、湖州、嘉兴各郡，莫不讴颂同声，所办之事，皆有案牍可稽，舆论可据，实心实政，遗泽在民，环恳详请具题，宣付史馆立传，以彰循绩等情，由府转详到司。据此，查宗道循良政绩，惠爱在民，自应准予照转。惟所禀前在宁波府任内政绩果否属实,有无遗漏,非由该府饬查议覆并造事实册结,加具印结同送,不足以昭实。在其任内,有无违碍处分,亦应随案查覆。除批示并分行外,合行抄详札饬,札到该府,立即遵照查明,取具册结,克日详覆,以凭汇核详办。毋延。特札。

附四　人名索引

说明：索引对象为《自有馀斋日记》和《北征日记》中出现的同时代人物，以及少数时代略早的学者。人物按姓氏音序排列。日记中若称名则照录，若称字号则尽量考出名，并置首。少数人名称法较为特殊，其后括注通行称法。

F

G

H

Q

R

S

T

W

X

Y

Z

《中国近现代稀见史料丛刊》已出书目

第一辑

莫友芝日记
汪荣宝日记
翁曾翰日记
邓华熙日记
贺葆真日记
徐兆玮杂著七种
白雨斋诗话
俞樾函札辑证
清民两代金石书画史
扶桑十旬记（外三种）

第二辑

翁斌孙日记
张佩纶日记
吴兔床日记
赵元成日记（外一种）
1934—1935中缅边界调查日记
十八国游历日记
潘德舆家书与日记（外四种）
翁同爵家书系年考
张祥河奏折
爱日精庐文稿
沈信卿先生文集
联语粹编
近代珍稀集句诗文集

第三辑

孟宪彝日记
潘道根日记
蟫庐日记（外五种）
王癸避难日志　辛卯年日记
嘉业堂藏书日记抄
吴大澂书信四种
赵尊岳集
贺培新集
珠泉草庐师友录　珠泉草庐文录
校辑民权素诗话廿一种

第四辑

江瀚日记
英轺日记两种
胡嗣瑗日记
王振声日记
黄秉义日记
粟奉之日记
王承传日记
唐烜日记
王锺霖日记（外一种）
翁同龢家书诠释
甲午日本汉诗选录
达亭老人遗稿

第五辑

袁昶日记
吉城日记
有泰日记
额勒和布日记
孟心史日记·吴慈培日记
孙毓汶日记信稿奏折(外一种)
高等考试锁闱日录
东游考察学校记
翁同书手札系年考
辜鸿铭信札辑证
郭则沄自订年谱
庚子事变史料四种(外一种)
《申报》所见晚清书院课题课案汇录
近现代"忆语"汇编

第六辑

江标日记
高心夔日记
何宗逊日记
黄尊三日记
周腾虎日记
沈锡庆日记
潘钟瑞日记
吴云函札辑释
新见近现代名贤尺牍五种
稀见淮安史料四种
杨懋建集
叶恭绰全集
孙凤云集
贺又新张度诗文集
王东培笔记二种